叢書・ウニベルシタス　849

セルバンテスとスペイン生粋主義

スペイン史のなかのドン・キホーテ

アメリコ・カストロ
本田誠二 訳

法政大学出版局

Américo Castro

CERVANTES Y LOS CASTICISMOS
ESPAÑOLES

Ediciones Alfaguara, Madrid-Barcelona, 1966

目次

補遺　377

凡例

一　訳文中の［　］は原文どおりで、著者の追記である。
一　訳文中の（　）は原則として原文どおりである。
一　訳文中の〔　〕は訳者の補足である。
一　原文中の強調表記（イタリック体および《　》）は、訳文では傍点ないしは〈　〉で表記した。

序　文

アメリコ・カストロ『セルバンテスとスペイン生粋主義』

本書に含まれる四つの研究は各々の内容が異質であるとはいえ、出発点となる視点を考慮に入れれば、各々の意味合いにおいて整合性をもっている。つまりその視点とは、スペイン人が十六、十七世紀において、自らを取り巻く環境から抽象しうる画一的な実体をつくりあげてはいなかった、ということである。スペイン的存在にとっての一義的な問題は、どこまでスペイン人であるかを知りかつ、知らしめること、そして自らのスペイン性の価値を測ることにあった。こうした基本的な現実をあえて受け入れようとしないところから、いわゆる〈黄金世紀〉という名の文学にとっさに向かい合ったとき、意味のないおしゃべりに陥ってしまったのである。こうしたわれわれの意固地な態度によって、セルバンテスもラス・カサス神父も、また経済的な面でスペイン王室の下にあった新大陸のもっていた意味すらも理解することができなくなってしまった。そのせいで十八世紀は混乱をきたし、誤解されるに至ったのである。というのも今だからこそはっきり指摘しうることだが、あの〈啓蒙〉時代においてアリストテレスの自然学が支配的となりえたのは、それがまさに〈旧キリスト教徒的〉だったからであり、反対にガリレオが排斥されたのは完全に〈ユダヤ的〉だったから、ということになる(一)。

筆者はここで再録するつもりだが、拙著『スペインの歴史的現実』(メキシコ、ポルーア社、一九六三)の序において、いかにあの啓蒙時代に対する通説が間違っていたかを指摘した。また他の分野、たとえばものを考えたり、文学的いとなみを行ったり、経済活動をしたりするなど、それがどんな行動であれ、そうした活動には隠れた困難があることを計算に入れねばならなかった。十六世紀スペインにおいては、すべての関心が個人の従事する仕事およびその個人の生粋的条件に収斂していた（それは現在のアメリカ人が、同一市民に対して皮膚の色をますます意識せねばならなくなるのと似ている）。スペインで血統に関する対立が際立ってきたのは、一四九二年以後である。その年は地理上の新世界が発見されたと同時に、貴賤についての新たな社会的階層意識が生み出されたからである。もしスペイン人を構成する三つの血統が一五〇〇年の時点ではっきり境界を定め、各々がその領分を占め、他の二つの血統に思い煩うことがなかったなら、歴史はいまとは違ったものとなったであろう。しかしいま重要なことは現に起きたことであって、それ以外にはない。（異端審問という）〈境界線上の〉領域は、人々の信仰が真性なものかどうかという一点のみを問題にしていた。しかしはっきり区別し得る境界などはなく、単に曖昧模糊とした、いくつにも入り組んだ線があるだけであった。ユダヤ的血統から転向した者の多くは、聖職者や宗教関係者、異端審問官にすらなった。十五世紀最後の二十年間に実施された詮索によって、コンベルソ〔ユダヤ人改宗者〕の数は増していった。これら新たにキリスト教徒となった者たちの宗教性は（一代、二代、三代と代を重ねるにつれ）きわめて多様なものとなり、ユダヤ主義やそれを想起させるもの、ユダヤ的習慣は、新たな構成員となった組織の信仰や実践の形式と融合することはなかった。精神的な過去の痕跡は、神秘主義者、禁欲主義者、モラリストなどの著作家たちのなかで、それを見て取ることができた。照明主義者やエラスムス主義者の多くが遠近の違いはあるものの、ユダヤ的出自をもっていることが明らかとなった。こうした精神的傾向のすべてに共通の特徴があるが、それは目に見える外見上のもの（ありふれた通常の民衆的なものすべて）を、内奥の個別化した経験の下に置く態度である（二）。あるいは対極的に反対の立場に身をおくこともある。つまりコンベルソは異端審問官となることもあれば、社会的に極端で〈先鋭的な〉姿勢をとることもある（好例はバルトロメ・デ・ラス・カサス神父であろう）。

皆と同じようになりたい、あるいは誰にもまさるようになりたいという欲求と、キリスト教的な内奥に引きこもりたいという指向との揺れこそ、この血統的対立の時代における文学にもっとも特有な性格をあらわし、スペイン文学を他のヨーロッパ文学と分け隔てる深い溝の原因となっている。そこにはロマンセーロもなければ、叙事詩的で抒情詩的な演劇もない。それらが社会の支配者的・多数者的血統の洗練された詩的な表現だからである。またピカレスク小説も牧人小説もなければ、〈セルバンテス的〉小説もない。それらは他と同じスペイン人でありながら（いったいそれ以外の何ものになりえただろうか）、他から離れて内向化しがちな精神の表現であり、自らの感覚と論理、判断力を前例のない文学的形式で客観化しようとしたものだからである。『ラ・セレスティーナ』やテレサ・デ・ヘスス、ルイス・デ・レオンなど、この問題に通じておられる読者であれば、もっと多くの名前を容易に挙げられると思うが、彼らの文体もまた周縁的なものであった。

ラス・カサス神父もまた、彼をきわめてスペイン的現実の固有の場所にすえてみれば、統一と分裂が同時にもたらされた当時のスペインのうちに、ありのままの姿で見えてくる。こうしたコンベルソたちの人格や所業を〈ユダヤ的〉なものと決めつけてしまうのは大きな間違いである。実際ユダヤ主義とされたものは、コンベルソたちによってきわめて深く吸収同化されていて、唯一認知され得ることは〈血の純潔〉の問題が、スペイン的生という生い茂った樹木における、ヘブライ的接木のあかしであったことである。これはひとつの側面であり、他の側面としては、筆者が他でも論じたように、ユダヤ人は追放される以前も以後も、もし人格が社会的に認知されていたら、『ラ・セレスティーナ』にはじまり、『ドン・キホーテ』に終わるような、生の〈二つの血統にまたがる（intercastizo）〉形式の驚嘆すべき産物である、十六世紀の傑作に比肩し得るようなものなど、何ひとつ書き残しはしなかっただろうということである。人はどれほどキリスト教徒であっても、またそうであると感じていても、〈二つの血統にまたがる者〉をユダヤ人として噂し、後ろ指を指してきたからである。その最大の例はフライ・ルイス・デ・レオンのケースである。

人間が人格としてあり、人格として存在しつづけようとするとき、そこに覆い被さってくるのは、マテオ・アレマンやセルバンテス、その他多くの者たちに対し、怒りやいらだった侮蔑の視線を投げかける、〈大衆〉という名の怪物的な〈世論〉の呼びかけである。〈二つの血統にまたがる者〉にとって、多数者がより好み、称賛するものなどは厭わしいものであった。

ケベードは「その詩句を豚の脂身で浸してやれ」といってゴンゴラを脅迫した。ゴンゴラにとってこうした中傷は幼少から慣れ親しんでいたものに違いないが、これに対する彼の返答こそ、ごくわずかな者にしか理解し得ない、高踏きわまる詩であった(三)。文学形式の時間的経過のなかには、それを扱う者たちの感覚やもくろみが含まれているはずである。ゴンゴラの最高の技法においては、〈人間的敬意〉よりも〈魂〉のほうをより高く評価するといった、自らの内面に沈潜する傾向が表現されている。

こうして問題性が明らかとなり、なぜ、いかにしてユダヤ人改宗者がキリスト教徒の囲い場に入ろうとして、ユダヤ的でも旧キリスト教的でもない、新たな地表を目指した文学作品を培っていったのかという疑問が提起されるのである。こうした現象の理由が、唯一そうした作家たちの〈二つの血統にまたがる性質〉にあると限定的に考えることは、中世やルネサンスなどといったありふれた概念に依拠するのと同じくらい抽象的である。そうすることよりも、かかる血統にまたがる者たちが以前から見せていた横顔、〈世論〉の鞭のおかげでつねに活き活きと保ってきた横顔を明らかにすることの方が役立つだろう。イスラムによるヒスパニア支配以来、ユダヤ人の地位はきわめて特異なものであった。とはいうものの、スペインのユダヤ人のことを単にユダヤ人として語ったとしても、さほど多くのことが明らかになるわけではない。彼らの生活と文化は決して平坦なものではなかった。それどころか心理的に他と断絶された存在であった。何世紀にもわたって彼らの言語と知識はアラブ人にたよってきた（マイモニデスはその主著をアラビア語で著した）。彼らは社会的かつ知的な面で、仲介者としてふるまってきた（たとえば大使、医者、通訳、翻訳者、徴税吏、他者の資産の管理者など）。ユダヤ的生の支えとなっていたのは、唯一、人やものが行き交う安定性に欠けた領域であった。彼らはキリスト教王国の大公たちの子弟を教育し、両親の知的好奇心を満足させたのである。またカトリック両王の時代といえども、財政破綻から王国を救うために、いまだにドン・イサアク・アバルバネルが呼び出される必要があった。

彼らは結局、文化を生み出す者というよりは繰り動かす者であった（もちろん当然のことながら例外はあるが、それによって主たる見方が変わるわけではない）。とはいえ、つねに自らに関する鋭い感性を保持し、表現してきた。というのも彼らはつねに攻め立てられてきた自らの魂の内部に、強かな自己を確立していたからである。ドン・セム・トブの『道徳箴言集』（*Proverbios morales*）は、そのことをよく示している。新キリスト教徒は旧キリスト教徒のとった態度のせいで、ひとつの方向に進んでいくことができず、かといって先輩たちがたどったように苦い経験に魂を閉じ込めてしまうこともできなかった。新キリスト教徒が自己の意識をもたずにすんだとか、一挙に旧キリスト教徒の外面的・内面的習慣を身につけてしまったと考えることもできない。多くのケースで大いにありえたと思われることは、豚の脂身やハムに対する嫌悪感が、宗教的動機からというよりは、何千年も続く伝統として受け継がれてきたものだということである。アリアス・モンターノはハムが体に合わないといった意味のことを、嘘偽りのない態度で書き記している(四)。そうした事実は、平均的スペイン人(とりわけアンダルシーア人であればなおのこと)がガラガラヘビを口にできないのと比較しえよう。ところがある種の北米人にはこれが素晴らしいご馳走なのである(メキシコのある地方では毒蛇が食されるという)。一六〇〇年当時のスペインでは豚の脂身はそれを口にする〈二つの血統にまたがる者〉にとって、〈悲痛と苦悩〉(duelos y quebrantos)以外のなにものでもなかった。彼らのうちの多くはもはやモーセの法を実践してはいなかったのである。

もし人が〈繰り動かす者〉の姿を何らかのかたちで明らかにするような、〈繰り動かされた〉文学の形態として焦点を当てるならば、〈二つの血統にまたがる〉スペイン人たちの文学もよりよく理解されるかもしれない。社会の周縁に置かれてきた者たち(彼らは生まれる前からそのように生きる定めにあったが)は、社会に対してアウトサイダーとしての意識をもち、社会から身を遠ざけていた。フェルナンド・デ・ロハスの同時代人であるディエゴ・デ・サンペドロは『愛の牢獄』をもって、多数者の血統に属する文学的領域に入り込もうと試みた。これは宮廷的文体をもった小説風の語りである。彼の形式上の振る舞いは修道会に入ったコンベルソたちのそれと類似している。あるいはさらに一歩を進めて、異端審問官になった者たち(ミゲル・デ・セルバンテスの祖父フアン・デ・セルバンテスが、異端審問官ロドリーゲス・ルセーロに手を差し伸べたことはよく知られている)の振る舞いとも似ている。また別の者たちはフアン・デル・エンシーナやエラスムス主義者や他の〈神霊派〉のごとく、問題と直接的に立ち向かうことを選択する者もいた。彼らはキリストや聖パウロにとって〈えこひいき〉など存在しなかったという信念に支えられていた。

　富で富を生むことは〈ユダヤ的〉なるものを意味したから新大陸の富は生産的なものであってはならぬ、という事実は〈二つの血統にまたがる〉資質の問題と、間接的な関連性をもつこととなった。〈新大陸帰り〉(indiano)という言葉の侮蔑的ニュアンスが、そうした状況を永続化させることに一役かった。スペインが貧困化したのは、手工業や産業の担い手が不足していたからではない。その原因は知的・技能的労働や、銀行などの商業活動に対して投げかけられたユダヤ的性格の影に求められねばならない。修道院は半島中に網状にはりめぐらされ、土地を耕し、自活のために必要なものを生産するのに要する労働力に欠けることは決してなかった。スペイン経済はラモン・カランデの正しい評価に従えば、まさしく〈天晴れ〉ものであった。もし資本主義が存在しなかったとしたら、それは個人的にして価値基準的な状況によるものであった。つまり物質的な状況ではなく、血の純潔によるものであった。

　いったん過去におけるスペイン的生の骨組みが明らかにされれば、セルバンテスの行った驚くべき刷新について論ずることも可能となる。ドロテーアの言葉を、セルバンテス研究に対置させてみれば、その言わんとする内容は『ドン・キホーテ』の構造的な両極性そのものであることがわかる。つまり一方の外面的なもの、血筋、郷士的意識、そうするのが〈普通である〉こと(五)、〈人間的配慮〉といった側面に対し、もう一方の、〈自分の〉自由な采配(ドン・キホーテ、サンチョ、マルセーラ、ドロテーア)、〈権限〉〈気概〉、善き振る舞い、〈魂〉(六)といったものである。

　ルイス・ビーベスは『魂について』(*De anima*)において、魂の本質の問題を扱っているわけではない。「魂とは〈何なのか〉知ることはとりたてて重要なことではない。とはいえ、魂が〈どのようなもの〉で、その〈機能〉がいかなるものか知ることはきわめて重要なことである」(七)。ビーベスにおける理論的探求なるものは、十六世紀の精神化されたキリスト教における、魂の機能的力の表われに対する関心として現れている。いわゆる〈近代的敬虔〉(devotio moderna)の時代以来、神学者たちの込み入った議論についていくよりは、キリストの生涯に思いをはせるほうに魅力を感じる者たちがいた。ペロ・ロペス・デ・アヤーラ国璽尚書はそのことをこう歌っている。

弁証家たちもドナトゥス派たちも
神学を学んだ先生たちも口を閉ざすがいい。
これらの者の誰一人、問題を立ててはならぬ。
なぜならそれは神が聖なる受難により授けられるからだ。
何ぴとたりともこの道にそむいてはならぬ。

アヤーラ国璽尚書は他の箇所でも神学に対する関心の薄さを表明している。

わたしは説教をされても聞きたいとは思わぬ。
「何を言っているのかわからない、まるで神学論争だ」とでも言おう(八)。

キリスト教に対するそうした形の感受性や精神性といったものは、フランシスコ会や他のヨーロッパ的状況(九)に影響を受けた、ある種のスペイン的環境のなかに持ち込まれたものである。ヨーロッパ的状況のなかに見いだされるのは、エラスムスが行ったような、あるいは十五、六世紀の〈二つの血統にまたがる者〉たちが、自らの新たな宗教を解釈する際に従ったキリスト教人文主義の先達たちである。たとえばトマス・ア・ケンピス（一三八〇―一四七一）は次のように記した。「楽しく快いことはひとり静かに腰掛け、神と語ることなり」と。約一世紀後には似たようなことをルイス・デ・グラナダはこう述べている。「口にだしてするお祈りは往々にして盲人のお祈りのようになる。［『ラサリーリョ』の盲人のお祈りのごとくとは！］つまり気持ちも心もこもらぬ」。

　セルバンテスはお祈りの仕方について決まった方法を提示してはいない。ただ、後の方で見るように、数多くお祈りをすればいいといった態度に対しては、最大の皮肉をこめて間接的に批判しているにとどまる。こうしたことは、それ自体が何であろうと、セルバンテスの興味を引くことはまったくなかった。というのも『ドン・キホーテ』の目的が禁欲的なものでも道徳的なものでもなかったからである。精神化されたキリスト教の内面性は、世俗的なものに移されたとき、文学上の人物の新しいかたちを作り上げるための出発点として役立った（一〇）。セルバンテスはマテオ・アレマンと違い、世界の悪と縁を切る代わりに、それを利用して、キリストとその使徒の光に照らされた者たちの行動を、内面から活性化し、動機づけたのである。そうした共通の実体（substancia「下に立つ」が語源）の上に立ってこそ、旧キリスト教徒のサンチョと〈二つの血統にまたがる〉ドン・キホーテが〈人間的配慮〉を脇において、自らの〈魂〉から対話することで、互いに肯定しあい、一致し、理解しあうことが可能となったのである。サンチョはこう言う。「わしは由緒正しいキリスト信者だから、それだけでも伯爵になるには十分でさ」「それどころかありあまるくらいのものじゃ」と、ドン・キホーテが言った。「よしんばおぬしがそうでなかったとしても、いささかの差支えもない」（前、二一章〔会田由訳、以下同様〕）。

　セルバンテスの小説はスペイン的な〈二つの血統にまたがる〉状況によって可能となった創造物であ

り、天上的な理想から下ってきた思想によって形づくられた現実によってもたらされたものではない。言わずもがなことではあるが、セルバンテスは思想なるものを利用しはしたが、それ以前の理念的形式（『ラ・セレスティーナ』や対立的存在を表わす他の文学的表現において規定されたこと）はセルバンテスの天才的直観によって超えられてしまった。彼はひとつの親密な個性化した存在を、それとは全く異なる別の存在に移行させる過程を動態化しかつ構造化し、さらに一方を他方と衝突させ、あるいは他のなかに屈折させ、あるいは他と共鳴させるように図ったのである。

一四九二年から一六三〇年の間の歴史化しうる生の実体を静態的・展望的に見ているかぎり、スペインの過去に関する、ありふれた毀誉褒貶の議論など行う余地は残っていない。〈自らの〉世界において、〈個々の存在〉として生きていこうと、しゃにむに努力した者たちによって生み出されたものへ、精力を傾けるほうがより大きな価値があろう。彼らは画一的な思想や信条を抱くことを余儀なくされるなら、跡形なく姿を消したほうがましだと考えていたのである（一二）。支配的な血統に属する者たちは、そうした論争的緊張を必須の条件として出現した作品の中で表現された、〈二つの血統にまたがる者〉たちの抵抗を減らすのに一世紀以上も費やした。しかし一方では、勝利者となった血統の者たちは、画一的なスペイン人全体をその声で満たす必要に応じて、音量を上げていったのである。ロペ・デ・ベーガやティルソ・デ・モリーナ、カルデロンの〈詩〉といったものは、〈人間的配慮〉ときわめてうまく調和するものとはいえ、多角的な芸術形式において、あえて存在理由を探し出す必要のない者たちを前にして、〈自らの〉魂の奥底からそれを示そうと試みた者たちの〈論理〉と、威厳の高さで対となっていた。われわれは歴史が未来と同様に、〈過去の希望〉として構成されるべく、理性として分断された過去なるものを、価値として調和させねばなるまい。今日、多くの者にとって愚かしいと思われている対立のおかげで、スペイン人は自らの生を表現しえたのである。それはセルバンテスへ向かう道が、ロペ・デ・ベーガへ向かう道筋と対立し、そして統合されるような仕方においてであった。双方とも死すべき人間として憎みあい、そして互いに障害として意識しあった。しかし時間が奪い去ってしまう限界を超えて、彼らの作品はスペイン文明の対立的といえども素晴らしい統一を象徴しているのである。

原　註

(一) パウリーノ・ガラゴッリは、筆者も別のところで引用するつもりだが、ある論説の中で、ペニャフロリーダ伯のハビエル・デ・ムニーベの皮相的な本を解説しつつ、そのこと指摘した。それによると偉大な数学者ホルヘ・フアンは未だに地球は回転などしていないと記していた。ムニーベの『手厳しい村人たち』(*Los aldeanos críticos*)もまた、異端審問所から歓迎されるしろものではなかった。

(二) 後で述べることを先取りするようだが、セルバンテスが〈カトリック〉(católico)という言葉を二四回しか用いなかったのに対して、〈キリスト教〉(cristiano)という語は何と一七九回も使っているのは決して偶然ではない(きわめて重宝なC・フェルナンデス・ゴメスの『セルバンテスの語彙』*C. Fernández Gómez, Vocabulario de Cervantes* 一九六二、一一〇九頁、一一一二頁を参照せよ)。

(三) 拙著『セルバンテスへ向けて』(第三版、一九六六)の序文をみよ。

(四) 拙著『葛藤の時代について』一九六三、七七頁。

(五) セルバンテスは soler(普通である、よく〜する)という動詞を一七九回も使用している(C・フェルナンデス・ゴメスの『セルバンテスの語彙』一一三一頁)。この動詞が出てくる文章をすべて集めてみれば、おそらくセルバンテスにとっては、頻繁に起きること、ありふれたことが、さほど価値あるものではないということが分るだろう。筆者にそれを行う余裕はないが、いくつか例示するだけに止めておこう。「上つ方へよく人々がささげる、おびただしい、とんでもない献策目録……」(後篇、第一章)「よく世間で描かれるとおりの〔サン・ホルヘの像〕……」「世間人の中の不可視的・非物体的なものに対してである。

てても敬意を払っていない。ドン・キホーテはサン・パブロ（聖パウロ）のことは称賛し、崇敬しているが、それは聖人の中の不可視的・非物体的なものに対してである。

（六）「わしだって、ほかの人間と同じたましいを持っているし……」（前篇、五〇章）「『暮らしのよい者がよい説教をする、でがす。（……）だがわしゃほかのすん学は知らねえだ』『そんなものは知る必要はない』と、ドン・キホーテが言う」（後篇、二〇章）。また『リンコネーテ』では「何も神学のなんのと七面倒なことはあっしゃ言やしないのさ、ただね、（……）誰でも自分自分の生業で、神さまを崇められるもんだってことさ」〔会田由訳〕とある。前篇、三一章ではサンチョはこう言っている。神は愛さねければならないが、それは「天国へ行きてえ、地獄が恐ろしいという気持からではなくって……」こうしたキリスト教思想は後の方で確認するが、外的状況や〈人間的配慮〉などよりも、魂の方に大きな関心を寄せるものである。本書でも『セルバンテスへ向けて』（第三版、一九六六）でも、重要な詳細に立ち入ることはしなかった。犬のベルガンサは『犬の対話』の中で、王国の経済的困窮を救うための献策を提案する。それによると「国王陛下の臣民にして、すべて十四歳から六十歳までの者はかならず月に一回パンと水だけの断食を励行せしめる」〔会田由訳〕というものである。集まったお金は国王陛下に献納すること、そうして献策家はこう述べる。「諸君には月々きまって三百万レアールのお金が篩にかけるようにザクザク手に入るとしたら、どうです？」。A・G・デ・アメスーアは自らの『犬の対話』の版（二四九頁）において、この献策は不毛地を耕作したり、そのために「陛下の臣下の誰もが、毎年二〇日か二五日間の労働を提供する」ことを、王に提案するのと同じような献策だと考えた。しかしアメスーアが言うような献策は馬鹿げている。というのも『犬の対話』の中のそれは、皮肉的な意味合いをもっているからである。まずもってベルガンサが語っている断食とは、宗教的動機による断食のカリカチュアである。さらに言うなら、多くの人々を苦しめていた飢えによる食餌療法に対するアイロニーでもある。王国の貧窮を救うために、少数の金持ち連中が犠牲になる代わりに、寄る辺ない人々を犠牲にしようとするものであった。セルバンテス作品は、きついアイロニーと多彩な糸によって織り込まれた布のごときものである。

（七）拙著『スペインの歴史的現実』一九五四、五五三頁をみよ。

（八）『宮殿の詩』（*Rimado de palacio*）、キュルシュタイナー（Kürsteiner）による版、第一巻、一三九章、二九節。

（九）拙著『スペイン的生の諸相』*Aspectos del vivir hispánico* 第二版、マドリード、一九七二、四八頁以降（アリアンサ社刊文庫版、二五二番）をみよ。

（一〇）何はともあれ、セルバンテスはエラスムス的発想のキリスト教的精神主義に強い関心を抱いていた。『ドン・キホーテ』の最後の方（後篇、六二章）〔原文七二章は間違い〕に次のような場面がある。ドン・キホーテはバルセローナの印刷所で『霊魂の光』という標題の本の一葉を校正しているところだったので、それを見て、こんなことを言った。《この種の本はおびただしい数ではござるが〔彼の関心を呼ぶのはよくある一般的なものではなく、卓越した例外的なものである〕、しかし印刷に附すべき書物にはちがいない。それと申すのも、世にはあまたの罪人が満ちているゆえに、こういう暗闇にうごめく者どものために、無数の光明〔キリストのそれ〕が必要だからでござる》。フライ・フェリペ・デ・メネセスのこの著作はエラスムスの『エンキリディオン』（または『キリスト教兵士提要』）*Enquiridion o Manual del caballero cristiano* とかなり似通った内容であった（拙著『セルバンテスへ向けて』所収の「セルバンテス時代のエラスムス」をみよ）。

（一一）前の註で挙げた作品には、文字通りエラスムスをなぞったような表現が見られる。「私はこの〔キリストの〕血が化したところの秘蹟についても、同じことを言おうと思う。つまり秘蹟によって神と交わるわけである。神はある者にとっては健康であり、別の者にとっては毒である。ある者には生命である。他の者には死である」。

I

セルバンテスと新たな視点からみた『ドン・キホーテ』

「自分もキリスト教徒だということと、さらに世間態よりもたましいを大切にしなければならないということを悟らせるようになすった……」（『ドン・キホーテ』前、二八章）

序文（一）

セルバンテスの主著は歴史的変化の荒波にもまれたり、読む者の論理と空想力を通してすり抜けていくかしながらも、生きた存在としてありつづけている。『ドン・キホーテ』は自国人、他国人とわぬ無気力と無関心を乗り越え、新たな文学的視点と構造を生み出す能力をもった者たちにとって、じっくり見極めるべき芸術作品として、また積極的な刺激として生き長らえてきた。セルバンテスを出発点とした小説を書いた者にはスタンダール、ドストエフスキー、ガルドスをはじめとして他にも多くの小説家がいる。西洋の幻想文学はこの一世紀にさまざまな形で豊かになったが、そこには少なからず『ドン・

キホーテ』の影響がみてとれる（ハーマン・メルヴィル、マーク・トゥエイン、ピランデッロ等）。

真に歴史の名に値するものの領域では、もし他者から何らかの形で〈自分たちのもの〉だと言われないかぎり、いかなるものも〈われわれのもの〉としての価値は得がたい。生の価値の有効性は〈それ自体において〉、絶対的なるもの、正確に計測し得るもの、完璧に立証しうるものとして論ずることはできない。いわゆる文芸批評なるものは、芸術的価値を示すことはできても、立証することはできないものであるため、科学とはいいがたい。論理といったものも、それがつねに読む人の〈姿勢〉、身分、水準、人生の方向などに依拠するであろうから、ほとんど役にはたたない。道徳的・美学的テーマをもった書き物というものは、最新モデルの自動車をはじめ馬車、荷車、ロバの隊列、歩行者といったすべてのものが、同等の権利を主張して通行する近代的道路と比較しうるかもしれない。この点に関連して、ある偉大な思想家が筆者に気づかせてくれたのは、哲学史に痕跡を残しえた倫理学の書物は、きわめてわずかしかないという事実である。アリストテレスに始まるものの、総勢六人にも満たない。さもありなんと思われるのは、人間の生きざまやその表現といったものは、厳密に計算された、予測し得るような軌道や経路をたどることはないからである。したがって、あるセルバンテスに関する出版物（一九六五）のなかでこう述べられたとしても不思議はない。「『ドン・キホーテ』の主たる目的は著者が言うように、騎士道物語を愚弄して、人々の称賛に水を差すことである」。

『ドン・キホーテ』およびそれに類似したものすべての有効性と無効性は、一義的なもの、絶対的なもの、真実や虚偽のどれにも基づくことはない。それを超えることもできなければ、隅に追いやることもできない。もっと質の高いもっと面白い〈ドン・キホーテ〉たちにとって代えることもできない。唯一たしかなことは、この作品が生き延びてきたという事実であり、一六〇五年のマドリードという、何とも遠い時空において、あらゆる猛火の試練に耐え抜いてきたということである。『ドン・キホーテ』はその場所から人間の波瀾に満ちた人生の〈不可知〉の海に投げ出された。われわれがいま一度それをひも解き、自らの進むべき進路を確信している人類の輝く星を生み出した作者と、新たな対話を交わすとき、われわれはこの作品を含む本のなかに参入し、つましい場所を得るといった体験をする。こうしたときには、作者が自らの作品のみならず自らの属す時間・空間的次元からも切り離されることはない。セルバンテスが自らの現在から『ドン・キホーテ』のなかに封入したものは、それ自体がすでに多くの言語に翻訳され、多くの人々から称賛を受けたものとしてあるといった、いわば回顧的未来から作品を見つめている姿勢である。それを行ったのは、アポロンだけが印を見分けられる住居に住んでいた、あの時代のあの場所からであった。そこはまさしく『パルナソ山』の崇高な詩文のなかにあった場所である。

「ミゲル・デ・セルバンテス・サアベドラ殿、マドリード、ウエルタス通り、かつてモロッコの皇太子が住んでいた館の向かい側」。

この〔皇太子なる〕人物についてはその困窮した隣人（セルバンテス）よりもさらに記憶に乏しい。そのしがない建物におけるかの「貧しい詩人にあっては、毎日きちんと食べていくことが先で、素晴らしい作品や思想の半ばが、そのための気遣いで追いやられてしまう」のである（パルナソ山、付記）。

こうした気遣いとて、安らかな田舎の生活のなかで、いびきをかいて眠るようなサンチョ・パンサのような人物にとっては無縁のことである。セルバンテスは眠りこけた彼の従士に話しかけるとき、自らに語りかけているかのようである。「なんじは思い姫に対する嫉妬に、来る夜も来る夜も寝もやらず、悶え苦しむこともなく、借りた負債を返済するとか、なんじとなんじの微細な悩める家族が明日の糧を得るには何をしなければならんとかいう思いにまどわされて、まぶたが合わぬということもなく、なんじは眠るのじゃ」(後、二〇章)。

よくあるそうした嘆きは(セルバンテスやドン・キホーテのそれでもある)生の文脈においてもちあがるものだが、そこでは微細で直接的な事実が、壮大かつ遠大な視点と互いに歩調を合わせている。セルバンテスと彼の英雄は、われわれをきわめて広大なパノラマの前に据えると同時に、そこから遠大な距離を見極めさせる微細な場所にも据えるのである。対立し反目しあうもの(たとえば無限と有限、崇高と低劣、美と醜、想像物と実物等々)を表現と視点の統一のなかで同時的に扱うことは、合理的世界、つまり西洋世界の見方とは折り合わない。ところがセム系文学ではアラビア文学でもユダヤ文学でも、そうした例にはこと欠かない。このことをギリシア・ローマの神話に見られる出来事と混同してはならない。そこに見られるのは神々は非物体的な霊魂ではなく、人間化された自然を最高度に人格化したものだからである。しまいにはギリシア人自身、自分たちの神々をまじめに扱うのをやめてしまった時すらある(アリストファネス)。こうしたことは旧約聖書のヤハウェには起きることはなかった。なぜならば、『創世記』の作者は、神人同形的に人間を創造したことを後悔している神の姿を提示してはいるものの(第六章、七、八節)、この神は無限の霊魂だからである。神が作者のことばの中で後悔し、語ることで、また人間的な時空に帰されたせいで、神の無限性や絶対性は相対化されてしまったが、だからといって霊的な無限性が損なわれたわけではない(二)。

そうした異質な対立物の調和を表現したものは、スペイン文学やスペイン思想の分野において明確なモチーフとして存在する。テレサ・デ・ヘススはヨーロッパの神秘主義者とは明らかに異なるかたちで、自らの肉体と感覚において神を感じ取った(このことがきっかけとなって彼女のなかに潜在的・無意識的なセム的性格があるのではと疑ったが、案の定、そのことは後に文書によって立証された）。聖テレサ以前にも、彼女ほどの資質はなかったものの、同じユダヤ系のテレサ・デ・カルタヘーナは、一四七〇年に自らの聾の生活体験を次のように表現している。「よくみてもらえばわかりますが、私はひとり自分の部屋に引きこもるときよりも、多くの人といっしょにいるときのほうが孤独を感じます。その理由はこうです。ひとりでいるときは自分自身と、それにあの哀れな感覚ともいっしょにいることができます。［彼女が自らの才能を恃んでこういった表現をするなら、偽りの謙遜かもしれないが……］しかし他の人といっしょにいると、すべてから見放された感じがするのです。というのも他の人たちとはいっしょに楽しく話せませんし、自分自身とも語り合えないのです。それは感覚が私から逃げ出してしまうからです。あまりに自分がつらいという思いにばかり駆られているからでしょう。理性もまた、私の感覚で、はきわめて理にかなった苦しみをともなって、離れて行ってしまうのです。聴覚が失われてしまえば、話すことなどどんな関わりがありましょう？　なにものからも取り残された死んだ存在になにができますか？」

したがって人が書き記すもののなかには、それを書いている人間の存在が含まれている。というのも〈スペイン的なるもの〉はキリスト教的・ヨーロッパ的な要素によってのみ構成されたわけではないからである。そのことを考慮に入れることで、かつて明確な説明がされてこなかった、われわれの歴史における二元的対立が、どのようにして一体的な生の表現に還元されてきたのかが理解しうる。つまり民衆的なものと教養的なものの共存、写実主義と理想主義の共存、（滑稽さを伴なわぬ、飾り気のない）個人的意識の客観的テーマへの侵入などである。ホルヘ・マンリーケは遠い歴史よりも、読者たちと近接した、自らの世界のほうにより大きな関心を向けていた。「トロイヤ人のことはさておき……ローマ人のこともさておき……昨日のことに思いをいたそう」。つまり、わが身のことに思いをいたすということである。他方で、ドン・ロドリーゴ・マンリーケは何よりもモーロ人と戦い、彼らの多くを殺したということで不滅の名声を獲得した。

赫々たる男《おのこ》たるそなたよ。
異教徒の血をかくもふんだんに
　流したからは
この世にてそなたの腕で
勝ちとりし、褒美をたんと
　期待するがいい。
確固たるかかる自信と
ゆるぎなき信念をもつ
　そなたゆえ
期待を胸に旅立つがいい。

この詩からは、イスラム的聖戦の理念が詩人の潜在意識に存在しつづけていたことがわかる(三)。セルバンテスが関わっていた当時の文学的生活や文学表現の伝統について知るには、こうした手短な引用だけでも十分であろう。何はともあれ、文学的伝統というものはそれをあえて利用しようと試みる者たちにとって、単にエネルギー源にすぎなかったことを忘れてはならない。ケベードはモンタルバンが「才知きわまるミゲル・デ・セルバンテスが印刷に付した小説に対する恐れも敬意もどこ吹く風で」(BAE, XLIII、四七二）あえて自ら小説を書くなどという無謀に走ったことを非難した。セルバンテスは誰もかつてしなかった方法で、他の者たちによって見聞きされ知られていることと、作家自身によって新しく作り変えられたものとの二面性を、一体性のなかで表現するスペイン的可能性を自らのものとしたのである。その場合、焦点はありふれた通常の視点から新たな作者の視点に移行していく。作者のものの見方によって生み出されるのは、想像されたものが必要であるだけでなく、当然そうあっていいという幻想である。

筆者にとっては、セルバンテス作品に見出されるルネサンスやバロックの要素よりも、作者が近づきえた同時代と前時代の教養を活用する際の、確固たる独自の方法のほうにより大きな関心がある。セルバンテスは〈ルネサンスの人間〉だとか、〈マニエリスムやバロックの人間〉だとかいうよりは、今日まで深いところは知られていなかったが、フェリペ三世のスペインという時代に生きた、新キリスト教徒の作家であったというほうがふさわしい。セルバンテスはスペイン人としての自らの状況と、当時の文学が個人的に彼に提起した問題を、独自の方法で取り上げたのである。

セルバンテスは〈ウエルタス通り〉に住んでいたと言う。またドン・キホーテは「長年の間腎臓をわずらっていたという評判があった」(後、一八章）という。また同様に、〈わがシッド〉は英雄としての側面の他に、彼の『歌』のなかで、ウビエルナ（ブルゴス）の寒村に所有する水車で、粉ひきの現物を徴収する姿が描かれている。しかし腎臓を患うドン・キホーテについてセルバンテスが著した書は、シナの大帝が読むことを望んだ本でもあった。大帝は「一月ほど前になりましょうか、私あてにシナ語で書いた手紙を使者に託して……それと申すのが、皇帝はカスティーリャ語を教える学院を創りたい、しそれにつけ加えて、私にその学院の院長をつとめに出向くようにと書いてございました」（後篇、献辞）。

こうしたアイロニーの生まれたきっかけは、セルバンテスが『後篇』を捧げたレーモス伯爵が、秘書としてナポリ副王領に連れて行く人物をセルバンテスではなく、常日頃ビリャエルモーサの院長（Rector）という肩書きで呼ばれていたバルトロメ・レオナルド・デ・アルヘンソーラの方にしたという経緯がある。しかしその悲痛な拒絶についての言及は、たしかにそれ自体はささいな出来事なのだが、セルバンテスにとってみれば自らの作品は世界的な評判をとろうとも、バルトロメ・アルヘンソーラなどは、たとえレーモス伯爵にナポリに同伴させてもらったとしても、彼のように世界中で有名になることなどありえない凡庸な作家にすぎないと、想像させるきっかけを与えたことだけはたしかである。

身近なものと遠大なもの、実物的なものと想像的なもの、散文的なものと詩的なもの、失意と希望、不当に強いられた屈辱と偉大な人間として認知され、将来的に世界最高の作家になると自認する輝かしい埋め合わせ、こうした対立する二つの要素の緊張によって、セルバンテス作品の最初から最後までが貫かれ、実現したのである。かつてドン・キホーテの善良さは常々、問題性をはらんでいた。なぜならばドン・キホーテとしての彼の存在は、郷士たる彼と他の周りの者たちの争いとして、言い換えると、存在と非存在の中間にある現実として措定されてきたからである。しかしいまやかつての騎士たる、そして苦悩の中にあるしがないアロンソ・キハーノは、自らの信念によって約束された永遠性のなかに足を踏み入れようとしている。そしてその目的に向かって、教会によって命ぜられたことを果たすのである。かつての〈善人〉たる騎士は、現世を越えてあの世を目指していく。セルバンテスはかかる崇高さの下において、自らの作品が長く存続し、この地上において神学的永遠性の兆しを享受することを目指し、人間の現世的なはかなさから作品を救い出す、という強い欲求を内に萌したのである。セルバンテスは自らの作品を絶えざる、種々さまざまな生活習慣が汲みとれる泉として構想していた。「子供もいじくりまわす、若者連も読めば、おとなは会心の笑みをもらす、老人はほめちぎる」（後、三章）。「広く世の人々を楽しませようと、それをアラビア語からカスティーリャの俗語になおす労をとった奇特な人物の上に幸いあれかしですな……わたしにはあれを翻訳しないような国も言葉もあるはずがないと思えますな」（同）

『ドン・キホーテ』をもってして陰鬱にして
不機嫌な者の心にどのような
時といえども気晴らしを提供したり。　（『パルナソ山への旅』第四章）

予言的で野心にとんだ著者の視点は、作品のテクストに組み込まれることとなる。セルバンテスがそこで現に見ているものと、彼にも測りがたい未来は、スペイン的響きを奏でる和音のなかで合体するのである。

『ドン・キホーテ』の出た一六〇〇年当時の社会的・文学的背景

セルバンテスの作品において、社会・文学的状況はそれを乗り越え、拒絶し、嘲る対象として表象されている。『ドン・キホーテ』は、作者にとってともに近しいものであった、スペイン文学とイタリア文学の双方がたどってきた伝統的な轍をたどることはなかった。とはいえ、一六〇〇年当時のマドリードにおいて文学が占めていた社会・心理的空間が、今日、芸術的・文学的目的のあるなしにかかわらず、大衆のために語られ、書かれるすべてのものに満たされる空間と対応している、ということはすぐにでも指摘せねばなるまい。『ドン・キホーテ』で作者が作品を可能ならしむべくなさねばならなかったのは、自らの時代的状況を前にしたときの反応と態度を作品に組み込むことであった。状況とは文学的なそれであると同時に、芸術的にいまだ形をなさぬ生身の生のそれであった。『ドン・キホーテ』は新たな想像力で作り出された軌道をたどったが、それは文学上の一人物が他者とのありうべき結びつきのなかで、その生を形づくっていくというセルバンテス的方法に意味を与えるという目的をもっていた。こうした人物たちの目新しさは、出来事の偶然性と人物たちの内面的動きや構造が、はじめて有効な言葉に移し変えられて、うまくかみ合い機能していることである。ところで、ペドロ親方の人形芝居がこの人物がいなければ想像しえないように、『ドン・キホーテ』の場面や見せ場、文体上の動きなどが十分な写実性を得るには、飾り気のない表現の後ろに、書き手の側の、この場合でいうと斜にかまえた、アイロニカルな視線を見破らねばならない。いま述べたことと、謎解きや秘教主義的探求とを混同するのは愚かしいことであろう。というのも、いま問題にしているのは作品構造のもうひとつの次元であって、それは作者の〈生活体験〉や生きざまと、異なる何ものかに投影し得るような図式には、還元できないものだからである。つまり言い換えると、作者が自らの言葉のなかで表現せんとするものを、どこから感じとり、そしてどこに向けて配置するかという生活体験のことである。

筆者はセルバンテス作品を彼自らの真正な状況に当てはめようとする者が、直面せざるをえない障害について認識している。様々な状況はあって当然である。しかし読者の多くは、たとえそれが正視しえぬほど明々白々としたものであろうと、セルバンテス的状況に直面することを避けるはずである。それは多くの者が、人の言うスペイン人の真正な現実に目を向けることを拒否するのと軌を一にしている。スペイン人の真正な現実と、その文学の背景になっている真正な現実といったものが、多くの知識人や外国のスペイン研究者たちには不愉快であるらしい。通説ではスペイン人は他の者たちと同様に、いつでもヨーロッパ人であったし、またセルバンテスも〈彼の時代〉の作家であって、時代の文学的枠組みのなかで、ときに曖昧な、ときにユーモアのある文体で自らの作品を組み立てたことになっている。われわれはこうしたことで、呼吸できる大気のある地上に下りることなく、いつまでも文学的な〈エーテル〉界に居留まるのである。歴史学は戦争についてであれ、文学についてであれ、他の必要要件はさておき、まずもって正しい慎重さを具えていなければなるまい(四)。

ハムと豚の脂身の歴史・文学的意味

モリスコのリコーテは、巡礼服をまとった外国人たちと連れ立ってスペインに入ってきたが、その目的はスペインの〈あちこちの寺院を訪れる〉ことであった。とはいえ「彼らはそういうところを自分たちのアメリカ地方と心得え、いちばん確実な儲け場所、間違いないお貰い場と心得ている」（後、五四章）と述べられている。彼らが草地の上に広げた食糧品のなかにはパンのほかに「くるみ、チーズの切れ、きれいな骨付きハム、ただしこれを噛むことはむずかしいかもしれないが、少なくともしゃぶるには差し支えないしろものであった」とある。外国人たちがしゃぶってもかまわない骨付きハムを、これほど誇示することに誰も注意をはらった者などいない。外面上、モリスコからドイツ人に変身したリコーテは、「大きさにおいてゆうに、他の五つに匹敵する」大きなぶどう酒の革袋をとりだしたとある。巡礼たちは骨付きハムにしゃぶりつくことなど意にかけていないと言わんばかりに、これ見よがしに熱心に食らいついていた。一方、リコーテはリコーテで、酒を禁じたイスラムの掟など問題にもしていなかった。セルバンテスがどういう目的でハムに言及するのかは、『犬の対話』のなかで別の外国人（この場合は〈英国野郎〉）にふれて述べられたことを読むと明らかになる。つまり彼はズボンのなかに「金貨で五十エスクーティの金」と「すばらしいハムの切れ」以外は、これといったものなど何ひとつもってはいなかった。犬のベルガンサはその心地よい臭いを嗅ぎつけ、外国人のズボンを〈表通りに〉持ち出して、中身を味わおうとする。セルバンテスはスペインにいる外国人にとっての最良の通行手形は、モリスコでもユダヤでもない身元を証明するべく、骨付きでも赤身でもいい、ともかくハムの切れを見せつけることだということを、無言のアイロニーをこめつつも面白がったのである。犬にとってはハムが生粋主義の問題を提起することはなかった。

セルバンテスはキリスト教生粋主義の強迫観念を直接的に攻撃したわけではなく、次のケベードのような旧キリスト教徒の姿勢をとっているわけでもない。「世の中を支えるべき掟をもたないほど愚かしい世の中などありはしない。マホメットの掟がそのように命じているが、酒を飲んだり豚の脂身を食べてはならぬなどということ以上に愚かしい掟があるだろうか」(『何でもござれの書』BAE, XXIII、四八一b)。ロペ・デ・ベーガにとって〈冷たい脂身肉〉は〈郷士〉という名前そのものであった。『愚かなお嬢様』のなかでリセオがいう台詞「もし何かいただけるのなら/その名前と同じ価値をもったものを/何かくださいませんか」(BAE, XXIV、二九七b)(五)。

われわれが卑俗きわまる〈豚の脂身〉を問題にすることで、価値ある展望を得た結果として、なぜセルバンテスが、ラ・マンチャの郷士が毎週土曜日に食べていた塩豚の卵あえという料理をあえて〈悲痛と苦悩〉という別名で呼んだのか(前、一章)、その理由もわかろうというものである。このことはロドリーゲス・マリンが自らの『ドン・キホーテ』の版(一九二七、第七巻、八二―一一〇頁)においてはっきりと述べているので、かなり前から知られていることではある。しかし知られていなかったのは、かくも奇妙な表現がされる理由である(六)。その表現からは料理がどんなものかは述べられず、ただ偶々そういう呼び方をする者が、料理に対して抱く侮蔑感といったものが表明されただけである。もっとはっきり言ってしまえば、人が感じたことを表明しているのであり、具体的に言えば、塩豚の卵あえを食べていた者がこのように感じていたことだ、ということが推定しうる。これは価値観的な問題であり、客観的分析というわけではない。そのことは意外にも対極的な別の反対表現のなかにも見出される。セバスティアン・デ・コバルービアスの『カスティーリャ語宝典』（一六一一）によると、「〈塩豚の卵あえ〉は神の慈愛なり」とある。ロドリーゲス・マリンはこのテクストを引き合いに出し、また別の例を『莫連女フスティーナ』（一六〇五）から出している。「蜂蜜入りの塩豚の卵あえは、別名神の慈愛と呼ばれる」（プジョル版、第二巻、一六二頁）。

要約してみれば、新キリスト教徒の見方からすれば、塩豚（脂身）を食すことは〈悲痛と苦悩〉の原因となるということである。というのもこの表現は、ふつう人が肉体的・精神的に〈悲痛で打ちのめされた〉場合に使われてきたからである。旧キリスト教徒の立場からすると、そうした食べ物はまさに〈神の慈愛〉であり、ロペ・デ・ベーガが〈脂身〉を〈郷士〉という名称そのものとみなしたことと、価値観的に符合している。天才的に悪賢いセルバンテスは、豚の脂身を食すことが将来のドン・キホーテにとって、あるいは栄養学にかまける者にとって、あるいはセルバンテスにとって、その他だれにとってでもいいが、〈悲痛と苦悩〉の原因となるかどうかについて明言は避けている。疑う余地のないことは、塩豚をめぐる対立の問題は、すでにこの人間交響楽の最初の出だし部分で、脂ぎった音響を聞かせてくれるということである。

作品全体を通して〈塩豚〉のテーマは二度ほど現れる。二度ともサンチョか彼の家族について言及している箇所である。カマーチョの婚礼は、従士によって見るよりも先に臭いでかぎ分けられる。「その木の枝屋根のほうから、わしの勘違いでなかったら、黄水仙やたちじゃこう草とはちごう、焼豚のたまらねえにおいがしてくるだ。こういうにおいで始まる婚礼なら、誓ってもいいだが、ご馳走もふんだんで、気前もいいものにちげえねえ」（後、二〇章）。さらに後のほうで登場するサンチイカは「卵といっしょにパンにはさむために、塩豚を切って小姓に食べものを出す支度をしているところであった」（後、五〇章）とある。

とはいえ筆者にはセルバンテスに先んじて、塩豚好きと塩豚嫌いのテーマの行末を詳細に論じようというつもりはない。少なくとも十六世紀初頭以降、文学には双方の傾向が現れていたということを知るだけでよしとしよう。塩豚嫌いの作品としては、コンベルソのフランシスコ・デリカードの『アンダルシーア娘ロサーナ』（ヴェネチア、一五二八）がある。彼はラ・ペーニャ・デ・マルトス生まれで、バーリエ・デ・カベスエラの助任司祭であった。ロサーナの職業上の仲間たちがもし「彼女を喜ばせないとしたら、仲間たちについて豚肉以上の悪口をたたくだろう」（七）と述べられている。さらに後の方でロサーナの下男たちが、彼女の召使ランピンを呼びつけて食べるように言う。

こっちにきて、食え、遅く着いたんだからな。ハムがこうして残っているなんて奇跡もいいところだ。切って食え、そして飲むがいい。

ランピン　もう食事はすましたから飲むだけでいいよ。
タリーリョ　ロサーナさん、奴に恥ずかしがらずに食うように言ってくださいよ。
ロサーナ　はやく一口お食べよ。
タリーリョ　何ぐずぐずしてんだ。食えよ。おい、まさかこっちに食べてくれってお願いさせるつもりじゃあるまい？［ランピンは吐き出す］。ゆっくり、ゆっくりでいいんだ。何てざまだ！ああ、お前って奴はどうしようもねえ。胃袋をぶちまけようっていうんだな。あっちに行ってやれよ。でかくなってからでも、溺れさせずにお前に洗礼を施してくれた神様になんてことを！［ユダヤ人のランピンは大きくなってから洗礼を受けさせられた］。おい、お前は離れてできなかったのか？　テーブル掛けも皿も茶碗も、みんなこのお前さんとこの召使がぶちまけてくれたぞ。そこに吐き出したやつは何だ？　サナダムシか？

下男たち　ああ、何たるこった！　豚の脂身と知ってはらわたが飛び出てきたとは！

タリーリョ　いともやんごとなき脂身どのは焼かれてしまえ！　もっと食べてたらどんなことになったか、哀れな奴め。ほんの一口でいいって言ったのに……

（雑記帳、XXXIV、前掲版、一七六頁）

セルバンテスは同国人を和解し得ない二つの党派に分裂させる食べものをめぐる対立と、徹底的とはいえ、微妙なかたちで向き合った。彼の現実、つまり日常生活の現実や、文学作品のなかで扱われた現実に対する認識は、マテオ・アレマンが『グスマン・デ・アルファラーチェ』（一五九九―一六〇四）のなかで扱ったそれを超える性質をもっていた。対立する二つの血統の分裂は、新しい文体をもった小説的人間像を形成する素材として、間接的に役立つこととなった。セルバンテスはマテオ・アレマンのように、世の中の悪と直に向かい合うことはなかった。彼はロペ・デ・ベーガ流に、人を〈ありったけの力で動かす〉べく熱中させ、好奇心をそそるべく、興味津々な状況について嬉々として思い描いたりはしなかった。『ドン・キホーテ』において、彼の興味をひいた絶対的な価値（名誉、宗教、道徳、愛、英雄主義）など一つとしてない。経験や空想から得た資料は、『びいどろ学士』のなかで非難を受けた詩人たちが引き摺られたように、〈第一印象〉のなすがままとはならなかった。一義的かつ基本的な試みというのは以下のようなものであった。つまり外面的経験とか内面的空想からくるあらゆる資料に対して、正しく〈第一印象〉の内容を、予見計測しえないとはいえ、可能性のある本当らしさをもった意味や目的に向けて投影すべく、〈第一印象〉から必要な距離をおいた位置に身を置くということである。作家の企ては対象のもつ現実性に横たわる可能性のなかで育まれる。人々の世界とセルバンテスをめぐるものごとは、存在するという事実ゆえに、各々の、かくあり続ける可能性を実現していく。骨付きハムやスライスハムは、まさにハムそのものの香りと味をもっている。かのドイツ人巡礼がスペインに入ってきたのは、あれこれ自分なりの利益を求めてであった。ということになれば、作家はそうしたものすべてに対し、フェリペ三世の時代のスペインと符合するべく組み立てられた現実の、新たな様相を創作することとなる。そしてそれ自体取るに足らない資料（スペインにおけるドイツ人巡礼）のなかに、作者のもくろみを組み込むのである。つまり文学的人物に対して、単なる外見的に見える現実以上に深い現実を付与するということである。

『ドン・キホーテ』は一六〇五年と一六一五年の読者のために書かれたが、同時にセルバンテスのためにも書かれた。『ドン・キホーテ』のなかでは、語りや描写がなされるだけでなく、誰にでも手の届くような、あるいはセルバンテスが考え付き、思い描くような現象に対して、ある種の特別な機能や職務が割り当てられている。前に述べたような塩豚好きや塩豚嫌いといった例において、作者たちは、郷士と同一視させるその威力を称えようとして、あるいは汚らわしいその性質を非難すべく、かの美味なる食べものの上に襲いかかってきた。そうした争いと慣れ親しんだセルバンテスは、自制し、自らの内部で微笑み、骨付きハムやスライスハムをもって、新旧のキリスト教徒のいるスペインを渡っていく際の有効な通行手形にしようとの決意を固めたのである。豚の脂身はもはや〈郷士〉でもなければ、気味悪いしろものでもなかった。それは〈世論〉に対抗するための盾となり、『犬の対話』の〈英国野郎〉

がズボンのかくしに入れていたエスクード金貨と同様に有用なものとなった。外国人商人はお金と旧キリスト教徒の証で身の安全を確保できた。とはいえ女と寝るという欲に動かされれば、これは結局、途方もない冒険となり、計算づくのたくらみも水の泡と消えたかもしれないが。

こうした型の目新しさは、対象の目に見える部分と、そこに潜在し横たわる機能的目的とのコントラストにある。観察者と対象の間には、何ものかに奉仕するべき能力が介在している。能力とはよく知られた〈機械仕掛けの神〉のごとく恣意的かつ突発的にやってくるものではなく、対象がそれを超える名状しがたい状況と結びつくとき、対象のなかに暗黙の局面としてでてくるものである。ハムとか騎士道本とかは、そうした実体の他に、かかる対象によって何を作るにしろ、〈ありうべき〉機能的局面が役立つべき何ものかとなるはずである。たしかにいま問題にしているのは、いかなる神秘でもオカルト的符丁でもない。セルバンテスが予想していた当時の読者たち——少なくともそのうちの幾たりかは、今日では考慮に入れられもしない（むしろ努めて無視すると言ったほうがふさわしい）作者の方法を認知し、感じとっていた。一六〇五年および一六一五年の読者たちは容易に行間を読みとり、セルバンテスが次々と繰り出すある種の怒りを、そこから感じ取っていた。何はさておき、何世紀もの間地中に埋まっていた、集団的精神状態といったものを、可能な限り蘇らせることが不可欠である。

『ドン・キホーテ』の核心的問題が、一六一五年には明らかだったが今では考慮が払われないことを、単に能力として見極めることができるかどうかの問題にすぎない、などと考えてはならない。なぜならばこうした探索（これからはこの言葉を使うことにする）に含まれているのは、セルバンテスが創始した新たな小説技法の可能性そのものだからである。あるいは言い換えると、人間の姿を単にあれこれ行動し、体験する存在として提示するのではなく、自らを出発点として潜在的な可能性を繰り広げ、その可能性でもってわれわれを驚かすような存在として提示することである。登場人物は、彼に生起してきたものの枠組みや、自らのいつもながらの〈本性〉を逸脱し、われわれの目には、彼が自らの内なる存在や、自らが置かれた世界からの刺激に自由に身をまかすように見えるのである。つまり人物は何らかの変容をきたすということである。ドン・キホーテはある種の革命を企てたのだが、その効果は自らが惹き起こした抵抗や活き活きした反応に比べて、自らが達成したことにおいては、さほど顕在的ではない。とはいえすべては、一人の文学的に不滅な人物の生き死にの過程に組み込まれている点で余すところがない。ドン・キホーテと何人かの脇役たちは、典型的図式（遍歴の騎士、従士、住職等）を妙なかたちで散りばめている。しかし〈住職〉と〈役僧〉は作品中に聖職者としてではなく、自らが読んだものの生活体験を表現し、それらを後の観点に投影するべき〈文芸批評家〉としての、または明晰な読者としての機能をはたしている。セルバンテスはそのときまで文学上の人物の〈本質〉に置いていた力点を転移させ、問題をはらんで緊迫した人物の生のプロセスの上に置き替えたのである。この人物の上には、自らの行動と、和合や衝突の人間模様を織りなす人々の行動が、彩りゆたかに投影される。また〈同様に〉、必要に応じて語り、黙する作者の暗黙の介入といったものも投影されている。

モリスコのリコーテとは何者で、どういった人物だったのだろうか？　われわれは後篇五四章で彼がとてつもなく大きな革袋からぶどう酒を飲む姿を見てきた。それは「大きさにおいてゆうに」他の巡礼または巡礼もどき連中の「五つに匹敵するものであった」とされる。もっと先の方の六五章では、国王や〈ドン・ベルナルディーノ・デ・ベラスコさま〉がモリスコを追放したことが大英断であったとする、かなり分量の多い、注目すべき論述がなされている。というのもそれは「あの方はわしらの同族全体が感染して腐っていると見なすったもんだから、これをふやかす膏薬を貼るよりか、いっそ一思いに、焼鏝を当てなすったからでがす」という理由からである。次に述べられる内容は、北アフリカでのびのびと暮らしているモリスコたちによって、自由きままに記された内容とは裏腹であろう。

「フィリポ三世大王さまが、この仕事をこういうドン・ベルナルディーノ・デ・ベラスコさまにゆだねなすったってこたあ、大英断で、歴史始まって以来の用意周到なご処置で、大したもんでさ!」(『ドン・キホーテ』後、六五章)。

「追放後(一六〇九)わずかして、チュニスに逃れてきたあるモリスコは次のように記している。《私はキリスト教徒から遠く離れることができて、神に感謝している。また私は主が慈悲深くもフィリポ三世とその顧問たちに、われわれが王国から出なければ死罪という措置をとるように計られたことに対し、神を称える。神が海と陸を開いて道を作ってくださったおかげで、自由かつ安全に渡ってこれたのであるから》」(エドゥアルド・サアベドラ『演説集』、『スペインアカデミー回顧録』一八八九、第六巻、一六二―一六八頁)。

イスラム法に忠実なイスラム教徒たちにとって、追放はユダヤ人にとってのエジプト脱出に相当するものであった。

神がスペインのファラオの心を和らげたので
ファラオはしぶしぶ彼らに海を渡ることを許した。

海の道は花咲く緑野となっていた。 （同上）

リコーテの言葉は彼から祖国を奪った者たちに対して、あまりに媚びへつらったものだが、彼のもっていた不真面目なほど大きいぶどう酒の革袋と、ある種の意味において符合してはいる。その言葉は（数がどれほどかは分からないが）モリスコたちの見方をよく表わしている。つまり、つねに敵対する者たちから偽りのキリスト教徒となる屈辱に耐えるよう強いられるよりは、真実の法に従って生きる者たちの間で暮らすほうがましだという見方である。それはおそらく〈経験に基づく〉慰めであろう。セルバンテスについて言えば、彼はこの論争に口をはさむことはしない。このモリスコはスペインから脱出したことを祝福しながら、スペインにやってきたことを喜ぶという、まるでマンブリーノの兜と床屋の金だらいが合わさった、〈たらい兜〉のような問題性をまるごと背負って、その場に現れているのである。リコーテとセルバンテスが現に感じたであろうことは、好戦的態度と中立的態度が共存する文学的分野とは相容れない。リコーテは曖昧というのではなく、きわめて複雑な性格をもった他のセルバンテス的人物たちと同様、自らの皮相的な二重性が生み出した二重底をもった人物である。つまるところ、骨付きハムのごとく、しゃぶりつく素材であり、かつ通行手形なのである（この問題に関しては、一九六六年の『セルバンテスへ向けて』で扱っている）。

無知な農民と旧キリスト教徒であること

セルバンテスの向こう側の世界に足を踏み入れるにつれ、はっきり見えてくるのは、それが偉大な小説を生み出したと同時に、偉大な小説に変容していった様子である。一方で、そうすることで、セルバンテスを当時の社会における少数派、周縁部分、当時通用していた価値観の多くから外れた部分に据える必要が理解されていくであろう。彼は名誉という点で〈世論〉の価値基準に同意するといった核心的部分において、大衆と足並みをそろえることはなかった。彼はガレー船の漕刑囚といっしょに櫂をこがされるくらいなら、トルコ人に捕虜にされるほうがましだとする者たちを、あけすけに嘲っている。

（トルコ人が語る）

あの国ではキリスト教徒が名誉を
とてつもなく重視して、はては
危急時に櫂をとることすら
不名誉と見なすのだ。
あの国で連中が頑として
名誉を守っている間に
名誉と無縁の我々は

奴らに強いられここに来た。（『アルジェール生活』第二幕）

セルバンテスは不貞な妻を殺すことは正しいことではなく、キリスト教的でもないとみなしていた。また世襲される貴族の家柄や、郷士身分を賛美することもなかった。こうした点における彼の見解は、『ラ・セレスティーナ』のそれや、旧キリスト教徒ではない他の作家たちのそれとも符合していた。また何はさておき、無知であってお祈りをたくさんすることだけが、善き公僕となるのに役立つなどとも考えなかった。自らのいかなる作品においても、「精一杯あらゆる人を動かすゆえに、名誉をテーマとするのが最良」とするロペ・デ・ベーガの信念と歩調を合わすこともなかった。そうした〈あらゆる人〉はみな『ドン・キホーテ』を読み聞かせてもらったり、自ら読んで称賛したりすることをよしとしていたのであり、自らの価値基準をミゲル・デ・セルバンテスに押し付けたりはしなかった。聖職者たちは本の読者として、書物についての明快な判断を述べていればよかったし、あえて大公たちにドン・キホーテについてどう考えるべきか説いたり、社会行政に首を突っ込む必要もなかった。

　こうしたことにとんと疎いマヌエル・デ・モントリウ（Manuel de Montolíu）が、一九三九年（帝国的昂揚があった年）に、セルバンテスをスペインの国民文学最高の作家だともちあげるほどの価値はない、と書いたことは注目に値する。

　わが国の文学で国民的魂を表現する最高の作家はだれかという論争は、今日、ロペとセルバンテスの間で決着がつけられる。『ドン・キホーテ』の世界的評判は死後のものであって、評判が作り出されたのは、主として外国の作家や文人たちが、かの偉大な書のなかに、スペインでは彼の同僚とて思いもしなかったような重要性を見出したためである。……それとは逆にロペの名声は直接的かつ民衆的なものであった。……ロペが『ドン・キホーテ』に向けた侮蔑的な言葉のいくつかは、活字となって後世に伝わっていった。ロペの演劇は「騎士たちの芝居で、騎士階級のために作られたものである」一方、セルバンテスは作品のなかで同じように高い身分の男たちを描いてはいるが、たえず貧しい人や恵まれない人に対するひいきが窺われる。そして彼の共感は、例の馬引きや狂気がかった学士とか、ピカロや行商人、宿の亭主や人形遣い、漕刑囚や白くび、若い衆や追いはぎなどといった、セルバンテス作品によく出てくる、死の苦悩などとは無縁で、行き当たりばったりの生活をする、あらゆる種類の下賤な者たちに自由奔放に向けられている。……『ドン・キホーテ』はスペイン的現実の書などではない。かの主人公はこうしたスペイン史の重要な時点における、ふさわしい模範を提供するものではない。〈憂い顔の騎士〉は幻滅哲学を最高度に体現したものであって、差し迫るスペイン帝国の精神的統一の弱体化を表象するものである（「スペインの国民的詩人を求めて」『ラ・プレンサ』紙、ブエノス・アイレス、一九三九年十月二三日付け）。

モントリウはいみじくもセルバンテスが、帝国スペインを上から支配する高度な理念を体現してはいなかったと、述べている。その種のスペインはまさしく、ロペ・デ・ベーガの詩や演劇によって素晴らしいかたちで賛美されたものである。セルバンテスはスペイン的なかたちといえども、外国でも立派に通用する不朽の価値をもったものとして、生の問題、人間的生き方を創り出す方法を提起した。そうした仕事はロペ・デ・ベーガが行ったように、旧キリスト教徒の見解にぴったり沿うように迎合したり、彼らの熱狂や自己満足を促したりすることとは、とうてい両立し得るものではなかった。ロペ・デ・ベーガはたしかに大きな偉業を成し遂げた。つまり両者はともに栄光に包まれている。というのも二つの顔をもったひとつのスペインのみが存在し、一方を欠いた他の存在など考えられなかったからである。そのスペインは自らを感じ取り、自らを表象しつつも衰退し、憔悴していく唯一の生を生きていた(八)。

セルバンテスが兵士として捕虜として、勇敢な行動をとってアルジェールの捕虜生活から帰還したにもかかわらず、報奨をえられなかったことは意義深いものがあった。彼は一五八二年と一五九〇年の二回、堂々と申請していたインディアスでの任官を拒否されてしまった。あまつさえ庇護者であったレーモス伯爵から、ナポリ副王領において秘書として奉仕したいという願いすら拒絶されてしまった。唯一手に入れたものは、徴税吏(租税の徴収人)としての職であった。皮肉にも、スペインでは昔からその種の職種はユダヤ人のものとされてきたのである。

セルバンテスはスペインの周縁、あるいはもっと適切な言い方をすれば、スペインの場末からものを凝視していたのである。作品のなかで問題を扱うときの方法こそ、そのことを雄弁に物語っている。

新旧キリスト教徒の問題

セルバンテスはハムと豚の脂身のケースで見たように、スペイン人を下賤な者か高貴な者か、言い換えると、血統が純粋か不純かを決定づける原則を、皮相的なかたちで取り上げた。職業の貴賤の差や、読み書き能力などの教養が評判を傷つけるか高めるかといった違いは、実にそうした原則に依存していた。この問題の核心は拙著『葛藤の時代について』(一九六三)で扱っているが、ここではすでに究明された事実に照らして、セルバンテス作品の意味について明らかにする必要があろう。実際にはそれがどんな時代であったか何も知らずに、セルバンテスは時代の子であった、などと再々まことしやかに言われるが、そんなときには、フライ・ルイス・デ・レオンの新旧キリスト教徒の別(九)に対する、手厳しく苦渋にみちた判断をしっかり見据えてみることが必要である。この時代全能の多数者たちは、唯一尊敬すべき〈清浄なる〉人間とは、堂々と落ち着いて〈言挙げせぬ〉者なりと決めてかかっていた。十六世紀の中頃、セルバンテスも上演を目にしえたはずのロペ・デ・ルエダの芝居で、従僕ガルグーリョは自分が手にしようともくろむ儲け仕事について空想をたくましくする。ガルグーリョは〈カスティリエハ・デ・ラ・クエスタ一の誠実な薬剤師の息子〉(薬剤師というのはコンベルソの職業であった)で、次のように言う。「わしが最初にやろうと思っているのは、この町で一番いいところに屋敷をいくつか構えることだ……親戚なんぞみんなあの世に行ってもらおう……」。なぜなら人々に「自分の血筋を知られたくないからだ。自分は商い人のような生活はしたくない、というのも一時も心が安まることがない（desasosegada）からだ［〈安らぎを欠く〉という意味だが、〈安らぎ〉こそ旧キリスト教徒に特徴的な生活態度である］。町に出るときは、いかにも勇ましく、もったいぶった調子で歩かねばならないのだから」（一〇）。

ここには旧キリスト教徒的〈世論〉の視点からみた、立派な生活のあり方が描かれている。新キリスト教徒たちは、蹂躙されたり迫害されたりしないように、出来うるかぎりそうした世論に合わせていこうと努めた。ケベードはそのことを知悉していて、こう述べている。「ユダヤ人やモーロ人でも騎士や郷士になろうと思ったら、下手な文字を書き、ゆっくり大きな声で話し、馬に乗り、多くの借金をつくり、顔を知られぬ土地に行くことだ、そうすればなれる」（一一）。すでに十六世紀前半の時点で、少しでも教養ある人間や高位の騎士の血筋を引いた者たちは、新キリスト教徒とみなされる危険にさらされていた。筆者が『葛藤の時代について』（一九六三、一九七頁）において明らかにしたように、皇帝カルロス五世の顧問たちは、ユダヤ主義の疑惑をもたれぬような、〈農家の血筋〉の者や〈百姓の生まれ〉の者、あるいは無教養で文盲の両親の息子たちであった。

この種の社会的対立はヨーロッパではスペイン以外には考えられなかった。理由としては、八世紀もの間、信仰をもった三つの血統集団が、身を寄せ合って暮らしてきた国など他にはなかったからである。ある時期、一面では調和的なこともあったが、三つのうち特定の一血統が他の二つに対してふるまう方法から、きわめて独特な社会構造が生み出された。というのも、そうでもしなければ社会全体がギクシャクしてまとまりを失っていたからである。われわれの見方では、十六世紀末のスペイン人は自らのうちに、旧キリスト教徒的価値観を措いて、支えとなるべき明確で確固たるものを何ものも見出さなかったということである。存在と価値に対する内なる意識は、それ自体では何の値打ちもなかった。そして噂などあるいは言い争い、〈世論〉社会や外部的なものはどれ一つとして、（富や知的労働といった）から個人を守る盾とはなりえなかった。よきカトリック教徒であることすらその役には立たなかった。というのも、フライ・ルイス・デ・レオンは他の多くの場合をふくめて、聖書の注釈者としての活動の結果、カトリック教徒たることを疑られてしまったからである。メディナ・デル・カンポの裕福な銀行家ロドリーゴ・デ・ドゥエーニャスは、一五五五年の時点で国家財政審議会のメンバーであり、フェリペ皇太子から「当審議会は為替に関する経験と実務を具えた人物を大いに必要とする」とされたことから、彼の職務は重視されていた。ところが審議会の税務官から「改宗ユダヤ人の孫であり、染物職人の息子である」という理由で追放されてしまったのである（一二）。

聖書を注釈したり、染物職人の息子であったり、その他大小取り合わせれば無数の理由から、目に見えるはっきりした物理的混乱や、心理的に動揺をあたえる精神的混乱が生み出された。人格やその活動、ものごとの基本的現実そのものに関する価値や概念の、このような分裂は、十六世紀のスペインに当時のヨーロッパに類をみないような危機を作り出したのである。かくしてスペイン人は宗教改革や、いわゆるルネサンスによって導入された変革とは無縁の存在となってしまったと、再三言われている。そうした判断を下すとき、〈スペイン人〉という言葉の意味や、彼らの文化的・社会的状況はいまだ手付かずのままである。もちろんスペイン的危機がなぜヨーロッパ的危機と本質的に異なるものなのか、詳しく説き明かすには時間が必要である。ピレネー山脈の向こう側では、苦悩に満ちた不安な者たちが神との、あるいは知られざる不明なる世界との、新たな道を打建てるべく努力していた。かつて人間は神の摂理や神学者の決定にのみ信頼をよせていたのだが、いわゆるルネサンスという名の正確な内容も横顔もない巨大な現象は、自らを人間船の舵取りと感じていた者たちの、きわめて多様で多角的な企てのうちに収斂している。人間は自らの生をどうすべきか、今まさに手の届くものとなった書物と手稿の巨大な集積をどう扱ったらいいのか。ヨーロッパにおいて新しい知識を貪欲に求める者たちの思想と行動は、同時的に起きることはなかった。イタリア人、フランドル人、ドイツ人、フランス人、そしてイギリス人たちはむしろ〈非時間的〉な存在であった。しかし何はともあれ、彼らの目的と活動は客観的で超個人的な方向を指し示していた。つまりそれはスペイン人とは異なったものごとの信じ方、考え方、公的機関を存続させる仕方、富の扱い方といったものである。そうしたものはすべて労多く危険に満ちた企てであり、そのために決定的なのは人間が何を〈する〉かであって、何で〈ある〉かではない。スペインでは逆で、十五世紀以降、なすべきことと、存在としての人間の条件の間に、つまり〈誰か〉ということと〈何者か〉ということの間に、きわめて鋭い対立が生まれたのである。したがってロドリーゴ・デ・ドゥエーニャスは、染物職人の息子でユダヤ人改宗者の孫であるという理由で、フェリペ二世の財政を担うことができなかったのである。

ロッテルダムのエラスムスは一五二九年にニコラス・ベローに宛てた手紙でこう述べている。

「私は学校から聖トマスやスコトゥス(一三)を追い出すつもりはない。また彼らが昔から与えてきた影響力を排除するつもりもない。そうする手立てなどないからだ。たとえあったとしても、それにまさるものが出てこないかぎり、古い教義を破壊するのは賢明ではないのではないかと思っている」。

ルイ・プラッツに宛てた一五二〇年の別の書簡ではこう述べている。

「詭弁にみちた血の通わないこうした神学の思い上がりはひどいものだったので、それを源泉にまで引き戻すことが必要となったのだ。とはいえ、私は神学を消し去るというよりはそれを正すほうを選ぶ。何はともあれ、よりよいかたちの神学が得られるまでそれに耐えるしかないのだろう」。

十六世紀を通してしばしば言及されてきたのは、知りえないということを知ることと、知りえないものが何かわからないこととの違いについてである。これについて自由闊達に議論しえたと思われるスペイン人は、実のところスペイン本国にはいなかった。たとえばルイス・ビーベスや『何ものも無からは知りえない』(*Quod nihil scitur*, 1581)(一四)の著者フランシスコ・サンチェスなどがそれに当たる。後者は自分の読んだ著者たちの提起した問題点や矛盾点に絡めとられないように、自らの判断力に頼ろうとした(「一旦彼らを傍らにおいて、自分の判断力を現実に合致させるべく、現実そのものの中に身を潜めた」)。さらに続けてこう言っている。「まったく現実を考慮に入れずして、著者たちの中にあらゆる学知を見出そうとする者たちが、いかに愚かしいかは誰にもわかることである」。つまりわれわれ自身によって見極めた現実を考慮に入れずして、ということである。問題となっている事柄については、このくらいで十分であろう。

スペイン内部におけるもろもろの対立は、つまるところ個人的なるもの、つまり生きづらい生の様式を表現することに還元される。筆者はかつて『グスマン・デ・アルファラーチェ』における絶望的なメランコリーについて、注意を喚起したことがある。つまり神は人間を創造した際に、救い様のないかたちで間違いを犯したこと、そして神がそれを悔いてももはや手遅れだということについての作者のほのめかしについてである。「というのもあなた(神)は、ともかく新たな人間に自由意志を与えるか、与えないかしなければならないからである。もし与えるとすれば、必然的にそうした人間たちといえども、以前の人間と同じ存在となるはずだし、もし自由意志を奪ってしまえば、人間であることをやめてしまうだろう」(前、第一部、第七章)。このような理由で、〈不満な〉神が〈満足した〉神にとって代わるようになるのである。

バロックに関する短い考察

スペインと他のヨーロッパ諸国との状況の違いの大きさを考慮にいれると、ルネサンスとかマニエリスム、バロックといった種別的な概念のもとで、十六、十七世紀のスペイン文化と他のヨーロッパのそれをいっしょくたにするのは、きわめて問題だと思われる。ましてや、かのガリシア出身の亡命者フランシスコ・サンチェスの顰で言えば、（よく人がやるように）〈現実〉といったものをまったく考慮にいれずにすませることこそ、ますます問題である。セルバンテスの文体や文学的体系を、ルネサンスとかバロックとか、あるいは対抗宗教改革などといった抽象概念の中で、最終的根拠を見出そうとするのは奇妙奇天烈と言わざるをえない。あるいは、セルバンテスのことを「あらゆる集会の行事に足を運び、瞑想と規律を守っていたフランシスコ会第三会員」（*Anales Cervantinos*, IX, p.102）としてしか思い浮かべないというのもおかしい。

またきわめて危険なことは、文学作品を他の芸術様式の中に含めたり、ましてやヨーロッパ的生（バロック建築、バロック思想、バロック政治など）の全体の中に包摂したりすることである。というのもそうしたやりかたで論理化すると、さまざまな問題が出てくるからである。きわめて特徴的な内的傾向や形態をもった、文学的な時代や時期といったものは、以前からある特定の、あるいは超越的な文化的〈雰囲気〉によるものではなく、ある種の独特で決定的な作品によって生み出されたものである。セルバンテスの場合、彼の頂点を画すもろもろの作品と、そこに見られる斬新で尋常ならざる要素は、既存の国際的な傾向が体現されたものではない。またそうしたものがスペインにおいて、セルバンテス的な作品を生み出すこともなかった。一世紀後に『ドン・キホーテ』の文学的営みについて認識され始めたが、それはスペインではなく英国においてであった。たぶんイスラ神父によって先鞭をつけられたのだろうが、十八世紀になってはじめて、侮蔑的な意味をこめた〈ドン・キホーテ的行動〉について語られ始めたのである。

〈時代〉の際立った性格をそなえた作品においては、時代の特徴の方が作品自体の高い価値よりも、より大きな関心を呼ぶものである。ペトラルカそのものはペトラルカ主義よりも重要であり、比類なき卓越さに身を置こうとする者にとっては、ペトラルカ主義は当然超えるべきものであった。芸術的な〈学派〉について語るとき、師父たちと並んで関心をひくのは、その弟子たちではなく、〈学派に属する者たち〉である。もちろん、われわれが問題にしているのは、芸術に関してであり、技術とか美的な学知などではない。そうしたものは異なった対象だからである。ドイツにおいて始まったことだが、芸術作品あるいは文学作品を、「外に、折り曲げる」(「説明する」の原意)べく、あるいはその独特で内密な存在から引きずり出すべくカテゴリー(範疇)の中にとりこむという手法は、(学問的態度とも言うべき)分離された知識を、(非学問的態度とも言うべき)芸術的に直観可能なるものに特有の、脆く不安定な特異性をもった〈再生活体験〉(re-vivencia)に優先させる傾向に呼応している。人はものを単に「示す」(mostrar)のではなく、「徹底的に示す」(de-mostrar)ことを望むものである。それはあたかも素晴らしい景色を見慣れたガイドが、客につつましく見物するように、できれば〈追体験〉するようにいざなうのといっしょである。というのも芸術作品というものは、天体軌道や星辰体系とむすびついた星といったものでもなければ、実体や同一性が構成要素に分解されうるような対象とも異なるものである。つまりそれは他者の生の干渉をあからさまに受ける人間生活というものを、まことしやかに模倣して秩序だてて表現・表出したものであって、それ以上でもそれ以下でもない。文学作品（『ドン・キホーテ』）の究極的動機づけが、種別的・国際的な状況に関係すると執拗に主張し続けていると、作品の環の中心、つまり芸術的視角の頂点から遠ざかってしまう。〈比類なく高い質〉をもった作品というものは、作品の属する時代と空間に結びついた、さまざまな人間性の根源から生み出されるものである。もし遠い昔の時代を含めて、スペイン以外に『ドン・キホーテ』と肩をならべるものが何もないとすれば、作品の頂点をヨーロッパならざるスペインの可能性の上に投影することは、充分理にかなっていると思われる。というのも、『ドン・キホーテ』は背景に、きわめてスペイン的な対立の状況があって、それ以前のさまざまな文学形態との弁証法的論争の中で生まれ、発展したものだからである。つまり騎士道物語、叙事的というよりも抒情的なロマンセ、ピカレスク小説や牧人小説などである。さらに言えば『ドン・キホーテ』においては、ロペ・デ・ベーガの〈コメディア〉が与えるようなスペインに対する見方が、俎上にあげられている。

セルバンテスを（あたかもそうした言葉にはっきりした特質でもあるかのように）〈マニエリスム的〉だとか〈バロック的〉だとか言うとき、読者は動揺をきたし、既存の、あるいは同時代の別の芸術形式の種別的形態の中に、その根拠を見出そうと努める。仕事は困難なものとなるが、それはバロックの〈本質〉がどういうものなのか、誰ひとり納得いく方法で明らかにすることができなかったからであり、また時間的・空間的広がりについても何の合意もなされていないからである。われわれが〈バロック的〉と言うとき、その意味は芸術的形式と背景や核となっている思想、対象、テーマなどとの間に、適度なつりあい、バランスが欠けていることを示唆しているように思われる。装飾そのものが、装飾されるものの実体を越えて支配的となっている状態である。そこでは芸術が対立的なものとなり、対照や対比といったものが、表現の自然な流れを妨げてしまうのである。作家は中庸や熟慮に身を任そうとするが、それに抵抗するあらゆるものと戦うはめとなる。こう言ったからといって、筆者がこの扱いにくい問題にけりをつける能力があると言っているわけではない。この問題に関しては、多くのことが述べられてきたが、いまだに決着をみていない。理性と情念のあいだの対立・葛藤（つまり官能性や邪悪性に対する道徳性）といったものは、すでに『ラ・セレスティーナ』の文体のうちに表現されている。この作品はゴンゴラやカルデロンなどの隠喩的な繁みからも、またプリエゴ（コルドバ）やメキシコ市やオアハカに見られる教会の目くるめくような装飾性ともかなり隔たっている。何はともあれ、建築家や作家、画家が、自らの芸術的形式を注ぎ込むべき素材を扱う方法というのは、異質なものである。（十二世紀のロマネスク建築のごとく、あるいは）十八世紀のかなりの数の教会が均質的であるように、小説や〈質の高い〉文芸作品といったものも、均質的に生み出されるなどといったことは考えられない。教会建築家が起点としている宗教的・超自然的世界というものは、世俗作家の抱いている理性的・感覚的世界とは異なっている。

外国の建築家や師匠たちが、今日、スペイン人の生活にしっくり溶け込んだ宗教的建造物や教会を建立したというのも、まさにそこに理由がある。カタルーニャの北には外国人によって構想され設計された、ロンバルジア風やロマネスク風の、またゴシック風の教会もある。カトリック両王やドン・フアン親王の墓は、イタリア風やイタリア人によって彫られたものである。しかし自国の文芸作品をつくるのに、わざわざ外国人に頼むものなど誰もいはしない。

十七世紀後半はイタリア芸術がヨーロッパ全体を覆うようなかたちで出現した時代であった。それは

「ドイツ芸術、フランドル芸術、「ローマの影響を受けた」フランス芸術といったものが同じ資格で入ってくるような、一種のコイネ（共通標準語）のごときもの」（一五）であった。イタリア芸術家はヨーロッパ中を闊歩し、破天荒な規範と大胆で熱情的な表現をそなえた、彼らの新たな比類なき〈表象〉形式を普及させていったのである。ベルニーニはパリで過ごした六ヶ月間に、王侯並みの栄誉に浴すことができた。彼はルイ十四世を一時間もの間、賓客として家に留め置くことができたし、またルーヴル美術館の延長工事の企画も行ったのである。しかし設計図はフランス人によって拒絶され、ベルニーニはバチカンふうの壮大な列柱のかたちでそれを実現した（一六）。カトリック総本山たるバチカンでは、類をみない巨大な芸術が何にも増して決定的な役割をはたしていたが、それは法王庁のあるローマが、決して不動で静寂なままにはなかったことを印象づけるものであった。一方で、北方の反抗的なキリスト教徒たちは、新たな信仰をもって新しい生活様式を生み出していた。スペインにおいては、そうした民衆に向けられた芸術の体制的使命とは対照的に、〈反俗的〉な教養人の文学、ヨーロッパでは類例をみない生の状況や問題を表現した文学が存在したのである。

そうした背景をもとに、十六世紀末からのスペイン文学を〈バロック的〉であるとする通説を洗いなおしてみなければならない。というのも、もし『ドン・キホーテ』という作品が、作者の見据えたきわめてスペイン的な状況を抜きにしては考えられないとするならば、曖昧模糊とした国際的な時代にあったものに対してよりも、むしろそうした特殊な状況にこそ、より大きな関心を寄せて当然と思われるからである。それを何と呼んでもいいが、バロック的なるものというのは、作者の〈創造意志〉（animus creandi）に集中して見られるはずのものであり、その逆ではない。一般的に、また当面の問題として考え得ることは、ヨーロッパにおける悩ましい対立というものは、その核心や出発点に、教説や信念や制度（つまり哲学、学問、教会、君主制、貴族性など）の直面する危機というものがあった。そこから生まれたのがさまざまな論争であり、また異端的見解や〈救い〉の手立て、懐疑主義や大衆の関心と敬意をひきつけるために作られた、豪勢な寺院や宮殿といったものである。ところがスペインにおいてはまったく逆で、疑義を呈され危殆に瀕したものは、人々の身分や状況であり、彼らの職業や社会的・個人的な側面である。したがってヨーロッパの人間的・思想的分野と、スペインのそれを同時に包摂するような説明はなされえないのである。

『カリストとメリベーアの悲喜劇』やファン・デル・エンシーナの演劇、さらにセルバンテスや『びっこの悪魔』といったずっと後の作品を含めて、十六世紀の文学は光り輝く希望とか、さもなければ苦渋に満ち、時として絶望的といってもいいようなメランコリーの感情に浸されている。そうした文学はひとつの芸術形式であると同時に、ひとつの社会的側面を有し、それ以外に自らの苦悩と思いに対するはけ口もなく、ただ後回しにされてきたマイノリティーの切なる思いと、批判的反応を披瀝するものであった。印刷術や世俗的雄弁術、大量伝達手段が未発達であったとしても、だからといって時代が下れば、私的な感情や思想とて、自由かつ公的に表明することができるようになるわけで、きっかけを与えたさまざまな動機が、その時代にかぎって存在しなかったということにはならない。十六世紀前半の演劇には、社会に関する情報や批判が多く含まれていた（前に引用したロペ・デ・ルエダの文章はそうした多くのケースの一例である）。多くの作品が失われた（例えばコンベルソの血統に属するバスコ・ディアス・タンコ・デ・フレヘナルの多くの作品のうち残っているのはわずかである）事実もまさにそこに起因している。

多くのコンベルソたち（ファン・デル・エンシーナ、ルカス・フェルナンデス、ディエゴ・サンチェス・デ・バダホスといった者たち）の希望は、信奉するキリストの律法が約束していた、自由と平等に拠り所を置いていた。時代が下るにつれ彼らの希望も色あせていった。フライ・ルイス・デ・レオンにおいて主調音となっていたのは、メランコリーであり（一七）、絶望的な苦悩であった。マテオ・アレマンの『グスマン・デ・アルファラーチェ』（一五九九）において、苦渋の思いは最高の表現に達している。というのも当時人々が気づくことのなかった驚くべき方法で、苦悩のよってきたる原因を説明しようという意図を含んでいたからである。前篇巻三第一章において、グスマンはジェノヴァの親戚を探し出そうとするが、同時に自らのルーツ探し（「私はゴートの血筋に連なりたいと願った」）とともに、人間存在および人間的なるものすべてに組み込まれた悪の存在（つまりあらゆるものが嘘と欺瞞である）の起源についての議論を提起している。富の力によって言語の意味すら歪曲されることになるのは、もし富者が「意地悪な人であっても狡知にたけた人と呼ばれるし、浪費癖な人であっても寛大な人と呼ばれる」ものだからである。同時にあらゆる場所で、面目を保つ者とそうでない者の強迫観念がにじみ出ている。つまり「〈善き血〉が湧き出、面目ありと感じられるところ」貧窮は死以上に忌み嫌われるのである。グスマンはジェノヴァに到着し、そこで「まともな者ですら彼の顔に唾を吐きかけて、〈ごろつきの豚野郎〉と呼ぶほどだった」（一八）と述べられている。悪魔の格好をして彼をケット挙げにした者たちは、彼が「何度もなんどもイエス・キリストの名を口にしたが、しょせん〈洗礼を受けた悪魔たち〉だった」ため、そうすることをやめようとはしなかった。すでに述べたことながら、こうした詳しい表現や、人間の本質に固有ともいえる悪のすがたと象徴の中で、次のような結論が導き出されるのである。「世の中とはこうしたものである。《憎まれっ子世にはばかる》。方法もなければ手立てもない……最初の父は裏切り者であった。また最初の母は嘘つきであった」。

一見したところ、グスマンは男と女が犯した原罪に関する、ありふれた教説のことを指し示しているにすぎないと言ってもいいだろう。とはいえ説明は不十分である。というのもこの前篇巻三第一章から前篇巻一第七章に目を転じてみれば、グスマンはアダムの原罪の意味を引き戻し、それを人間が人間として創造された事実そのものと同一視しているからである。マテオ・アレマンは表面上は神話学的装いをとりながらも（ユピテル神やモモス、アポロンなど）、『創世記』のことを念頭においている。ユピテルは人間が「自らの創造物であって、無から作り上げたものでありながら」自分ではなく〈満足〉神を崇拝していることに怒りをおぼえている。

アポロンはユピテルが人間に復讐するのを認めてはいるが、一方で彼を次のようなディレンマにも置いている。「もしそなたが世界を破壊するとすれば、世界のなかで育成したものはすべて無に帰することとなる。そなたが世界を改めようとして成しとげたものをぶち壊したり、成したことを後悔するなどということとは、そなたが不完全だということになる」［「主は地の上に人を造ったのを悔いて、心を痛め」『創世記』第六章第六節、「わたしが創造した人を地のおもてからぬぐい去ろう。人も獣も、這うものも、空の鳥までも。わたしは、これらを造ったことを悔いる」同、第七節］。他の人間たちを創造したことも何の役にも立たなかった、なぜならば神は彼らに「自由意志を与えるべきであったか、さもなくば与えてはならなかったからである。もし与えたとしたならば、必ずやかつての人間と同じようになったであろうし、それを取り上げてしまえば、人間とはなりえなかったからである。そなたは天空や大地、星辰、月、太陽、四大からなる構成物や、その他精緻をこらして創りあげた万象の多くの仕掛けを、無駄にしてしまうこととなろう……」。

マテオ・アレマンは聖書の注解をしているわけでも、神学論議をしているわけでもない。フライ・ルイス・デ・レオンが煮えたぎる絶望的な怒りの中で、たどたどしく語ったテーマ、つまり「決して終わることのない何世代にもわたる不名誉」の問題を、単に〈交響楽化〉しただけである。とりわけマテオ・アレマンは記念碑的な作品と文体を練り上げ、生み出した。人間の悪徳とは人間的な状況や罪などに由来するのではなく、人間の創造自体に、あるいは神が誤って人間に自由意志を付与した点にあるのである。

すでにフェルナンド・デ・ロハスは恋愛的希望の微妙な耀きで、自らの領域に独特な色調を与えてはいたが、まさにマテオ・アレマンの一世紀前に描いていた領域は、閉鎖的なニヒリズムのもやのせいで光を失ってしまった。『ラ・セレスティーナ』以前であれば、質の高い文学の提供してきた展望は、ありのままの人間世界と、かくあるべきだがそうなってはいない世界の対立的二元性に、あるいは大衆が盲目的に考え信じてきたことと、論理的能力を備えた者たちが認め、考えてきたことの対立関係の間で、引き裂かれることなどなかった。「お前は親の七光りを期待してはならぬ。所詮、親といっても他人さあね、自分の力で偉くならなきゃあ」（『ラ・セレスティーナ』第二幕）とセンプローニオは言う。このような努力で「面目を施す」べきであって、多数派の〈世論〉によりかかって得るべきではない。自らの形で、生の文学における、そして文学の生における論争が始まるのだが、その頂点や超越を画するものこそ『ドン・キホーテ』なのである。そうした論争にはさまざまな側面があったが、とりわけ中心的なものとしては、農夫であることに付随した尊厳がある。これは読み書きのできぬ農夫の無知蒙昧さに対する、ユダヤ起源の不信感に対し堂々とわたりあったのである。多数派の〈世論〉から出発したロペ・デ・ベーガが、演劇上の人物（ペリバーニェス、フエンテオベフーナの農民たち）のうちに、農夫の存在と卓越した詩とを統合したとすると、一方のセルバンテスはロペにとって確固たる事実であることをあえて問題化したのである。ここでさらに考察を進める前に、明確にしていくべきことが何点かある。

『グスマン・デ・アルファラーチェ』といわゆるバロック主義

セルバンテスは『ラ・セレスティーナ』と『ラサリーリョ・デ・トルメス』を引用してはいるが、マテオ・アレマンの作品には言及していない。とはいえセルバンテスは明らかにその前篇(一五九九)を読んだことがあり、すぐれた記憶力の中でしっかり記憶に留めている。次に挙げるのはその一例である。「いよいよサンチョを毛布のまん中において、謝肉祭の犬よろしく彼を高くほうりあげておもちゃにしはじめた」(『ドン・キホーテ』前篇、一七章)。

「〈悪魔姿〉に身をやつした四人の人物が、わたしグスマンを毛布のまん中において、謝肉祭の犬よろしく高くほうりあげておもちゃにしはじめた」(『グスマン・デ・アルファラーチェ』前篇、三章)(一九)。

『ドン・キホーテ』には他にも似たような部分があるが、それこそ彼がたしかに『グスマン』を読んだという証拠である。もし確固たる根拠が必要とあれば、セルバンテスと同時代の凡庸な作家たちに対して、かくも多くの言及がなされている『パルナソ山への旅』に、マテオ・アレマンが登場しないという事実を見てみればいい。文学をはなれてこの二人の小説家の人生をながめてみると、一方ならぬ類似点が見出される。両者ともども王の名のもとで徴税吏という公職についていた。また徴税金を着服した人物によって負債を負わされたり(二〇)、きちんとした勘定書を提出できずに下獄したこともある。セルバンテスとマテオ・アレマンとは、ともにインディアスに渡りたいという希望をもっていたが、二人とも渡航許可を拒まれた。マテオ・アレマンには異端審問で火刑に処せられた先祖がいたことが知られている。彼が最終的にインディアスに渡ることができたのは、インディアス諮問会議の秘書に賄賂をつかったためである。セルバンテスの父親は外科医であったし、マテオ・アレマンもまた医者の道をめざして勉学を始めたところであった。医者というのは会計官や徴税吏と同様に、スペイン系ユダヤ人や後のコンベルソたちに特有の職種であった。結局、マテオ・アレマンは一五八三年にウサグレ（Usagre）監獄の囚人たちを王立監査官（juez real）の権限で釈放したが、命に服そうとしない警吏に対して「大いなる怒りと憤激にかられて、無体をはたらいた」とされる。彼はマルティン・テハドールとファン・ベローネス・ガートの加勢をたのみ「警吏のズボンや他の部分をつかみ、携えていた剣と官杖を取り上げて、鎖をつけて監獄にぶち込んだ」（C・ギリェン、前掲書、二〇頁）のである。C・ギジェンが自らの公表した資料によって「自分の属していた社会に対して、過激なかたちで距離をおいて生きようとした、黄金世紀の（筆者の言い方に従えば、葛藤の時代の）一スペイン人の状況が浮き彫りになった」とするのももっともなことである。マテオ・アレマンの人生全体を見ることによって「自らをとりまく社会を遠くから裁断する人間の心理状態」（二頁、一八頁）をかいま見ることができる。それと異なるとはいえ似通ったモチーフによって、セルバンテスについても同じことが言える。それは単に彼が己の空想のなかで、ガレー船の漕刑囚を解放したという理由からだけではない。というのもセルバンテスにとってもアレマンにとっても、彼らが司直の手でガレー船を漕ぐという刑罰に処されるべき根拠は、何もないように思われたからである。言わずもがなとはいえ、この延長線上にあるのは、二人の小説家の間に横たわる差異というものが、単純にいえば深淵のように深く広いということである。「人生を高みから眺める」方法は、二人の間でまったく対極的だったからである。

『グスマン』は「一人の孤独者がただ一つの視点から提示した、絶対的で閉鎖された語り」である（二一）。実際、筆者の見方によれば、マテオ・アレマンはものごとを問題化させずに独断的に語っている。作者と登場人物は自らが直接的にかかわる環境の犠牲者となっている。ところがセルバンテスは、人物たちを新たな技法〈そのものの〉材料、そして生み出した人物たち〈にとっての〉材料にしているのである。ハムといったものも、すでに見たとおり、そこでは通行許可証として用いられる〈べくして〉出てくる。セルバンテスは『グスマン』の言い方に従えば、世界ともどもカオスとして産みだされたとされるものに、秩序を与えたのである。というのも、あらゆるものが、自らの創造した人間世界の持分の中において、〈動機づけられたもの〉〈動機づけるもの〉として存在しているからである。もし『ドン・キホーテ』において「美しいうえに、まだ年も若い、さばけて、お金持ちで、おまけにいたって好きものの後家」が「まだひげも生えぬ、丸々太って、大柄な小僧坊主」に恋したところ、自分の修道院なら「師匠も修道士も神学生もたくさんいる」のに、と驚きを隠さない修道院長に対して、愛嬌たっぷりに述べたことには明々白々な根拠がある。つまり彼女は「心からお慕いしているわたしにとっては、あの人もアリストテレスくらいどころか、もっと哲学を知っていますわ」（前、二五章）と答えているのである。ところがマテオ・アレマンにおいては、自らの作り出した人物たちを運命づけて描いている。あまつさえ、彼らの創造主から、人物の運命を左右する能力すら奪い取っている。一方、セルバンテスは神の計らいといった問題（かくも高尚なテーマは、自らが携わるべき仕事ではないと、はっきり述べている）は、尊重こそすれそこに深入りすることはなかった。彼が行ったのは、登場人物のうちに、自らの生を作り上げ、また解体していく可能性と自由を吹き込むことであった。侮蔑を受けた牧人グリソストモは首をくくって死のうと決意し、次のように心情を吐露している（前、一四章）。

行く手に幸の影もなく
吹きくる風に身をまかす。

マテオ・アレマンとセルバンテスは〈俗衆〉を同じように蔑んでいたが、そこから身を遠ざける方法には違いがあった。グスマン・デ・アルファラーチェの奏でる交響楽は徐々にリズムは弱くなるとはいえ、一貫して絶望的な調子を保ちつつ、最初の一小節から、憎むべき俗衆と直面している。この対比を強調することによって『ドン・キホーテ』の意味がよりいっそう明確化していく。今まで余り指摘されてこなかったことは、マテオ・アレマンが人間と世界が当初の際限なき過ちの結果なのだという考え（というよりむしろ無知蒙昧）をどこまで究極的にもっていたか、という点である。『グスマン』（一六〇四）の後篇では、創造の業の失敗について力説されている（ヒリ・ガヤ版、後篇、第一部第三章）。ユピテルは人間以前にロバを創造したが、ロバは即座に世界の創造物を「目を見張るほど美しい」と思って「あちこち飛び跳ね始め、よくやるようにドロを撒き散らした」。このドロはねは「〈世界〉（mundo）を〈汚す〉（inmundo）ことになる最初の洗礼となった」（二二）。ユピテルがロバにどれほど苦労の多い人生になるかということを述べると、ロバは「よく見せるようないとも陰鬱な表情」になったという。

異端審問所がこれほどの逸脱を見逃すとは驚きだが、それと同じ程度に驚くのは、世界の創造物を「目を見張るほど美しい」と讃美する者が、諸天ではなくロバだという点に注意を留めずに、われわれが『グスマン』を道徳的・禁欲的作品だと言い募ってきたことである。そこから連鎖的にでてくるのは、あらゆる存在が実体を欠いていて、外見だけのいつわりだとする見方である。

「宝石というものは感覚のない存在でありながら、われわれの感覚をいつわりの耀きでまどわす。いわば嘘をついているのだ。というのも目に見えても実在してはいないからである。時間や機会、感覚といったものもわれわれを欺く。理路整然とした思想といったものにこそ欺かれやすい」（前、第二部第三章）。

かくも過激な懐疑主義といったものは、一種の爆発的激情であって、フランシスコ・サンチェスやモンテーニュなどの分析的理性とは異なるものである。彼らは最終的には、つねに知性への出口を可能性として残しているからである。ところが『グスマン』においては、あらゆるものごとや状況といったものは、己の存在に対する忠実性がなく、己の存在を否定していて、ただ単に毒々しい見せ掛けに成り下がっている。世界は呪いの力や、あらゆる呪文に堪えうる、黒魔術師（いわゆる〈洗礼を受けた悪魔〉）たちによって動かされている。人間と環境との間には対話の余地などなく、あるのは絶望的で同じ調子で繰り返される独白だけである。『グスマン』における壮大な道徳性は、散文で書かれた〈哀歌〉といってよかろう。その中では、人間的であることと石であることとは、同じ現実を有していて、同じように立ち入ることのできない世界である。

とはいうものの、一つはっきりしているのは、あちらこちらに但し書きがつけられているのを見てもわかるように、マテオ・アレマンが思想家でもなければ、体系立ったモラリストでもなかったということである。神が人間を世に送り出した際の労苦と、人間が己の罪により生み出した労苦とは同じものではない（前、第一部第三章）。前者の労苦は「われわれ人間のより大きな幸せのためのものであり……、〈わずかな労力〉で発掘しうる、純度の高い金鉱である……」。従ってそのやり方が熱を帯びたり、緊張を帯びたりすることはない。

「ところが、人間が自らに課すもの［労苦］は、見かけはいかにもおいしそうに見えるが、飲んでみたら体をめちゃめちゃに破壊する、金ピカの丸薬のようなものである。それは一見して高価な石かと思ったら、その下にはサソリが潜んでいたり、猛毒のヘビがうようよいるような、目に優しい緑の牧場のようなものである。それこそ、短い生をもって永久の死をもたらす欺瞞である」。

ところで〈善の仮面をかぶった邪悪なる〉世界の、見せ掛け的側面には、それを完全な存在として実体化させるような刺激が欠けているが、それと軌を一にして、人間的行為もまた、完全なかたちでなし遂げられることのない、単なる試みや努力にすぎない。結局、あらゆるものが小悪魔の宝物としての〈炭塵〉に帰してしまう（前、第一部第二章）。結果としてそこから導き出されるのは、あらゆる人間的企ての挫折によって、それを達成しようとする努力が、押しとどめられ、麻痺させられるということである。もはや目標を失ったエネルギーと精神的緊張は、自らのうちに退却し、行為者の精神と肉体のうえに混乱をもたらす。そこで彼は、突如として自らの生命活動の受動者に成り下がってしまう。

そうした状況こそ、文学的様式の歴史と分析にとってきわめて興味深いものである。なぜならばそうした現象は、十六世紀という時代に、己の価値や権利について、とりわけ（ルイス・デ・レオンのように）己の怒りを表わす権利を自覚していた者たちの間で、きわめて広い範囲で見られた現象だったからである。〈思わせぶりな〉文体といったものは、他の時代、他の場所にも存在したかもしれないが、すでに言及し分析したような、心の深い部分における表現として興味深いのは、まさに今述べた状況だけである。マテオ・アレマンは『グスマン』の中で（イタリア風の）物語を挿入している（「オスミンとダラーハ」はビザンティン風のものだが）し、セルバンテスが『ドン・キホーテ』に短編小説の「無分別な物好き」や「捕虜の話」を挿入しようと決心したのも、それがきっかけである。とはいえマテオ・アレマンが短編小説を単に〈はめ込んだ〉のに対して、セルバンテスは本筋の物語に有機的に組み込んだという、際立った違いがある。とはいえ、筆者はこの問題にざっとふれるだけに止めようと思っているが、それは自らを麻痺させる、完遂しえない行動から生まれた、〈思わせぶりな〉文体の一例を示そうと思っているからである。挿入小説「クロリニアとドリードの話」では、ドリードは深更に恋人クロリニアの家の前で逢引をしようとするが、通りに人の気配を感じたため、やり過ごそうとして離れた場所で待ち受けている。

「しかし彼は皆がなかなか立ち去らず、逢引の時間もせまってきたことにいら立ち、もし女性がやってきて、どういう訳かわからぬまま、そこに彼がいないということになれば、自分のことをいい加減な恋人とみなすだろうと考えた。こうした思いが腹立ちとともに、ひどい絶望感とともに襲ってきたので、彼は連中を追跡し、相手が待ち構えていなければ襲い掛かってやろうという気を起こした。そしてもし防戦するつもりなら、亡き者にするつもりでいた。

彼は覚悟もしっかりしていたし、力量も大いにあったので、うまい具合にそれをなし遂げた。憤怒に燃えていたことが幸いしたとはいえ、その種の気概こそ力量をいやますものである。さらに言えば、気概があったればこそ、連中の気の緩みをつくことができたのである。しかし彼が歯噛みをし、身体をよじり、天を仰いで、気違いのように地団太を踏んだとしても、彼が冷静でおれたのは、自らにふりかかる危険など省みず、何としても自らの思いを遂げようという気持ちがあったからである」(前、第三部、第一〇章)(二三)。

レリーフか何かであれば、こうした場面の最終局面を描くこともできたであろうが、クライマックスとなっている、心理過程そのものを描くことはできなかったはずである。この部分の総体的意味は、この部分を、『グスマン』の全体的意味、および作者のスペイン的状況と結び付けて、はじめて感じ取れるものであり、マニエリスムとかバロック、対抗宗教改革などといった、型どおりのレッテルを貼ることによってではない。スペイン文学において特に際立った特徴として、文体上のイデオロギーに関する万巻の書はあっても、国内的状況や人間的状況、作家個人の文学的見方などに関する書はきわめて少ないという点を指摘しうる。マテオ・アレマンと、彼との関連においてセルバンテスが、ともに、自らの不運な人生と逆境を乗り越えて生きようとすべく、自らが生きた独特な世界に対する見方や最後の希望を、似ても似つかぬ記念碑的な文学作品に託して表現した、ということはあまり知られていない。その独創性といったものは、独自の生き様と結びついていたとはいえ、二つの作品の文体的形式や構造が、すでに存在していた〈素材〉によって組み立てられていたことはまちがいない。

　時に文学作品においては、読者や聞き手に向けられる次元以外にも、自分自身、言い換えると、自らを形づくるプロセスに向けられた内向的次元を造形美術よりもずっと顕著に有することがある。ある種の作品には声なき〈独白〉が満ちみちているが、『グスマン』も『ドン・キホーテ』もそうした作品であり、後者では前者よりもさらに顕著である（「通行証としてのハム」とか、モリスコ追放に関するリコーテの見解等で見たとおりである）。ロペ・デ・ベーガのコメディアはそれとは逆で、問題性を孕んだ内部よりも、外部の事柄に関心が向けられている。作者もその点に関する独自の見方を有しており、そこから、有名な次のような言葉がもれてくる。それは「俗衆とは愚かなり」、連中を「喜ばすためにたわけた話し方をするべきだ」といった表現である。ゴンゴラはそれとは対極的な詩分野で、ほとんど詩それ自体との独話とも言うべき作品を彫琢した（二四）。バロックとか対抗宗教改革などについて、好んで多くを語ろうとする者は、筆者が言うところの「外部に関心を向けて」芸術が誕生したなどと力説する。たとえば彼らは「農民のみならず、もっと幅広い範囲で、都市の下層階級の中においても」（芸術が生まれた）などという言い方をする（二五）。このことで混乱と錯綜をもたらしているのは、それが説明を要する命題であるにもかかわらず自らの芸術における芸術家を主体とはせずに、代わりに〈バロック〉とか他の抽象概念を主体としているからである。

「ルネサンスによってブルジョア芸術が生み出された。（……）しかし同時にそれは、きわめて特殊な好みが生まれるきっかけともなった。（……）バロックは単にそれを矛盾を孕みつつ引き継ぎ発展させ、さらに二つの方向に加速させただけである」（ハウザー、前掲書、三二八頁）。

特にわれわれの問題である文学について扱う場合、こうしたことを捨象して、芸術作品から一旦身を遠ざけ（nos ex-trañamos）、それと疎遠（nos des-entrañamos）になることである。セルバンテスを〈トリエント公会議〉的なものとか、〈マニエリスム〉的なもの、〈イエズス会・バロック〉的なものに関連付けて、捉えようとする従来のやり方は、広く一般化している（二六）。しかし切り口が外部よりも内部の方に向かう傾向のある、ユニークで具体的な作品といったものは、そのような捉え方ではうっ血状態に陥ってしまう。そして自らの作品を〈いかなる場で〉〈どのように〉〈何に対して〉〈どのような視点から〉書いたかという、作家の個人的・集団的状況は暗闇に没してしまう。スペインがいかなる国で、いかにして作られたかを一切捨象してしまえば、具体的なものと種別的なものとを混同することの不都合も、気づかぬままとなってしまうだろう。セルバンテスはときには「騎士たる貴族の貧しき家系」に生まれたということになる。そして自らの貴族主義にもかかわらず、フェリペ二世麾下の軍隊の一兵卒として国王に奉仕し、アルジェールにて数年の捕虜生活を送り……「かの騎士の個人的悲劇は、きわめつきの騎士道的国家の不運（無敵艦隊の敗北）とともに讃美された」。かくして『ドン・キホーテ』はマニエリスム的作品であり、セルバンテスとシェイクスピアはともに、騎士道的なるものを衰退せる骨董品のごとくみなしている点で共通していた、ということになろう（二七）。両者のそうした類似点から見て、二人とも「中世的精神がルネサンス的リアリスムと合致した」ケースとして解釈されることとなる（二八）。

セルバンテスについては、何が書かれるべきで、何が書かれざるべきかを知ることが、常に問題となるはずである。とはいえ管見によれば、この場合、マニエリスムとかバロックといった概念が最も手ごろな方法だとは思っていない。ある作家が当時の習いに従って書くということと、自らの時代に〈血統の始祖〉のごとく、傑出した作品を創造することとは異なる。かつてそうした方法で書かれたという理由で、そうしたやり方に従って書いた者たち（例えばペトラルカ主義者たちや、ボッカッチョ風にあるいはバンデッロ風に書いた小説家たち）の様式と、自らの生を文学的創作と歩調を合わせて生き抜く一方で、自らの状況を活用することによって、自分自身をモチーフとして書く者たちのそれとを、比較することはできない。少なくとも『グスマン』や『ドン・キホーテ』などといった作品においては、ルネサンス的なもの、バロック的なものといった概念を、文学的現象に関するわれわれの判断に組み入れるためには、単なる〈時代精神〉ではない何ものかに基礎を置き、動機づける必要がある。ダンテの文体は本質的にダンテ的なものである。

われわれは『グスマン』において、前に述べたドリードの〈思わせぶりな〉表現の中に、作品の骨組み自体が揺らいで、捻じ曲がっていくのではないかと感じた。このようなかたちに造形され描かれた人物が、容易に一般化しうるような一類型を生み出したとしても、ことマテオ・アレマンの場合にかぎって言えば、だからといって彼がルネサンス的異教主義とか、ここで言うような〈バロック化しつつ〉あるマニエリストたちの、薄っぺらな主知主義に対して反応している、などということを意味するわけではない。ドリードが居てもたってもいられないほどやきもきしたのは、（連中がさっさと立ち去るという）自らの期待を裏切ったからである。それは、宝石はにせものだとか、正義は存在しないなどという言辞と同じことである。したがって彼は、作者マテオ・アレマンが解放した囚人たちの見張り役をしていた男を、激昂のあまり、ウサーグレの監獄にぶち込む必要があったのである。時代に特有な禁欲主義だとか、トリエント公会議の精神などに訴えることも、それなりの価値がありはしただろう。とはいっても、宇宙の創造者が無からロバという〈汚れた世界〉を生み出したということで、そのロバに創造者を讃美する役目を与えることが、そうしたこととうまく符合するとすればの話である。『グスマン』と『ドン・キホーテ』は、ともに作品の外にあるものよりも、作品そのものと和合せねばならない。作品自体の可能性と切り離すことのできない、生の外側にある張りつめたものに触れることなど不適切だ、とする考えは正しくないだろう。また同様に、いつでも好きなときに手を伸ばせるような、身近で都合のいい抽象概念に依拠することこそ、まともな学問的態度なのだ、とするのも正しいこととは言えないだろう。筆者の関心は、生命を活性化させる雰囲気や基盤といったものである。自己の絶対性としての〈エーテル〉など、誰にでも近づける文学的雰囲気の、その一端を分析する際の対象とすべきものではない。

ひとつの生に及ぼす効果や行為としてのみ接近し、扱うことができるような美というものを、あたかも不可視なる彗星の壮麗な飛来のごとく定義することなど、今までも、そしてまた今後もできない話である。〈美的なる〉（アイステティコース）、あるいは感性的なる、という言葉は、まさしく人間の生のそうした側面を考察し始めた者たちによって、かく名づけられたものである。今もって美的なるものについての学問は不在のままだが、それと好対照をなすのは、執拗に文学を科学だと主張したりする者たち、あるいは、可能な範囲で文学を再生させようとする慎重で慎ましい試み、つまり言い換えると、ある種の特異な文学作品において、一再ならず、芸術的なるものが生み出され、花開き、再度開花したのはどうしてかという点を考えようとする試みを、むげに軽薄だとみなす者たちの強い思い入れである。各自は己の畑を耕せばいいのである。つまり生そのものが純然たる内在、一時的であれ、持続的であれ、芸術作品によって豊かにされた、固有の生に対するダイナミックな洞察であるような、自らの畑を耕すべきである。管見によれば、そうしたダイナミックで価値評価にかかわる洞察こそ、あらゆる解釈的試みに先立つものであらねばならない。文学的経験というものは、心地よいものであれ苦渋に満ちたものであれ、また昂揚したものであれ緊張したものであれ、常に改新されてしかるべき、一種の活性状態である。『ドン・キホーテ』のような作品、あるいはいくつかのギリシア悲劇やシェイクスピア悲劇などは、読んだからといって、それでより良い（あるいはより悪い）人間になったりすることもなければ、かかる生の内容を、客観的で精確な何ものかの中に解決することができるわけでもない。とはいえ、そうした作品は、どんなものにしろ、芸術ならざる客観的構造物に先立って人間において在るものを、豊かにし、翳らせ、昂揚させることが多多あるのである。そうしたところに導いてくれないものは、画一的に定式化されることのない、論理によっても決して十全に把握し切れないそうした現実の周辺を、たたぐるぐると回るだけに終わるだろう。そうした現実は再度そこに身を置いて生きてみること、言い換えると、ある時代ある時期に起きた微風や竜巻によって引きずられることのなかった何ものかを、実際にわれわれの身に起きたこととして、追体験することによってのみ再現されるのである。

それを把握し、再現するためには、中世とかマニエリスム、ロココ、リアリズム、アイデアリズムなどといった、既成の定式やレッテルは役立たない。経験とか芸術的生き方というものは、学術雑誌や大学の講座では見向きもされないような状況、言い換えると〈それ自体における状況〉の中で生起する。芸術のありのままの姿は、魂の自己との独白の中で実現する（こうした言い方は一部の人たちには理解されうるかもしれないが、不正確かもしれない）。筆者はこうした問題に関する〈学術研究〉が、山ほどもあることを承知している。にもかかわらず、六四頁で見たような博学多識のもろもろの書において、セルバンテスが没落貴族であったとか、彼の主著がすべて〈マニエリスム〉の書といえるシェイクスピア作品と拮抗しうるとか、『ドン・キホーテ』が騎士道本を根絶やしにするために書かれたなどと、いまだにまことしやかに説かれているのである（二九）。

人は芸術というものを、創造の過程にしかるべき関心を払うこともなく、画一的な結論や決定論に導くことを望んで、外部から語ろうとする。われわれの時代には生の実体験に関心を払うよりも、定式どおりの型にはめることの方が好まれる。〈マニエリスム〉とか、『ドン・キホーテ』の構成に関するある種の研究がそうした好例を提供している。

もちろんこの作品がどのような形で書かれたかを見極め、明らかにすることは重要なことではある（三〇）。

トゲビー（Togeby）氏は「小説の全体的構造とは人物たちの機能そのものである」という筆者の見方を弁えてはいるものの、このようにも述べている。「（この作品における）人物の生きざまは、人生そのもののごとく、浮き沈みや停滞、障害をともなった道筋によって象徴されている。しかしカストロ氏は、そうした道筋の向かう方向や序列、内的・外的影響の相関性などを問題にすることはない」（一一頁）。

この小説が本来の小説として始まるのは、サンチョ・パンサの導入を待ってからだとする見方もある。トゲビー氏によると「ロシナンテがいさえすれば、かの英雄の狂気と彼の直面する現実を表現するには、十分こと足りる」（一八頁）。氏によると、最初の二回の出立によって、不規則ながら円環的形態が提示されるという。となるとドン・キホーテが出立するのは、ロシナンテがあちこち放浪するのと同じだと想像せねばならなくなる。そこのところを見てみよう。

「ロシナンテの手綱を放して、己が意志をやくざ馬のそれに一切まかせたのである。すると馬のほうは己が厩への道をたどるという初一念をつづけていったのである」（前、四章）。

「彼らは別にどの道を行くともなく、ロシナンテの思いのままの道をたどりはじめたが、主人公の思いもその後に従った」（前、二一章）。

「ロシナンテの好む道のほかはたどらないで、というのもこの馬の歩けるのはその道だけだったからであるが」（前、二三章）。

ここでドン・キホーテがロシナンテを導き、あるいは逆にロシナンテに導かれていくというモチーフを、筆者なりに見てみようと思う。ドン・キホーテは最初の出立において、自らに与えた名前だけを供としていた。ところが騎士に叙任されることが必要となり、「最初に出会った人物に叙任してもらいたい」と願うようになる。そうした偶然を信じつつ「自分の馬が望むがままに」行くことしか考えずに道を進んでいく（前、二章）。ところが誰にも遭遇しなかったので、「どこかに城でもありはしないかと、あちらこちらを」眺める。つまり彼は生まれたばかりで、未だ完成されていない自らの人格を完成させるような人物を探し出す必要に迫られて、たまたま旅人宿を見つけるのである。彼は一旦騎士に叙任されると、宿の亭主の忠告を思い出して、騎士に必要なものを備えるべく「自分の家に戻る決心」をするのだが、その一つが〈従士〉であった。彼は「こうした思いを抱いて、村へとロシナンテを駆り立てていった」のである。かくして騎士の目的とロシナンテの本能とは歩調を合わせ、ロシナンテは心弾んでなつかしい故郷へ歩を進めていく（前、四章）。ドン・キホーテがサンチョ・パンサを伴って、二回目に故郷を後にするとき、彼らは決まった目的地もなく「モンティエルの野」にさ迷い出てくる（前、八章）。

ここでわれわれは次のような仮説を立ててみよう。つまりもしドン・キホーテに具体的な行程表などあったとしたら、もはやそれはドン・キホーテとはなりえなかっただろう、ということである。作者にとっても読者にとっても、いかにも曖昧な名前（キハーダとかケサーダ）で呼ばれていた一郷士が、今や自らに命名したひとつの名前を有している。彼の努力と精力は、自らの新たな〈存在〉を生み出すことに注ぎ込まれ、そしてそこで燃え尽きてしまう。かてて加えてラ・マンチャの郷士が、具体的な方向を思い描いて、そうした新たな〈存在〉に活動内容を詰め込むようなことは、とうてい考えられない。ロシナンテが主人の騎士道的狂気を体現することなどありえもしない。なぜならば、ロシナンテは主人が自分の人生を生きているのと同様に、自らの生を生きているに過ぎないからである。この騎士の人生は、それを狂気的だのパロディー的だのと称して、把握しうるものでもない。それよりも重要なのは、彼の生が特別な次元を有していて、永続せんとする自らの意識と意志に深く根を張っているという点である。彼のそうした意志は、ドン・キホーテおよび彼以外のまともな者たちに対して、いかなる文学にも前例のない、もろもろの問題を提起することとなる。セルバンテスによってなし遂げられた革命とは、曖昧模糊として謎めいた文学上の人物を引っ張り出してきて、彼をして、誰が見ても血肉をそなえたと思われる生きた存在、個人としての人格を備えた文学的キャラクターに変容せしめ、太陽の照りつけるラ・マンチャの地を、馬に乗せて放浪せしめたことである。

ドン・キホーテは、自らの人格の絶対性そのものを追い求め、かつ自分自身を知る、ということを唯一の拠り所として、その絶対性を空ろなるものに投げつけるのである。彼の使命は「誰にもあれ……止まられい」（前、四章）とあるように、人の多く住む街中ではなく、野中において果たされるのである。これを狂気などと呼んだり、かの人物に起きることと無縁な非文学的概念に寄りすがろうとすることは、的外れもいいところである。セルバンテスがあえて試みようとしたのは、騎士道本を愚弄し、自らの生み出した人物ドン・キホーテをからかうこと以上の、何ものかであった。

新たな文学的時代を切り拓くことには、さまざまな混乱がともなう。ドン・キホーテはそれを実行し、新たな信念に燃えた他の扇動者たちと同じく、自らに狂人という形容詞を冠したのである。このことは文学的視点からすれば、必ずしも理に叶ってはいない。というのも、狂気において生の実存を獲得するということと、精神的失調の犠牲者・罹患者となることとは、おのずと異なるからである。ドン・キホーテは予期せざる文学的形態において、真に存在する者となるという高尚な使命を託されているのであり、彼をあちらこちらに導くという副次的な仕事は、他者たちに任せておけばいいのである。『ドン・キホーテ』の物語はラ・マンチャのとある場所から始まり、広大な土地を舞台に繰り広げられる。しかしドン・キホーテにとって、その書以外に住む場所はない。したがって馬に揺られてゆく方向は（セルバンテスはそれを〈意志〉と呼んでいるが）、ロシナンテの本能によって制約されねばならない。ロシナンテがあちこち道草を食ってゆくとしても、そのことで『ドン・キホーテ』の構造が直線的であったり紆余曲折的になったりするわけではなく、こうした人物たちの構造や機能によって、必然的にそうならざるをえないのである。彼らの生存は新たな文学的概念に負っているのであり、本の構造が円環的であったり、直線的であったりすることから出てくるわけではない。『ドン・キホーテ』の意味を〈創作的〉規範によって把握しようとしても無理なのは、所詮、そうした規範から出てくるのは、『ドン・キホーテ』が騎士道本に対するよからぬ愛好から、われわれを解き放つべく書かれた、という公式的結論にたどりついてしまう点を見てみればよく分かる。「セルバンテスは騎士道物語の実体を、そこからわれわれを解き放つべく、自らの小説という鏡のなかで示した」と言われるゆえんである。これは正しくない。なぜならばある人間の骨格をどれほど正確かつ不可欠に描いたとしても、生物学とは異なる人間的側面がどういったものかを理解しえないのと同断だからである。結局、問題なのは、作家の思い描いた、人生表現のうちに外面化された視点から、生の形態をはっきり区別することである。こういったケースと比較するのは不適切かもしれないが、いま述べたことをはっきりさせるためには、悲劇的とはいえ卑近な例を挙げるのがよかろう。つまりもしわれわれが〈原子爆弾〉と言ったとすると、イメージとして、その爆発によるキノコ雲と恐ろしい被害が思い浮かぶ。しかし原子爆弾そのものは、原子核の連鎖による爆発、云々という別の実体である。『ドン・キホーテ』において何よりも興味深いのは、出発点として見られる、構造的なダイナミズムと想像力による展開である。作品を動かしているのは、ある独自な衝動、言い換えると、かつて郷士であった人物が、自らの意志決定により命を吹き込まれたドン・キホーテとなって、自分自身の存在を生き続けようとする、絶えざる緊張感である。ラ・マンチャの騎士の辿る道筋は、彼の狂気の産物などではなく、自らがかくあらんと決心した存在（後に「身共が誰かは存じている」と述べることになる）であり続ける必要性から出てくる。ドン・キホーテのゆく道が示しているのは、自らとドゥルシネーアのうち（「拙者はあの女性のなかに生命と存在を得ているのじゃ」前、三〇章）にあり続けることである。どちらとも幾何学的に描かれることをよしとはしない。両者とも、かく〈存在する〉ことで足りているのである。

『ドン・キホーテ』という作品自体は、この小説の存在理由を何ら明らかにするものではない。セルバンテスは文学に新たな側面、つまり後で見るように、マテオ・アレマンの『グスマン・デ・アルファラーチェ』（一五九九）との暗黙の対立関係の中で、独自の手法で想像した人物を描くという新たな側面を導入したのである。最初の手法とは、人物における人格としての固有の存在といった側面である。こうした人物たちは、人間的ならざる自然の真っ只中に生きる存在である。マテオ・アレマンはそうした自然を〈原初より〉汚れた偽りだったと決めつけた。しかしセルバンテスによると、動物などあらゆる存在を含んでいる自然は、一つの意味をもっている。というのも自然は〈真実なる神の執事〉だからである（三一）。したがって、われわれは自然に信を置かねばならない。かくしてドン・キホーテはロシナンテの本能に身を委ねねばならない。それにはまずもって、暗い夜、馬に乗って歩きづらい場所を行くとき、最善の策は馬の手綱をゆるめて行くに任せることである。この場合、ドン・キホーテの暗闇とは物理的な闇ではなく、〈人間的〉な闇である。キハーダ、ケサーダあるいはケハーナであることから、ドン・キホーテへと転化することによって、かつての存在と今ある姿との間で、ドン・キホーテの心は引き裂かれてしまう。かつての存在と現在のそれとを分別するのに必要なのは〈自らの規範と気概〉だけである。彼が生きてある限り戦い続けるのは、新米の遍歴の騎士が現時点で生み出した内なる世界から、過去の内なる世界を排除しつづけるためである。とはいっても、そうした世界のすべてを自分の外に排除したまま、こうした働きを遂行することなど可能であろうか。ドン・キホーテであることは、必然的な相関関係として、〈ドン・キホーテ化しうる〉世界を必要としている。そうした世界は、かの遍歴の騎士がかつての自分を知り、かつドン・キホーテ的に行動する権利を認めうるものでなければならない。しかしドン・キホーテはどこに行ったらいいのか見当もつかない。彼の視野には広大な光景が広がってはいるが、正確な光景として捉えられているのは、自らの極端な世界においてのみである。つまり「もしや休ませてくれる、目下の窮乏をなんとかしのぐことのできそうなお城なり羊飼いの牧舎なり見当たらないかと、ほうぼうを見渡していた」のである（ドン・キホーテはキハーダとかケサーダという存在を一旦棚上げしてしまってはいるが、文学的に不可欠な、自らの空腹は棚上げしてはいない。さもなければ、自らが避けてきた書物の中の人物たちと同じになってしまったであろうし、また現実の対立状況によって追い詰められた、精神と肉体の〈入り混じった〉存在を、喪失してしまったであろう）。「ふと彼のいる道からほど遠からぬところに、一軒の旅人宿が見えたが、これは単なる軒端どころか、彼を救ってくれる宮殿へ導く星でも見つけたように感ぜられたのである」（前、二章）。ドン・キホーテは作者たるセルバンテスと同じく、自らの視点から市民的で集団的な生活拠点を排除してしまう。そうしたものは、観念的に日常生活の場末、文壇の場末に身を置いていたセルバンテスにとっても、同じように苛立たしいものだったのである。まさしく場末（外部）であって、内部ではなかったのである。救世主イエスはつましい軒端で生を享け、東方の三博士は星に導かれてやってきた。ドン・キホーテにとっては遠くに見える旅人宿もまた、自らの生を完全に実現させる救いとなるべき〈宮殿〉が、近くにあるとの期待を抱かせてくれたのである。他の場合と同様、ここでも、宗教的言葉遣いが世俗のそれと奇妙なかたちで結びついている。つまり叙任騎士たるドン・キホーテのあり方と、ベツレヘムで生まれたイエスの救世主的使命とが、いかにもうまい具合に対比されうるのである。ドン・キホーテの心は混乱をきたしていたが、むしろそれが幸いして、宗教的霊性が世俗的霊性へと移行することが可能となった。

これによって文学の新たな形式が可能となったのである。

ここからドン・キホーテ化した人物と、そうでない者たちとが向かい合うこととなる。かかる構造をもった文学的冒険に先例などはなかった。そこで作者は二つの異質な現実を冗談抜きに結びつける必要に迫られた。それは、あらゆる人々が活動する人間的現実と同時に、〈一人〉の現実と〈多くの者たち〉のそれを全体として維持しつつ、かかる不適合の事実それ自体を〈ありうべき〉文学の一事例とすることによってであった。管見では、これこそドン・キホーテが、ただひたすら完全にドン・キホーテたらん（騎士に叙任され、従士を探し出さん）とする目的で、ロシナンテを引き連れていった理由である。彼は自らが追い求め、必要とすることを弁えてはいたが、それがどこにあるかは分からなかった。彼がサンチョにドゥルシネーアの住いに彼を連れていくように、次のように言うのもそうした理由からである。「仲よしのサンチョよ、ドゥルシネーアの館へ案内するがいい」（後、九章）。もしドン・キホーテがどこに行くべきか、また世の人々を自らの意志に屈服せしめるために何をなすべきか、十分に精通していたとするならば、模範となる先例はすでに示されていたし、それに従って書くことも容易だったであろう。つまり、（エルナン・コルテスによる）この世の帝国の征服であり、（バルトロメ・デ・ラス・カサスのような）宣教師の手による、異教徒の啓蒙教化とキリスト教的庇護である。セルバンテスにとっての課題は別のものであった。つまり、自分自身であることへの信念に英雄的にしがみつこうとする向こう見ずな人間に反感を抱くような、人々及びもろもろの状況を抱える世界において、いかにして文学的人物の生（つまり彼の生の内在性）を作り上げ、それを維持させるか、ということであった。

セルバンテスの天才によって、ドン・ディエゴ・デ・ミランダの息子ドン・ロレンソが「あの人はごちゃまぜの気違いで、すばらしい中絶期がしょっちゅうあるんです」（後、一八章）と言うような、〈ごちゃまぜの気違い〉という人間的類型が生みだされ、永続的で実現性のある形態が作り出された。こうした方法によって、ピカレスク小説の秘教主義（一個人が価値なき社会、混迷した得体のしれない世界に向かって独白する形式）や、牧人小説のメランコリックな理想主義、あるいは〈ロペ・デ・ベーガの演劇のような〉〈世論〉の価値観に無条件に身を委ねる迎合主義に対する解決が図られたのである。『ドン・キホーテ』における主人公は、埋めようのない深淵によって、多くの者たちと切り離されていると同時に、彼の理性は狂気と入れ替わり、混沌とした不一致ですら時としてそれなりの意味をになっている。そして、ものは「わざと乱雑に」（前、五〇章）置かれている。したがって、すでに前に見たように、ハムというものは忌み嫌われる対象でも、郷士的な身分の象徴でもなくなり、見る者に皮相的な微笑みを誘うような安全通行証となる。もしかくのごとく理解することが可能ならば、マンブリーノの兜と床屋の盥《たらい》は融合しあって、〈たらい兜〉となるのである。ある者と別の者たち、この者とあの者、ドン・キホーテとサンチョの間には橋がかけられるが、時として、そうした橋も抗いがたい洪水によって流されてしまうことがある。とはいえ、個としての存在は、真正なる意志のもとで是認されて出てくるときは、どのように強烈な攻撃にも耐え、それを超え得るし、またどのように蠱惑的な誘惑にも屈することはない。真正なる生（これは前例のないテーマである）は〈出口を見つけるのが困難な〉迷路を通って生みだされ、維持されるべきものであり、魔法使たちの手の込んだ企みに惑わされることなく、さまざまな出来事を越えて漂っていかねばならない。各々には自分たちの持ち場というものがある。ロシナンテは自らの〈ロシナンテ主義〉とでも呼ぶべきものがあって、それによって彼の求めている方向へと足が向くのである。かのラ・マンチャの郷士はそれ以外のすべてを、身に引き受けることとなる。『ドン・キホーテ』は一つの〈構成〉から現れたというよりはむしろ、一つの〈配置〉から出現したというべきであろう。この作品の形態上のダイナミズムは、まさにそうした配置の結果なのである。

『ドン・キホーテ』は最初の部分からして、あらゆる前例を逸脱している。作者が主人公を造形すべく、自らの手のうちにしている不定形な素材には、騎士道本や『ラサリーリョ』『グスマン』などで、際立つかたちで見られた文学的特徴が欠けている。主人公の名前すらはっきりしていない。つまり「何でも通称をキハーダもしくはケサーダと呼んだという者もいるが……」とあり、ここで使われている〈という〉(quieren decir)の quieren は意志ではなく、「雨が降りそうだ」といった例で使われる、疑念または始動の意味である。「著者のあいだで多少の異論がある」がゆえに、「もっとも信憑するに足る臆測によると、ケハーナと呼んだともいう」とある。物語の本質とそれを書く者とのあいだに、われわれの目の前でまさに創造されんとする驚異を曇らせ、それに水を差すような〈作者たち〉が介在してくる。われわれに物語る作者の構想力にとっての、原料となるべき言葉を発する一人の作者(将来のベネンヘーリ)を、作品に導入する意図はすでに示されていた。一種のぼかし法のごとき、ぼんやりとした背景のもとで、素性がかくも曖昧なこの郷士が、エスキビアスとかトボーソとか、あるいは他の特定の場所に住んでいたと語り始めたとしたら、それこそ不適切どころか、実際には不可能であったはずである。したがって作者は「思い出そうとも思わないが」と述べたのである。これを筆者は「この場合、思い出すことがふさわしくない」という意味に解する。おそらく私見によれば、きわめて機能的にして仕掛け的なこうした言葉を、同じように解釈した者たちは他にもあるだろう。こうした曖昧さ・不確実さと好対照をなすのが、武具や動物たち、食事内容、彼の面倒をみる者たち、年齢、肉体的特徴、それに「足早の猟犬」とか「大の狩好き」といった、きわめて思わせぶりな特徴表現である。そうした細かい表現の中には意地の悪いものも含まれている。たとえば「金曜日には扁豆《レンテーハ》」がそれである。というのもロドリーゲス・マリン氏の注釈によると、ある医学書には、この食べものには精神異常を引き起こす危険性があり、「いとも恐ろしく、途方もない夢を見させる」らしい。またすでに前に述べたとおり（二七頁）、このラ・マンチャの郷士に、土曜日ごとに塩豚の卵あえ料理を食べさすというのも、出自と名前をはっきりさせず曖昧にしている点と合わせて、それに劣らぬ意図を感じさせる。こうした不明瞭さも、かの郷士が自ら望む名前を、意志的に、はっきりと自分に付けようとしたときには解消する。われわれは痩せ馬に付けられた名前と主人公の固有名詞を見てはじめて、やっと「原点からの」創作プロセスに立ち会うことになる。ドン・キホーテは、ある種の書物から受けた刺激を活用しつつ、自分自身を生み出すことで姿を現すのである。彼はそうした書物を、自らの企てに合致する範囲で活用しているし、後にも活用していくことになる。そしてそれ以外は、彼の頭から不要物として抜け落ちてしまうだろう。自分自身の創造というものがかくなればこそ、その狂気もまた手法的で間歇的な性質となるのである。しかし生き抜いているという意識を伴った生そのものである主人公は、堅い信念を抱く決然たる人物となるはずである。

『グスマン・デ・アルファラーチェ』に対する反動としての『ドン・キホーテ』(三一)

マテオ・アレマンであれば、セルバンテスが『ドン・キホーテ』の中で描いたような人物の誰ひとりとして描ききれなかっただろう。ところが逆の可能性の方は大いにありうる。『ドン・キホーテ』前篇は一六〇五年(一六〇四年には知られていたとも言われる)に世に出るが、その三二章でセルバンテスは騎士道本が読者層に与えていた反響や反応がどんなものであったか、その実態を巧みに暴露している。宿の亭主は「火を吐くような恐ろしい太刀打ち」をする騎士たちの話を夢中になって聞くというが、それは「自分も同じようにやってみたくなる」からである。彼は「できることなら夜も昼もああいう物語を聞いていたいものだ」と述べる。またマリトルネスをうっとりさせるのは「どっかの貴婦人が蜜柑の木の下で、愛している騎士の方の腕に抱かれていらっしゃる」ような場面である。ここにおいて初めて、文学において描かれた生の様式が、自らの生を生きる者たちの生活体験を通して現出したのである。また彼らの生活体験は、食い違いがあってもうまく調整されたかたちをとってわれわれの前に提示される。騎士道文学はそれを書いた作者たちにしてみれば一つのものかもしれないが、読者層が多種多様(たとえば郷士、宿の亭主、その娘たち、役僧など)であるという理由からだけみても、多面的な存在となりえたのである。記憶に残る三二章の場面で明らかにされた、そうした問題性を孕んだ現実は、読まれた本としての『ドン・キホーテ』に向けて(三二)、さらにその広汎な読者層に向けて、開かれた視点としての光を投影するのである。

セルバンテスはそうした読者層に、彼の書を自由に活用するようにと誘っている。それはこの書に登場する人物たちが、彼らの周りで生起するあらゆる出来事に対して行っていることと全く軌を一にしている。多角的な意味に向けられた、現実的なるものに対するこうした開かれた姿勢は、現実というものが絶対的ではなく、しかも、各々が現実を生きる固有の方法に依存しているのだ、という考え方に基づいている。(今一度前の引用を繰り返すと)『ドン・キホーテ』は「子供もいじくりまわす、若者連も読めば、おとなは会心の笑みをもらす、老人はほめちぎる」(後、三章)ような作品なのである。同じようなことが、騎士道本を読んでもらって、それに聞き入る者たちに対しても起きたのである。かくも尋常ならざる刷新が起こりえたのも、それが東洋と西洋の狭間にあったスペインならではの、奥深い伝統あったればこそである。こうした伝統をよしとしないスペイン人が少なからず存在するが、それは古の昔から、自分たちの固有の存在とそうした伝統がうまく折り合わなかったからである。しかしセルバンテスが提示したような、内部と外部、あるいは表と裏を互いに逆転させたような、ヨーロッパでは前代未聞の、芸術的に練られた生の形式を鑑みれば、イタの主席司祭による『良き愛の書』を想起せざるをえないだろう。

本たるわたしは、あらゆる手立てに手を差し伸べよう。
良きも悪しきも、隅々まで述べ尽くす所存なれば(……)
もし詩を能くする者なら、この書を耳にする者が誰であれ
お望みどおり、付け足すなり訂正するなりしてくだされ(三四)。

〔牛島信明・富田育子訳〕

主席司祭の書物から得られる意味は、その書を読む人間の生に付与される意味次第でどのようにもとれるということである。書物のみならずすべてのものは、それを奏でる人間次第でどのようにも響く楽器のごときものである。それがある機能を果たすべき手段として働けば、そこから生まれるきらめきは、思いもよらぬほど微妙に変化するものである。（これは十四世紀スペインのキリスト教、ユダヤ教、イスラム教の各文化の三つ巴の産物である）『良き愛の書』において、音程の狂ったメロディーを奏でる者が一人でもいれば、楽器は恥じ入って赤面してしまうだろう（三五）。

ものごとの本質面ではなく現象面からセルバンテス、あるいはその芸術の基本的側面のいくつかを、スペインの東洋的伝統と関連づける際に、筆者のとる立場は、次のような言説とほとんど変わりはない。つまり「デカルトの思想は、ソクラテス以前の思想家たちとともに始まったギリシア的伝統を抜きには考えられない」。こう言ったからといってデカルトがギリシア人になるわけでもなければ、セルバンテスがイスラム教徒になるわけでもない。たしかにセルバンテスにとって、イスラム法は魅力的なものではあった。もし彼が哲学者であったら、意識的にしろ無意識的にしろ、次のようなことが言いえたかもしれない。「こうした人々の現実把握の方法をもってすれば、どれほど偉大なことがなし遂げられたことであろう」と。何はともあれ、彼はイスラム教徒の間で五年余りの歳月を過ごしたのであり、その性格からして、周りを取り巻く世界から大きな刺激を受け、感性と知性の両面で影響を受けたことははっきりしている。セルバンテスは〈びいどろ学士〉の口を借りて、ローマでは「あらゆるものを観察し、考え、記憶にとどめた」と述べている。またヴェネツィアでわれらの旅人が「享受した楽しみの数々は、その昔、海の精カリュプソーのそれにおさおさ劣るものではなかった」という。彼はひと月ほどそこに滞在した間に（想像をたくましくすれば）、幕間劇『ダガンソ村の村長』からも窺えるように、アリストファネスの翻訳（一五四五）を読んだものと思われる。ところで、師ファン・ロペス・デ・オーヨスの学識によって、セルバンテスの精神や宗教的感受性が涵養され、初期の詩作が促されたとするならば、またイタリアでは「あらゆるものを観察し、考えた」とするならば、アルジェールにおいてもそうしたと考えるのが順当であろう。というのも、彼はその時あらゆる面で、辛いながらも実り豊かな人生の、真っ只中にあったからである。そうした体験の中にあってみれば、いつ、どこでかは不明ながら、スペイン人モリスコたちと過ごした生活体験を侮ってはなるまい。実際リコーテに対してなしたように、彼らに存分に語らせたとしても、おかしくはないだろう。

いま述べてきたようなことも、『ドン・キホーテ』と『グスマン・デ・アルファラーチェ』が互いにきわめて対照的ではあれ、関連性があるという見方と無縁ではない。そのことをセルバンテス自身もよく弁えていた。ただ両者の間の接触がどういったもので、一方が他方の書いたものについてどのくらい知っていたか、といった点は詳らかではない。当時文学的雰囲気が窮屈で、〈陰口たたき〉が強烈であったとすれば、『ドン・キホーテ』（一六〇五）と『グスマン・デ・アルファラーチェ』後篇（一六〇四）の中に、ロマンセーロや牧人小説『ディアナ』、騎士道本などへの言及が同時的になされている、といった並行関係について、われわれはいったいどう考えたらいいだろうか。『グスマン』において文学的影響を受けた者は、夫を熱望する女たちである。

「ヘリネルドスがドニャ・ウラーカに作ったコプラを聴いてごらんよ、それが彼女のための歌だってことも考えてもごらんね。彼女ときたらミヤマガラスより黒くて、カメよりも抜けているんだからね

（……）あそこでヴィーナスより美しく描かれているからって、本気でそう思っているんだから。『ディアナ』を読んで、ああした牧女たちの熱い思いを知ったのかねえ（……）彼女たちに焚きつけられたっていうわけか。ここから火花が飛んでいるよ、火薬に火がついたかのように燃えて、焼かれているんだからね」（後篇、第三部、第三章）。

牧人小説を読むことで、女性たちの心は「燃えて、焼かれる」のである。興奮しはするが、その結果、彼女たちは黙りこくって何の反応も示さなくなる。『ドン・キホーテ』との違いは歴然としている。つまりそこでは『グスマン』のこぢんまりとした動きのない静けさに対して、創造的で多種多様な動態性を示しているからである。すでに述べたことながら、グスマンはその種の読書にどっぷり浸かり、そこから距離をおくこともできずに、ひたすら心を熱くした女性たちに対して、どう扱うべきか分からないでいる。セルバンテスは機敏に彼女たちをそうした読書から引き離し、他者には還元できないユニークな人格と表現を各々に与えている。『グスマン』に見られる無味乾燥で、内にこもってはっきりしない調子は、ここでは四声合唱（宿の主人、その妻と娘、マリトルネス）となっている。彼らのよく通る声を通して、われわれは生の息づかいを身近に感じとることができる。宿の主人はいまにも癇癪玉を落しそうな気分だし、女房の方は亭主に本を読み聞かせているかぎり、一時の平和を享受しているという雰囲気である。マリトルネスはマリトルネスで愛の悦楽について夢想し、主人の娘にとって重要なのは「貴婦人たちから身を遠ざけた騎士たちの悲嘆」である。

もしセルバンテスが『グスマン』の例の一文を知っていたら（知らない方が不思議だが）、自らが書いたものと〈他者〉のそれを比較してみて、あまりの違いに大満足を覚えたことであろう。『グスマン』に登場する女たちは、『ドン・ベリアニース』や『アマディス』『エスプランディアン』『太陽の騎士』などを読んでいる。彼女たちは、魔法にかけられた城とか「実際に彼らが口にしていると思われる、ふんだんな珍味佳肴のご馳走」を楽しげに想像する。

「(マガローナ姫と女官たちは)ドン・ガラオールがやってきて巨人を退治してくれるまで、貞節をしっかり守って慎ましく暮らしているが、私が常々聞いて、残念に思うのは(とグスマンは言う)、彼らを扱うときのひどい仕打ちであった。そしてこうしたご婦人方の一人を伴って、彼らをカスティーリャに送ったらよかったのにとも思う。そこでなら彼らの姿を見ただけで、あちこち冒険を求めて歩き回るまでもなく、結婚するのに必要な十分な持参金を払ってもらえるかもしれないからである。そうすれば魔法も解けるであろうし。私と似たご同類にこと欠くこともないようだ。というのも先日、そいつがこう言ったからである。もしその種の本を、こうした美女たちの周りに結わえ付けて、火でも放ったとしても、燃えはしないだろうよ、彼女たちの力がそうさせないからさ。私はどうこう言うつもりはないが、それにこのようなかたちで抗議しているわけである。というのも、自分でもどこに行ったらいいか分からぬまま、世の中を渡っているわけだから」(後篇、第三部、第三章)。

「……騎士方が愛している貴婦人と別れておいでのときの悲しい嘆きがたまらないんです(と宿の娘は言う)。こっちがすっかりお気の毒になって、どうかすると泣かされてしまいますの」「そんなら、もしその騎士たちが、あんたのために泣くんだとしたら、あんた、それをなんとか慰めておあげになるつもり?」とドロテーアがたずねた。「さあ、どうするかわかりませんわ」と、娘が答えた。「ただ、物語に出てくる貴婦人の中には、ご自分の騎士のことを、虎だの獅子だの、そのほかいろんないやらしい呼び名で呼ぶような、ずいぶんひどい方々があるってことは存じています。ほんとうに、なんてことでしょう！　誠実な殿御にやさしくしてあげないばかりに、その方を死なせたり、気違いにしたりするような、情も良心もないああいう貴婦人は、いったいなんて方かわかりませんわ。なんのためにあんなに気取っているのか気がしれないじゃございません？　それが貞淑だからっていうのなら、結婚なすったらいいんです。殿御のほうにしたってそれだけがお望みですわ」（前篇、三二章）。

セルバンテスは相手にぐうの音も言わせることなく、隙間なく堅固に固めた人物群の中から、感覚能力と判断能力をそなえ、実在しているという実感を、各々固有のしかたで表現しうるような、生きた人物四人を抽出したのである。『グスマン』における女たちは「ふんだんな珍味佳肴のご馳走」とか「柔らかく気持ちのいいベッド」などに思いをはせて、ただうっとりしている。騎士たちが話題にしているのは、自分たちが結婚するために必要な、十分な持参金のこと（経済的関心）であり、グスマンはこうしたことですっかり「魔法は解けるだろう」と言う。ところがセルバンテスの方は、それとは逆に、魔法は魔法として、また「どっかの蜜柑の木の下」での恋を想い描くマリトルネスの夢想は夢想として、宿の娘の甘美でメランコリックな思いは思いとして、そのままのかたちで描いている。セルバンテスがこの箇所で、マテオ・アレマンのことを想起していたであろうことは、四人の人物のうち三人が女性であったというところからも窺えることである。〈モデル〉との違いは、宿の主人の存在および、彼の「今にも癇癪玉を落しそうな」男っぽい態度にもよく現れている。ここには否定的ニュアンスの辛辣さは、完全に消え去っている。『グスマン』に見られたような不定形で無名の女たちは、ここでは宿の主人の妻とかその娘、宿の女中などといった、われわれにとって身近な存在となっている。各々が、自ら語る言葉の中で、その実体を明らかにしているのである。彼女たちは（宿で他の者たちといっしょに語りを聞くことで）、自らの〈状況に応じた〉存在に関与すると同時に、また書物の中で描かれた、別の空想的存在にも関与するのである。また（マリトルネスはマリトルネスなりに、娘は娘なりに）そこから受けた愛の刺激に反応している。またいつもせわしなく働く年配の女主人は、このときとばかり安らかな時間を過ごし、一時の平和を享受している。重ねて言うが『ドン・キホーテ』の弁証法とは、具体的な所与の（時間と空間の）状況に在るということと、そうした基本的で一義的な在り処から出ることなく、しっかり一領域に根を下ろして存在することとの、〈ダイナミックな闘争〉の内に、自らの仕事をなすということである。論争が始まるのは〈ここ〉と〈あそこ〉の間であり、〈いま〉と〈やがて〉の間であり、〈旅人宿〉と〈城〉の間、〈ドロテーア〉と〈彼女の公爵の息子と結婚したいという気持ち〉との間、そして〈読者の状況〉と〈彼らの騎士道本や牧人小説の与える領域にまで上昇したいという気持ち〉との間においてである。『ドン・キホーテ』においては、そこで表現されたものに現実性があるかないかよりも、〈いまここで〉与えられたものと、〈やがてあそこで〉出現するものとの間の緊張感こそが、より大きな問題となるのである。〈島〉は現実的でもなければ、空想的なものでもない。それはサンチョの中で、サンチョによって、想像されたものである。島がサンチョの中で、サンチョによって存在している、という点こそが現実的なのである。もしそうでなければ、所詮、誰をもいらいらさせるような島の話などにどんな興味があろう。

こうしたことは、何一つ、また誰一人、固有の生活領域をもっていないマテオ・アレマンの世界ではありえない。彼は悪魔主義に接近する中で、創造主たる神に対してすら、そうした可能性を認めようとはしない。神は〈汚らわしい世界〉（mundo inmundo）あるいは自らの造った〔被造物ならぬ〕非造物（des-creación）の前で、なすすべを知らない無力な存在なのである。マテオ・アレマンは『セレスティーナ』の中で唯一、父プレベーリオの最後の絶望的な嘆きに注目する。「ああこの世、この世だ！

(……)わたしがもっとみずみずしい歳頃だったころ、おまえやおまえの行いは、何かの秩序に支配されていると考えたものだ。いまやおまえはわたしの目には、過ちを生む迷路、恐ろしき砂漠、(……)むなしい希望、まやかしの喜び、まごうことなき苦痛に見える」。

グスマン・デ・アルファラーチェは、こうした閉じられた世界を前にして、不吉で、地獄的な、不調和にして壮大な、自らの世界観を打ち建てるのである。いまだ断定するのは憚られるが、こうした世界観なくしては『ドン・キホーテ』はありえなかったであろう、とは言える。歴史というものは、かくのごとく複雑であるがゆえに、文学的問題と直面する際に、歴史を回避する者がいかに多いかが分かろうというものである。というのも、そうした者たちは文学作品の可能性と、実現プロセスとの間の区別をしないからである。

人間像を含む『グスマン』の世界を満たすすべてが、われわれの目の前に現れてくるのは、すでに邪悪な〈世界〉の手で、あらゆるものが圧殺されてしまっているときである。ところが『ドン・キホーテ』においては、社会は一旦棚上げされていて、その存在を感受させるものとなっていて、人々は間接的ながら到るところで社会と衝突する。そこでは文学的側面をも含めた、一六〇〇年当時の人々の生き方の、内部に孕んでいた大きな危険性に直面するべく、微妙な警告がさまざまに発せられている。『ドン・キホーテ』においては、すべてが〈自分自身に向けて〉と〈外部世界へ向けて〉という、二つの方向性として出現する。それらはともに、本当らしく見える人々の生きざま、という視点でもって結び付けられている。マテオ・アレマンは眉根を寄せて、不出来な世界に目を向けている。セルバンテスは障害物をかわし、警告を発しつつも、遺恨を抱くことなく、自らの世界を創造することの方を選んだ。『グスマン』において騎士道本は、譬えとして女たちの周りに結わえ付けられて燃やされはするが、彼女たちの〈力〉によって、その火が消し止められるかどうかは明らかにされていない。というのも、グスマンによると、「自分でもどこに行ったらいいか分からぬまま、世の中を渡っているわけだから」である。セルバンテスは別の方向を探し出そうとして、その種の忌まわしい書物と読者たちにとっての、一つの有益な方途を見出したのである。

一六〇〇年当時のスペインにおける（また、スペインにとっての）『ドン・キホーテ』（三六）

あらゆる人物とあらゆる対象が一つの視点で結びつけられている、といった意味の相対主義は、対象の中にひそむ多様な可能性と切り離すことはできない。そうした可能性が顕在化するとき、人間とかものごとについての現実性に関する論議が巻き起こるのである。というのも『ドン・キホーテ』という作品は、誰ひとり理由や方法を問い質さなくとも、あらゆるものが入れ替わるような、そうした魔術的・東洋的な書などではないからである。作者はわれわれ読者にそうした現実性に関する問いを発するように誘い、ペンを走らせながら微笑んでいたに違いない。というのも作者ミゲル・デ・セルバンテスもまた、自らのでっちあげた世界を自由に繰ることで、多様な仕方で自らを表現していたからであり、さまざまな視点から、文学表現における隠れたものや明らかなものの存在を、凝視していたのである。周りを取り巻く世界は、多様にして対立的である。たとえば領主、法律家がおり、一方に勇敢な兵士がいれば、他方にはほら吹き連中がおり、また姿は見えないが聖職者や異端審問官たちが確実にそこにはいるし、新旧のキリスト教徒たち、作家や、都市や田舎の住人たち、牧人、盗賊、判事、捕吏、ベルベリアの捕虜、宿にたむろする俗衆、などさまざまな人間がいる。こうした要素のおかげで、現実世界と空想世界が書物の中で、うまく織りなされるのである。

われわれは、魅惑的で緊張感ある形式でもって表現された、そうした人間的実相を映し出す密林の中に分け入り、一六〇五年と一六一五年の時点で（分別を働かせて想像しうる範囲で）有効性をもってい た意味と、一九六五年の現時点でのそれという、あたかも防火壁のごとくに分け隔てられた、異なる二つの意味を探るべく道を切り拓く必要がある。切り拓いた後に、二つの道は一つに統合されねばならない。今日の読者にとって、新・旧双方のキリスト教徒たちの対立の問題性と、それが内に孕んだ構造的機能は、ずっと見過ごされてきたテーマであり、扱われてもせいぜい興味本位のエピソードか話題にすぎず、そのことでかえって本質的な問題は回避されてしまったのである。あえていますぐ問題を引き起こすことなどないという配慮から、問題を社会学的な側面や抽象的な文体的側面に還元して、先送りしようとする者たちもいた。筆者にとって、そうした態度は『ドン・キホーテ』を騎士道本抜きに捉えようとする、価値に乏しい時代遅れのやりかたと同じようなものである。われわれは可能な範囲で、マテオ・アレマンとミゲル・デ・セルバンテスをめぐって取り交わされた、会話やひそひそ話に耳を傾けてみるべきだろう。なぜならば、今われわれにとって知る必要があるのはセルバンテス的人物たちを可能にした価値観や次元だけではなく、われわれ自身がそうした価値観を、かかる形で構造化された生の形式として理解し得るような、そうした価値観や視点だからである。すでに見たようなハムとベーコンというモチーフ、素材としての脂身のもつ意味について、引き続き言及していく必要があろう。

したがって『ドン・キホーテ』の様式を〈曖昧〉だとすることは正しくないと思われる。プリズムを通って屈折する光は、光線そのものに照らしてみて曖昧なところは一つとしてなく、同じ現実の反映である別の相にすぎない。意味の多重性というものは、『ドン・キホーテ』の構造の本質的な要素である。その中では多重的な意味が共生的に統合されている。たとえば騎士道本における、（あるいは騎士道本作家の意図における）現実的なるものと、セルバンテスがそうした現実を内部に取り込んで、命を吹き込んだ人物における現実的なるものとが、統合されているのである。マルセーラは牧人小説の空想的場面から抜け出して、〈自らの〉目的を達成しようとして、颯爽と野原を駆けめぐっている。サンチョは騎士道本の中の従士ではあるが、同時に「パンと玉ねぎだけで生命をつないでいく」ことのできるサンチョでもある。そして主人に向かってこのように答える。「お前さまがちょっと考えてみなさったらば、この政治をとろうなんてことを、わしに思いつかせたな、お前さま一人だちゅうことが、わかるでがしょうよ。なにしろ、わしゃ島の政治についちゃ、それこそ禿鷹より知らねえでがすからね」（後、四三章）。セルバンテス的方法とは、まさにプリズム的なものである。

『ドン・キホーテ』の世界は平坦ではなく、かなり起伏の多い土地である。黙説法と暗示法が、その新たな文学形式の本質的な部分となっている〈内的配置〉ゆえに、解釈を必要とするからである。あえて一六〇〇年当時の私的・公的生活の実態を問うことなどしなければ、『ドン・キホーテ』を〈純然たる〉芸術作品として、あるいはマニエリスムの代表作として捉えることもできよう。しかし一つはっきりしているのは、そんなことをすれば、シェイクスピアと並んでセルバンテスも、没落貴族のなれの果て、ある種の書物に耽溺する病からわれわれを癒す医者、さもなくばトリエント公会議の代弁者としてしまうのが関の山である。

『ドン・キホーテ』のような作品において、作品と作者、および周りの世界との関係は、かつてのあり方とはかなり異なっているはずである。鷹狩りにおける必須の条件となるのは、獲物、鷹および鷹匠である。セルバンテスは文学世界の外で見たり感じたりしたものの上に、文学的空間から急転直下、襲い掛かる。彼の獲物は自らの手で記した記述そのものである。つまりそこには、自らの多重的視点が、息づくように群れをなして留まっているからである。彼の芸術はもはや逃避的なものでない。熱望や夢想に満足することもなければ、グスマン・デ・アルファラーチェにとっては実り多いものであったかもしれぬが、そうした道徳律によって規定されたり、周知徹底されたものの上に胡座をかくこともない。ドゥルシネーアはアルドンサという名のモリスコ娘であり、モリスコが多く暮らしていた村の住民であった。また彼女は、誰の目にも明らかな形である現実に対して、不満を抱いている者にとっての救いの綱でもあった。『ドン・キホーテ』においては、頭で描いた現実としてであれ、それと機能的に体系化しうる、経験された現実としてであれ、あらゆるものが存在している。何一つとして余計なものも、足りないものもない。かくして『ドン・キホーテ』を、技術的にみても不正確な概念である、〈純然たる〉文学形式に還元することは不可能である。（旅人宿とか牧人小説などの）外部世界というものは、サンチョがクラビレーニョの背に乗るのと同じレベルの文学的素材である。『ドン・キホーテ』にとって外部的な存在といえども（まさにそれが『ドン・キホーテ』に由来するがゆえに）、単にその視野の中に含まれているというだけで、すでにドン・キホーテ化されてしまっている。オーストリアもシベリアも、あるいは金羊毛騎士団といった存在とても、たしかに『ドン・キホーテ』の外にある限りにおいて、それとはまったく何の関係もない。しかし、何らかのかたちでそれに影響を与える限り、『ドン・キホーテ』に属すべきものとなるのである。つまりその中で扱われているものは、セルバンテスという名の鷹匠の餌食となるからである。このハヤブサはこれと狙った獲物を急襲し、獲物をくわえて悠然と鷹匠の腕にまい戻ってくる。

『ドン・キホーテ』における語りと対話は、単に自らを詩化することだけで満足することのないような、長く苦渋に満ちた、孤独な思いを抱いた者たちを解き放つ力をもっている。そうした孤独な者たちは、いつか退屈で煩わしい生活から逃避したいという思いを抱いて生きてきた。いかなる場合でも、彼らには人間的彼岸というものが運命的に欠落していた。内に秘めた、張り詰めた活力を漲らせていた彼らは、〈世論〉の命ずるところに唯々諾々と従っている他の者たちにとって、心地よく理解しえた企てのどれひとつにも惹きつけられはしなかった。ロペ・デ・ベーガはそうした〈世論〉を背景に、すべて、一六〇〇年当時のスペインの〈かくあるべし〉とされる枠組に沿って、魅惑的な舞台や状況を創り出したのである。彼は前もって、貴族・中流階級・平民、また知識人と軍人、聖職者と俗人の、情緒面での支持を当てにすることができた。ところがウエルタス通りにある、モロッコ皇太子の館の向かいの家に住む、孤独な人(セルバンテス)にとっての問題と領域は、全くそれとは異なっていた。彼にとっては徴税吏の仕事が楽しかったはずはないし、自分以外の外の社会を〈生体〉解剖すべく幕間劇を書いたり、あるいは牧人的恋愛を夢想し続けたり、あるいはグスマン・デ・アルファラーチェと同じか、彼よりも知悉していた世界に、苦渋のメランコリーを投げかけることなども、どれ一つとっても楽しいはずなどなかった。セルバンテスにとって、名誉や愛の葛藤とか、過去や現在の生の波瀾といったものが、当時のスペインの社会構造との関わりの中で引き起こした、険しい状況の中で、調和に満ちた詩句を思う存分、滔々と歌うことなど、とうてい不可能だったであろう。当時のスペインは、君主と聖職者、領主と農民が、羽振りを利かせる社会だったからである。農民たちは、場合によっては、領主たちよりも血統の純粋さでは優ることを証明しうると確信していた。

かのケサーダ、キハーダ、またはそれを何と呼ぼうとかまわないが、そう呼ばれた五十歳がらみの人物は、単調で孤独な生活の中で、友人もなく狩りに出かけ、二人の女たちのたわいない話に耳を傾け、のらりくらりとやせ馬に鞍をつける、がさつな若者の姿を眺めて暮らしていた。郷士たる彼にとって、他に何をしたらよかったのだろうか。そうした者たちを養うこと、たしかにその通りだが、しかしその後は？　郷士は書物の中の、狭い活字の世界に閉じこもっていたくはなかった。善良なサンチョは彼のおかげで自らの、百姓で豚飼いの身分をいったん棚上げすることとなる。後になれば、マルセーラが司祭の姪であることに飽き飽きし、美しさにほれた多くの求愛者に愛想尽かしをして村を飛び出し、自らの存在を覆う鎧の上を、機敏に飛び跳ねる姿を見出すだろう。またさらに後になれば、ガレー船の漕刑囚たちが、枷の鎖を解き放つ場面を目にするはずである。またわれわれは、盗賊ローケ・ギナールが人望ゆえに羽振りを利かせ、己れの境遇の中で、きわめて合理的な裁きを行うのを見て、感嘆することとなる。サンチョは同伴者たちと島をぶらぶら歩いていると、一人の美しい娘に出会う。彼女は閉じこもった生活に嫌気が差し、夜中に男装して、自分が予感していた未知の世界を見てみようと、歩き回っていたのである。公爵の執事はその美しい姿を見て、分別を失ってしまう（そうした話はグスマン・デ・アルファラーチェの自伝では、出てきようがない）、等々（三七）。

セルバンテスにとっては、抒情詩人の〈十分な〉孤独も、己の〈型〉にはまるように生きるべく定められた、典型的人物の確固たる存在も、満足するに足るものではなかった。セルバンテスのような〈よそ者〉にとっては、〈自然の怪物〉の生み出す壮大で華麗なる舞台交響楽といえども、時として、何の役にも立たない代物となった。『ドン・キホーテ』が求められるのは、まさにそうした理由からである。つまりこの作品は言わば、よく整い練られた「全員退避！」の掛け声のようなものである。こうした常軌を逸した人物たちは、結局、互いに理解し合うすべを見出す。しかしこうした（退屈さや馬鹿らしさ、金に支配される正義、血統の障壁、その他多くのしがらみから身を解き放った者たちの）世間からの世俗的逃避において、真に重要な者たちというのは、どうやら見るところ、自分自身との長い独白の中に生きてきた者たちだということである。彼らの対話は、慎重に言及され、想起されはするものの、文学となる以前の人間的営みの中で蓄積されてきた、あらゆる緊張感を帯びている。彼らの言葉に秘められた緊張感や、（ドロテーアの場合の）司祭の好奇心、あるいはドン・ディエゴ・デ・ミランダであれ、他の誰であれ、彼らの好奇心を満足させるべく、自らの生き様を説明する必要性といったものも、そこから生まれてくるのである。

もしも前に引用したドニャ・テレサ・デ・カルタヘーナが、聾唖の孤独の苦しみについてだけでなく、知人たちの諸々の見解（慈愛に満ちたものもあれば、不快で歪んだものもある）についても、文字を通して表現する力があったとしたら、（単に分かりやすい表現として言うのだが）近代小説といったもののあり様を、われわれに垣間見させてくれたのではなかろうか。これに類したことは、すでに『ラ・セレスティーナ』（三八）の中にも見出される。老婆セレスティーナ、若い娘らとその愛人たちは、互いに対立する見解を衝突させる。彼らは、あえて他者の攻撃に身をさらすことで、各々が自らの本質を白日のもとにさらす。近代小説は〈私〉ともう一人の〈私〉との論争・対立として生まれたのであって、様々な状況の対立とか、善悪のそれ、報われぬ愛の熱望・葛藤などから生まれたわけではない。小説上の対話というものは、それに先立つものとして、対話の相手を探しながらも一人称で自らの人生を語っていく、己の本質を十分に弁えた者たちの、もの言わぬモノローグ（独白）があったのである。人前で自らを披瀝しうるような内実性を有することが必要であった。マテオ・アレマンはこれ見よがしにモノローグを噴出させはするが、それを越えることはない。彼における〈私〉が、人目に己をさらけ出したのは、モノローグのそれとしてではなかったのである。

『ドン・キホーテ』が具体的に可能となったのは、まさにそうした構造のたまものとしてであった。しかし同時に、真正のキリスト教徒たるミゲル・デ・セルバンテスは、新キリスト教徒の血統に属したという点が、「それなしには有る能わざる」必須的条件でもあった(三九)。こういうことを言えば、様々な反応があるだろうことは想像に難くないが、「されど私はそれ以上に、真実の友なり」である。昔の悪弊に戻ることは愚かしいことであろう。つまりセルバンテスの場合で言えば、スペイン系ユダヤ人の遠い（と筆者は信ずる）子孫であることと、ユダヤ人の条件を混同するという悪弊である。別の言い方をすれば、（そうした悪弊を引きずっている者は）黄金世紀と呼ばれる時代が、多くのユダヤ人によって成り立っていたという点を見て、あたかもスペイン的〈ならざる〉時代だとするまでに、スペイン的あり方に対する無理解をさらけ出しているのである（四〇）。そうした基準に立てば、バーナード・ショーやジェイムス・ジョイス、ウィリアム・イエイツなどは、アイルランド人でカトリック教徒だという理由で、イギリス文学から排除せねばならなくなるだろう。スペイン人は自らの歴史を扱うすべを知らなかっただけでなく、その歴史に押しつぶされるがままにしてきたのである（しかし目をふさいだり、ぶざまな捏造を施すことは無駄である）。スペイン人の田舎訛りや、経済的・知的発達の遅れ、西欧世界における孤立などは、まさしくそこに淵源がある。固有の歴史には、華々しい成果が到るところにあふれていると同時に、重大な欠陥があることにも、否応なく気づかされる。しかし、われわれはそうした独自の歴史を捨て去ることはできない。何よりも望ましいのは、一民族全体がいつの日にか、〈集団的自由意志〉を行使し、セルバンテスが自らの文学作品でもって成し遂げたのと同じことを、自らに対して成し遂げることである。というのも、彼の作品には、自ら決定を下す能力が具わっているからである。そうした奇蹟が起きる希望を失ってはなるまい。現代では日本とイスラエルの例がある。これらの国のあり方を見てみれば、固有の歴史や自然によって課せられた、運命的とも見える行路を変えるという試みが、決して荒唐無稽ではないということが分かるだろう。

余りにもよく知られたことだが、旧キリスト教徒的なスペイン人たちは、自らの反ユダヤ的憎悪を、きわめてヘブライ的特徴をもった制度を通して、組み立て、表現したということである。血の純潔がそれだが、これは十六世紀以後のスペイン人の精神的屋台骨となった制度である。セルバンテスはマテオ・アレマンや他のコンベルソと同様に、自らの狙いをこの制度に定めていたが、それは「血は受け継がれるものだが、徳はみずから手に入れるものであって、徳はそれ自身で、血など及びもつかぬ価値をもっているから」（後、四二章）である。ここで述べられている血とは、血管を流れる血のことではなく、〈純血令〉の指す血統のことである。

セルバンテスや他の作家たちを、懐古的な反ユダヤ主義（四一）によって理解しようとすることには無理がある。彼らは疑いもなくキリスト教徒ではあったが、後で見るように、基本的信条にではなく、宗教的実践の外面性に影響を与えるような、ある種の微妙さを帯びていた。セルバンテスは真のキリスト教徒であった。彼をユダヤ人として見ようとする者たち、あるいは否定し得ない事実をないものにしようとする者たちは、最近のバチカン公会議によって、キリストを十字架にかけたユダヤ人の、民族としての罪は免罪されるという決定が下されたことを、考慮に入れるべきであろう。たしかに、教会に対してその厳格なキリスト教的振る舞いよりも、敵意やコンプレックスゆえに、なお一層畏敬の念を抱いている者たちにしてみれば、自分たちの教会が布告したことなど、何の役にも立ちはしないだろうことははっきりしている。

セルバンテスの芸術と様式を文学的観点から理解するためには、彼の新キリスト教徒という血統についての条件をしっかり見据えておく必要がある。同じことがフライ・ルイス・デ・レオンやバルトロメ・デ・ラス・カサス、マテオ・アレマンなどの他の作家たちについても言える。彼らの作品のすべてに、書く者としての孤立した精神と、彼らを取り巻く社会が示す抵抗との間の緊張感といったものが見られる。それは社会的に優越感を抱いているエリートと、姿かたちの定まらぬ抑圧的な俗衆との間の緊張感である。十六世紀スペインにおいて発生した知識人と大衆との対立は、イタリアやフランスにおけるそれとは異なる形態のものである。相も変わらず、対抗宗教改革やルネサンス、マニエリスムなどについて抽象的に語り続けることは、ただ単に混乱を重ねるだけで何の意味もない。さてわれわれは『ドン・キホーテ』において表現されたことを明らかにすべく、彼の作品のいくつかで述べられたことを、作品に即して考察することにしよう。

　セルバンテスは血統間の対立を、人間的・キリスト教的なかたちで問題にした。『びいどろ学士』において、主人公はそこはかとないユーモアを湛えて、自慢げな〈日曜日〉氏（旧キリスト教徒）を揶揄し、彼に対して〈土曜日〉氏（新キリスト教徒）に道を譲らせている。両者ともキリスト教徒であるからは、互いに差別してはならないということである。ユダヤ人に関する俗っぽい見方は、サンチョによって表現されている。「神さまと聖なるローマ・カトリックのお考えになる一切のことを、いつもわしが信じてるように、かたく本心から信じ、わしがそうなように、ユダヤ人を命がけで憎んでいる」（後、八章）ということが、物語の作者たちによって、彼のことが穏便に扱われる理由になるだろうというのである。『ドン・キホーテ』が全体において、いかなる敵対意識にも利点はないという意味をこめているとすれば、この場合のサンチョの言葉はいかにも皮相的に聞こえる。『アルジェールの牢獄』（第二幕）において、聖器僧はあるユダヤ人に侮辱的言辞を言い募り、しまいには土曜日に働くように強制しようとする。

頭に載せたものを見ればすぐ分かる。
連中の忌まわしい部屋履きに
さもしくも貧相な顔つき
ユダヤの犬……唾棄すべき割礼者……

ユダヤ人が働くのを拒むのは、次のような理由からである。

今日は土曜日だから、
労働となるいかなることも
なすことはできぬ。
ああ、哀れで惨めなことよ。
聖なる神よ。
もし今日が土曜日でなければ
樽を運べるのに。キリスト教徒よ、いい加減にしろ！

聖器僧がセルバンテスにとって好ましくない感じ方を代弁しているのは、何もこの箇所だけではない。しかしこの場合、状況は複雑に入り組んでいて、きわめてセルバンテス的となっている。二人の人物はともに自らの内面をさらけ出している。一方は憎しみを抱き、他方はなすすべもなく痛みに耐えている。こうした場合にこそ、心強いドン・キホーテの存在が求められるのだろうが、セルバンテスはそうした能天気に陥ることはない。彼はどういった場面で、誰に向けて書いているか、きちんと弁えていたからである。とはいうものの、その場には老捕虜たる人物がいて、彼なりのやりかたで仲介者としてふるまい、われわれに〈たらい兜〉流の折衷的解決法を提示することになる。彼はうまく折り合いをつけるべく、次のように付言せねばならなかったとはいえ、「同情心を呼び覚まされる」と言っているからである。「ああ女々しい連中たちよ、忌まわしく役立たずな者たちよ、でも今回だけは奴を許してやってくれ」。すると聖器僧はこう答える。「お前に免じて許してやろう、ゆくがいい、忌まわしい割礼者よ」。一方、老捕虜は場面により一層磨きをかけるべく、そうしたこともすべて元をただせば、イスラエル民族によって犯された〈大罪〉ゆえの報いだという説明を加える。しかし何はともあれ、そのユダヤ人は土曜日に働くことを強いられはしない。セルバンテス作品においては、いまだに三つの血統は、理想的・人間的なかたちで共存していたのである。

筆者は一九二五年に『セルバンテスの思想』(三〇六頁〔訳書四八二頁〕)において、セルバンテスは〈反ユダヤ主義者〉だと論じたが、今日ではそう言う代わりに、セルバンテスはキリスト教徒とユダヤ人の視点を文学的に表現した、と言うべきかもしれない。現代の反ユダヤ主義的な演劇や小説において、迫害されたユダヤ人が迫害者たちについて感じたことを言い表わすことなど、とうてい許容されはしないだろう。セルバンテスはそれとは全く裏腹に、問題のもつ二つの側面を提示しているのである。キリスト教徒が侮辱的言辞を投げかける一方で、ユダヤ人はそれを呪いに変えて、相手に投げ返している。ユダヤ人を土曜日に働かそうとして失敗する聖器僧自身、相手から掠め取った食べ物を自分のものにすることはできない。ところが犠牲となったユダヤ人の方は、掠め取られたものを取り返そうとして、しかるべき代価を払おうとするのである(『アルジェールの牢獄』シュヴィルによる版、二九九―三〇一頁参照)。

聖器僧は後にユダヤ人からまだ乳飲み子である子供を奪うが（三三〇頁）、このことで反ユダヤ主義的な大義名分が失ったものは、かなり大きかったであろう。ユダヤ人は息子を奪われたことで、イスラム司法官に訴える。

（ユダヤ人）　このキリスト教徒は
　このわしの子を奪ってしまった。
（法官）　何のために子供が必要なのだ？
（聖器僧）　そうして何が悪い？
　もし我らの主に養い、教え諭して
　もらいたくないなら、身請けさせればいいではないか……
（ユダヤ人）　このスペイン人はわれらユダヤ人にとって
　災厄そのものだ。奴の毒牙にかけられない
　ユダヤ人などひとりとしていないのだ。

法廷の一員たる王は、子供を父親に戻すように命じる。イスラム司法官は子供をユダヤ人から奪うようなスペイン人をひどく嫌悪しているが、次のような激しい言葉を投げつける。「野蛮でならず者のスペイン人について、そなたが言ったことはごくごく道理にかなっている」（三三一頁）。結局、ユダヤ人は自分の息子を取り戻すのに、四〇アスペロ（トルコ通貨）を支払わねばならなくなる。

また『偉大なるトルコ皇妃』（シュヴィル版、第一幕、一二八頁）におけるキリスト教徒マドリガルは、ユダヤ人の食事に豚の大きな脂身をひとつ投げ入れ、それによって彼らが口にできないものにしてしまう。別のキリスト教徒はユダヤ人のことを「お前たちがあらゆる真実と正しい推論に反して、揺らぎなき信仰とか信念と呼ぶ、そうした比類なき頑迷さ、狂気、空しい期待」によって、かくも悲惨な境遇に落ちた「殲滅された、忌まわしくも汚れた民族」と呼んでいる。このケースでは被った損害をただす人物は存在しないが、その過失はユダヤ人がキリスト教徒に投げかけた呪いの言葉や、嘆きの声、食べ物を奪われた者たちの〈悲痛と苦悩〉によって相殺されている。

嘆くがいい、我らの食いものをこんな風にされて！
嘆くがいい、おいしい土鍋をこんなに汚されて！

その少し後でギリシア人のアンドレスが、さんざんユダヤ人に対する非難の言葉を重ねた挙句に、こう述べる。

どうやら口を閉ざしているようだ。でもあの、さも、し、い、連中は飢えをしのぐのも愚弄するのも、いつもそうしてやるのさ。

セルバンテスは自らの捕虜生活を髣髴させるこうした芝居において、各々が自らの信仰を頑固に守り通そうとする姿勢を明確に描き出した。ユダヤ人に触れる箇所はとくに注意深く扱われている。したがって、セルバンテスが自らのコメディアにおいて、ユダヤ人に対する悪口にどの程度の正当性があると考えていたかは、はっきり窺い知ることはできない。ところが一つはっきりしていることは、たとえそれが認めがたいものだとしても、同じ人間として、自分たちの信仰が尊重されるべきだ、と言う権利を彼らから奪い取ることだけはしなかった、ということである。土曜日に彼らを働かせるというのは不当なことであったし、いかなる形にしろ、彼らから奪ったものは戻してやるべきであった。子供を奪った同じ聖器僧は、そうする以前にも、ユダヤ人から土鍋の食べものを奪い取っていたのである。

（ユダヤ人） 心正しいキリスト教徒よ、どうか神がそなたを
自由な境遇に戻して、私に自分のものを
戻してくれるように、取り計らってもらいたい……
今日は土曜日だ、食べるものとてないから
昨日用意していたもので身を養おうか。

（『アルジェールの牢獄』シュヴィル版、第二幕、二九九頁）

ユダヤ人は何がしかの金を払ってでも土鍋を取り戻さねばならず、こう叫ぶ。「どうか神さま、この盗人から自分のものをお守りください」。すると聖器僧はこの時とばかり、最大級の脅しをかけて、こうつぶやくように言う。「自分のものだと？ そりゃめでたい、ならば子供でもかっさらってやらねば」。もしセルバンテスが、これほど多くの反ユダヤ的な侮蔑的言辞をよしとしたとすれば、あれほどまでに嫌われ、虐待されてきたユダヤ人の口をかりて、彼らを迫害する者たちを、真に心の底から憎悪させるようなことを自由に表明させることなどしなかったであろう。一六〇〇年当時のスペイン文学におい

て、キリスト教徒が『偉大なトルコ皇妃』の中の一キリスト教徒捕虜に対する、一ユダヤ人の発した呪詛ほどに、多くの呪詛を受けたことはたえてなかった。

ああ、犬よ！
神に呪われ、恥じ入るがいい。
切望しようと自由など手に入るものか！（……）
傲慢な野蛮人め、飢えて死ぬがいい。
日々のパンすら手には入るまい。
戸口から戸口へ憐れみを乞うがいい。
足萎えのように地を追われればいい。
見るだに不快なこけ脅し
会堂に集う我らにはいつも恐怖の的
我らの民にとってこの世に
存在する最大の敵なのだ。（シュヴィル版、第一幕、一二七頁）

セルバンテスはユダヤ人が正しいと言っているわけではない。しかしだからと言って彼らの食べ物に〈豚肉を入れ〉たり、食べ物を盗み取ったり、子供を攫ってもいいのだ、ということにはならないし、それを認めてもいない。そうしたことを単なる滑稽として解釈するのは行き過ぎである。なぜならばユダヤ人の呪詛にはふざけたところなど何もないからである。セルバンテスは作品の中でキリスト教を実践し、ドン・キホーテやサンチョを一再ならず、それに心を動かされた存在として表現している(四二)。セルバンテスが心の奥底で、人は自らの信仰を守ることが正しく、きわめてキリスト教的である、と考えていたかどうかは分からない。

『偉大なるトルコ皇妃』の中で聖器僧は、拉致した子供をキリスト教化しようとして果たせなかった。『アルジェールの牢獄』において、あるモーロ人は一人のキリスト教徒の少年に無理強いして、「イッラー　イララー」(アラーの他に神なし)と言わすことはできなかった(第一幕、三一〇頁)。少年フランシスコは殉教者のごとく、柱に縛り付けられて死ぬが、「そなたはそういう風にして、誰にもましてキリストに倣うべきであった」(第三幕、三三二頁)からである。キリスト教徒たちは信仰ゆえの殉教をものともせず、一方、ユダヤ人たちも、キリスト教徒の目には頑迷固陋としか見えないが、彼らの信仰にしがみついている。スペイン人は当時のヨーロッパのいかなる民族にもまして、自らのスペイン性と同質化したのである。

たしかにそなたはスペイン人だ。
(マドリガル)　しかり、しかり。
いつもそうであったし、生きているかぎり、そして
死んで八百年たったとしてもスペイン人であろう。
(『偉大なるトルコ皇妃』第一幕、一三一頁)

同じ人物が少し前ではこう述べている。

私は金剛山をも切り拓き
曰く言いがたき困難にも立ち向かうつもりだ。
そしてわが自由をわが喜びとして
自らの背に負っていくであろう。　（同上、一三〇頁）

同様にドン・キホーテは「落ちつきはらって」騎士道の掟は「剣、その特権はからの気概、その指令は彼らの意志だ」（前、四五章）と主張している。かくも野心的な掟と規範に対しては、『ドン・キホーテ』の中でも若干の批判的注釈が加えられてはいる。それはこの作品が何にもまして、称賛と抑制、不調和と調和の入れ替わる、一種のゲームだからである。セルバンテス文学がこうした形態をもっていることを見れば、旧キリスト教徒であることを誇る者たちに対して、かくも多くの制約や制限を課すような人間が、同じ旧キリスト教徒であったなどとは考えられない。つまりセルバンテスはキリストを、そしてカトリック信仰の、真に教義的な部分を己のものとしていたのである。教義に外れるもののほとんどは、きわめて辛辣な批判にさらされている。魂と脂身との秘密の結婚などというのは、セルバンテスのキリスト教とは相容れなかった。血筋を詮索することについても同様である。つまり『びいどろ学士』において、仕立屋をユダヤ人と呼び習わすことについてだが、仕立屋の女房（亭主？）は学士がラテン語で言った内容の〈悪意〉を理解したのである。〈悪意〉やあてつけ、あるいはあてつけ的な悪意のたくましさといったものは、セルバンテスの文体、とりわけ『ドン・キホーテ』には、尋常ならざるかたちで見受けられる。この作品は『グスマン・デ・アルファラーチェ』と同様、旧キリスト教徒の筆から生まれたものとは、とうてい考えられない。またセルバンテスがマテオ・アレマンほどに、〈血統的〕対立によって影響を受けたとも考えられない。とはいえ、こうして見るように、当時の社会的環境についての両者の文学表現は、正反対のものだったのである。

すでにリコーテのケースで見たとおり、モリスコ問題はきわめて慎重な、同情的態度でもって扱われた。今度はこの同じテーマをコメディア『アルジェールの牢獄』の視点から眺めてみよう。聖器僧はここでも世俗的感情を代弁している。モーロ人少年たちは彼に叫ぶ。「ドン・フアン、来ない」。つまりドン・フアン・デ・アウストリアはお前たちキリスト教徒を救出になど来ないだろう、というのである。すると聖器僧は憤慨し、口汚くこう言う。

おお、売女の息子よ、
寝取られ男の孫よ、
ならず者の甥よ、
裏切り者で男色者の兄弟よ！

彼はモーロ少年のことを「マホメットの罠に引っかかったろくでなし」と呼ぶ。しかし老人は言葉を控えるようにたしなめる。

お前、マホメットのことには触れるなよ。
自分の血筋などどうにでもなれ
どうせわれわれは、生きたまま火炙りにされるのさ。

憤激した聖器僧を前にして、老人は分別をもって語っている。捕虜たちの期待は空しいと言ってからかうモーロ少年たちの言葉には、それなりの根拠がある。というのも「ドン・フアン、来ない」と叫んでいる者たちも、「もし彼がやってきていれば、こんなことをあえて言いはしなかっただろうと、ここからも十分推測しえたはず」だからである。セルバンテスはここで、レパントの海戦でしかるべき成果が得られなかったことを、はっきり言いたかったのである。

もしセルバンテスが間違いなく、新旧キリスト教徒間の分け隔てや非寛容性に対して、反対の立場を示しているとすれば、モーロ娘とキリスト教徒の間の恋愛的結びつきに対する共感は、〈捕虜の話〉やリコーテの娘アナ・フェリスとドン・ガスパール・グレゴリオの恋愛物語（『ドン・キホーテ』後、六三章）において示されている。またドゥルシネーアに対するドン・キホーテの、素晴らしくアイロニー化されたプラトニック・ラヴにおいてもしかりである。彼女は「古のローマなるクルティウス家、ガイウス家、スキピオ家の出でもない……（ここからカタルーニャ、カスティーリャ、ポルトガルの名高い旧家が羅列される）しかしこれはラ・マンチャのエル・トボーソ家の一族で、血統としては新しいものではござるが、しかし今後来るべき時代のもっとも名だたる一族の立派な源となるべき血統である」（前、一三章）。一五七六年にエル・トボーソ村は「グラナダ王国のアルプハーラスから連れてこられた多くのモリスコのせいで、九百人の人口を数えていた。この村が現在ほど多くの住人を擁したことはかつてない。（……）彼らは全員が農民だったが（……）サルコ・デ・モラーレス博士だけは別だった。彼はイタリアはボローニャのスペイン人学校を卒業したということで、郷士たちと同じような自由を享受していた」（四三）。セルバンテスは皮肉にもドゥルシネーア、本名アルドンサ・ロレンソの血統を、スペインおよび古代の最も名高い家系のそれと対等に並べている。しかもラ・マンチャの郷士とトボーソ村のモリスコ娘とを、前にふれたような空想的なやり方で、愛をもって結び付けている。ドゥルシネーアのモリスコ性は表面に上がってこないテーマだが、ドン・キホーテ的生活の文学上のしくみと、大きな相関性をもっている。ドン・キホーテは「ロバに乗って」家に運ばれてきたとき（前、五章）、「アンテケーラの太守ロドリーゴ・デ・ナルバーエスに捕えられ俘虜として城塞へ連れて行かれた時の、モーロ人アビンダルラーエスのことを思い出していた」が、それは彼がホルヘ・デ・モンテマヨールの『ディアナ』を読んでいたからであった。ドン・キホーテは自分自身をモーロ女性のハリーファ姫に恋したアビンダルラーエスになぞらえて、捕虜として連れて行かれると想像したのである。これがきっかけとなって、ドン・キホーテはこの文学上の人物からドゥルシネーア姫を連想したのだが、それは両者ともモーロ女性だったからである。「ナルバーエス殿、（……）この美姫ハリーファ、現在ではドゥルシネーア・デル・トボーソであるとご承知願いたい」。ドゥルシネーア姫とハリーファ姫、ドゥルシネーアとアルドンサは、同じものの二通りの表現法である。フランシスコ・デリカードの『アンダルシーア娘ロサーナ』（前述版、三三六頁）には、作者が主人公をロサーナと呼んだのは「ロサーナがごくありふれた名前で、名前にアラビア語でアルドンサとかアラローサという語が含まれているから」（四四）であった。

セルバンテスはアイロニーと距離感をともなって、旧キリスト教徒たちの血統意識にこり固まったスペインを棚上げし、マテオ・アレマン流の荒くれだった苛立ちを隅におき、人間的に結びついた、血筋の差などにこだわらないスペイン人たちを、現実として、あるいは皮肉と哀歓を帯びた、夢想の世界の中で描き出したのである。名誉や家柄のテーマは他の作品と同様に『ドン・キホーテ』の中にも見出される。とはいうものの、一五九〇年以前には、それ以後感じたような、ひどく社会から疎外されたような印象を表現することはなかった。セルバンテスは一五八二年に拒絶されたにもかかわらず、一五九〇年五月の時点でも、未だ自分にはインディアスでの職につく資格があると王に判断してもらえると期待していた。一九五四年に明らかになった文献(四五)から、セルバンテスは捕虜生活から解放されて二年後に、フェリペ二世の秘書であったアントニオ・デ・エラーソのもとに赴いて、インディアスでの職を与えてくれるよう懇請していたことが判明した。彼は秘書のバルマセーダから、エラーソご自身が私に力添えをしてくださる旨を聞いたが、と伝えはしたものの、残念なことに、要請した〈職〉を「陛下はお与えにならなかった」のである。セルバンテスは付言してこう述べている。「やむかたなく通報艇の到着を待って、職に空きがあるかどうか見てみなければなるまい。バルマセーダ氏の言葉では、この地にある職はすべて埋っているらしいが、あの人は私の要請が何だったのかを、本当に知りたがっていた」。ここからはセルバンテスの熱望と、それとは裏腹の淡い期待とがよく窺われる。その時期セルバンテスはすでに『ガラテア』の筆を運んでいた。彼はエラーソ宛てに「かなり嵩が増えた(algo crecida)」旨を述べ、本を献呈することを約束している。これは〈未完だが進捗している〉なのか〈脱稿している〉のどちらを意味したのであろうか。『ガラテア』(一五八五)はエラーソではなくアスカニオ・コロンナに献呈されている。因みに引用した文献にある日付は、一五八二年二月十七日である。

セルバンテスは一五九〇年五月二一日に、再びインディアスにおける職を求める申請をし、要求を満たすにふさわしい資質を有していると述べている。その文書およびインディアス諮問院からの返答もよく知られている。「この地において良かれと思われる仕事を探されよ」。管見では、こうしたすげない返事がきたのは、なにも諮問院の一メンバーのセルバンテスの妹に対する個人的敵意によるものではなく、一五八二年の申請を却下されたのと同じ理由である。あるいはフランシスコ・パチェーコ(一五七一―一六五四)の『記憶に残すべき著名人紳士録』に記載がなかったことによるものかもしれない。この書は一五九九年に編集が始まっており、セルバンテスよりも重要性において劣る人物たちの横顔や経歴がかなり載っている。ベラスケスの義父に当たるパチェーコの著作には、一六三一年に死んだ鋳物師フランシスコ・バリエステーロス某の名前まである。セルバンテスは当時の社会の周縁に生きていたのである。彼はトレード大司教やレーモス伯爵から温情を施されていた。それがすべてを物語っている。

　セルバンテスは王に奉仕するべく行った熱心な求職活動に挫折した後、『嫉妬深いエストレマドゥーラ男』のカリサーレスに触れるかたちで、個人的告白ともとれるような内容を述べている。「一文無しになった彼は、頼るべき友人などほとんどいなかったので、この都市の落伍者たちがよくとる手段に訴えることとした。すなわち、スペインで絶望した者たちの避難所であり、破産した者たちの逃げ込む教会であり、凶悪犯の隠れ家であり、（……）多くの人の夢をかきたてるものの、ほんの少数者にしかそれをかなえてはくれない土地である、インディアスに渡ることにした」〔牛島信明訳〕のである。つまりインディアスに渡ることは〈絶望した者たち〉の避難所だったのである（四六）。

　彼が祖国で暮らすことを余儀なくされたことで示した反応はいろいろあった。ドン・ディエゴ・デ・ミランダはドン・キホーテに、どのように息子を教育したいかを語っている（後、一六章）。「わたしは何とかして倅を一族の長にしたかったのです。というのも、徳義にかなった正しい学問を高く評価する王室〔つまりフェリペ二世、フェリペ三世〕の御代に住んでいるからです」。さらにその先でこう述べている。「国王や王侯が、思慮もあり徳もそなえ、真面目な臣下に、詩学の稀才を見出したときには、これを尊び、これを富ませ、冠を戴かせるもので……」。セルバンテスはかなり以前から、率直と言うより、かなり婉曲的なかたちで、フェリペ二世に対する反感を表現してきた。『ガラテア』の中で、シレリオは「狂気の沙汰を示さんがために」次のような詩句を口にする。

この世にてかくも正しき
高さにておわす公なら
「なすことの天の御わざと
ならぬのは一つとてなし」
（……）
他人のため骨身惜しまず
貪欲に何も求めず［即ち、戦利品のこと］
双眼に慈悲をたたえて
胸に義を抱かれし方、
（……）
天までも昇る貴方の
寛大という名声は
敬虔な人たることを
明らかに我らに示す。

『ガラテア』の注釈者たちは何も触れていないが、（そこに狂気を装ってさりげなくおかれた）こうした詩句は、その意味合いにおいて、エスコリアルゆかりのフェリペ王が、一五九八年に逝去されたときに捧げられた追悼詩と結びついている。

　これからは貴方のことをこう呼ぼう
平和を好む新たなる軍神マルスと
なぜならば欲したものをありったけ
平然として勝ち取ったお方となれば
ささいなるものとて見れば大いなり。

　（……）
うわさでは貴方がたんとかき集め
蔵にしまっていた金が今では空で
すっからかん、そうしたことになったのも
貴方が天に財宝をともに携え
もっていきそこに隠しているからと。

（追悼詩としてはふさわしくない）こうした五行詩は、十九世紀になるまで日の目をみることはなかった。また一六一四年にセルバンテスが「書き残すすべてのものの誉れなり」とした、有名なソネットも同様である。

　何とまあ、このでかさにはたまげたり。
百万言を費やして言えども足らぬ！

これはフェリペ二世の葬儀のために、セビーリャ大聖堂に建立された記念の棺台に対する、皮肉たっぷりの注釈である。彼の葬儀は異端審問所とセビーリャ市役所の間で、〈外面的な〉面子をどちらが先に立てるかという問題で、数ヶ月間中断し延期された。

このことは一五九六年の別のソネットとも符合している。この年、イギリス人によるカディス上陸があり、セビーリャでメディナ・シドニア公爵の指揮による、ばかげた軍事演習が行われた。ソネットは次のような恐るべき詩句で終わっている。

> ［エセックスの］伯爵は後顧の憂いなくすでに立ち去り、
> 偉大なるメディナ公爵が［カディスに］凱旋入城してきた。

セルバンテスは再度、フェリペ王の戦意喪失をほのめかしている。（一八九九年に公表された）「無敵艦隊に関する第二歌」でも王の無気力に言及している。

> 世の中を鋳直すべきこの計らいをもて、
> 嘉すべき出来事へと変えていただきたい、
> 世の人は閣下を腰抜けで腹なしと思すゆえ(四七)。

しかしここはフェリペ二世に裁きを下す場ではなく、セルバンテスを理解することが目的である。彼の願いがもしかなっていたならば、武器を操る有能な兵士として、あるいは文才と知性を発揮して、陛下の所有するどこかの〈島〉を統治する能吏として、名誉の頂点を極めるという理想がかなえられていたかもしれない。しかしそうなる代わりに、当時の社会は彼を片隅に追いやったのである。彼もまた、その出自がどういったものであれ、自らを〈キリスト教騎士〉と感じ、フライ・ルイス・デ・レオンや他の多くの者たちと同様（形は異なるとはいえ）、〈世論〉の犠牲者、不正の犠牲者と感じていたのである。「この頃の趨勢じゃ今日びちゃんとした人間が、仕えようという旦那をみつけるなあ、なまなかのことじゃないからね。とにかくこの地上のご主人連と天上にいますご主人とじゃえらい違いだ。奴さんたちが召使を一人雇おうとでもしようもんなら、まず最初に血統を仔細に吟味する（……）そこへゆくと神さまにお仕えするには貧乏なやつほど金持ってわけだ。卑しいやつほど血統が正しいってわけだ。おまけにお仕えしようというのには、ただ心持さえ清浄にしていれば、さっそくお給金の台帳に記載させてくださる」（『犬の対話』のシピオンの言葉）。

　セルバンテス研究者は（かつての筆者も含めて）物議をかもすようなセルバンテスの意味深長なこうした言葉に注意を払ってこなかった。これは彼の人と作品を理解する上で鍵となるものである。セルバンテスは自らの作品において、〈血の純潔〉を称揚することは絶えてなく、「純潔な美徳と、名声ゆえの美しさ」（『ドン・キホーテ』前、三三章）こそ、称賛すべきものとした（四八）。

　天主の選択的規範と、血の純潔を尊ぶスペインの主人たちのそれとを対置するということに関して、セルバンテスがサンタ・テレサと共通している点は注目に値する。サンタ・テレサによると「われわれがこの世で主人とみなす者たち（……）のもっている支配権など、どれも、とってつけたような権威にしか基づいていない」。聖女は「主とはいえども、友人のごとくに［神と］付き合うことが」できた（四九）。一六〇〇年以前のスペインで、サンタ・テレサ・デ・アビラの『著作集』は四版が出版されていた。セルバンテスは次の点で彼女と同じような見方をしている。つまり無知な多数派たる俗衆の見方と、彼らに優る判断力をもった者たちのそれを区別するという点である。言い換えると、外に向けられるものにも増して、生の内実に関わる真正なるものを優先させるということである。とりわけそれが、外観や見かけによってしか支えられていないような場合である。（マテオ・アレマンや他の多くの者たちを通して明らかなように）実際、ドグマとして有効に機能していた〈血の純潔〉神話における、恐るべき暗黙の状況によって、人は時として、真正というより見せ掛けの態度をとることを余儀なくされていたのである。極端なかたちで多数者の見方に適合しようとしたことの結果として、新キリスト教徒の血統に連なる少なからざる者たちが、異端審問官となった事実がある。

セルバンテスは、正すことの出来ない人間本来の悪の責任を、善悪二元論的発想で神に負わそうとする『グスマン・デ・アルファラーチェ』に対して、目に見える外面的なものよりも、内なる精神的なものの方に関心を寄せ、心底からキリストと結びついたキリスト教徒としての立場に立って行動した。筆者は一再ならず、ドン・キホーテの前に聖パウロの像が現れたときに、彼の発した言葉を引用してきたが、聖パウロこそキリスト信仰へいとも劇的に改宗した、最初の偉大なコンベルソ（改宗者）だったのである。

「これはその時代にわが主キリストの教会にとっての最大の敵であり、のちには教会の持つことになった最大の守護者でおわした。生あるうちは遍歴の騎士で、死んでは正真正銘の聖者でわが主のぶどう園の倦むことを知らぬ耕作者、異教徒の教師であって、天国はその学校として仕え、その学校で教えを授けられる教授および校長はイエス・キリストご自身だったのじゃ」（後、五八章）。

そこには、彼がキリストの教えのもとにあるということが如実に示されている。イエス・キリストも聖パウロも、〈血の純潔〉といった反キリスト教的教義など認めはしなかったであろう。聖パウロに関する見方や、彼のキリスト教における精神性と同様に重要なのは、名前こそ出してはいないが、聖パウロのローマ人への手紙の一つを踏まえた、次のような文章である。

「予［シーデ・ハメーテは言う］はモーロ族ではあるが、これまでキリスト教徒らと交渉があったので、神聖ということは、隣人愛、謙虚、信仰、服従、貧しさからなり立っていることを、十分に承知している。しかし、それにもかかわらず、最大の聖者の一人が、『なんじらはそれらのものを、あたかも持たざるがごとく、あらゆる事物を持て』といったと言う、ああいうふうな貧困でないとすれば、そして、人々がこれを、心の貧しさと呼ぶそういう貧困でないとしたら、貧乏でありながらも、なおかつ満足するようになる者は、よほど神の恩寵に浴しているものでなければならないと、あえて予は申したい」（後、四四章）。

マルセーラやサンチョ、ドン・キホーテが自らの生の内奥を表現しているように、魂のきわめて深いところから表現された、作者のキリスト教に関するこうした精神的概念を、聖ホルヘ、聖マルティン、聖ヤコブの三聖者の描写と比較対照してみるといい。というのも、聖パウロの改宗の場面はドン・キホーテによって述べられもしなければ、暗示されてもいない。唯一ドン・キホーテは目に見えないもの、かの偉大なる使徒の教えの意味や広がりといったものを、暗示するに止めているからである。聖パウロの落馬の様子などは、ドン・キホーテの関心にはなかったし、語り手によって「この聖者の改宗の場面でよく描かれるとおりの周囲の背景をそなえていた」とあるだけである。その「よく描かれる」という表現は、目に見え触れることのできる〈周囲の背景〉を必要とする、〈俗衆〉の血筋に連なるものである。ドン・キホーテ（そしていまやセルバンテス）にとって、重要なのは別のこと、つまり魂の奥底で感受され、築き上げられたもの、魂の中に見える背景である。われわれの係争に関わる審判において、そうした存在の物的表象が価値をもつことになるのは、サンタ・テレサのケースに見られるような、表象が魂の中で活き活きとして生み出されたものの反映となっているときのみである。さもなければサン・フアン・デ・ラ・クルスの場合のように、いかなる物的表象も必要とはされない。彼の直接の弟子たちによって、バトゥエカスに建てられた教会は、簡素な造りで、魂が神的なるものとの親密な対話をするのを妨げるような、感覚的表象物とは無縁である。

他の三聖者に関するドン・キホーテの言葉の中で、皮肉っぽく強調されているのは、この世の人生における彼らの〈目に見えるもの〉である。「この騎士は（……）ドン・サン・ホルへと申し上げて、そのうえに乙女たちの保護者であられたのじゃ」。また貧乏人とマントを分け合った聖マルティンについて、ドン・キホーテはこう述べている。「勇敢と申すより、さらに寛大な方だったと拙者は思う。おぬしにも見てわかるように、サンチョよ、貧乏人とマントを分け合って、その半分を与えておいでになる。だからおそらく時節は冬であったにちがいない。さもなければ慈悲深い方であったのだから、そっくりお与えになったにちがいない」。また「手に血のしたたる剣を持ってモーロ人たちを蹴散らし、頭を踏みにじっている、馬に乗ったスペインの守りの聖者」に関してのコメントは、「これこそまさに騎士であってキリストの軍隊に属せられるお方じゃ。この方はドン・ディエゴ・マタモーロスと申し上げる。世の中におわした、また今も天上におわすもっとも勇敢な聖者であり、騎士である方々の一人じゃ」。

聖ヤコブ（サンティアゴ）は、聖パウロとは全く逆の聖人として描かれている。後者は天上から呼びかけられ、天上から地上での使命が下ったように見えるのに対して、ドン・ディエゴ・マタモーロスが聖性を勝ち得たのは、モーロ人の首を刎ね、馬に乗って彼らを足蹴にすることによってである。この〈冒険〉において、妙なる精神的な宗教性と、無邪気で世俗的なそれとを分かつ線は、表現の形式と音調の違いによって引かれているのである。

『ドン・キホーテ』には堅固な人間性の基盤というものがあり、登場人物たちはそこに自らの支えを見出すと同時に、そこを起点として自らを表現することができるがゆえに、小説として可能となったのである。ドン・キホーテは「この嫌悪すべきわれわれの時代」（前、一一章）に生きていることを、しかと弁えている。この時代には、法は犯され、従うべき規範もなく、権威といっても、サンタ・テレサやもっと過激なフライ・ルイス・デ・レオンが言うように、どれも〈とってつけたような〉ものだったからである。マテオ・アレマンのように、型にはまった言葉で道徳性について語ることは、文学的にみて、非道徳性を嘆くのと同じで、まったく有効性をもたない。セルバンテスは天才的閃きをもって、そうした忍びない状況の中ですら、自らの地平線の彼方に上昇し、自意識と正義の意識にしっかり足を下ろすことで、自らの存在を彫り上げていく人物像を構築することを選択したのである。他にはありえなかったが、まさにそうした状況において、各々は自らの人生を築いていかざるをえなかったのである。ファン・アルドゥードの虐待から少年アンドレスを解放しても、何の役にも立たなかった。ドン・キホーテは王女ミコミコーナとの約束を果たしてから「拙者が帰国いたすまで、アンドレスには我慢してもらわねばなりませんわい」（前、三一章）とのたまう。アンドレスはそれをまともに受け取らず、ただセビーリャに行くために「何か食べるものと、持っていくもの」を求めるだけである。するとサンチョが旧キリスト教徒たることに加えて、行いにおいてもキリスト教的に振舞い、見上げた言葉を発する。

「さあ、取んなよ、アンドレスのあにい、お前の不幸せの分け前が、おれたちみんなにも届くぜ」。

「そんなら、どんな分け前があんたに届いたのかな？」とアンドレスがたずねた。

「今、お前にくれてやるチーズとパンのこの分け前よ」。


ここでは、俗っぽいうめき声の調子などは消え去っている。その代わりに支配的となっているのは、力強く辛辣な皮肉である。有力者によってなされる無力者への蹂躙は救いようがない。そこで他者の痛みを分かち合うしかない。たとえ一人でも自分には道理があるということを、他の多くの者たちに対して知らしめるしかない。なぜならば、〈血の純潔〉をもった者たちが、たとえ何を言おうがそれはどうでもいい、イエス・キリストは聖パウロの言うように、われわれ人間を解き放ったからである。『ドン・キホーテ』はたしかに多くの事柄を扱ってはいるが、キリスト教の世俗化された視点を踏まえて生み出されたものである。われわれの知るかぎり、住職と役僧は卓越した文芸批評家あるいは人文主義者としての役割を果している。キリスト教的だと思えるものや、合法的とされるもの（宗教裁判所による火刑、血統についての詮索、真価のあり方についての不明、王の名によって裏書される腐敗した司直など）は、皮肉な扱いを受けたり、括弧の中に入れられる。『ドン・キホーテ』（後、三二章）にはこう述べられている。「太守になるには、大した才能も、学問も必要といたさんことは、あまたの経験によってわれわれ、すでに存じておるところで、その証拠には、ほとんど目に一丁字もなくて、ハヤブサのごとく敏捷に統治している太守が、そこいらにいくらでもありますでな」。つまり太守は、〈ハヤブサ〉と呼ばれる俊敏な猛禽類に譬えられているのである。この言葉は時によい意味で使われもするが、セルバンテスが司直の権力乱用について述べたすべての箇所を見てみると、ここ（後、三二章）は〈ハヤブサ〉を皮肉的な意味合いで用いているのが分かる。一方のサンチョは、皮肉の意味を逆転させ、公爵夫人に記すごとく「ハヤブサのごとく統治」（後、五〇章）した。『ドン・キホーテ』における意味と価値は、互いに表裏一体で相対的である。

悪の問題はマテオ・アレマンやセルバンテスなど、血統が〈詮索されるべき〉者たちすべてに、きわめて具体的なかたちで影響を及ぼした（五〇）。しかしセルバンテスはそれを空想的に攻撃したり、明確なかたちで解決するのではなく、天才的な〈背理法〉を用いることで解決しようとしたのである。彼がそうしたのは、ある場合は〈ペドロ親方の人形芝居〉の、またある時は〈コンメディア・デッラルテ〉の人物たちを彷彿させる人間たちを配して作り上げた、空想的世界においてであった。とはいいながら、そうした空想世界は投影であって、自己認識をもった人物たちによる別の現実的世界が、それ自体の中に暗黙に含まれているのである。彼らは強靭な意志により動かされ、人格的存在たることを弁えるという揺るぎない基盤から発して、自らの足で、夢に描く世界の方に歩んでいく。そうした世界は、フアン・アルドゥードのような人物が、お咎めもなくアンドレスのような子供たちを虐待しうる〈嫌悪すべき〉世界とは異なる世界である。少年の不幸は、かの「歎き悲しむ者たちの共同体の中で」、サンチョの言葉によれば「おれたちみんなにも届く」のである。たとえ文盲であろうと〈恣意的裁定〉などに拠らず、正しく裁くことのできる太守をいただく世界を、創りだす必要があった。旧キリスト教徒が新キリスト教徒と理解し合えるような、あるいはサンチョが隣人リコーテに対してなしたように、キリスト教徒でない者たちとすら理解し合えるような世界を、作り出す必要があったのである。セルバンテスは精神的な世界、また知的にキリスト教的な世界を創り上げた。彼においては、人間はあるがままの姿で価値があるのであって、「血統を詮索」した結果、出てくるがゆえに価値があるのではない。「血統と血統を、あれこれと比べるということは、いつでもいまわしいもので、誰にも嫌がられるもの」（後、一章）なのである。

宗教的精神性の世俗化された形式としての『ドン・キホーテ』

セルバンテスは『オルガス伯の埋葬』で描かれた二つの側面を、一つに還元してしまうという最高の偉業を成し遂げた。つまり二つの側面を世俗的に調和させることで、空想的世界が、この世界の現実の中に含まれているかのように見せたのである。ドン・キホーテとサンチョは存在しないものを、手に触れうる可視的対象として眺めると同時に行動し、夢想という彼らのテーマを、自らの生の仕組みに変えてしまうのである。「学ぶことも、技巧を加えることもないままで」「《神我らがうちに在り、云々》という詩句の正しさ立証するような」(後、一六章)何らかの作品を作ることは可能であった。当時知られていた様式とは何の関連性ももたない、個性化された対立を抱えたそうした世界において、粗野で無知な人物と正しい統治者との矛盾が越えられたとしたら、それはサンチョの生のうちに体現された笑劇としての夢想をはるかに越えた領域においてであった。そうしたことは、セルバンテスが煩わされてきた、顔見知りの太守や村長などに起きることは決してなかった。後で見ることになるが、彼は『ダガンソ村の村長』という幕間劇で、そうした連中を手厳しく非難し、退けている。しかし『ドン・キホーテ』の構造の中にあっては、いかなるものも来世的な絶対としても、現世的な絶対としても、価値をもつことはない。この二つの絶対は、今までの西洋文学の中で最も寛大な〈神の休戦〉において、互いに相対化されるのである。そうした休戦はもちろん〈脱出することの難しい迷宮〉を排除せずまま、闇の中に置き去りにしてしまう。ものごとはかくも制限された領域の外では、かつてのままであり続けている。セルバンテスはものごとを自らの芸術の領域に直接引き寄せるべく、幕間劇という伝統的形式に頼らねばならなかった。この形式の中では、宗教と社会的評価に関する現行価値体系の空虚さが、面白おかしく描かれ、その結果、批判的意図が高笑いによって薄められたのである。セルバンテスの芸術それ自体は、逃げ腰的であり、同時に攻撃的な性格をもっている。そして常に、単純かつ無邪気に表現されることなど決してない、鋭い意図でもって活性化されているのである。

しかしこの時点に到って、セルバンテスにおけるエラスムスの影響をしっかり考慮に入れねばなるまい。筆者は一九三一年にこの問題について論じたが(五一)、後にマルセル・バタイヨンも優れた著作『エラスムスとスペイン』(五二)において、十六世紀後半の時点でいまだ深いものがあったスペインにおけるエラスムスの影響について、貴重な証拠を多く集めている。バタイヨンはためらうことなく「決して終わることなき辱めの世代を継ぐ者たち〔新キリスト教徒〕」に関するコメントなどもしてはいるが、フライ・ルイス・デ・レオンについてはいみじくもこう述べている。「ルイス・デ・レオンの預言者たちや詩篇作者〔ダビデ〕との隠れた近接性は、何かしら自らの〈新キリスト教徒〉の汚れた血統によるものではなかったであろうか」(前掲書、第二巻、三八三頁)。筆者は彼のパウロ主義(「キリストは我らの頭であり、その肢体のうちに存する。また四肢と頭はただ一人のキリストである」)は、エラスムス以前の十五世紀コンベルソ文学に、影響を与えてきたのと同じものだと信じている。この教義は、キリスト教徒が血統の違いを乗り越えて、本来的に一体だという点を確認させるものであった。筆者はフライ・ルイス・デ・グラナダの作品を詳細に分析したわけではないが、聖パウロに関する称賛的文章から、彼もまた同じ関心を抱いていたと想定することができる。

神はこの平易な歌［聖なる福音書作家たちの歌］に合わせるべく、天国のオルガンたるこの素晴らしき歌い手［聖パウロ］を送ってこられた。彼は天使の歌声をもって、この歌に対位法をつけたのである（五三）。

スペインにおいて、エラスムスの聖パウロ的霊性に対する関心に注意が払われたのは、単に神学上や教義上の目的だけのためではなかった。周知のとおり、エラスムス主義がスペインにおいて重要性をもったのは、〈思想〉としてではなく、フライ・ルイス・デ・レオンのように生きた者たちの自衛・防御策としてであった。バタイヨンは忌憚なくこう述べたが、今日ではわれわれも、他の方法によってそれを知ることとなった。コンベルソたちはキリスト教徒として十分通用すると思わせる、すべてのものにしがみつこうとした。この世の主人よりも神に奉仕する方を選ぶという、セルバンテスとサンタ・テレサの共通点についてはすでに見たが、この世の主人たちこそ〈血統を詮索〉する者たちであった。ところで、この二人は直接・間接の違いはあれ、ともにエラスムスの『エンキリディオン』〈第三則〉から着想を得ている。

「この世の主に尽くすよりも、神に奉仕する方がさらにたやすい（……）。ああ、大いなる神よ、あの世でお受けになる臣従は、どんな理屈にも合わぬ、摩訶不思議で不断なものとなろうか！　人はどれほどの思いで主の寵愛を切望し、それも叶わぬとすれば、恩典の一つも希うことか！」（ダマソ・アロンソによる版、二〇七―二〇八頁）。

コンベルソの中にはキリスト教の社会的・公共的側面から、できうるかぎり遠ざかろうとする者もあった。そこで彼らの間で盛んになったのは、アルンブラードス〔神の照明を受けた者の意〕の照明主義や、神秘主義的傾向、あるいは単に、目に見える形の民衆的な儀式を通じてやるよりもむしろ、直接、神に霊的奉仕をしようとする傾向などである。フライ・ディエゴ・デ・エステーリャは『ルカ福音書註釈』(*Enarrationes in Lucam*)を著したが、異端審問所によって禁じられ、それが一部知られるようになったのは、近代に入ってからである(バタイヨン、前掲書、第二巻、三七四―三八一頁)。エステーリャは著作の中で、信仰はキリスト教徒のもつ善のすべてなり、と述べている。また次のようにも述べている。

「魂の霊的生活において、本質的と言えるものは信仰、希望、および慈愛である。一方、それに付け加えられるべき副次的なるものは、秘蹟、ミサ、断食、祈祷、喜捨などの宗教的行為、およびカトリック教会が遵守するあらゆる典礼儀式である。(……)しかし本質が非本質的要件なくしては保持し得ないからには、秘蹟もまた必要である。秘蹟なくしては慈愛は慈愛たりえない」。

エラスムスは『エンキリディオン』の中でこう記していた。

「私は経験上、外面的なものを内面的・霊的なもの以上に尊重するという、こうした過ちこそ、あらゆるキリスト教徒の間で流行っている共通の疫病だと見ている」(前掲版、二五七頁)。

バタイヨンは未だフライ・ディエゴ・デ・エステーリャが新キリスト教徒の血統に属していたかどう

かを知らなかった(五四)。

セルバンテスにおけるエラスムス主義あるいはキリスト教が、事実として、宗教思想史に貢献するかどうかは、当面の私の関心にはない。もしこのテーマに戻るとしたら、それは『ドン・キホーテ』が当時の文学を前にしたとき、一種の隠遁あるいは精神的内面化の表現であったことを確信しているからである。セルバンテスは異端者でもなければ、合理主義者でもなく、カトリック教会の教義を信じていた点からして、教会の敵でもなかった。バタイヨンが言うように、また筆者もかつて述べたように、セルバンテスは「[聖パウロの]書簡を知悉し、必要とあればいつでもそれを援用していた。彼は福音書に通暁していたのである」(前掲書、第二巻、四一九頁)。体系的にやるわけではないが、時に応じて、民衆的嗜好に合った宗教的典礼や外面的行為を皮肉ったりしたのである。彼は『ドン・キホーテ』の中では、都市から遠ざかり、社会の周辺に身を置いた。しかしそうしたものの背後には、自分が何者であるか認識した者たちの生活経験に根ざした、体系としての文学的構造が確固として存在している。そして彼らにとって外面的なるものは、どれをとっても生活経験に従属しているのである。『ドン・キホーテ』において世俗化され、動態化され、芸術的に構造化されたものというのは、かつて彼をめぐって神秘的・霊的経験としてあったもの、心底から湧き出るような、張りつめはしても落ち着いた観想としてあったものである。さもなければ、あの発想、あの可能性はいったいどこから生まれえたであろうか。つまり、〈外見上の〉遍歴の騎士としての姿と、わざとらしく騎士道を自らの内的欲求に合致させる騎士の確固たる毅然さを、切り離して見せる可能性のことである。ネオプラトン主義も禁欲主義も、人がそこで生きるべき世界と、そこに隠棲するべき、またそこから物事が見えてくるべき〈私〉とを、調和した全体のうちに秩序づける契機とはなりえなかった。そうしたものを促がしたのは、正しくスペイン・コンベルソたちの絶望的境遇だったのである。彼らの多くはすでに先祖たちのユダヤ教信仰から離れていたが、心に影を宿して暮らしていたため、周りから憎憎しげに見られ、しかるべく迫害されてきたことは、読者もよく存じておられようから、いまさら詳しくあげつらうこともあるまい。グスマン・デ・アルファラーチェの父親が、ミサを聴くときの様子を思い浮かべるだけで足りるだろう。

セルバンテスの世俗化された小説技法のモデルとして役立った、〈外面的なるもの〉と〈内面的なるもの〉の間の対立や闘争を証拠づける痕跡は、いたるところに見出される。そして彼の小説技法においては、観想的な中断も珍しいことではない。サンチョはクラビレーニョの木馬から下りると、公爵にこう言う。「もしもお前さまが、天のほんのちょっとした部分を、わしにくださるとしたら、たとえ半レグアねえぐらいの場所だろうと、わしゃ世界でいちばんでかい島をくださるよりも、ずっとありがたがって、お受けするでがしょうね」（後、四二章）。セルバンテスとサンチョはルキアノス風の対話において、天空から見た地球の小ささを「芥子粒ほど」（五五）にすぎないと見て取っている。さらに後の方でキリスト教徒のサンチョはこう言い張る。「何だろうと、着せてくれるってものを、着せてもらいまさ。なぜかっていや、どんな着物を着ていたって、わしゃサンチョ・パンサでがしょうからね。（……）文字はほとんど身につけてねえでがす、というなあ、ＡＢＣだって知らねえでがすからね。けんど、立派な太守になるのには、クリストゥスを覚えてりゃ、わしにゃ十分でがすよ」。もはや自分は〈旧キリスト教徒である〉などとは言っていない。いわゆるピカレスク小説や牧人小説といった（完全な意味においては近代小説とは言えない）小説の中で、文学的主体としての〈私〉という存在が肯定されていることは、間違いない。しかしそれが不十分であったのは、作者たちがそうした〈私〉の外的周縁を、文学的に体系化しえなかったからである。人物たちは自分たちの世界としては機能しえない世界に、孤立して生きているからである。例として『グスマン・デ・アルファラーチェ』を挙げれば、これは凝り固まった〈非小説的〉な二元論的世界である。ところがサンチョは、主人に向かって、島を統治する冒険に巻き込んだのは、他でもなく自分だと述べているのである。

セルバンテスは『ドン・キホーテ』の内部であれ、外部であれ、魂の外的価値と内的価値の間の対立や、敵対関係のもつ宗教的局面を示唆する箇所を外にもらしてきた。その中ではっきり見えてきたのは、十五世紀以降、新旧キリスト教徒の二つの血統の間でなされてきた区別に、一度ならずも直面しようという気になったのは、新キリスト教徒の方だけだったという事実である。迫害された新キリスト教徒は、正気を保つべき己の身を守り、社会的序列において旧キリスト教徒を凌ごうと努めたのである(五六)。同時に彼らは、旧キリスト教徒が帝国スペインで成功し、頭角を現わすのにはことさら必要としなかった、知的素養を積むことに励んだ。また別のケースでは、隠遁的で内省的な、親密度の高い敬虔さの中に沈潜し、俗衆の近寄りがたい精神の〈文飾主義〉に没入する場合もあった。そうすることは、彼らにとって、娯楽的祝祭の一環として異端者の火刑を楽しむ者たちの外面的信仰よりも、キリスト教的にみてずっと価値あるものだと判断していたのである。新キリスト教徒は皆と同じになろう、横並びの行動(たとえば名高い信徒団に入ること)をとろうと努力し、同時に他の者たちから距離をおこうと腐心していた。多くのコンベルソにとっての救いともなった、異端審問官になるという解決策について分析することは、ここでの関心事ではない。結局、もし農民であることが、無知蒙昧さゆえに血統的純粋さの保証となるならば、セルバンテスは、農民であることが村長になるのに十分な資格だと判断するような、農民たちをからかうこととなろう。さもなくば、修道士たちや、本来の領分とは関わりないことに首を突っ込んでいる聖職者たちを、皮肉り、当てこするかもしれない。

『ドン・キホーテ』およびセルバンテスの劇作のいくつかの作品には、こうしたことを踏まえたものが多多ある。たとえばサンソン・カラスコはサンチョが島の太守に任ぜられることで頭がいかれ、「生んでくれたおっかさん」にさえ知らん顔をするのではと案じている。するとサンチョは「たましいの上に親代々のキリスト教徒の脂身を二、三寸もつけてる者にゃ当てはまらねえでさ」と反論する。これは魂と豚を結びつけるグロテスクなイメージではある。ドン・キホーテは「神の御手におゆだねしよう。太守になったら、それもおのずとわかることじゃ」（後、四章）というコメントを加える。つまりここでは、太守（役人）の能力・適性を、旧キリスト教徒とか農民であることと結びつけることが、いかに馬鹿げているかが論じられている。筆者が『葛藤の時代について』の中で、農民であることに対する過剰評価と、それとは裏腹の、知的であることの危険性について明らかにする以前は、セルバンテスの姿勢を一つのまとまりとして捉えることはできなかった。そのときまで〈エラスムス主義〉について語ることはあっても、その小説への影響を看過してきたし、それを十六世紀のあらゆる形の宗教・社会・文化的問題と、結びつけることもなかった。こうした問題がすっかり明らかになった今、幕間劇『ダガンソの村長選挙』を俎上にあげることができよう。

　旧キリスト教徒の〈脂身〉に関して、先ほど引用したテクストにおいて、彼らの信仰と豚の脂身とは、皮相的な調子で結び付けられている。『ダガンソの村長選挙』（この地名はマドリード県およびトレード県の二ヶ所に見られる）において、古いキリスト教信仰の問題は、自分たちのキリスト教に全く問題がないことを確信している、無知な農民たちの傲慢さによって複雑化している。その上、外面だけの敬虔さを示す宗教行為（習慣的祈禱）や、能力を超えた問題に首を突っ込む聖職者たちの容喙とも結びついている。幕間劇は評議員（今日の地方議員であろうか）である、パンドゥーロとアロンソ・アルガローバの間の議論で始まる。そうした性質の問題を斜めから取り上げるべく、作品に滑稽さを与えることは不可欠な条件であった。この幕間劇は喜劇性に支配されているわけではなく、逆に喜劇性は作者の意図によって支配されている。作者の関心は、聴衆にとって慣れ親しんだ人物たちの中に見られる、ある行動の目的と意図との間の、不一致と一致のケースを、露にして見せることにあった。セルバンテスはそうした人物たちの背後にあって審判として振る舞い、真正なる資質と見せ掛けのそれとの争いにおいて、最終的に誰に勝利を与えるべきかを判定するのである。ここで係争の対象となっている価値観は、〔旧キリスト教徒たる〕多数派の〈世論〉と、それに対して、旧キリスト教徒かどうかとか、お祈りをきちんと行うか、ぶどう酒をたしなむかどうかといった、存在の付帯条件を一切考慮しない、少数者たちの規範である。

パンドゥーロとアルガローバの二人の議員は、簡潔とはいえ、いかにもとってつけたような性格付けがされている。パンドゥーロは「いやちこな天意」さえあれば選挙で「うまい具合に」いくだろうと踏んでいる。無思慮でそそっかしいアルガローバの方は、「いやに勿体をつけたところでなんにもなりゃしない」〔会田由訳、以下同様〕と考えている(五七)。彼にしてみれば「天意はたしてありやなしや」こそ問題である。パンドゥーロは彼の不敬な態度をなじる。するとアルガローバは「わがはいは由緒正しいキリスト教徒だ、だから両足をそろえてひたすら神さまをお信じ申している」と答える。すると学士ペスーニャが皮肉っぽく、こう言う。「結構、その上望むところはない」。ここにはキリスト教の二つの形態が描かれている。つまり一つは足らざるもの(信仰があり、旧キリスト教徒であるからといって、馬鹿げた言動をしていいということにはならない)、もう一方は、分別と明察のそなわったもの。アルガローバは後悔して前言を取り消す。しかしセルバンテスは即座に自らの覚え書き〔エストルヌードの台詞〕を提示する。アルガローバは自らの不敬的言動を翻えそうとするが、セルバンテスの目には別の無分別と思えるような過ちに陥る。彼は「天帝は思いどおりのことをなさることができる。しかもとくに雨の降るときなど」と主張するのである。後で「賢明なパンドゥーロ」という名で呼ばれる彼の相方は、「雲からだぜ、アルガローバ、雨の落ちるのは。天からじゃないんだよ」と答えている。アルガローバは神の支配する天のことと、自然の天空とをまぜこぜにしていたのである（五八）。ところがパンドゥーロの方は、アリストファネスをきちんと読んでいたと思われる（五九）。

ダガンソ村の村長職を求める人物たち、各々の資質が計りにかけられている。ベロカルは利き酒の名手であり、書記たるエストルヌードは、そうした才能があればアラニースでござれ、カサーリャでござれ、さてはエスキービアスでござれ、ちゃんと酒の味がわかるだろうから、政治のほうも大いにやれるだろう、と突込みを入れる。別の候補者ミゲル・ハレーテは巧みな射手（ぱちんこ飛ばしの名人）であり、フランシスコ・デ・ウミーリョスは仕立屋のようにうまく靴を直す。ペドロ・デ・ラ・ルーナは「あの古い有名な〈アルバの犬〉に関する歌を全部」覚えている、とされる（この犬はアルバ・デ・トルメスのユダヤ人に噛み付き、迫害するので有名であった）。とはいえ、彼がこの歌の内容に合致しているのかしていないのか、その言及はない。

学士はウミーリョスに読むことができるか尋ねる。すると彼は堂々とできないと言い切る。なぜならば「あんなものはとどのつまりが、男なら地獄へ連れて行くのがおち」だからである。つまり宗教裁判所の火刑場に、ということである（六〇）。ところがウミーリョスはこう言う。「読むなんてことよりずんと得のゆくほかのことを、いろいろとおらは知ってるだ。お祈りを四つ［主の祈り、アベ・マリーア、使徒信条、聖母の祈り］（六一）とも空でおぼえているし、おまけに毎週そいつを四へんか五へんおらはとなえるだがね」。するとラーナは「それでもっておめえは村長になるつもりかね？」と尋ねる。セルバンテス作品と当時の宗教文学を知る者にとって、セルバンテスにとって旧キリスト教徒であることや、いきなり四つのお祈りを繰り返し唱えるなどということは、公の役人がそなえるべき能力とは、何の関係もないことははっきりしていたはずである。著名なる新キリスト教徒セルバンテスは、旧キリスト教徒たちのもつ逆の規範と向き合うこととなった。もし彼が旧キリスト教徒の一人であったとしたら、どうしてこの幕間劇をはじめ、他の作品の多くを書く気になどなったであろうか？　われわれはかなり本質を見失ってきたのではないか？　セルバンテスがある所で書いたことは、他の所で書いたものと符合するはずである。『ドン・キホーテ』（前、二六章）の中で、引き裂いたシャツの裾がドン・キホーテに「（シエラ・モレーナ）山にいるあいだ数珠の用をつとめ、それでアベ・マリーアを百万べんも祈った」とされる。かつて十七章において、ドン・キホーテは「霊験あらたかな香油」を作ろうとして、できた混合液をいれた「油壷にむかって八十ぺんのうえ《主の祈り》をとなえ、さらにこれまたそのくらい《アベ・マリーア》、《聖母の祈り》、それから《使徒信条》をとなえ、これにお祓いをするようにひとことごとに十字を切った」と述べられている。「アベ・マリーアを百万べん」という箇所は、一六〇五年の『ドン・キホーテ』前篇の再版で削除されている。削除が誰の手によるものかは分からないが、おそらくセルバンテス自身が行ったものであろう。徒刑囚たちはドゥルシネーアの前に、鎖をつけてまかり出ねばならぬ義務から遁れようとして（トルコの囚人となった者のなかには、身請けされてスペインに戻ることができた際、自分たちの鎖を教会に奉納するのが普通であった）、ドン・キホーテに「ドゥルシネーア・デル・トボーソ姫へのそのお勤めやらお賽銭を、何べんかのマリア様のお唱名やらお題目にとりかえてもらうように」提案する。「それならわしらも旦那さまのお志にかわって唱えましょうし……」(前、二二章)。口で唱えるお祈りの数量的価値に対する批判は、執拗にして底意地の悪さがつよく滲んでいる。因みにポルトガルの異端審問所は、フィエラブラースの香油を調合する際に用いたお祈りの部分を削除している。

セルバンテス作品において、心の内に感じた内実を伴わない宗教上の外面性が、その価値を貶められるような部分は、まだまだ多く指摘しうる。しかしここでより興味を引くことは、例の幕間劇をさらに深く分析し続ければわかることだが、セルバンテスによれば、旧キリスト教徒的見方も、読み書きができないことも、習慣的にお祈りを実践することも、村長となる資格にはならないということである。

もう一人の村長候補ハレーテは、旧キリスト教徒とはいえ少しばかりは読むことができ、さらに勉強中である。一方で仔牛に鍬をつけたり、蹄鉄を打ったり、ぱちんこを飛ばすのもうまい。別の候補者であるベロカルは、六六種もの利き酒ができる。最後にペドロ・デ・ラ・ラーナが口を開くが、道理のわかった話ぶりからして、セルバンテスの見方に近い人物だということが窺える。手にする職権杖は、「ドゥカード金貨だのその他の贈り物のはいった大袋のどっしりした重みでこいつが曲がるようじゃ困る」ほど、十分に頑丈なものにするし、さらに

罪を犯してわしの前に連れてこられた気の毒な男を
頭ごなしに辱しめようなんてことは金輪際したくねえもんだ。
うかつな裁判官のひどい侮辱の一言てやつは
裁判官の判決文よりもお話にならねえくらい
相手を傷つけるものと相場が決まっているのだからね。

権力が思いやりってものを取り去ったり、
威張り返った権柄づくの裁判官に罪人がいやいや
恐れ入るなんてことは決してほめたものじゃないからね。

ウミーリョスは無知文盲の旧キリスト教徒だが、彼はラーナの言うことを信用していない。「いったん職権杖を手にとってみさっせえ、たちどころに気が変わってよ、今の様子とはくるりと別人になっちまぁな」。こうした意地悪い陰口にもかかわらず、最終的にラーナが村長に選出される。そうするとジプシーたちがやってきて、歌と踊りを始める。議員たちははたしてそれが「聖体祭のお祝いに役立つかどうか」試しに、見てみようとする。するとそこに突如、聖器僧がやってきて、議員たちを「こんな暇つぶし」をしているとは何ごとだと叱り付ける。すると議員たちは「このおたんちんの、いけ図々しい、不届きな、しかも大それた悪者を毛布で空にほうりあげてやれ」と脅しをかける。聖器僧は「拙者はれっきとした司祭であり、第一級剃髪者、つまりこれは同じことでござる」と述べ、毛布揚《ケット》げをやろうとする者は「破門にする」旨を宣告する。セルバンテスは滑稽さとアイロニーに満ちた筆致で、聖器僧の聖職者としてのあり方を描き出したのである（セルバンテスはアンダルシーアを徴税吏として歩き回っていたときに受けた破門宣告のことを、決して忘れてはいなかった）。しかし、前には一段と高い道徳的視点から語っていたラーナが、今度は激しい調子で聖器僧をやりこめているのである。ラーナこそ、世俗権力と教会権力との分水嶺を画すべき人物である。もし聖器僧が毛布揚げされる繰り人形にすぎず、聴衆を笑わすためだけの人間であったとしたら、ラーナの次の言葉ほど不適切なものはなかったであろう。

なあ気の毒な坊さん、あんたの舌には何ちゅう悪魔めがのさばり返っているだかね？　その筋の方を悪しざまに言えなどと誰だね、お前さんをそそのかした野郎は？　それともお前さんが共和国を治めようというのかね？　悪いこた言わない、自分の鐘を叩くとかお勤めをするとかしていることだ。政治向きのことはその道の人たちにまかせるがよい、あの人たちはわしども（六二）よりはどうしなけりゃならんかようく知ってござる。もしその人たちが悪かったら直してもらうようにお願いすりゃすむことだし、もしまた立派な人たちであったら、神さまがその人たちを、わしらから取り上げたりなさらないようにお願い申せばすむことだ。

こうした言葉は、あえて「その筋の方たちを、悪しざまに言う」ことに首を突っ込んだ、哀れな人物に向って言う言葉にしては、余りにも高尚な言葉ではある。ラーナは聞き手たちに対して、火に油を注ぐようなことを言う。「われわれのラーナ先生はまったく聖人君子だね」。そして聖器僧は毛布揚げをされ、ラーナは翌日、村長に選出されることとなる。学士は「わがはいはただちにラーナに一票を投ずるがね」と言えば、賢明なパンドゥーロは「しかしわがラーナ先生みたいに歌うやつはいないよ」と付言し、ハレーテは「やつは歌うばかりか、うっとりさせるだ」と引きとって、劇は幕引きとなる。

ダガンソ村議員たちを叱り飛ばす人物（聖器僧）に対する、ペドロ・デ・ラ・ラーナの返答は、ドン・キホーテが公爵家の口うるさい僧侶に対して発したそれ（後篇、三二章）と、その深層や意図において似通っている。ラーナは聖器僧に向ってこう言う。「なあ気の毒な坊さん、あんたの舌には何ちゅう悪魔がのさばり返っているだかね？」一方のドン・キホーテも聖職者に向ってこんなことを言っていた。「そうでないと申さるるなら、そこもとに言っていただこう。拙者のいかなる点を阿呆とご覧になったから、拙者を非難し罵られるのか（……）ただ無性に他人の邸へはいりこんで、そこの主人たちを支配する以外にほかにやるべきことはござらんのか？」ところでラーナの方は「政治向きのことはその道の人たちにまかせるがよい、あの人たちはどうしなけりゃならんかようく知ってござる……」と述べている。ドン・キホーテもラーナも、はたまたセルバンテスも、村議会や大公の館をうまく治めるべき人間の資質に関して、己にとってより好ましい道徳性を、そうした言葉のうちに表現しているのである。スペイン人を正しく穏やかに、キリスト教的に統治するのにふさわしいのは、神の教会の代理人たちではなく、カエサルの代理人たちである。セルバンテスの宗教思想をはっきりと把握するのは、決して困難なことではない。ただし、それを試みている者たちの多くにとっては苛立たしいはずの、歴史的現実といったものを、しっかり考慮に入れての話である。しかしそうした現実は、セルバンテス作品のあらゆる細部からも滲み出ている。すでに見たように、そこでは下世話ではしばしば混同されているが、神の天国は物理的天空から切り離されているのである。『ダガンソの村長選挙』という幕間劇において、旧キリスト教と無知文盲との連想が二度にわたって見られる。候補者のハレーテは読めることは読めるが、「ほんのちょっぴりだがね。一綴り一綴り口で言ってみて、この三ヶ月前からは、いろはをどうやら覚えているんだが、まああと五つ月もたったらなんとか目鼻がつくつもりだね。（……）わしもみんなと同じようにごく古いキリスト教徒だし……」と言っている。彼は読み方を学ぶことに、怖気づかないキリスト教徒なのである。旧キリスト教徒の誰もが、防御的な姿勢をとって、自らの無知蒙昧を誇っていたわけではない。セルバンテスは当時の社会のありさまを、洗練された微妙なタッチで分析し、示して見せた。しかし、そこで理想的な村長のシンボルとして提示されたペドロ・デ・ラ・ルーナという人物は、自らの旧キリスト教信仰を鼻にかけたりはしない。ジプシーたちはいかにも思わせぶりな歌の台詞のなかで、議員たちが集まった目的である選挙に触れてこう歌っている。

ダガンソ村の議員方、
とっさの場合もよい方で、
思慮にも深いお偉方、
キリスト教徒も異教徒どもも、
野心を燃やす職権を
どんな工合に処理するか
よくご存知の腕達者

ジプシーたちの歌と踊りはセルバンテスが構造的に導入したものである。それは司祭を気取った聖器僧の横柄な容喙を引き出すためのものであり、また彼をセルバンテス的なやり方で、自らの場所に据えるためでもあった。

この幕間劇のコンテクストから引き出されることは、候補者たちが宗教的血統〈異教徒たるモーロ人とキリスト教徒〉に触れてはいても、決してそれを文字通りに取るべきではなく、また〈対立する党派間〉という型どおりの意味にとってもいけない、ということである。というのも、候補者たちの挙げる長所といったものは、旧キリスト教徒たることの長所であって、それは勝利を収めた候補者（ラーナ）の場合には何にも言及されていないからである。セルバンテスは〈キリスト教徒も異教徒どもも〉と述べたとき、実は〈旧キリスト教徒も新キリスト教徒も〉と考えていたのである。

いま述べたこと、示したことすべてからは、この幕間劇の作者が旧キリスト教徒であったとはとうてい考えられない。そのことをはっきり裏付け、確認させるのが『不思議な見世物』である。ここでもまた人間の精神的条件と、四つ指幅もある年代ものの脂身とが、皮肉たっぷりに結び付けられている。村長ベニート・レポーリョは、芝居の不思議な見世物を見る必要条件を具えている。「わしの両親の爺さん婆さんの血筋も、いずれも四つ指幅もある年代ものの脂身たっぷりのキリスト教徒」〔会田由訳〕だからというわけである。

形式的にみて問題は『ダガンソの村長選挙』のそれと同一である。つまり旧キリスト教徒であることのもつ価値の大きさであり、もしそうでなければ、一六〇〇年当時のスペイン社会で、才能ある人間が分別をもって善良に生きていくことはできなかったという点である。こういったことはすべて、価値論的弁証法をめぐって、言い換えれば、脂身を誇る者の内なるものと、魂の明澄性・善良性との論争をめぐって展開している。セルバンテスは俗衆の外面的価値観たる〈世論〉に基づいた名誉・体面意識の、ドグマ化した神話を攻撃する。したがって『アルジェール生活』(第二幕)において、あるトルコ人はこう言うのである。

[スペイン人キリスト教徒の] そうした名誉や迷妄が
決して奴らの胸から去ることがないように願いたい。
なぜなら、我らにとっての最大利益というのは
奴らが己を損ねるところから生まれてくるのだから。

引用を繰り返すが、

あの国ではキリスト教徒が名誉を
とてつもなく重視して、はては
危急時に「逃亡すべく」櫂をとることすら
不名誉とみなすのだ。
あの国では連中が頑として
名誉を守っている間に
名誉と無縁の我々は
奴らに強いられここに来た。

セルバンテスは社会的な外面が、心の内面の価値と一致しているときは、郷士意識というものを尊重している。「わが郷士の血を、しかるべきものから、自らに負うものから、捻じ曲げることなどすまい」。自らに負うものとは、正しきもの、キリストに負っているものである。つまり「お前が考えていることは騎士にはふさわしくない。むしろキリストとその血に負っているものを蔑ろにしている、悪しきキリスト教徒にこそふさわしい」(『アルジェール生活』第三幕のアウレリオの台詞)。

こうした点が明らかになると、『不思議な見世物』の意図がはっきりする。つまり旧キリスト教徒か、嫡出子しか見世物を見ることができないなどというのは、よほど救いようのない馬鹿くらいしか思いつかない筋立てだ、ということである。実際には存在しないものを、存在しているかのように見せる中世的・東洋的モチーフは、セルバンテスによって目的に添うようにうまく活用された、ということができる。「見世物を仕組んだ賢人」はトントネーロといい、「トントネーラ市」生まれの人物であった。チャンファーリャはこう言う。「キリスト教改宗者（六三）の血筋を引いていたり、正当な結婚をした両親を持っていないとか、そういう両親から生まれなかったとかいう人間は誰一人として、観覧に供せられるものの姿を見ることはできないという（……）したがって先に申しました例のきわめてありきたりの二つの病いに感染いたしたような仁は、わたくしの見世物に現れる、かつて見たことも聞いたこともないくさぐさのものを、見ることはご免こうむるにちがいありません」。彼が「不思議な見世物を進んで見ようという方々に是が非でも必要な、例の条件だけはお忘れないようにくれぐれもお願いしますよ」と畳み掛けて言うとき、セルバンテスは太守になるにも、見世物を見るにも、〈血の純潔〉が求められるという状況をあまりにも馬鹿げたことだとする見方を、堂々と公けにしたのである。「両親の爺さん婆さんの血筋も、いずれも四つ指幅もある年代ものの脂身たっぷりのキリスト教徒」であることを、鼻にかける村長ベニート・レポーリョの対応ぶりがどんなものだったかは、すでに見たとおりである。

ここで二度にわたってからかい気味に述べられている、〈脂身〉とは正確には何を意味するのであろうか。四つ指幅もある脂身とは（今日使われている意味の）雌鶏の卵巣の周りの黄色い脂身のことではなく、モーロ人・ユダヤ人以外の者たちの家々の軒に吊るされていた、屠殺後の豚の脂身の切り身のことである。従ってわれわれは依然として、生粋主義的な純潔性および、信頼に足る貴族証明書としてある脂身についての、強迫観念的な問題に関わっているのである。ところで前に見たように、サンチョもまた自らが旧キリスト教徒であること、四つ指幅もある脂身たっぷりの旧キリスト教徒の家系に属することを、誇りにしていた。だからといって、ドン・キホーテが彼を従士に選び、島の太守職を提供するのを止めたわけではなかった。ドン・キホーテは『ダガンソの村長選挙』のウミーリョスとは逆の意味で、問題に光を当てたのである。というのも、ラ・マンチャの郷士にとって、血筋の問題などどうでもよかったからである。彼がモーロ娘のアルドンサすら崇高なる愛の対象としたというのに、どうして旧キリスト教徒たるサンチョに対して、太守という名誉職を授けないでおれようか。ここでもドン・キホーテ(つまりセルバンテス)にとっての問題は、内なる道徳性・徳性であって、外面的配慮に関してではなかったのである。セルバンテスはカトリック信者のキリスト教徒であって、そのことは捕虜をテーマとしたコメディア(『アルジェールの牢獄』および『アルジェール生活』)の中で、聖母に祈るスペイン人キリスト教徒を描き、またあの恐るべき状況の中で、熱狂的な信仰こそ彼らの特質だ、としている点を見ればはっきりする。しかしスペインは新旧二つのキリスト教徒たち共通の祖国であった。

　ドン・キホーテはサンチョが農民の出であることが、太守となる妨げとなってはならないと考えていた。とはいえ、彼に向って「故郷で汚い豚を飼っていたことを」恥じてはならない、とも言っているのである。サンチョはそこをはっきりさせようとして、こう言う。「そらわしがまだ、餓鬼のときのことでがすよ。その後は、いくらか大人びてから、わしが飼ったな鵞鳥で、豚じゃなかったでがすよ。もっとも、こんなこた、わしの考えじゃ、この話にゃ何のかかわりもねえだ。というのは、政治をやる者がそろいもそろって、王さまの血筋を引いているわけじゃねえだからね」。かの従士と騎士は和気藹々と話を交わしている。「サンチョよ、おぬしの家系の卑しさを誇りとするがよい。そして百姓の出だということを、けっして卑下してはならん」(後、四二章)。『ドン・キホーテ』においてはいつものことだが、人間はどれだけ自分の力でなし遂げたかによって、その価値が決まる。「よいかな、サンチョ。もしおぬしが徳義にかなったおこないをなすことを誇りといたすならば、王侯君主を祖先にもつ人々をうらやむいわれは、いささかもない。なぜかと申せば、血統は受け継がれものだが、徳はみずから手に入れるものであって、徳はそれ自身で、血統など及びもつかぬ価値をもっているからである」（同上）。

『ダガンソの村長選挙』におけるウミーリョスの主張によれば、サンチョは〈四つ指幅の脂身〉を具えているからといって、村長になれるわけではない。またカルロス五世を取り巻く顧問たちの資質を判断するのに、この基準、つまり百姓の血筋を引いているかどうかが用いられたということがあっても（六四）、それは同断である。宗教に関する場合と同様に、このケースでも、外部的なものを内部的なものに従わせることが必要であった。つまり旧キリスト教徒であることが、それ自体で徳性（知能、才能、道徳性、統治能力など）を与えることも、剥奪することもないということである。同様に、新キリスト教徒であることそれ自体に、行動の正しさ・潔癖さを保証するものはない（六五）。

『ドン・キホーテ』においては、他のすべての事柄と同様、人間の価値をめぐる論争は、世俗化して表現されている。セルバンテスは脂身に対して付与された精神的機能を、からかいの対象としている。したがってサンチョが自らの旧キリスト教徒的属性を、将来の統治者能力の保証にしようとすると、ドン・キホーテは「太守になったら、それもおのずとわかることじゃ」（後、四章）と答えている。サンチョは以前（前、二一章）、「わしは由緒正しいキリスト教徒だから、それだけでも伯爵になるには十分でさ」と述べていた。するとドン・キホーテがこう答える。「それどころか、ありあまるくらいのものじゃ。よしんばおぬしがそうでなかったとしても、いささかの差支えもない。なぜなら、拙者は王さまなのだから、立派におぬしを貴族に取り立てることができるのだからな」。人間の名誉や能力は、旧キリスト教徒であるかどうかとは関係ない（六六）。『不思議な見世物』においてチャンファーリャは、囃し方のラベリンについて、あまりぞっとしない小柄な風貌にもかかわらず「れっきとしたキリスト教の信徒だし、おまけに音に聞こえた家柄の貴族出ですからね」と述べている。すると知事は「けだし立派な囃し方としては欠くべからざる条件だな」と引き取る。『パルナソ山への旅』の付記においても、この種のちぐはぐな現実同士の結びつきが、さかさまで超グロテスクなかたちで表現されている。「いかなる詩人も、その人品骨柄の如何にかかわらず、気前よき［名門貴族の］仕事に従事したるがゆえに、郷士とみなされるべきこと。石の上に置かれし捨て子が、旧キリスト教徒とみなされるがごとし」。これはもし旧キリスト教徒であることが、郷士になるための、あるいは公職に就くための足がかりとして有効だとするならば、われわれはこれから郷士の身分を、あらゆる詩人たちが雨風をしのぐことのできる天蓋として活用しようではないか、という意味である。セルバンテスは価値的序列の本末転倒に対しては、一再ならず反旗をひるがえして立ち上がるのである。

しかしスペイン人が二つの血統に分けられていることを、より直接的かつ皮肉的に攻撃しているのは、紛れもなく『不思議な見世物』においてである。チリーノ（彼女はチャンファーリャと小柄なラベリンともども、見世物の切り盛りをしている一座の一員）は言う（六七）。「姿を現しましたるあの乙女御は、ヘローディアスと申され、あのお方の踊りによりましてこの世の予言者の首をその賞として得られたのでございます。もしどなたさまか踊りのお相手をなさろうものなら、それこそ見事な見ものにちがいございません」。すると村長のベニート・レポーリョがその艶姿に感嘆し、甥に向って相手をするようにけしかける。それは彼が「カスタネットが病みつきだから、ひとつあの女を助けてやるがいい。そうすりゃ大したお祭になろうというもの」だからである。大したお祭（fiesta de cuatro capas）とはつまり、厳かそのものの宗教的出し物の意である。聞き捨てならないのは、彼が甥に「お前、そのあばずれのユダヤ女なんぞに負けるんじゃないぞ」と叫んだ後、すぐにも「これがユダヤ女だとしたら、どうしてこういう不思議な見世物が見えるんだろう」と自問していることである。チャンファーリャは疑問を解いてこう説明している。「なに、あらゆる規則には例外があるんですよ、ねえ村長さん」。

村に騎馬の一隊が到着し、彼らに宿所の提供をせねばならなくなる。すると村長が言う。「［騎馬兵たちは］こりゃ例の賢人トントネーロがよこしたんだ、間違いないよ」。するとチャンファーリャはそれを否定して「ここから二レグアばかりのところへ宿営していた騎馬の一隊に違いございません」と答える。〈ペドロ親方の芝居〉（『ドン・キホーテ』後、二五章）と同様に、ここでも目に見える現実と空想世界とが混同されている。宿所を要求する兵士たちが、〈見世物〉の中で見られたものと同じかどうか、という大きな論議が巻き上がっているのである（それこそセルバンテス的次元の目新しさである）。村長はそれがトントネーロのよこしたものだと言い張る。チリーノス〔チャンファーリャは筆者の勘違い〕は皆に「村長さんが国王陛下のご命令を、賢人トントネーロの命令だとおっしゃっている」ことの証人になるように求める。これはセルバンテスが「徳義にかなった正しい学問を高く評価する王室」（『ドン・キホーテ』後、一六章）の正しい判断に関して、自らの感じていたことを、諧謔的に表現した、きらりと光るもう一つの例である。兵士の宿営を担当した下士官が、前には「そのあばずれのユダヤ女」と呼ばれた「ヘロディアスの姫君」の踊りが見えない、ということになって、知事は彼が「あの連中の一人」つまりユダヤ人改宗者だと大声で叫ぶのである。下士官は剣に手をかけ、並み居る者たちに脅しをかける。セルバンテスはこうした勇み肌を見せることで、想像の及ばないところまで、舞台を紛糾させるのである。それは〈〈不思議〉が見えることと旧キリスト教徒を、また「ヘロディアスの姫君」と「そのあばずれのユダヤ女」とを結びつけるという〉偽りの結合・一致を手玉にとることによってである。というのも、俗衆は昔から旧キリスト教徒でなければ勇敢ではありえない（つまり勇気は支配的血統の特権〉、と思い込んできたから、村長は狭い三段論法で、下士官はユダヤ人改宗者で、身を守るすべもないと決め付けたのである。なぜならば、村長にとっても元々、見世物の〈不思議〉など目に見えるものではなかったし、下士官の脅迫といえども無駄骨に終わらせるべきだったからである。「だから何も言わずに遠慮するにゃあたらないのさ、あの連中の仲間さ、そうさ、あの連中のお仲間さ！」。つまりこれは、彼はユダヤ人だ、彼はユダヤ人だ、という意味である。セルバンテスは、〈不思議〉が見えることと旧キリスト教徒であることを、また臆病者と新キリスト教徒とを結びつける愚かな者たちが、下士官の手でところ構わず切りつけられるのを楽しんでいる。

セルバンテスの驚くべき〈物語〉は当時のスペイン、つまり信仰が愛よりも憎悪の方を多く生みだしていたがゆえに、各々の人間が自らの想像力や理性、あるいは内なる信念の中に、調和的精神を作り出さねばならなかった、そうした時代のスペインに息づいていたのである。

新形式の小説としての『ドン・キホーテ』

『ドン・キホーテ』は人格がそれ自体の内部と外部において、同時的に形成されていく過程を描いた最初の小説である。ところが『グスマン』では「すべてのことは、それを考えるだけの人間にとっては、いかに容易いことか、実行する人間にとっては、いかに難しいことか」（前篇、第二部、第一章）と述べられていた。「暗い夜の寝枕では」いかにもきれいに整って見えたものが、朝起きて見ると「思い過ごしの偽りで、悪魔の宝物のように真っ黒けの炭に変わっている」ということになる。『ドン・キホーテ』における問題というのは、望ましいものを得るのが容易か困難かという問題ではなく、人は「この厭うべき我らの時代」に、かくあるべしと思う、そうしたふさわしき存在になれるか、あるいはなりたいと思うかどうかが問題である。つまり、何か財物を手に入れるといった話ではなく、自分自身になる、ということが問題なのである。セルバンテスは一五九〇年に、インディアス諮問院を通じて、その当時空いていた四つのポストのうち、どれか一つを彼に与えて欲しいと王に申請をしている。それはヌエバ・グラナダの会計官、グアテマラ・ソコヌスコの知事、カルタヘーナのガレー船会計官、ラ・パスの代議員の四つである。それを要求したのは「栄誉に浴す価値のある、有能でふさわしい人間」だという自負があったからである。周知のことだが、申し出はすげなく却下された。

思い出してもらいたいが、セルバンテスは十九世紀まで出版されることはなかったとはいえ、フェリペ二世や無能なメディナ・シドニア公爵に対する、辛辣な詩を作ったことがあった。しかしわれわれにとって幸運なことに、セルバンテスはその具体的事実を忘れ去ってしまった。彼は社会において絶えざる挫折を繰り返したとはいえ、だからといって文学的に見て、マテオ・アレマンが切り拓いた道、つまり超越的ペシミズムの道を辿っていくことはなかった。「栄誉に浴す価値のある、有能でふさわしい」人間セルバンテスが経験した不幸と悲惨は、その真っ只中に生まれ、生きていくことを運命づけられた社会と、うまく歩調を合わすことのできない多くの者たちの中の、ほんの特殊な一例であった。決して欺くことなく、自らの臣下たちに忠実で、血統など〈詮索する〉ことのない唯一の主人は、天にまします神のみであった。セルバンテスはそのことをよく弁えてはいたが、日々の心の現実にうまい具合に反映するような、〈神の国〉を見つけることはできなかった。彼には神秘主義者の天賦はなかったので、想像力によって一つの〈形式〉を打ち立てたのである。その形式のうちに表現しようとしたのは、人格者となることを切望し、悪意に満ちた世界においてこそ善を行なうことが人格を培うのだ、とするような人物の、辛く険しい人生のプロセスであった。セルバンテスは旧キリスト教徒かそうでないか、多数派の血統に属すか、少数派のそれに属すか、といった事実によって生み出された苦境を心のばねとして、自らの作品を、もはや脂身とか郷士身分などが問題にされることがないような、高い次元に引きあげた。そうすることで人間存在と人格形成は、サンタ・テレサがアウグスティヌス的な〈わが魂〉たる己の魂を探ろうとした領域と、いかなる人間の周りにでもあるような世界の無際限の領域を、同時に併せもったという意味で、普遍的次元の問題となったのである。生に対してそうした双方向性において焦点を当てる、つまり同じ人物を内と外から同時に〈真に〉存在せしめるという試みは、いまだかつてなされたことがなかった。

いったんそうした確固たる基盤が据えられれば、行動内容は既成文学の枠組みのなかで生起していく。

セルバンテスはそうした既成文学を、典型的モデルの古文書館としてではなく、刺激的素材、手立てとか燃料として活用したのである。『ドン・キホーテ』は当時の社会および文学に対して、反旗をひるがえして立ち上がったのである。文学的に見て登場人物はありふれた典型的特徴（騎士、旅人宿の主人、牧人など）に合致しているが、彼らの自発性はもはや典型的なものとはいえない。というのは、彼らは活気あふれる現実的状況との関わりの中で、互いに織りなされて出現するからである。

したがって、セルバンテスに対する読者の関心が、一六〇〇年当時とほとんど変わりなく、今日でも懸念や反感の対象となっている、ある特定の血統への所属の問題に収斂してしまうとしたら、それは嘆かわしいことであろう。本書で扱うセルバンテスにおける特殊な〈生粋主義〉の問題というのは、以前、歪んだかたちで垣間見ていただけのものを、ある程度正確に見定めるためにのみ役立つのである。生物学者は顕微鏡では見つからないものを、ある種の試薬を用いることで見出すものである。スペインおよびスペイン人の場合、この方法によって打ち建てられたものが、どういうもので、どういった価値があるかといった点ではなく、〈ユダヤ主義〉が関係するかどうか、といった点にしか関心の向かない者も多くいる。そういうことになれば、すべての問題のたがが外れてしまうだろう。というのも、セルバンテスはサンタ・テレサやフライ・ルイス・デ・レオン、フランシスコ・デ・ビトリア、イエズス会士のディエゴ・ライーネスやホセ・デ・アコスタ、あるいはバルトロメ・デ・ラス・カサスなどと同様、ユダヤ人ではなかったし、見たところ、それよりもずっと理解が困難な何者かだったからである。セルバンテスはきわめてスペイン的な、こうした面々の作品に見られる目新しくも貴重な側面を、はっきり感じとるための手助けをしてくれる。われわれは彼らのスペイン性を否定しようとするつもりもなければ、十六世紀のスペイン文化が本物であることも疑わない。もし、スペインあるいはスペイン人が、三つの血統の共存と対立の中で形成されたとするならば、グスマン・デ・アルファラーチェ流に、それを呪ったり、否認したり、真実に背を向けたりするべきではないのではないか。筆者はペドロ・デ・ラ・ラーナや〈賢明な〉パンドゥーロの言葉に則る方が、よりまともであり、〈トントネーロ〉的度合いは少ないと信じている。天才的な幕間劇『不思議な見世物』で起きることとは対照的だが、この時点からはっきりするのは、セルバンテスの特殊な〈生粋主義〉に恐れおののく者は、どれほど詭弁を弄しようとも、一六〇〇年当時のスペインにおける、セルバンテス的な時空概念の特殊性と、彼ならではの芸術的投影の普遍性が、作品中に結びついているということが見えてはこない、ということである。

文学的問題をその中核と思われる論点に引き戻してみると、ほぼ次のようになるのではなかろうか。つまり『ドン・キホーテ』以前の文学作品における登場人物たちは、後の人生コースをあらかじめ決定づけ、形作っていく形態や状況の中に、カプセルのごとく嵌め込まれていた（王、騎士、有徳者、愚か者、商人、修道士など）。十六世紀に創作された小説（たとえば『グスマン・デ・アルファラーチェ』）では、世の中を渡っていく主要人物は、セビーリャに暮らす「身持ちの悪い遊蕩少年」（前篇、第一部、第三章）そのものである。ラサロ・デ・トルメスは母親から、たまたま宿にいたとき「投宿しにやって」きた盲人の手に委ねられる。アマディス・デ・ガウラの人生は〈海の御曹司〉と呼ばれることから始まる。彼は〔ランギーネス〕王に同行するかどうか尋ねられると、「どこへともおっしゃる所へ参る所存です」（第一部、第三章）と答えている。アマディスによれば、この名前はすでに「私が海に流された際、封蝋された手紙に記してあった」（第十章）ものだと言う。モンテマヨールの『ディアナ』で言葉を交わす人物たちは、抒情的・感傷的な意味で、一種の神話的世界（古代ギリシアのテーバイ）に隠遁して暮らしていた。彼らはいかなる場所からやってきたわけでもなく、夢想していた世界以外に目指す場所もない。「彼［シレーノ］は野で育ち、野で羊を飼い、思いは野から出ることはなかった」（第一の書）のである。

他のケースも含めこれらの作品においては、人物が自らの活動を自己の内部から起こすということはない。しかしサンタ・テレサの『自叙伝』をひもとけば、第一章から次のような叙述がなされている。まだ幼い少女だった彼女は弟と約束をする。「モーロ人の土地に行って、神さまの愛を乞い求めつつ、頭を刎ねてもらいましょう。私たちがたとえ幼くても、何か手立てを見つけたとしたら、神さまはきっとそうする勇気を与えてくださるでしょう。それが出来ないとしたら、その最大の妨げとなるのは両親かもしれません」。ここでは血の通った人物が自らの人生の舵取りをしている。あれこれの行動などではなく、まさしく自己の生そのもの、つまり、殺されてもあの世で神の中に蘇ることを願い、命をモーロ人に預けようとする生こそがテーマとなっている。ここで生の〈小説〉がその第一歩を踏み出すきっかけを与えるのは、肉体ではなく魂である。その最も崇高なるかたちとも言うべきものは、サン・フアン・デ・ラ・クルスの《われ飛翔して行かん》であろう。サンチョ・パンサはサンチョ・パンサなりに、クラビレーニョの背に跨って空中飛行を行っている。彼は下りた後でもまだ天上の余韻を味わうことになるが、天のほんのちょっとした部分（島々）でも、地上のいかなる島々よりもずっと好ましいものだということを悟るのである。

冒瀆的にしてきわめていかがわしい世界を描いた作品として、『ラ・セレスティーナ』を想起せざるを得ないが、これはセルバンテスが知り尽くしていた作品である。その中で二人の女が登場するが、彼女たちは自分たちの生き方を生きるようすが、生の目的にしており、手にした自由を謳歌して勝手気ままに暮らしている。アレウサは言う。「あたしはこのちっぽけな家で不自由なく気の向くままに暮らしたかったんだ、あいつらの豪華なお屋敷で、ぺこぺこしながら何もできずにいるよりは」（第九幕〔杉浦勉訳〕）。エリシアもまた同じように、表と裏の心の動きをこう表現する。「あたしは色があせてきた髪の毛につける染料も用意しておこう。（……）自分の鶏の数を確かめよう、自分のベッドをきれいにしよう、（……）自分の玄関をそうじして、表には水をまこう、通りがかった連中にもう喪が明けたとわかるように」（第一七幕）。こうした場面は、登場人物の意図や決意が彼らを取り巻く環境を作り出している、という論点に合致する絶好の例である。

『ドン・キホーテ』における大小さまざまな人物たちは、己の自由きままな生、あるいは絶望的な生を十分に生き抜くための場を探し求めて、社会から身を遠ざけ、社会を拒絶し、社会と衝突する。たとえばそれはドン・キホーテであり、マルセーラやロケ・ギナールなどである。相手を探し求めて、放浪していた者たちが再会するケース（ドロテーアやカルデーニオ）もある。こうした想像上の人物たちを活気ある存在にしている要素は、単に火をつけて燃やすきっかけとなる火花のような、一種の〈刺激〉だとするだけでは足りない。そうした刺激と結びつくべきものは、自らの生の限界を乗り越えようとする熱望である。人物にふさわしい固有の生は、セルバンテスが創意工夫して生み出し、今日のわれわれの目にいともまことしやかに見える、その種のあらゆる動機づけに基づいて描かれている。種々の騎士道本が、馬鹿げた要素と驚異的な要素を、同時にそなえている理由もそこにある。まず最初の方だが、騎士道本をそれ自体として、またその本質に基づいて眺めてみると、単純な読者を魅惑するべき娯楽として存在する。そこには人間のまわりにあるすべてのものが、読んだもの、聞いたものをてことして、自らの無知や蒙昧、空しい自惚れ（「どんな衒いも忌まわしい！」）を乗り越えさせるための、純然たる手段・方法としてあるのだ、という意識が欠けている。「十六歳の若者が、まるで塔のような巨人にひと太刀浴びせて、真っ二つに断ち切ったとか（……）そういう本なり作り話に、いったいどんな美［まさに効力そのもの］がありうるというんです？（……）架空の物語も、それを読む人々の理解にぴったり結びつかなくてはいけないはずです……」と役僧は語っているが、彼はこうした弾劾を下した後の結びとして、この種の本は「キリスト教の社会からは、追放されてしかるべきだ」（前、四七章）と述べている。こうした聖職者的・世俗的教養の展開の中で、住職は役僧の考え方を補完している。というのも、住職もまたフィクションというものが読者の知性と結びつかねばならないという点を、より正確に説明しているからである。住職はこう語っている。「ああいうもの［忌まわしい騎士道物語］の中にもいいことが一つある。それはよい頭脳をはたらかすのに材料を提供しているということである。というのも、騎士道物語では、何のはばかるところもなく筆を走らせることができて……」。筆者の想像では、セルバンテスは住職のイメージの中に、自らの優れた恩師で聖職者でもあったエラスムス主義者ロペス・デ・オーヨスを彷彿させたのではないかと思われるが、住職は騎士道物語の中で人は、思いのたけを自由に書くことができると言っている。「作者は、あるいは占星術師［天文学者］、あるいはすぐれた宇宙学者、あるいは音楽家、あるいは国家の政治問題の識者としての才幹を示すこともできようし、もし作者さえその気なら、おそらく魔術を心得ていることを誇示する機会もやってこよう」。

『ドン・キホーテ』における騎士道物語に対しては、筆者が『葛藤の時代について』の中でその思想面について触れたルイス・デ・レオンやファン・デ・マリアーナなどの人文主義者たちの書き記したこと、つまり当時の知的状況をしっかり考慮に入れて、セルバンテスの手法に沿って解釈せねばならない。良識ある登場人物の住職は、騎士道物語の是非をめぐる論述のなかで、自らの分際を飛び越え、この場合では世俗的・少数派的で自由な教養を渇望する人物として、〈己自身〉を披瀝している。同じ住職が次章においてロペ・デ・ベーガの演劇に対して下す判断は必ずしも公平ではない。というのも「わしが騎士道物語に対して抱いている感情におさおさひけをとらない、近頃そこらでやっている芝居に対する昔からの憎悪」と述べているからである。住職によれば、そうした書物といえども、それを読んだり書いたりする者がそこに潜在する可能性を活用し、『ドン・キホーテ』のような書物を生み出すことができるならば、救いようもあり、話は違ってくるからである（六八）。

ロペ・デ・ベーガのコメディアは相矛盾する解釈をゆるすものでもなく、上演によって個々人の目的に資するべきものでもない。それは多数者の支配領域であり、また体面意識における〈世論〉の声そのものであり、旧キリスト教徒の〈脂身〉と密接に結びついているのである。ロペ・デ・ベーガを称賛すると同時に憎悪していたセルバンテスは、自らの葛藤を解きほぐすすべを知らず、このようにして、害悪をばっさり切り捨てるべく芸術的専断に打って出たのである。なぜならば「困ったことに、こいつは申し分ない作品だ、この上を求めるのはよけいなことだ、なんていう無学なやからがいる」（前、四八章）からである。

作者セルバンテスが作り出すのにいささか手間取った人物たちというのは、常に何かしらドン・キホーテ的なるものを有している。つまり習慣的生活を蔑ろにすることを厭わず、別の方向に飛び出そうと構え、自らの存在に対する価値と意識を精力的に肯定している者たちである。サンチョはこう言う。「わしのご主人は天使みてえな水で洗ってもらったのに、わしはまるで悪魔の灰汁で洗おうほど、わしと主人の間にちがいはねえだ」（後、三二章）。いかなる形のハッピーエンドにしろ、それをぐずぐずと長びかすことを意に介さないのは、『ドン・キホーテ』における明らかな事実である。たとえばドロテーアのケースを見てみれば、彼女はかの大貴族の息子の妻、つまり公爵家の嫁になるという究極の夢をずっともちつづけている。

セルバンテスは主要人物たちに対して、一六〇〇年当時のスペインではとうてい達成しえないような人生の目的を、心底から希求させることで、従来のフィクションが辿ってきた道筋を変えてしまった。ドン・キホーテはこの世の悪を排除し、想い描いた王の宮廷において勝利を収めることで、またサンチョはまともな正義観を振りかざして島を統治することで、達成しがたくも至当なる財産を、非現実的時空のうちにしっかりと据えている。もちろん大きな違いはあるとしても、十九世紀のスタンダールにおけるジュリアン・ソレルの夢もまた、いささかそれと似たものだったのであろう。

セルバンテス以前であれば、小説上の人物というものは、行動の道筋の中に埋没しているのがふつうであって、ドン・キホーテやサンチョや「無分別な物好き」のアンセルモのような、不可能を追い求める者たちすべてがそうしたように、行動から〈逸脱〉することなどなかった。『ドン・キホーテ』の人物たちは、住職が騎士道物語に対する批判の中で描いたような文学的試みがいったん実現されてしまえば、周囲の世界から孤立していても、終いには再びそこに落ち着くこととなる。したがって、そうした環境の中に置いてみれば、緑色外套の騎士（後篇、一六章）たるドン・ディエゴ・デ・ミランダという、欠点のない書斎型の典型的人物、〈ラ・マンチャの思慮深い騎士〉という章のタイトルが暗示する人物は、可もなく不可もない、つまらない人物となる。彼は「鷹も猟犬も飼っていないで、その代わりよく馴らした鷓鴣の雛、あばれん坊の白貂一匹とがいます」と述べているが、ここからはドン・キホーテがそうなる以前に飼っていた「足早の猟犬」のことがすぐにでも思い出されるであろう。多くの者たちにとって魅力的な、分別と中庸の鑑ともいうべきこの人物は、前に述べたように、いかなる壁も乗り越えようとはしない。もはやそれだけで小説的側面を欠くことになるが、このことではっきりするのは、筆者がかくも意義深い人物に関して様々なケースで指摘してきた点である。つまりドン・ディエゴは、教養あるキリスト教騎士の模範的典型として表現されているのではないということである。彼は「わたしは聖母に深く帰依していますし、われらの主、神の無限のお慈悲におすがりしているのです」と述べている。またドン・ディエゴはシャコとイタチを伴った静かな狩りを好んで、猟犬の後を追いかけていくことなどは好まない。息子が法律や神学を学ぼうとしないことに心を痛め、サラマンカで身に付けたラテン語、ギリシア語の知識を別の分野で活かそうとしていることを残念に思っている。つまり息子ドン・ロレンソは批判的精神をそなえ、知的好奇心にあふれ、積極的に人文主義的教養を活かして、「ホメロスの『イリアス』のあそこの韻文はいいとか悪いとか、(……)ヴィルギリウスのこれこれの韻文はこう解釈すべきだ、いや、ああ解釈すべきだとか、そんな詮索ばかりして暮らす」方がよいと思っているのである。教養の目的や意味について、父子の間に横たわる理解の溝というものは、静かな狩りと、猟犬を使った慌ただしくも力強い狩りの差に比較される。あるいは、ドン・キホーテの危険にみちた放浪生活と、ドン・ディエゴの何の障害もない静かな生活との差でもある。

ドン・ディエゴは散文的人生の何たるかを示しているのに対し、息子のドン・ロレンソの方は詩的人生そのものを表現している。そこにはこう述べられている。「わたしがほかの学問を学ばせたいと思ったときには、詩学に没頭していることを知って(……)わたしが学んでもらいたかった法律学にも、あらゆる学問の女王である神学にも、向わせることはできなかったのです」。ドン・キホーテはドン・ロレンソの方の肩をもつ。それは神学ではなく詩学こそ、他のすべての学問の上に立つべきものだと思われるからである。そして「詩学は他のすべての学問をおのれに役に立て、他のすべての学問は詩学によって、権威を高めねばならない」のである。ドン・キホーテは詩学（つまり反俗文学）を賛美することを通して、文学的方法によっても世の名声を得る可能性があると考えていたのである。というのも「拙者が申した必要条件をそなえて、詩を扱い、詩にたずさわろうとする者であれば、その名は世のすべての文明諸国になりひびき、尊敬を受けること必定でござるわ」と述べているからである。詩は「恥知らずのペテン師とか、無知な俗物の手にゆだねてはならず」「ロマンセ語一点張りで、生来の作詩衝動の飾りともなり、これをめざまし、助長してくれる外国の言葉も、他の学問もご存知なしの詩人連」などつまらない存在ということになる。こうした考え方の出所がいかなるものであれ、セルバンテスの反俗性と少数派的姿勢は、少なくとも理論的にみれば、ゴンゴラと共通するものがある（六九）。

セルバンテスは辺鄙な村の〈驚くほどの静けさ〉に包まれて暮らすドン・ディエゴの暮らし振りを、嬉々として描いている。彼はドン・ディエゴをあからさまに非難してはいないが、小説化のプロセスを辿ろうとする者たちの目には、ドン・ディエゴをかくも問題をはらんだドン・キホーテと向かい合わせることによって、子供が独立して生計を営むためのパンを稼ぐために学ばないでもよい場合、つまり「それを許してくれるような両親」をもっている場合に、どのように子供を育てるべきかを、ドン・キホーテが彼に教示せんとした、ということが見て取れる。ドン・キホーテは画一的社会における少数派の声を代弁し、ドン・ディエゴに対し、詩のうちに隠れている「宝を知ることも尊ぶこともできぬ無知な俗物」に関して、注意を喚起している。「あなた、ただいま拙者が俗物と呼んだのが、単に下層の卑しい人々のみをさしたと思わずにいただきたい。つまり、ものを知らぬやからなら、よしんば領主であろうが、王侯であろうが、すべて俗物の数に入れてよいし、また入れなければならんのです」（後、一六章）。ドン・ディエゴという人物は、オルテガ・イ・ガセーがいみじくも〈チベット化する〉と述べたような、俗化するべき定めにあったスペイン文化の黄昏において、ドン・キホーテ的不安を跳ね返すべき壁として機能している。ここで自らの思いを吐露するセルバンテスは、旧キリスト教徒で文盲だという利点があるだけで、村長になる権利があると思い込んでいるウミーリョスに、冷水を浴びせているセルバンテスと異なるものではない。ドン・ディエゴはそこにおいて、旧キリスト教徒たちのスペインとうまく歩調を合わせている人物の典型として描かれている。当時十七世紀のスペインでは、知的活動のほとんどすべてを、法律家と神学者が自らの手中にしていた。セルバンテスは明らかに「もし作者がその気なら、おそらく〈魔術〉を心得ていることを誇示する」ことも意に介しない覚悟の、住職の方に肩入れをしている。ドン・ディエゴは外へ出る出口のない〈囲われた庭園〉(hortus septus) に据えられた生活を象徴している。しかしその地上の楽園に一方からはドン・キホーテが、また他方からはドン・ロレンソが、突如として侵入してくる。そうすることで〈妥協主義〉は、もはや新たな小説技法との両立を図ることができなくなる。セルバンテスはいわば〈残念賞〉として、そこで問題となっていることとは無縁な存在である、この上なく美しいサンチョに、ドン・ディエゴのことを熱狂的に賛美させるのである。つまりここで俎上に上げられた問題とは、自らの絶対権力に胡座をかいている無知な俗物たちと、自らの確固たるキリスト教信仰に希望と信念を託して、この世では天国を夢見るしかすべのない少数派たちとの衝突である。サンチョは「この郷士の生活の日々のたのしみの物語にじっと聞き入っていた」。そして突如、驢馬からとびおりると「敬虔な心をいだき、ほとんど涙ぐんで、その足に一度ならず口づけをした」のである。彼の目にドン・ディエゴは「生まれてから今日が日まで見た、馬乗りの最初の聖者さま」と見えたからである。しかし聖性について触れた際に見たとおり、セルバンテスは騎乗の聖人よりも、「穏やかに過ごす聖人」聖パウロの方を好んでいる。サンチョの言葉は、四人の聖人像を前にして語ったドン・キホーテの言葉（後、五八章）を意図的に先取りして発せられたものといえる。サンチョにしてみれば、血肉をそなえた「馬乗りの聖者」がいることは素晴らしいことに思えた。『ドン・キホーテ』における宗教的意味と、登場人物たちの発する〈世俗化された〉言葉や作法との整合性は、きわめて明瞭にして厳格である。

サンチョは「騎乗の聖人」たるドン・ディエゴを模範とするような人生の型や理想と、完全に一体化している。『ドン・キホーテ』の人物たちは、彼らと対話する者たちの発する計算された言葉のやりとりによって、単なるひな型から、活き活きとした独特なキャラクターへと変身をとげていく。作者は後衛に引き下がり、人物たち同士が見つめ合い、互いに考え、言葉を交わすにまかすが、それは彼らの人格を発展させ、完成させるためである。ドン・キホーテは前篇において、狂人、半狂人、賢人とさまざまなかたちで現れるが、そうした性格づけや評価のどれとも安定的に落ち着くことはない。こうした新たな小説技法の場において、堅固に完成された人物像が形作られることはない。それと同時に、床屋の盥や、読まれるべき騎士道物語など、そこに現れる物象もまた完成されているわけではない。主要人物の〈いくぶん控え目の〉狂気によって、セルバンテス世界の生きた実体とはいったいどういったものなのかを、熱心かつ精力的に解釈しようという気運が生まれる。そのようにして、『グスマン・デ・アルファラーチェ』の持ち味としての可能性は超克されるのである。つまりそれは仮象と現実、幻想と幻滅（卵の姿・実体を失ったオムレツとか、一見愛想のよさそうに見える宿が一転して地獄に化すとか、夢にまで見た宝石が黒い炭に変化するなどいったこと）の間の揺れである。『ドン・キホーテ』におけるこうした要素は、ほとんどいつも何者かが探し求め、必要とするものとの関わりの中に存在するのである。

『ドン・キホーテ』における人間行動は、ある人物（たち）の〈ものの見方〉によって動機づけられている。そして人物同士のものの見方は衝突し、双方の間で調和が図られることはめったにない。たとえば、武芸と学芸に関する演説の末尾において、このように述べられている。「彼の話を聞いていた人々は、この人をふたたびあわれむ念におそわれた。住職はドン・キホーテに向って、あなたの言われた言葉はいずれもしごくもっともだと言った」（前、三八章）とある。『ドン・キホーテ』の中のスペイン人たちは、誠実な人間とそうでない人間を前もって決定づける、〈世論〉という名の恐るべき最高規範の代わりに、〈揺れるものの見方〉という世界の中で自在に生きている。たとえば多くの者がグリソストモの死の責任をマルセーラに負わそうとすると、彼女はそれに抗議し、ドン・キホーテもまた彼女の見方に加勢するといった具合である。誰一人として、牧人小説の中のような美しい羊飼いの少女が、自由と孤独をもとめて、野を走り回ることを妨げることはできないのである（前、一四章）。

筆者はかつて『セルバンテスの思想』（一九二五、三六一—三八三頁）において、『ドン・キホーテ』の中の〈世論〉の意味するところ、および名誉のもつ意味を探るための十分な資料を手にしていたが、それを達成することはできなかった。というのも資料を適切な思想でもって照らし出すことができなかったからである。そしてルネサンス的で人文主義的な、そして対抗宗教改革のどんよりした暗雲によって陰鬱になったセルバンテス像を打ち建ててしまった。私は四十年前の時点で、十六世紀のスペイン文学が〈血統〉の文学であったこと、そしてストア主義やエラスムス主義が合目的的なものであって、そうした思想はセルバンテスが空想世界に身をおくための、抽象的・理念的方法ではなかったという点に、思い到らなかったのである。フェルナンド・デ・ロハスとセルバンテスの間には、人間が個人として集団社会の価値体系を前にしたとき、どのように自らの価値を獲得するかという点で共通認識があった。

この二人と歩調を合わせたのがルイス・ビーベスやトーレス・ナアロであった。一九二五年の時点では、彼らがユダヤ的血統に属すスペイン人であったことは知られていなかったのである。当時の筆者の引用に従うと、ナアロ曰く、、貴族の貴族たる所以は「先祖の血統ではなく自らの資質・徳を輝かしいものにすることを期待して、また他人の目よりも自分の目を頼りにして、自らの血統を創始すること」にあった。

透徹した精神や、優れた言説をそなえた人物が明晰さを発揮し、輝かしい言葉を駆使すれば、それを目にする者にとって、彼はまるで現存する存在のように見えてくる。登場人物は言葉によって描かれ、そして個性を獲得する。彼が相貌を変え、問題そのものと化すとしたら、それは、人生の現存を彫りこみ、形づくる鑿のように操作される、そうした言葉を発する人間たちが、実にユニークな存在だからである。

『ドン・キホーテ』以前であれば、文学的に世界の桎梏から解放されたい、内なる存在に化したいという強い欲求からは、神秘主義的・禁欲主義的な表現形式が培われ、世俗的なものとのあらゆるつながりを断ち、信仰や神への希望を身を託すというのがふつうであった。さらにそうした欲求を抱く者に対しては、〈繊細な感情〉の昇華（ルイス・デ・レオン）をみる牧人生活や田園生活の与える孤独への道が開かれていた。グスマン・デ・アルファラーチェや、それ以前のラサリーリョなどは、彼らをとりまく世界の荒波に投出されても、ずっと同じような存在であり続けることを望んでいた。われわれは彼らの試みが裏目に出たことを知っている。ところがセルバンテスは挫折をものともせぬ人物に生命を吹き込み、思いもよらぬ前代未聞の、別の解決法を探し求めたのである。つまり都会に背を向け（七〇）、突如街道に彷徨い出て、さまざまな山羊飼いやマルセーラたち、移動牧羊や、いつもながら心地よい風とのんびり楽しい会話を交わして羽根を回す風車を追い求めて、広野を自在に駆け巡るという解決法である。セルバンテスはモンティエルの野や他の草原に目を向け、各々が己の目的で行き来する、どんな旅人かも分からぬ旅人たちの世界を彷彿させることとなる。遠方彼方には目に見えぬ〈世論〉の支配する大衆が陣取っていた。われわれの前に出現する者たちは、芝居小屋の桟敷に蝟集する大衆とも見えぬ、懸命に何かの仕事に従事している人々であった。つまりそれは山羊を飼ったり、自殺した恋人の埋葬を執り行ったり、少年に鞭打ちを食らわせたり、挫折した恋の中で夢想したり、王への奉仕として漕刑囚として船を漕ぐために数珠つなぎにされて歩いていたり、といったその種のことがらにかまけていた者たちである。どういったことにかまけていようとも、とりあえず、そこには各自の目的と目的達成の熱意のほどがはっきりと窺える。ところがドン・キホーテの行動様式と生活範囲には限界がなく、彼は不確実な目的を追い求めている。彼が効果的に行動するためには、相当量の狂気を服用する必要があったし、同時に指針の欠如に見合った、きっかけとなるべき強烈な衝動をそなえる必要があった。〈先験的に〉不定形なそうした人間的カオスは、ドン・キホーテが様々な目的を背負い込み、意見や見解をたえず発信しつづけることで、御しやすくバランスのとれたものに変容していく。かかる意見・見解は必然的に別の意見・見解を巻き起こしていく。このようにして、侃侃諤諤の議論が野中のあぜ道で堂々と交される。旅人宿もまたそうした目的のために存在するのである。

セルバンテスは人物に対して、誰にとっても周知の社会と正面切ってぶつかるように命じる代わりに、彼自身の個人的用途に沿うような社会を作りあげた。この社会のメンバーは、各々の発する言葉が、自らを論理化しうる人間存在をどれだけ構造化しうるか、その度合いにしたがって血肉をそなえていく。

こうした驚くべき世界の登場人物たちは（『不思議な見世物』の世界よりもさらなる真実性があるが）、

真の意味で存在すると言えるし、各々が他の人物たちの「中に」、人物と「ともに」、人物「から」、人物に「よって」、人物「抜きに」、見つめ、眺め、感じ、知覚し、振舞おうとする。ドン・キホーテは確かに気が狂っている。とはいえ同時に知らねばならないのは、彼の狂気が必然的に伝染性のものだという事実である。それは彼の追求する目的が、我らの隣人たちを苦境に立たせ、さらに彼の生の根拠が何なのか、そのことについて自らの〈見解を述べる〉ように、また目で見ても耳で聞いてもわかるように、それを白日のもとにさらけ出すように、彼らを仕向けることだからである。ドン・キホーテの生とは、そこら辺にあるものではなく、彼が切望し、追求し、それでもまだ見出せないようなしろものである。ドン・キホーテの粘り強い企ては、最高度に達してもまだ限界とはならないものであり、そうした人物の各々は、かかるひな型に沿って、到達可能な範囲までコントロールされるのである。セルバンテスはこうした人物たちに対して、彼らが何を求め、どういう人間になりたいのか、平易とはいえ意味深長な言葉を駆使しつつ、〈本当らしさをもって〉表現する貴重な才能を授けたのである。われらの善良なる住職、驚くべきペロ・ペレスは、書物のみならず様々なことに通じているが、本音をちらりと見せるかのように、機会があれば喜んで〈魔術〉の何たるかをお見せしようとまで言い切るのである。

セルバンテスのドン・キホーテ的世界というのは、自由の旗印のもとで生まれた。したがってドン・キホーテがマルセーラが逃げ去るのに身を挺して守ったり、鎖につながれた漕刑囚たちと遭遇し、彼らをむりやり解放しようとするのも当然といえば当然である。こうした人物は誰もが〈自分はこう思う〉ということを、この時とばかり、滔々とまくし立て、思うところを相手に伝えたり読み聞かせたりすることにとどまらず、いわばポケット版の小騎士道本そのものになり変っている。いわばセルバンテスは当時の社会をいったん棚上げし、自らのためにより一層理にかなった別の社会をつくり上げたのである。

その社会において、より多くの時間、身を落ち着かせる場所となるのは、太陽と星がきらめく大空の下であった。

ドン・ディエゴ・デ・ミランダという人物については、これまでに述べてきたこととの関連では、まだ半分しか言及していないので、ここでさらに付け足して述べる必要があるだろう。記憶をたぐればたしか「ドン・キホーテ物語の前篇のことは、まだ彼の耳にははいっていなかった」（後、一七章）とある。それも当然のことであったろう、というのも彼に言わせれば「騎士道の本はいまだかつてわたしの家の戸口からはいってきたことはない」（後、一六章）からである。ここから確かに言えるのは、前篇と後篇との関係が、騎士道物語と前篇との関係になっているということである。セルバンテスが騎士道物語を利用したのは、スペインやイタリアの作家たちが再三見てきたこと（つまりありふれた人間類型や、人々がそこで暮らし、当たり前のことが当たり前に起きる諸々の市や家など）から〈距離をおく〉ためであった。というのも、どこかに「身を置く」代わりに、何かから「出立する」ためにも、起点として、すでに大きな蓄積（多くの読書でも多くの見聞でもいい）をもった人物を誰か用意する必要があったからである。セルバンテスが作品の登場人物として名乗りを挙げる者たちを広場に集めて、こう問い質したとしてもおかしくはない。「いったいどういう本を読んできたかね。ならばお前さんにふさわしい役柄を探してみるとしようか」（サンチョの場合、彼はエラスムスがきわめて高い地位を与えた、あらゆる諸国民の伝統に根ざした叡智としての諺の、生き字引のような役柄を演じた）。ラ・マンチャの郷士は当時としてはまれに見る蔵書家であった。また住職、役僧、サンソン・カラスコといった人物たちは大いなる読書家であった。ドン・キホーテのよき理解者たるドン・ディエゴ・デ・ミランダの息子ドン・ロレンソもまたその同類であった。ドロテーアですら騎士道物語をいくつか読んでいて、住職と話が合ったのである。

ドン・ディエゴは騎士道本と縁がないため、ドン・キホーテと差しで向かい合ったとき、相手がどういう人物かとうてい見当がつかないという状況に陥っている。というのもドン・キホーテは、自らの〈内部〉と〈外部〉の両面で凡庸ならざる視点を求めていたからである。かつてドン・キホーテはドン・ディエゴとの会話の中で、ごく控え目に、領主であろうが〈ものを知らぬ〉やからはすべて俗物の中に含める、としていた。セルバンテスはドン・ディエゴに対し、この途方もない人物をどう評価したらいいのか、なかなか判断のつかない状況においている。当初「旅人はドン・キホーテはどうやらき印らしいという徴候を感じた」が、しばらくして子供の教育法についてもっていた考えを聞いた後では、「彼に対していだいていたき印という考えが、いつしかしだいにうすれていった」(後、一六章)とある。「憂い顔の騎士」がライオンに突っかかっていこうとしたとき、ドン・ディエゴは思いとどまらせようとし、図らずも遍歴の騎士道について全く無知であることを露呈してしまった。そのことでドン・キホーテは逆上し、「そこもとはな、郷士殿、よく仕込んだ鶉鴣の雛と、気の強い白貂の相手にまいられるがよい」(後、一七章)、騎士には騎士の職務を果させよ、と切り捨てる。

たしかにこの最高の冒険においては、われわれの注意をひきつけるのはライオンの方であり、「[車にのせてあるのは檻に入れた二頭の気性の荒いライオンで] 旗は国王陛下の御旗で、国王さまの品物がここにあるぞという目印」だという状況には、ほとんど目は向けられない。このことでドン・キホーテがおじけづくことなどないのは、漕刑囚の連中が王たる「陛下の囚人」だと言われても動じなかったのと同様である。連中は司直によって断罪された者たちだが、いみじくもサンチョが主人に説明するように、天下の御法は「王さまご自身と同じこと」だったのである。あのときは王の権威が踏みにじられたが、今回ライオンの冒険においてもまた、同じことが起きたのである。唯一の違いは、漕刑囚の場合、ドン・キホーテの乱行は、王権よりもむしろ不公正な裁判官たちに向けられていたという点である。いま扱っているライオンの冒険では、裁判官などはおらず、いるのは王の錦の御旗に守られて運ばれていく猛獣たちだけである。セルバンテスは、おそらく、そのことが〔直接王の権威を汚すという〕差し障りを伴うことを配慮し、グロテスクな要素をことさら強調せんがために、空想的騎士道で頭をいっぱいにしたドン・キホーテに、牛乳豆腐のつまった面つき兜を頭からすっぽりかぶらせてしまったのであろう。こうして不敬な振る舞いは、道化芝居の様相を帯びるのである。われわれは前に『ガラテア』(七二)の一節を引用したが、その中でシレリオ〔原文ソレリオは間違い〕は道化の格好に身をやつし、「狂気の沙汰を示し始め」ながら、歌を捧げる相手を「大公に見立てて」、フェリペ二世を痛烈に皮肉る詩句を朗唱している。

今の世もいにしえの世も
いゝ、いゝ、い、い、い
かくほどに慎重たりし
大公に治められたる
領国の有りしことなし。

リフレインの「なすことの天の御わざと／ならぬのは一つとてなし」という詩句は五回も繰り返されている。すでに指摘したとおり、セルバンテスは『ガラテア』執筆中に、他の請願がどれも成功裏に受け入れられたことに気をよくして、インディアスにおける役職を下賜されんことを望んでいた。それに対して「かくほどに慎重たりし大公」は、後にも先にもかつてのレパント兵士、アルジェールにおいてかくも英雄的行為を奮発した捕虜の要請を、一顧だにしなかったのである。

天までも昇る貴方の
寛大という名声は
敬虔な人たることを
明らかに我らに示す（七二）。

セルバンテスがそこから自分自身を眺めていた状況が動機となって、登場人物たちに対する状況が新たに作り出されたのである。そのことによって、人物たちは十六世紀の小説には存在しえなかった、意味合いの豊さといったものを獲得したといえる。

従って、かの大胆不敵な騎士の正確な人物像とはどういうものであったか、それをドン・ディエゴの心象から推し量るためには、彼の真意に戻ってみることが必要である。彼にはドン・キホーテが「気の違った正気の人物であり、正気がかった気違いだ」というふうに思われた。ドン・キホーテは相手の沈黙のうらに潜んでいたものを察知し、登場人物たちの示す新たな行動様式を用いて、相手の言葉に自らの言葉をつなぎ合わせていく。新たな行動様式とはつまり、あれこれ異なる人物たちが、いったいどのような存在であって、今後どのようになるべきか、といったことを勝手に決定しうる作者の権利に疑義を呈するような、相対立し合う見解を止揚する弁証法のことである。何はさておき『ドン・キホーテ』という作品は、文学的に見た場合、革命的なマニフェストであり、一種の小説上の〈大憲章《マグナ・カルタ》〉である。

そのことによって、小説において、作者のもつ力はかなり制約を受けることとなった。ドン・キホーテはこう述べている。

「ドン・ディエゴ・デ・ミランダ殿、そこもとが拙者を支離滅裂な気の狂った男と判断しておられることを、疑うものなどどこにおりましょう？　またそうであっても、さして不思議ではござるまい、なぜと申せば、拙者のおこなうところが、そうでないという証拠を示すことはできんからでござるわ。だが、それにもかかわらず、そこもとが考えておられるに相違ないほどに、拙者は気違いでもなければ馬鹿でもないと申すことを、貴殿に認めていただきたいのじゃ」（後、一七章）(七三)。

今ある存在がいかにしてそう在るのかという問題を検証し、明らかにすることは、ここで終わるわけではない。ドン・ディエゴは自分の家に着き、息子のドン・ロレンソと言葉を交すまでは、最終結論に達することはない。「本当のことを言うと、あの男を正気というより気違いだとは思っているんだがね」（後、一八章）というのが彼の最終的な判断である。

この出来事は「村住いだけに広々としている」（同）彼の邸宅でのことである。セルバンテスがこうした表現をするのは、ドン・キホーテがわざわざ足を運んで姿を現した家が、今の世で通用する原則や慣習に合致した、「まともな」人間たちの暮らす場所だと言いたかったためである。邸宅は村にあり、村は市の下にあって、両方ともドン・キホーテが〈負かした〉ライオンの所有者が統治する王国に属している。しかし邸宅は「驚くほどの静けさ」の中に佇んでいて、そのことが「何よりもドン・キホーテを喜ばせた」。それはまるで「シャルトルーズ会の僧院を思わせるほどであった」とされる。つまり瞑想の場ということである。われわれの郷士は余りの静けさから、己にとっても好ましからざる都会生活から離れた者たちと、かの住居とを連想したのである。何はさておき、セルバンテスは〈作者〉に対して「家のありさまを細大もらさず描き、農業を営む豊かな郷士の家にあるあらゆるものを、その中で描写するよう託している。「しかしこの物語の訳者にはそういうあれこれとこまかなことは、むしろ黙殺したほうがよいと思われた。それというのも、物語の主要な目的に合致しないから」（同）である。その目的とは、状況がまさしくドン・キホーテ自身の状況となるようにし、ドン・キホーテが状況に従属することのないようにするということである（七四）。

ドン・ディエゴをセルバンテスにとって理想的で、好ましい人物の典型（人文主義やルネサンス的理想の体現者）だとか、あるいはドン・キホーテを理解しえない、軽蔑すべき人物だなどと提示することに意味はない。ドン・ディエゴの家は『ドン・キホーテ』という作品を可能ならしめるべく、どういったものを忘れ去り、棚上げしなければならないかという点に関して、われわれの注意を喚起するという役目を果している。その家にある唯一の良きものは「驚くほどの静けさ」であり、シャルトルーズ会士たちのするような隠遁と瞑想にふさわしい場所である。改めて筆者が強調したいのは、『ドン・キホーテ』が宗教的精神性の世俗化された一形式だという点である。

注意してほしいのは、ドン・キホーテはこうした雰囲気に包まれることで、自らの散文的で、時代錯誤的な言い方をすれば、ブルジョア的ともいえる即物性に還元されていく。というのも、彼は召使の手で鎧を脱がされ「鍋五杯か六杯の水で、というのも鍋の量にはいささか相違があるので……」（これは、こういったことすべてが「物語の本筋から」どれだけ外れているかを示すアイロニーである）頭と顔を洗ってもらうに任せた。もはや余所者たるドン・キホーテ的出で立ちを剥ぎ取られ、ありのままの死すべき現実をあらわにしていく。「長年の間彼が腎臓をわずらっていたという評判があった」ため、彼は剣をあぎらしの吊革から吊るしていたとされる。もしもドン・キホーテが何ヶ月間もその家に滞在しようなどと思ったとしたら、彼はアソリン的人物〈凡庸な市井人〉に化して、もはやわれわれの前から消え去ってしまったであろう。幸いなことに滞在したのは四日間だけで、ドン・ロレンソとのおしゃべりを存分に楽しみはしたが、その間ドン・ディエゴとはもはや全く口をきかなかった。

〈ライオンの騎士〉にとって「村の住いだけに広々とした」家でも、なすべきことはあったが、それは文学論や遍歴の騎士道について語り合うことであった。セルバンテスが自らの芸術的構造化の論理を、どこまで厳格に貫いたかは驚くほどである。つまりドン・ディエゴと彼の家はその空間的〈広さ〉にもかかわらず、何ら彼岸的なものをもたぬ漠然とした閉鎖的存在である。ドン・ディエゴの判断は「あの男を正気というより気違いだと思っている」というように、何ら問題性をはらんではいない。ドン・ディエゴは理念的にみるとサンチョと対になっている。したがってセルバンテスはこの従士をして、かの〈騎乗の聖人〉に帰依し、足元に口付けするように仕向け、ドン・ディエゴがたっぷり蓄えた食料のおこぼれにあずかるようにさせたのである。その対極にあるのがドン・ロレンソである。彼は父親が提供する、社会的に見栄えがよく安定そのものの職業である、法律家とか神学者などには全く関心がない。彼の心をひきつけるのは、法律や教義によって確立した固定的なものではなく、精神の知的欲求である。ドン・ディエゴの問題性のない節度ある教養といったものは、サンチョ・パンサ的であり、一方、ドン・ロレンソのそれはドン・キホーテ的である。われわれはこうしたテーマを（外在的ではなく内在的な）スペイン的状況に置いて考察することなどしてこなかった。またそれと同時に、ドン・ロレンソが好んだような（ギリシア・ラテンのテクストの意味を批判吟味するという）人文主義を、十九世紀や二十世紀におけるヨーロッパのそれとして解釈してきた。しかしセルバンテスが『ドン・キホーテ』を、あるいはそうしたものを何か執筆しようと思い始めた一六〇〇年当時、最後の偉大なスペイン人文主義者フランシスコ・サンチェス・デ・ブロサス（ブロセンセとして知られる）は、すでに高齢で、異端審問にかけられてこの世を去らんとしていたのである（七五）。

このケースや偉大な聖書学者フライ・ルイス・デ・レオンおよびサラマンカの他の教授たちに対する異端審問が行われるかなり以前、人文主義者ペドロ・フアン・ヌーニェスは一五五六年、アラゴンの著名な歴史家ヘロニモ・デ・スリータに宛ててこう記している。

連中は誰一人こうした人文学を好むことがあってはならないと主張していますが、それは人文主義者がキケロの一節の間違いを正すように、聖書の一節を正したりするようになれば、危険極まりないと思うからです。アリストテレスの註釈者のことをけなしていれば、いつか同じことを教会博士に対しても行うようになるだろうと言うのです。これに類した愚行の多くを思うにつけ、ひどく心がかき乱され、しばしば前に進む気すら失せてしまうほどです。しかしあなた様が私の研究をよしとされるのを知って、日々の精進を重ねていきたいと思っています（七六）。

『ドン・キホーテ』および十六世紀のスペインとスペイン人に関して、今日知られていることを考慮に入れてみれば、セルバンテスが〈緑色外套の騎士〉の中に「自らの道徳的・宗教的理想を体現」（七七）しようと望んだ、とする見方は正確ではないと思われる。『ドン・キホーテ』はあるテーゼを説く作品ではなく、文学とは縁のない個人的・社会的状況、また縷々述べてきたように、作者の天才ゆえに宗教的精神性の世俗的形態に転化させられ、かかる状況ゆえに可能となった、ひとつの小説なのである。『ドン・キホーテ』は作者の反俗的で少数派的姿勢があったればこそ存在する作品である。ドン・ロレンソが選択した職業と、父ドン・ディエゴが好んだものとの対比を通して感じとれるのは、一六〇〇年当時のスペイン文化の生々しいドラマである。ドン・ロレンソは「ホメロスの『イリアス』のあそこの韻文はいいとか悪いとか……そんな詮索ばかりして暮らしている」（後、一六章）。一方、ドン・ディエゴは危険を冒すことのない、その他大勢の意見を代弁している。ドン・キホーテは彼との会話を早々と切り上げ、息子と数日間にわたって詩学について語り合った。またドン・キホーテは〈語り手〉が、それが相応しくないからというのではなく、ただ印刷に付すのは賢明ではないという理由から、明らかにしないままにしたであろう、多くのことについても語り合って過ごしたはずである。『ドン・キホーテ』は芸術的側面とは別の、感動的な歴史的側面をもそなえている。この小説は〈対抗宗教改革の精神〉という、ますます不正確に呼びならわされているものから恐れられた、新たな危険に対抗して、立ち現れたものではない。武芸と学芸という抽象的問題は、セルバンテスの手によって、個性的な人間の生きざまを表現するドラマと化している。武芸のもつ英雄主義は、セルバンテスとドン・キホーテの大イスパニア精神を燃え上がらせた。しかし優れた知性と見識が、愚かな軍事政策の犠牲にされるのは堪えられないことであった。他方、肩をすくめてドン・ディエゴ・デ・ミランダのような生活に落ち着いてしまうことは、無風の生活に満足し、〈世論〉とうまく歩調を合わせている、サンチョ・パンサ型人間たちにとっての解決策にすぎなかった。スペインは政治的・文化的にみてひどい状態にあった。幸いなことに、そのことは『ドン・キホーテ』においては〈決して語られない〉命題であった（七八）。にもかかわらず、登場人物はひとつの意味を有していた。というのも、ある時には活動的で気持ちを高ぶらせる目的に従って、またある時には先の見えない閉鎖的な気持ちを抱いて、各々が活き活きと活動しているからである。ドン・ディエゴ氏はまさに後のケースである。後に出てくる公爵夫妻は退屈まぎれに、ドン・キホーテをだしに気晴らしをしている。もし彼らの人生の内奥が窺われるとしたら、それは負債まみれの公爵の生活であり、なかなか傷がふさがらない脚の潰瘍（膿の排出口）に悩まされている公爵夫人の健康状態である。善と悪は、それらを体現する〈人物たち〉とともに、比喩的に言うならば、いわばオリンポス山にかかる雲から降り注いで〔詩化され〕、互いに言葉を交し合う人物たちを生み出したのである。われわれは今日においてなお、そうした人物たちとの対話を続けていることになる。

注意深い観察者であれば気づくはずだが、活力と元気を与える雰囲気を漂わせているこうした人物たちは、決して一六〇〇年当時のスペインの多数派側の好みに立つものではなかったのである。すでに見てきたとおり、ドン・キホーテはライオンと対決した。ライオンにとって翩翻とひるがえる国王陛下の錦の御旗といえども、己の身を守るすべとしては役立たなかった。一方のドン・キホーテは牛乳豆腐まみれの狂気でもって身を防備している。ドン・ロレンソはライオンとではなく、ホメロスやヴィルギリウスの作品が提起する諸問題と格闘している。彼の戦いの場はかなり昔に打ち負かされた軍隊の後衛である。若い学生の抱く明るい希望は、父親の差し出す重苦しい将来の展望によって色あせていく。つまりそれは弁護士や神学者への道である。『ドン・キホーテ』の文学的緊張感というものは、作者が諸問題を論理的・教育的に定式化された命題として表現する代わりに、人生の動機付けに転化することを可能ならしめたことから出てくる。セルバンテスはドン・ロレンソの人文主義については、素早くさっと触れただけである。ところがそれとは対照的に、彼の生き生きとした言説のほうは、知的に、かつ細心の注意をはらって楽しそうに描かれている。

ドン・キホーテは騎士道に触れる際には、馬鹿げた言動をすると納得してはいても、「だが、とにかく、この人はすばらしい（気風のいい、溌剌とした）気違いだ、もしおれがそう信じなかったら、おれはうすのろというわけだ」と「ドン・ロレンソは心のうちでつぶやいた」とある。そうした考察の結果が、遍歴の騎士に対する次のような簡潔明瞭で説得力ある表現となっている。「あの人はごちゃまぜの気違いで、すばらしい中絶期がしょっちゅうあるんです」。ドン・ロレンソはこの言葉を父親に向って述べている。とはいうものの、彼がもっと後の方でドン・キホーテと語ったときの言葉は、それよりもずっと微妙な表現となっている（ドン・ディエゴがそれを理解できたかどうかは知るよしもないが）。ドン・ロレンソはドン・キホーテを決まりきった概念で切り分けるのではなく、動態的・生命的な表現をして活写したのである。つまり「実を申しますと、ドン・キホーテさん」とドン・ロレンソが言った。「あなたがお話をつづけておいでの中に、何か間違ったこと［いつもの馬鹿げた言動］をおっしゃるのをつかまえようと思うんですが、あなたはまるで鰻のようにつるりとぬけ出しておしまいになるので、つかまえられないいんです」（後、一八章）。セルバンテス、ドン・キホーテ、ドン・ロレンソの三者は、俗衆的〈世論〉との折り合いが悪い少数派の人物たちであり、互いに完璧な相互理解をはたしている。彼らを一様に繰り動かしている目的は、共感と不一致によって動かされる、流れとしての生を生きることである。これらの個性的人物たちは、肯定的であれ否定的であれ、ひとつの〈マクロコスモス〉との関連で、中心を共有して同心円的に活動する〈ミクロコスモス〉のごとき存在である。ドン・ロレンソが〈自らのもの〉としている活動は、弁護士と神学者という最も大きく非個性化した外円との関係で述べられている。住職は前篇四七章において、自分にとって重要にして好ましいと思われる職業を列挙している。それは占星術（天文学を含む）から「国家の政治問題」にまで到るあらゆる世俗的な職種だが、神学だけは姿を見せない。セルバンテスはドン・ロレンソの視点から、自らのスペイン文化に対する見方を生き生きと描いたのである。言い換えると、セルバンテスは無気力ならざるスペイン、沈滞せざるスペインを弁護している。そうしたスペインにおいては（その根拠が正しいか正しくないかはどうでもいいが、フェリペ二世によって麻痺させられたとみなす）〈武芸〉が、〈文芸〉によって鈍らされることがあってはならないし、またその逆もあってはならないのである。住職が〈書物〉一般（この際〈騎士道〉の話は二の次となっている）を味わう読者、および書物を書いてみようとする者にとっての多様な可能性について述べるとき、それが言及しているのは人間的なるもののあらゆる可能性であり、「名ある男子の面目を完成せしめることのできるすべての行動」なのである。セルバンテスはこの場合、決して文学理論を講じているわけではない（というのも『ドン・キホーテ』をはじめ、きわめて意図的に書かれたセルバンテス作品全体が、そのことを否定しているからである）。セルバンテスは自らが生みだした文学作品の偉大さを認識していたし、国の命運が、（ヨーロッパの教養語たる）ギリシア語やラテン語で書かれたテクストについて、あれこれ批評する人間や、「すぐれた宇宙学者」にならんと努力する者たちよりも、ドン・ディエゴの言葉を借りるならば、「神学者や弁護士」たちの手中や意のままにあることを、嘆かわしいと思っていたのである。

スペイン人のみならずスペインという国のあり方は、いつでも正しいとか、いつでも間違っているとかいうのではなく、ダイナミックで開かれた道筋として描き出されていた。『ドン・キホーテ』という作品はペシミズムの産物でも、幻滅の表現でもない。そうした要素はセルバンテスがマテオ・アレマンとは裏腹に、希望と光あふれる場所として想像した都市の、場末の方に追いやられている。『ドン・キホーテ』は当時権勢をふるっていた強力な多数派社会とは、うまく折り合いをつけることができなかった。従ってこの作品は案の定そうした社会に影響を与えることなく、その上を滑っていったのである。スペイン以外の国においてすら、セルバンテスの真意が理解されるには二世紀余りの時を要した。筆者は別の書物においてその原因を縷々説明したが、人間存在を単に抽象的・理性的にしか理解しえない対象だとするかぎり、セルバンテス作品が真の意味で、精神と感性に影響をおよぼすことなど、とうていできるはずはなかったのである。かの大いなる文学的発見の意義が、天才小説家たちの何人かによって認識されるまでには、十八世紀イギリス文学やルソーの思想、ルソー以後のすべての到来を待たねばならなかった。そうした発見とは何かといえば、人間そのものが「つかまえようとしても、まるで鰻のようにつるりと抜け出してしまう」存在だということ、つまり流れゆく捉えどころがない存在だということである。

もう一度最後にドン・ディエゴの「村の住まいだけに広々とした」家に戻ってみよう。その家を辞去する日は「ドン・キホーテにとっては実に楽しい日だったように、サンチョ・パンサには面白くない気のめいる日であった」。セルバンテスが自らの人生を操るこれら四人の芸術家によるすばらしい四重奏を聞かせてくれたおかげで、われわれはその小説技法のいくつかを実感することができた。登場人物に生起する事柄の内容は、トーンが弱められたり音が霞んだりしているのに対して、あるべくしてある人、つまり獰猛なライオンに立ち向かおうする者たち、馴らされた鷓鴣を引き連れて穏やかな狩りに勤しむ者たちなど、彼らの生活経験ともいうべき内なる存在は、〈フォルティシモ〉で奏でられている。われわれが人生をどちらかのカードに賭けた者たちの抱いた、真実の関心といったものに注意を払ってみるなら、読み終わってもなお、再びこの書をひも解いてみたい衝動に駆られるだろう。なぜならば、異なる国々の異なる言語を話すわれわれの多くは、手の間から鰻がすり抜けてしまうようなドン・キホーテと再会することを望んでいるからである。われわれが熱意に動かされて行っていることの意味を問い直すことも、そうした〈捉えどころのなさ〉の中に含まれている。ドン・キホーテは「拙者はただいままで拙者の働きの力で何を征服いたしたか、皆目わかり申さん」（後、五八章）と述べている。「村の住いだけに広々とした」、瞑想にふさわしい「驚くほどの静けさ」のあるあの家にどっぷりつかって暮らしていた、希望に満ちた詮索好きな若者ドン・ロレンソとて、そのことを疑ったにちがいない。

前に述べたように、読者が『ドン・キホーテ』についてじっくり考えるためにここで用いられた仕掛けにばかり目を奪われ、セルバンテスのおかげで見えてきたものに関心を寄せないのは嘆かわしい。作者の視点といったものは、セルバンテスがどっぷり浸っていた同時代のスペインの存在と同じくらいに必要な要素であった。セルバンテスが目に見て実際に生きた、文学とは無縁の世界に目を留めることなく、作品の上っ面を滑っているかぎり、この作品が当時の文学と、どれほど不釣合いだったかに思い至ることはないだろう。セルバンテスは自らの想像力による創意とアイロニーの力によって、内面においてこよなく堅固な、また外面において自由に羽ばたく、そうした人物たちの世界を生み出したのである。

「身共が誰かは存じている」とドン・キホーテは答えた。「（バルドビーノスやアビンダルラーエス）のみならず身共は先に申した人々どころではない、フランスの十二傑ことごとくにも、いやさ名だたる九勇士の全部にさえなれると申すことを存じているのだ」（前、五章）。ドン・キホーテは遍歴の騎士道のおかげで、かつて騎士道物語で言われたことのないような言葉を言い放つこととなる。ビバルドが次のように言うと、彼は以下のような見解を述べる（前、一三章）。

「わたしの見るところでは、ねえ武者修行者殿、どうやら尊公はこの世にあるきわめて窮屈な職務の一つを天職となすったというわけですな、いやわしの考えではあのカルトゥーハ派の修道院のつとめでも、それほど窮屈じゃありますまいよ」。

「いやおそらくそれもなかなかもって窮屈なものかもしれませんがね」とわれらがドン・キホーテが

答えた。「しかし世の中で同じように必要なものかどうかということについては、少なからず拙者は疑問をいだく者です。（……）武者修行者のそれが庵室におさまった坊さんのそれに劣らず申し分のないものだなどと、拙者申すつもりもなければ、心に浮かんだわけでもござらぬ。ただ拙者みずから苦しみをつぶさになめているところから、はるかに困難な、はるかに苦しみ多い、飢えと渇きに苦しみ、みじめなぼろをまとい、虱にさいなまれがちのものだということは疑いをいれぬところだと申したい」。修道院生活は〈窮屈な〉という形容詞でもって片付けられている。それに対して、あの時代に〈遍歴の騎士〉として生きようとした者たちは、七つもの形容詞を冠せられている。

われわれは『ドン・キホーテ』を前にしたとき、作者が当時の生活と文学に関して、それらを一旦カッコで括って棚上げし、あるいは消音処置を施すことによって保っていた距離と、何らかのバランスのとれるような距離をとる必要がある。もしセルバンテスが『グスマン・デ・アルファラーチェ』の堪えがたい風景に対する、思いもよらぬ新たな解釈を生み出しえたとするならば、それは彼の出発点がマテオ・アレマンと同様、自らの血統に関して周縁的で他者的であったがゆえに、可能となったのである。もしロペ・デ・ベーガの旧キリスト教徒的、社会・文学的な体制順応主義に支えられていたとしたら、スペイン的生の文学的側面を〈ドン・キホーテ化〉する可能性（それこそ、かくあった『ドン・キホーテ』の真の姿である）など生まれようもなかったであろう。スペインの芸術表現におけるこの二人の天才は、ことごとく対極的である。セルバンテスはロペ・デ・ベーガの〈コメディア〉を粉砕しようとした（前、四八章）。一方、ロペの方は一六〇四年八月四日、トレードから後援者であるセッサ公に宛てた手紙の中でこう記している。「詩人たちの中で（……）セルバンテスほど劣った者はいないし、『ドン・キホーテ』を賛美するほどの愚か者もいない」。セルバンテスにおいては〈コメディアの桟敷に集まるような〈俗衆〉のなしうることとは全く縁もゆかりもない）理想の遍歴の騎士たるものは、「神学的な、また基本的なあらゆる道徳を身につけていなければならない」だけでなく「瑣末なことにわたって申すと」、「馬の蹄鉄を打ったり、鞍や轡をなおすことも知っていなければならない」（後、一八章）のである。『ドン・キホーテ』は当時の文学から眺めることのできた範囲をはるかに越えていた。その点を理解するためには、（〈理解する〉ことは常に問題性を孕んでいるが）その点を考慮に入れることが有益となるはずである（七九）。

伝記上の注記

『ドン・キホーテ』の構造的分析により、セルバンテスおよびその作品の主人公ともども、新キリスト教徒であることが明らかになった。とはいえ別種の理由からも、そうした判断を裏付けることが必要であろう。文学テクストは常にきわめて多彩な材料から成り立っている。それは前提条件（pre-texto）に基づき、前後関係（con-texto）のうちに周辺状況（circum-texto）とともに存在する。とはいえ、ひとつはっきりしていることは、そうした要素のすべてが組み込まれた統一体とは、芸術的にみて絶対的な価値をもち、そこにしか還っていくことのできない文学作品そのものである。

ロドリーゲス・マリンがドン・キホーテの〈生きたモデル〉について語ったとき、〈技法〉にばかり関心を寄せる、（私を含む）思い上がった者たちは、まずいことにロドリーゲス・マリンの発見を、単なる実証主義的な純朴さの表われにすぎないと考えていた。つまりわれわれは絶対的な文学的現実は、文学外の経験という無定形なデータとは無関係だとみなしていたのである。筆者はかの碩学の在命中に、彼の方法論に関する自分の判断のいくつかを正すに到った。そして現在、かのラ・マンチャの郷士像の当初の形態と、トレードのラ・マンチャ県エスキビアスに住んでいたキハーダ家の一郷士がモデルとなったという歴史的事実との間に、相関性があるという点を認めるにやぶさかではない。必要なのはそうした相関性の根拠やありようを、はっきり見定めることである。

セルバンテスがしばしば自らの作品中で、個人的事柄や現実的出来事にふれていることは良く知られている。キハーダ氏と同じグループに入れられるものとしては、セビーリャで短剣を鍛造していたエル・ラモン・デ・オーセス（El Ramón de Hoces）や、『リンコネーテ』の中のモリニーリョ（Molinillo）の旅籠、人々が読んでいた書物などが挙げられる。そうした特異性はセルバンテスがミメーシス的に〈現実〉を模倣していたためでもなければ、彼が〈リアリズム〉作家だという理由によるのでもない。かかる目新しさの拠ってきたる理由は、作家たちが従来芸術作品をこしらえる際によってきた〈素材〉そのものに対する、ありきたりな概念や見方を、セルバンテスが逆転させたことによるのである。彼は当時支配的であった価値観の序列や秩序をひっくり返してしまった。セルバンテス以前であれば、あらゆる文学的可能性のなかで提供されたものというのは、前もって形づくられていて、たとえそれと馬が合おうと合うまいと、常にそれとの関連性を保ったもろもろの観念の体系のうちに置かれていたのである。具体的に言えば、『グスマン』の描く壮大なる残酷世界（あらゆる面での虚偽や不正義、非道）とは、自らの創造の行為を悔いている、混沌と欠乏を象徴する神が犯した、とり返しのつかない、無限の過ちであり、また存在するものすべてに投影された影であった。『グスマン』と対極的な位置にあるのが『アマディス』である。これは騎士道的な架空世界、善を志向する超越的〈ロゴス〉を体現していた。その形態がどのようなものであれ、文学世界は上下の序列に従い、（肯定的であれ否定的であれ）世界を超越する何らかの至高的存在によって、息を吹き込まれていたのである。ルイス・デ・グラナダにとっては、宇宙の最大のもの、最小のもの、そのすべてが、かくも不可知で無限の創造主の計らいと力のほどを証しするものであった。「美しいザクロの実の巧みさを見よ、いかに創造主の巧みさと美しさをわれわれに伝えていることか！」（『使徒信経』第一巻、第一〇章、第三節）。

私の見方では、セルバンテスは『グスマン・デ・アルファラーチェ』（一五九九）を読んだことで、文学を構造化する際の、伝統的手法に反旗をひるがえそうと決意したのではなかろうか。そこでは人物は、もはや自分の手で繰ることのできないような事前の状況とか、目論見の反映でもなければ、その結果でもなくなった。もちろん当時では不可能なことだったが、十九世紀の自然主義におけるような、至高的存在の介入のない水平的な環境によって、自然的に条件づけられるということもなくなった。自らの経験の領域内で可能なことや与えられたことは、登場人物、たとえば人形芝居を生業にしている〈ペドロ親方〉などによって、自由かつ率先して活用されることとなった。われわれがエスキビアスの人として知る郷士キハーダは、ドン・キホーテのモデルとはほど遠い人物ながら、ドン・キホーテのモデルたりうる素材であった。そうした小さいながらも根本的な訂正こそが、ロドリーゲス・マリン氏の有益な考え方に対してなされるべきである。登場人物は〈生まれたままの状態〉(status nascens) で出てくるものの、自らを越える存在、それを欠いては話すことすらできぬような己の希望、そうしたものに化す能力をきちんと身につけている。新たに個性化させる能力とダイナミズムが、理念化を促す〈型通りの〉ものの占めていた場所を占めることとなる。ドン・キホーテはキハーダ氏やケハーナ氏が彼ら自身でなくなる度合いに応じて、自らの存在を獲得するのである。すでに彼の名前が揺れている（キハーダ、ケサーダ、ケハーナ）という点からして意味深長である(八〇)。今や新たなかたちの人物たちが依拠しているのは、自らの意志、自らの規範、自らの気概といったものである。

実際問題として、セルバンテスの妻カタリーナ・デ・パラシオス・サラサール・イ・ボスメディアーノと遠戚関係にあったキハーダ家の何者かが、かくも大胆な思いつきの素材となったのである(八一)。実際に「キハーダ家とパラシオス家」は親戚同士であった（ロドリーゲス・マリン、前掲書、四一六頁）。キハーダ家は裕福な家系で、エスキビアスではユダヤ人、つまり正確を期して言えば、新キリスト教徒とされていた。セルバンテスの義兄である学士フランシスコ・デ・パラシオス（またはフランシスコ・デ・サラサール・イ・パラシオス）は、ある言明書の中でこう述べている。「常々、私はいま述べたファン・キハーダ学士はユダヤ人改宗者の子孫ではないかと思っていました」。ロドリーゲス・マリンはしばしばあらゆる著名スペイン人の出自の非ユダヤ化に関心を寄せてきたこともあって、ファン・キハーダの血統の純潔を証明すべく、こう述べている。「こうした言われなき中傷に対して、提示された書類によってその無実が高らかに証明された」（同、四一八頁）。しかしエスキビアス村議会は、一五六九年にバリャドリード最高裁判所が〈貴族証明書〉を与えた後ですら、キハーダ家のキリスト教徒としての出自に疑義を呈している（アストラーナ・マリン『セルバンテスの人生』第四巻、一〇頁）。キハーダ家はコンベルソの家系によくあったことだが、誰の目にも嘘とわかるような著名人の系譜を捏造したのである。セルバンテスがドン・キホーテの口をかりて悠長に述べていることによると「勇気あふるるスペイン人ペドロ・バルバとグティエレ・キハーダ（ところで拙者はこのキハーダが血を受けし男子直系で、ござるが）……」（前、四九章）ということになる。一五七六年にフェリペ二世の命で編纂された『地名学報告書』（*Relaciones topográficas*）の中で、エスキビアスに関する情報提供者たちによると、当時その地には三七名の郷士が存在したが、「その多くがどういうきっかけで武器と紋章を有しているのか、はっきりした説明はつきかねる」（同、第三巻、四〇〇頁）としている。セルバンテスは『ペルシーレス』の序文において、いつも読むたびに微笑を禁じえないことを記している。それはこうである。「エスキビアスといえば、そうそうたる家柄（*ilustres* linajes）を揃えているとか、名代の酒処（*ilustrísimos* vinos）であるとか、なにかと評判の土地であるが……」〔荻内勝之訳〕。セルバンテスにとって、エスキビアスの家柄（多くがユダヤ人改宗者）のことは、トボーソのそれ（モリスコで満ち満ちていた）と同様に、よく知られたことであった。

ごくありふれたこととして、コンベルソたちは同じ血統・家柄に属する者たちと結婚した(八二)。そんなところからアストラーナ・マリンの次のような恣意的な判断が出てくる。「ファン・キハーダやガブリエル・キハーダの妻たちは正真正銘のユダヤ女だったが、彼らの血筋は純粋であった」(アストラーナ・マリン、前掲書、第四巻、一五頁)。しかし原文を忠実に引用するとき以外は、正確を期すよりも多弁に流れるきらいのあるアストラーナ・マリン自身、先の方で、アロンソ・キハーダのひ孫は、先祖の血筋のせいでサンティアゴ騎士団員の資格を得られなかった、と述べているのである(同、第四巻、三八頁)。

セルバンテスの妻とキハーダ家との縁戚関係が確かであり(アストラーナ・マリン、第四巻、三八頁)、しかもキハーダ家の家系について知られていることを勘案すれば、ドン・キホーテとその作者が〈あの連中〉(ex illis)の仲間であったことは明らかである。十六世紀、十七世紀にエスキビアス住民がキハーダ家に対する不平を訴えたにもかかわらず、ロドリーゲス・マリンとアストラーナ・マリン両氏は、キハーダ家の血統的汚れのすべてを払拭しようと努力した。しかしそれは却って余りに明らかな事実を裏付ける根拠となってしまった。ことセルバンテスとなると、その血統が異端審問の過程で誰の目にもはっきり判明したルイス・ビーベス、フェルナンド・デ・ロハス、サンタ・テレサなど以上に、より大きな反発と怒りを呼び覚ますこととなろう。とはいうものの、『ドン・キホーテ』を生み出した人間を旧キリスト教徒だとする見方が、どれほど根拠のないことかは、最終的には理解されるはずである。セルバンテスは社会の周縁において隅に追いやられ、無視されつつ生きたスペイン人であった。英雄的な五年間の捕虜生活、レパントにおける凛々しい振る舞い、自らの知性と教養、こうしたものは徴税吏の地位を得ることにしか役立たなかった。徴税吏というのは一四九二年まではユダヤ人の、またそれ以降はコンベルソの職業であった。父ロドリーゴ・デ・セルバンテスは外科医であったが、この職は十八世紀に到ってもなお、フェイホー神父によってコンベルソ固有のものとされていた。父ロドリーゴはしばしば転居している（ケベードの言い草では、旧キリスト教徒とみなされたいと願う者は、素性の知られていない見知らぬ土地に行くがいい、ということになる）。セルバンテス自身、法的文書において、コルドバ生まれだとしている（八三）。ミゲルの曽祖父は〈古着屋〉(trapero)（アストラーナ・マリン、第七巻、五八二頁）を営んでいたが、これも外科医と同様にコンベルソ特有の職業であった。祖父のファン・デ・セルバンテスは異端審問官ルセーロ（Lucero）の協力者であった。祖母レオノール・フェルナンデス・デ・トーレブランカは、〈医者にして外科医〉（同、第一巻、四一頁）であったファン・ディアス・デ・トーレブランカの娘で、商人ディエゴ・マルティーネスに嫁いでいる。

コンベルソが大概、自分たちと同じ血統の者たちと結婚していたことが確認されるのは、エスキビアスで敵対者を〈ユダヤ人〉だと呼んでいた者たち自身が、その敵対者と縁戚関係を結んでいたことを見てみればよい。そうしたことすべてから、『ドン・キホーテ』の中の例の文章に隠された意味の正しさが裏付けられている。つまり郷士キハーダが毎週土曜日に食していたとされる塩豚の卵あえ（torreznos）は、彼にとって〈悲痛と苦悩〉の原因であったということである（八四）。それだけでもラ・マンチャの郷士がグスマン・デ・アルファラーチェを息詰まらせ、絶望の淵に追いやったのと同じ環境に対して反旗を翻し、そして意志の力をたぎらせながら、新たな存在を生み出そうとしたというのも頷ける。その時点までの超越的状況（騎士道、ピカレスク的在り方、牧人的世界）は、セルバンテスから生まれ出ていた、かの文学的〈息子〉あるいは〈継子〉を形づくることはなかった。それとは逆に、自らを超越する状況を己の目論見に従属させ、そうすることで自分自身の父親となるべき人物こそが、登場人物そのものとなるのである。ドン・キホーテには生物社会的な先例などは不要であったし、グスマンがその魔手から逃れることのできなかった、呪われた予定説なども必要とはしなかった。ドン・キホーテは『アマディス』を体現した存在ではなかったが、それはまさに彼自身が、神秘ならざる可視的で触知できる世界で、アマディスという人物になろうと決意しているからなのである。郷士キハーダが自らの出自に対して居心地の悪さを感じたのと同じく、テレサ・デ・セペーダは自らの出自であるアウマーダ家とセペーダ家に対して同じ気持ちを抱いたが、その彼女に起きたことが、こうした状況を雄弁に物語っている。ヘロニモ・グラシアン神父が不用意に彼女の生傷に触れたとき、未来の聖女は怒りに我を忘れてこう答えたという。「カトリック教会の娘というだけで何か不足でもありましたか?」(八五)。サンタ・テレサが新たに生み出そうとしていた血統は、天からやってくる霊性であった。ラ・マンチャの郷士のそれは現世的で世俗化された、人間様式の血統であった。サンタ・テレサは自分がイエス・キリストのものという意識があった。一方、ドン・キホーテは自らの希望の根を自分自身の中に深く生やしていた。「身共が誰かは存じている、のみならず身共は先に申した人々どころではない、フランスの十二傑ことごとくにもなれるのじゃ」(前、五章)と言うごとくである。両者の希望は宗教的と世俗的という方向性の違いこそあるが、己を権威づけ、きちんと成り立たせるためには、ともに魂の内奥で感じたこと・生起したことの価値を、じっくり時間をかけて信じるプロセスが不可欠であった。〈脱神話化〉された小説という新たな形式は、従来の型や宿命的な出自から解き放たれ、(『グスマン』に見られるような)宗教的な内容や意味をかなぐり捨てたのである。しかし世俗化する際に、しかるべき形式として、自分自身にしか還元しえない人間の生きざまの、奪うことのできない所有物たる意識を守り通した。言葉を換えて言えば、ドン・キホーテは自らの内にひとつの場所、ひとつの自己の住処（morada）を有し、そしてその中に自分の思いどおりに〈借家人〉を据える権利を有していたがゆえに、隣人たちにとって近しかったキハーダという存在から、己を明け渡す（vaciarse）ことができたのである。端的に言えば、ドン・キホーテは口に出してする儀礼的なお祈りよりも、〈霊的お祈り〉を優先する長い伝統によって培われた、内奥の住処に身を置いていたのである。

読者諸氏はキリスト教において、外面的儀礼よりも精神的要素を重視するヨーロッパ的伝統（サヴォナローラ、エラスムス、セラフィーノ・デ・フェルモやそれ以前の人々）のことをよくご存知であろう。この種の霊性は修道会のうちに精神的逃げ場を求めた、数限りないコンベルソたちにとって、旱天の慈雨のごときものであった（八六）。スペインにおける宗教的霊性の潮流に、教義面よりも実践面を重視する傾向が生まれたのもまさにこうした点からである。スペイン人〈異端者〉の誰一人として、ルターやカルヴァンの神学体系に比較しうるようなものを思い描いた者はいない。サヴォナローラやエラスムスたちの教義といったものは、新キリスト教徒が自分たちの従来の宗教的慣習を、そこで共存することを余儀なくされた社会の慣習に、適合させるための方法を見出すのに役立った。類をみないかかる状況を正確に描き出すことは不可能であろう。とりわけ真摯なキリスト教徒と見せ掛けのキリスト教徒の区別、厳密に宗教的な現象と世俗的なそれとの区別をつけることは困難だからである。何はともあれ、政治的（たとえばコムネーロスの乱）、文化的（知的停滞）、経済的（半島と海外領土との関係）、文学的な面での重大な結果ははかり知れないものがあった。

われわれはこうした紛糾した諸問題の密林を見渡すべく、二つの方向を指し示す展望台を打ち建てた。ひとつは陰鬱な世界を目の前に展開させているもの（『グスマン』）、他はセルバンテスによって開かれた世界で、反逆心と希望を同時にそなえた人生を肯定する、未来志向的なものである。人間はそうした人生において、幸か不幸か、己の人生の作り手となりうることを確信している。

前にも述べたことだが、小説的可能性の源泉を求めるとしたら、それは内奥的で非物質的なるものが外面的・感覚的なものに優先されてきた、そうした霊性の長い伝統の中においてでなければならない。力説しておくべきは、ルイス・デ・グラナダが心の中の祈りを、口頭による祈りと対立させたという点である。「口に出して唱える祈りは、しばしば盲人のお祈りのごとく、感情も心もこもっていない」（八七）。したがってまさしく『ラサリーリョ』において、寺院の境内では大きく響き渡っても、祈祷する者の心には何の感動もない、そうしたお祈りをして金銭を稼ぐのは〈盲人〉である。修道院にこもる聖職者の生活について言えば、彼らの〈典礼と叙階〉（断食、外出禁止、沈黙）というのは、フライ・ルイスによれば、「こころを神に引きあげるべく、命ぜられたもの」である。もしそうでなければ、「これほどユダヤ人の過ちと似通ったものはないではないか？」同じ著者はこう記している。聖パウロの言葉によると「祈りは常に心でなすべきものである」（BAE, VI, 294b）。

ドン・キホーテは自らの騎士道的・狂気的存在の中で、自身が自律的に創り上げた威厳といったものに寄りかかっている。彼の人間的配慮に対する軽視は、聖ホルへ、聖マルティン、聖ヤコブなどの像に対するのと同じくらい、きつい皮肉を込めて扱われた、自らの全く〈精神的〉とは言いがたい祈禱法の中に如実に示されている。セルバンテスは彼に対して、フィエラブラースの香油の油壷にむかって「八十ぺんのうえ〈主の祈り〉をとなえ、さらにこれまたそのくらい〈アベ・マリーア〉をとなえ、これにお祓いをするようにひとことごとに十字をきる」（前、一七章）ようにさせた。またガレー船の漕刑囚たちは「ドゥルシネーア・デル・トボーソ姫へのそのお勤めやらお賽銭を、何べんかのマリアさまのお唱名やらお題目にとりかえていただく」(前、二二章)ようにドン・キホーテに提案している。このように、お祈りは数量的価値、機械的になされる無気力なルーティンと化している。新しいタイプの文学的人物に道を開くためには、こうしたエセ宗教心をアイロニカルなかたちで切り捨てねばならなかった。〈新しい〉としたのは、それが単純な滑稽さを追い求めたものでないだけでなく、かけがえのない彼の人格のもつ論争的エネルギーが、一見、常軌を逸した行動のみから挑発されたように見える笑いの効果以上に、強烈であり重要になっているからでもある。ドン・キホーテはしかるべき時に、称賛され、尊敬され、また同情されるが、こうしたことはコンメディア・デッラルテでは考えられない。新小説という名の船はさまざまな暗礁や岩の間をぬうように航海しているが、決して進むべき進路を見失うことはない。しかし数量化されたお祈りというテーマは、セルバンテスの頭にこびりついていた。ドン・キホーテはお祈りのための数珠がないことに気づいて「シャツの裾を大幅に引き裂いて、そのきれに十一の結びこぶをつくる」ことでその代用とし、「アベ・マリーアを百万べんも祈った」(前、二六章)とある。住職と床屋が旅人宿からグロテスクな変装をして出てくると「罪深いとはいえ、やさしいマリトルネスはお二人がこれからなさろうというような、なかなかむずかしい、それでも本当にキリスト教徒にふさわしい仕事に、神さまがりっぱな結果をお与えあそばすように、数珠ひとくりのお祈りをしますと約束した」(前、二七章)。

経験の及ぶ範囲の滑稽さや嘆かわしさの表現と、型どおりでユートピア的・無時間的なもの(天国の門やあらゆる地獄の穴蔵で、姿を見せるのがふさわしいもの)の表現の間で、不規則な難路が描かれていったとしたら、それはまさしくこうした代価を払い、こうした手段を用いてであった。文学的行動の動機《モチーフ》は、神々の目論見(「かく運命は定めたり」sic fata voluerunt)であったり、『神曲』の神〔ギリシア神話の大神ゼウス）のそれであったり、あるいは理念的原型（英雄ローラン、騎士アマディス）が要求するものであったり、盲目的愛の衝動や遺恨的憎しみ（トリスタン、ガヌロン、ラーラの公子たち）の場合もあった。あるいは不可能なことをなしたり、不可能のものになろうと願う者たちの挫折した企てを、組み立てる際の怪しげな喜びがモチーフとなる場合（あらゆる形の滑稽文学や諷刺文学）もあった。すでに文学的人物の存在といったものは、外面的な大波か内奥的な大波か、度合いや形態はどうあれ、以前から存在していたこうした大波によって攫われてしまっていた。もちろん芸術家は自らの生活経験の表現形式を生み出さねばならなかったが、それは常に、すでに前もって与えられていた典型としての実体に論及することを通してであった。

ドン・キホーテはそうした伝統を前にして、自らの名前と実在のプロセスを発明する存在として、また彼にとっての〈我〉、他者にとっての〈彼〉という存在に、自らが同時的にあり続けるという意識を、言葉を通して（これが決定的に重要である）表現する存在として立ち上がるのである。そして彼は〈理由のあるなしにかかわらず〉狂気沙汰を起こす自由を行使するわけだが、それはわれわれの笑いを誘う部分でもある。一方のサンチョは太守になるわけだが、最終的には彼自らが望んでいる存在になるはずである。ドン・キホーテはたしかに狂人だったのであろう。しかしドン・ロレンソは「何か間違ったことをおっしゃるのをつかまえようと思うんですが、あなたはまるで鰻のようにつるりとぬけ出してしまいになって」（後、一八章）、彼をどうしてもつかまえることができなかったことを思い出してもらいたい。『ドン・キホーテ』の目論見や計画といったものは、かのドロテーアのうちにうまく表現されている。彼女はきわめて計算しつくされた存在であり、自らの女性性と貴婦人になるという期待とを、賢明なかたちで操作する才覚があった。つまりドン・フェルナンドは「自分もキリスト教徒だということって悟らされたからである。

と、さらに世間態よりもたましいを大切にしなければならない」（前、二八章）ということを、彼女によって悟らされたからである。

このせりふは、ドン・キホーテが一連の単調さの中で、巨大な悪意の塊そのものといった者たちと出会うことはありえない、とする作者によって設定された、広々としたシエラ・モレーナ山の舞台において語られている。モレーナ山と旅人宿はグスマン・デ・アルファラーチェがやむ方なく受け入れていた〈悪〉の原因を作った者や、その〈悪〉の犠牲者たちの避難所となっている。ドン・キホーテやドロテーアといった者たちは、そうした悪に対する前代未聞の〈巨人戦争〉（gigantomaquia）を仕掛けようとするのである。ファン・アルドゥードは無防備なアンドレス少年にせっかんを加えていた。そして後には各々が別々の人生をたどっていった。ここでモレーナ山と旅人宿は、最後の瞬間において、かの〈厭うべき〉時代に権勢を揮っていた者たちと、彼らによって不正な虐待を受けていた者たちとの間で、キリスト教的和解の成り立つ舞台となっている。

しかし（金持ちで有力な、公爵の息子なるゆえ）〈巨人〉たるドン・フェルナンドといえども、今や作者の頭の中では、折り合いの悪いカップルの片割れとしての存在にすぎない。マテオ・アレマンであれば、そうしたいざこざを物語り、叙述するだけで満足したかもしれない。ところがセルバンテスは違った。彼の意図したことは、情念による破滅的行動（情欲、強欲、残虐趣味、倒錯趣味等）を例証することだけに留まらなかった。『ドン・キホーテ』における情念は、それらを条件づける状況や、ある目論見の働きの中に存在している。それらはところ構わず荒れ狂う竜巻などではない。情念に手がつけられなくなる場合（カルデーニオやアンセルモなどのケース）、そこに覗いて見えるのは、行為者の目論見と彼自身の振る舞いの間に横たわる裂け目である。この振る舞いは今日の言い方によれば〈深層自我〉〔フロイト用語で言う〈エス〉〕とでもなろうが、そうした内奥からの支配を受けたりそれに乱されたりする、登場人物の全体性の一側面である。セルバンテスは自らの〈精神化された魂〉に基づいて、ものごとを考えたのであろう。小説的人物はもはや己の愛とか邪悪性、その他何ものであれ、そうした情念と混同されることはない。つまり人物は人物自身であり、人物自身の雰囲気であり、（マルセーラやドロテーアのように）自由に動き回ったりするか、さもなければ（カルデーニオやアンセルモのように）大波に攫われてしまうのである。最高峰にそびえる存在たるドン・キホーテは、新たな文学的存在様式の相反する斜面を頂上から睥睨しているのであり、決して「何か間違ったこと」（後、一八章）の斜面を転げ落ちることはない。

もしセルバンテスがドン・キホーテとサンチョにずっと対話させるだけで、それ以上の何ものも提供していなければ、かの小説はきわめて内容の乏しいものとなったはずである。ガレー船漕刑囚との手痛い冒険の後で、かくも大きな障害を取り除くべく現れてくるのが他のカップルたちである。スペイン世界(八八)に対するかくも大胆で目新しい視点から見てみると、ある者たちが感じたこと、体験したことは別の者によっても共有される。見かけ上はふざけた話に見えるが、そのことを象徴しているのはサンチョがアンドレス少年に対して述べたことである。何度も繰り返すようだが、こう述べている。「さあ、取んなよ、アンドレスのあにい、お前の不仕合せの分け前が、お﹅れ﹅た﹅ち﹅み﹅ん﹅な﹅にも届くぜ」（前、三一章）。サンチョは己の空腹を癒すものがなくなってしまうことも意に介さず、象徴的に、自分のパンとチーズを彼に分け与えてやる。和合と不調和の精神は各々の心の、こう言ってよければ、内省的感覚の内に生起するのである。そこから和合と不調和の人間的空間として、人物をカップルとして一対にする、という形態上の必要性が生まれてくる（ドン・キホーテとサンチョ、マルセーラとグリソストモ、ファン・アルドゥードとアンドレス、ドロテーアとドン・フェルナンド、カルデーニオとルシンダ、住職と床屋、住職と役僧、捕虜とソライダ、アンセルモとロターリオ、サンチョとドン・ディエゴ・デ・ミランダ、ドン・キホーテとドン・ロレンソ・デ・ミランダ等々）。その後、個人の傍らにやってくるのは、いかなるものとも対となりえない、あらゆるものの周縁に位置する集団、つまり山羊飼いや羊飼い、漕刑囚や盗賊といった者たちである。そうしたあらゆる人間像の描かれた舞台は、〈世間態〉よりもむしろ彼らの魂により大きな関心を寄せ、魂の〈第一動因〉たるものの実体を明らかにすることで、初めて広がりを見せ、構造化されえたと言える。

この書は単なる道徳的模範として、あるいは純然たる小説化した物語・説話といった形式としては、われわれに何も与えてはくれない。あらゆるものが、人物たちの自由にしてきわめて〈自己の権利に属した〉(sui juris) 文学的表象によって、息を吹き込まれた姿で立ち現れている。それはドン・キホーテの務めであるのと同様、サンチョの務めでもある。サンチョは旅人宿に入ろうとはしなかったが、それはそこで毛布《ケット》揚げをされたことを覚えていたからである（宿はサンチョの自由で自律的な生き方と密接に結びついている）。この箇にして要を得た表現と、セルバンテス的霊性という〈テクスト外の〉出発点とを結びつけねばならないが、だからといってセルバンテスを〈ユダヤ人〉と呼ぶようなありふれた誘惑に陥ってはならない。もし今、セルバンテスがわれわれの前に姿を現したとしたら、自分の発した言葉には本来の意味を与えてほしい、と天才的な謙虚さを発揮してわれわれに懇願するのではなかろうか。彼がよきキリスト教徒であって決してユダヤ人ではなかったという点は、福者ファン・デ・アビラ、サンタ・テレサ、メルチョール・カノ、ルイス・デ・レオン、ディエゴ・デ・エステーリャやその他多くの者たちと同じである。唯一の違いとして、セルバンテスにとって精神化されたキリスト教は、自らの魂を救うためである他に、〈文学上の配慮〉の桎梏から小説上の人物を解き放すという目的に役立つものであった。そうした偉業のもつ尋常ならざる点は、ヨーロッパ人が小説的広がりをそなえた人物像を創り上げる手法を学ぶのに、およそ二世紀も要したという事実に明らかである。スペイン人はドン・ベニート・ペレス・ガルドスが現われる以前、一六〇〇年頃に出現した新たな小説技法にどう向き合ったらいいのか、見当がつかなかったのである。われわれはかつて、セルバンテスに対する考察におけるこうした現象を、しっかりとわきまえていなかったせいで、セルバンテスを彼の時代、および後世のヨーロッパ小説と関連づけることができなかった。

今の時点で筆者は、生のさまざまな現象に対してわれわれがよくやるように、セルバンテスを〈エラスムス主義者〉というジャンルに当てはめて評価しようとは思わない。サヴォナローラやエラスムスをはじめとする、他の宗教的・モラリスト的な作家たちが、自らの思想を吹き込もうとした対象とは、そうした思想を受け入れるのにふさわしい状況に身を置いていた者たちである。こうした人間たちは、日常的慣行とうまく折り合わない生活に対して、キリスト教的意味を与えるのに必要とされることを、彼らの思想から引き出したのである。フアン・デ・アビラ、テレサ・デ・ヘスス、ルイス・デ・レオンをはじめ、他の多くの者たちは、俗衆と同じように感じてはいなかった。その形はさまざまだが、概して一致しているのはサン・フアン・デ・ラ・クルスが「さては何を口ごもりつつ言わんとせしや」(un no sé qué que quedan balbuciendo) と歌っている精神的状況である。セルバンテスを理解するためには、精神的に洗練された知的な人間にとって、多数派の横暴を目の当たりにさせられる状況が、いかに堪えがたい苦しみだったかということを、肝に銘じる必要がある(フアン・デ・マリアーナ神父をよく読んでみるべし)。ついにはロペ・デ・ベーガや修道士たちですら、修道士の数の過剰や異端審問的な盲目性、

「決して終わることのない辱めの世代」（拙著『スペインの歴史的現実』一九六六、第八章および『葛藤の時代について』一九六三、をみよ）のことを、おぞましく思うに到ったからである。

セルバンテスは宗教の外面性と内面性に関する昔ながらの論争から、みごとに論点をずらしている。宗教的なるものを一旦棚上げして、〈わが〉精神の自由の原則を白日のもとにさらしたからである。聖パウロの言うように、またフライ・ルイス・デ・グラナダもくり返して述べているように、もし「祈りはこころの中で」なさねばならないとしたならば、外面性から内奥的沈黙へのそうした移行において、祈りの内容は祈る主体に従属することとなる。そうすることで異端（照明派のこと、あるいは外面的信仰や聖職者を排除しようとする一派）の疑いをかけられたとしても、それはセルバンテスに何ら影響を与えるものではなかった。彼は異端の問題には関心がなく、唯一、新しい刻印のついた文学形式を生み出すことにのみ、関心を向けていたからである。そうした新しい文学形式は内的人間の自由に対する信念と、彼の言葉に従えば、マテオ・アレマンのいうような、道を誤った悪意にみちた神によって支配されることのない世界において、偉大にしてユニークな第一人者になるという、切なる願いによって可能となったのである。

豚の脂身をめぐる文学論争は、もはや忍耐の限度を越える次元に達していた。セルバンテスは毎週土曜日に、〈悲痛と苦悩〉という名の料理を口にするよう強いられた郷士（？）キハーダを、救いようのない俗物性から解き放った。〈世論〉の圧迫を受け、希望のかけらさえもたぬ死んだような人物から、新たに出現することとなるのは、血統とか旧キリスト教的強迫観念を蔑み、解放者として振舞う冒険に意気揚揚とし、さらに〈騎乗の聖人〉や数量化したお祈り、俗衆好みの即物主義などに敬意を払うよりも、イエス・キリストの生きた言葉に結びついた聖パウロの教義の方により心を動かされる、そういった〈新しい人〉であった。サンチョはサンチョ独自のやりかたで精神化されていった。そして人々は彼を通じて、旧キリスト教徒的自惚れを非難し、すべてのものを「ユダヤ人の仇敵」にしてしまう者たちに叱責を浴びせたのである。アンドレス少年の痛みにキリスト教的に共感したドン・キホーテは、精神的な一体感を感じることで、彼に一層近づくこととなった。対極的な根をもつ二人の人物は、血統の違いを超えて〈対話しつつ〉、また各々がそうなりたいと願っている存在になることを止めずに共生しつつ、各々の生き方を調和させることとなる。

サンチョは当初、金儲けや島が欲しいという理由でドン・キホーテに仕えたが、最後には心底からの愛情でもって仕えるに到った。こうしたことはあまねく知られてはいる。とはいえここで思い出すべきことは、両者を分け隔てる深淵は埋められねばならなかったが、それは両者が実際そうなったように、埋められるべきものだったからである。一体化と和合は内的存在のなした業である。サンチョは一度だけ、肉体的に激しく主人に反逆したことがあったが、それは彼が自由で自立的な人格であったからである。しかし主人の忠告を容れて、太守として素晴らしい裁きを見せたこともある（アマディスの従者ガンダリンに関しては、自らの伯爵領に対してどのようであったかは、知る由もない）。サンチョはマテオ・アレマンやセルバンテスが、かくも強く望んでいた社会正義の、素晴らしい手本を示して見せたのである。サンチョは無教養であったにもかかわらず、彼には理解しえない言葉の精神にふれることで教養を身につけた。というのも彼は主人との〈長い対話〉の中で魂を磨いていったからである。人はグスマンの説くこととは裏腹に、愚かさや邪悪さから救われ、完璧になりうる魂を有しているのである。自らの自由な精神の礎の上に支えられつつ、巨人の頭を切り落とすよりもずっと危険な仕事に乗り出した者たちの、生の形成プロセスといったものが、『ドン・キホーテ』をまって初めて、言葉で表現されたと言える。その危険な仕事とは、生命的出発点を自ら作り出し、そこから前進的、調和的かつ容認的な方法で、登場人物たちの辿る道筋を展開していくことである。そうした者たちは、達成することそれ自体が不可能であるために、目標を達成することはできないかもしれないが、揺るぎない不朽の存在であり続けている。天国の楽園は、地上の生活の中で前もって予告されることはなかった。なぜならば地上の人生は、そうした代価を払ってこそ、制約の多い困窮した、真に人間的な人生として象徴化され、表現されえたからである。ハッピーエンドの大団円は「それからずっと彼らは幸せに暮らしました、めでたし、めでたし」という具合に終わるおとぎ話にこそふさわしかった。セルバンテスはあえて意志的で投影的な人物像を創り上げることだけに留めたのである。彼らはセルバンテス以前の文学や神学などとは無縁とはいえ、人格そのものが指し示すような仕事・現世的目標を指向する、解放された行動の結果を身に受けている。かつて神話的超越によって支えられてきたものは、〈世俗〉化し、芸術的・文学的テクストにおいて、われわれの感性的・論理的経験にとって本当らしく、捉え得るべきものとなったのである。

原　註

（一）「セルバンテスと新たな視点からみた『ドン・キホーテ』」は、筆者が『セルバンテスへ向けて』（マドリード、タウルス、一九六六）の第三版を、かなり大幅に増補改訂する以前に書かれたものである。この二作は互いに補完的となっている。読者にはそのことを念頭に入れていただきたい。というのも、これら二つをひとつにまとめることは無理で、必要に応じて内容が重複することはやむを得なかったからである。セルバンテスに関する本論の草稿に目を通してくださったアロンソ・サモラ・ビセンテ氏には、適切な助言をいただいたことに感謝したい。

（二）筆者の『ドン・キホーテ』の版（メキシコ、ポルーア、四六頁）の序文を参照のこと。

（三）拙著『スペイン人はいかにスペイン人となったか』（*Los españoles: cómo llegaron a serlo*　マドリード、タウルス、一九六五）の中の「ホルヘ・マンリーケにおけるキリスト教、イスラム教、詩」（"Cristianismo, Islam, Poesía, en Jorge Manrique"）を参照せよ。

（四）こういうことを言うのは、カスティーリャのコムネーロスの乱に関して流布している見方のように、いかにも不思議な現象のことが念頭にあるからである。この出来事はマヌエル・ダンビーラ（『カスティーリャのコムネーロスの乱の歴史』*Historia de las Comunidades de Castilla* の著者）がすでに指摘していたとおり、異端審問によって迫害されていたコンベルソのやむにやまれぬ蜂起であったにもかかわらず、民主的で〈ヨーロッパ的な〉意味合いをもった反乱のように解釈されている。次のダンビーラからの引用は、一五二一年四月二六日、セビーリャの異端審問官たちが皇帝に書き送ったものである。「……カスティーリャで起きた騒乱の主因は異端審問を快く思わない、不幸にもその標的となっているコンベルソたちによるものである」（『スペイン史覚え書き』*Memorial histórico español*　第三七巻）。同様に、拙著『文学論争としての《ラ・セレスティーナ》』（一九六五、四一頁以降）、およびJ・J・グティエレス・ニエト（J. J. Gutiérrez Nieto）の「コンベルソとコムネーロスの乱」（"Los conversos y el movimiento comunero"『ヒスパニア』九四号、マドリード、一九六四）を参照せよ。スペイン人がいかなる民族で、彼らに何が起きたのかをあえて知ろうとしない、頑迷な社会学者や経済学者が、コムネーロスの乱を〈ヨーロッパ的な社会的ダイナミズム〉の表れと書いているのは何とも理解しようがない。コムネーロスや異端審問官たちは、恣意的なスペイン像をでっちあげることにしがみついている者たちよりも、自分たちが何者であり、自分たちに何が起きたのかよく知っていた。こういう態度ではセルバンテス作品の理解はおぼつかない。

（五）一九一八年、きわめて学究的なかたちでこの劇作を刊行したルドルフ・シュヴィルは、このほんの少し前に道化トゥリンが言う台詞の意図する内容をよく理解していた。「その名を聞くことさえ辛い者がいるとはね」。彼は、ハム類は腹の収まりがよくないというふうに考えていたからである。シュヴィルの『ロペ・デ・ベーガの劇作法』（*The Dramatic Art of Lope de Vega*　カリフォルニア大学出版局、一九一八、二五五頁）を参照せよ。A・サモラ・ビセンテはそのテクストを「『愚かなお嬢様』の理解のために」（"Para el entendimiento de '*La dama boba*'"『研究論文集』*Collected Studies*　M・P・モニク編、オクスフォード、一九六五、四六〇頁）の中で、正確に解釈している。脂身肉が提起する深刻な問題の別の例としては、ルイス・デ・アラルコンの一劇作や、ケベードの『ブスコン』の中のカブラ学士や、実際にユダヤ的血統につらなる聖書学者ベニート・アリアス・モンターノの例などがある。拙著『葛藤の時代について』(一九六三年版、七五—七七頁)をみよ。

(六) ロペス・ナビーオ (López Navío) が『セルバンテス年報』(*Anales Cervantinos* 一九五七、第六号、一六九—一九一頁)で述べたことで、十七世紀のテクストにおける〈悲痛と苦悩〉と〈塩豚の卵あえ〉との関連性が、無効にされるわけではないと思われる。

(七) 〈メモ帳〉Mamotreto 二四番、《稀覯本叢書》版、第一巻、マドリード、一八七一、一二二頁。

(八) 筆者は『セルバンテスへ向けて』(マドリード、タウルス、一九六六、第三版)の序論で、こうした考察をさらに広く展開している。

(九) 拙著『スペインの歴史的現実』(メキシコ、ポルーア、一九六六、二八三頁以降)およびマヌエル・ドゥラン「アメリコ・カストロ、ルイス・デ・レオン、およびスペイン黄金世紀の内的緊張」(Manuel Durán, "Américo Castro, Luis de León, and the inner tension of Spain's golden age"『研究論文集』モニク編、一九六五、八三—九〇頁)を参照せよ。フライ・ルイスによると、フェリペ二世の臣下の多くは、「卑屈で辱めを受けた者たちで……下衆で卑しく……決して終わることのない侮辱を代々受けつづけ……下劣でいじけ……卑しく歪んだ社会集団で……疥癬やみの家畜のごとし……」であった。ある種の職種や職業(「人間の序列や種別」)は、「たくさんある個々の家」と同様、「痛んで傷ついている」。邪悪な法によって「互いに相交わり調和すること」が妨げられているのである。

(一〇) 『コメディア《メドーラ》』*Comedia Medora* スペイン王立アカデミー、一九〇八、第一巻、二八四—二八五頁(テクストはクラウディオ・ギリェンから教示された)。

(一一) 『何でもござれの書』*Libro de todas las cosas*, BAE, 二三巻、四八一頁b。

(一二) R・カランデ『カルロス五世と彼の銀行家たち』R. Carande, *Carlos V y sus banqueros* 第二巻、一二八—一二九頁。

(一三) 英語の dunce (間抜け、愚か者の意)は、ジョン・ドゥンス・スコトゥス (John Duns Scotus) の名前から来ているが、このことはすでに一五七七年の時点で明らかになっていた。

(一四) ジョアキム・デ・カルバーリョ (Joaquim de Carvalho) による版(『哲学論集』*Opera philosophica* コインブラ、一

九五五、一〇頁）。

（一五）フィリッポ・バルディヌッチ『ベルニーニの生涯』Filippo Baldinucci, *Vita di Bernini* 一六八一、セルジオ・S・ルドヴィチの序文、ミラノ、一九四八、一〇、一二頁。

（一六）ヴェルナー・ヴァイスバッハ『バロック芸術』Werner Weissbach, *Arte barroco* バルセローナ、一九三四、三一頁。

（一七）「たしかに都の人は洗練された話し方をするかもしれませんが、人の気持の繊細さでは人里離れた田舎の方がまさっています」（『キリストの御名について』*Nombres de Cristo*〈牧人〉の項）。これはホラティウス風、アルカディア風の〈定型的主題〉ではあるが、それに加えて、具体的・個人的状況に対する表現手段でもあった。セルバンテスはその二十年後に、洗練された話し方をする都会から離れた、そしてこよなく人間的な事象と状況の絡まりあった世界を構想することとなる。つまり都会は『ドン・キホーテ』の世界では、周辺部分に追いやられているのである。主題あるいは〈トポス〉とは、用法次第でその意味が変化してしまうような手段のことである。まさに風車の羽根を回し、帆船の帆をふくらます風のごとく、千年もの命を永らえるものである。

（一八）コバルービアスは『宝典』（*Tesoro*, 1611）の中で、「マラーノとはキリスト教に改宗したばかりの人間のこと。改宗が偽りのものであったことから、われわれはマラーノを見下げた人間だという印象を抱いている」と述べている。

（一九）両者の符合については、すでにロドリーゲス・マリンが『ドン・キホーテ』の版（一九二七、第二巻、二四頁）の中で指摘していた。

（二〇）マテオ・アレマンは国王代理人・判事として「ウサグレ村（バダホス）の徴税官たるミゲル・グティエレスが国王陛下に対して負っている負債を調査清算する」任務を負っていた。クラウディオ・ギリエン「マテオ・アレマンのエストレマドゥーラ訴訟」（Claudio Guillén, "Los pleitos extremeños de Mateo Alemán"『セビーリャ古文書館』*Archivo Hispalense* 第二期、一〇三—一〇四号、一九六〇、一—二二頁）をみよ。

（二一）カルロス・ブランコ「セルバンテスとピカレスク小説」Carlos Blanco, "Cervantes y la picaresca"『新スペイン文献学』*N. Rev. de Fil. Hisp.* 一九五七、第一一巻、三五一頁。

（二二）〈汚れた世界〉（mundo inmundo）というマニ教的発想は、おそらく聖アウグスティヌスに由来するものであろう。彼は改宗以前、そうした信仰を信奉していたからである。

「(マニ教徒たちに従って)私はこうしたことから、悪もこのような一種の実体であり、不潔で醜い特有の固まりを具えていると信じていた。そうして、この固まりは土と呼ばれる濃密なものであるか、あるいは気体のように希薄で微細なものであると信じていた。人々は悪霊とは後者のようなものであり、それが前者の土のなかを這いまわると想像している」(『告白』第五巻、第一〇章〔原文の第五章は間違い。渡辺義雄訳〕)。聖アウグスティヌスは改宗する以前ですら、「(神が)いかなる悪をも創造されなかったと信ずるほうが、すぐれているように思われた」(同上)と述べ、神に由来する悪の存在を受け入れることはできなかった。とはいえ彼が苦しんだのは、神は全知全能であるのに、自然にある悪の本質を正すことができなかったのはなぜか、と考えたからである(同上、第七巻、第四章)。マテオ・アレマンはこの『告白』と、前に述べた『創世記』を読んだことがきっかけとなって、厭世主義をますます募らしていったにちがいない。

(二三) アレマンの同時代人であったモンテーニュにとって、困難というものは、人間の行動を心理的に内部に向かって掣肘するものであって、いかなる目標であれ外部的に掣肘するものではない。文体上の緊張感が生まれるのは、直面した困難を分析し、描写することによってである。「自然は、われわれを落胆させないために、われわれの眼のはたらきを、うまく外部に向かわせた。われわれは水の流れにしたがって前に進む。けれども、われわれの流動を自分自身の方へ後戻りさせるのは、骨の折れる運動である。海も、それが自分自身の方へおし戻されるときに、逆巻き、波立つ」(『エセー』第三巻、第九章、松浪信三郎訳、ガルニエ版、パリ、一九四八、第三巻、二四二頁)。対立というものは、それがいかに異質なものであろうと、やはり存在している。そして言語のうちにも同様に異なったかたちで反映している。その問題を扱うためには、スペインにおける対立、イタリアやフランスにおける対立といった形の、共時的分析が必要であろう。筆者は数年前から、この問題に首を突っ込み始めた。とはいえ、自分の研究を完成させる可能性があるかどうかは分からない。

(二四) 『セルバンテスへ向けて』(マドリード、タウルス、一九六六、第三版)の序論をみよ。

(二五) アーノルド・ハウザー『芸術史の哲学』Arnold Hauser, *The Philosophy of Art History* ニューヨーク、クノップ、一九五九、三五一頁。

(二六) 『マニエリスム、バロック、ロココ——概念と用語』(*Manierismo, Barroco, Rococo: Concetti e termini* ローマ、リンチ

エイ国立学校、一九六二）をみよ。
（二七）アーノルド・ハウザー『芸術の社会史』*The Social History of Art* ニューヨーク、ヴィンテージブックス、一九五七、第二巻、一四五―一四九頁。
（二八）『マニエリスム、バロック、ロココ――概念と用語』、六四頁。
（二九）私はここで、クルト・リーツェラー（Curt Rietzler）の賢明にして問題性をはらんだ書『美に関する書』（*Traktat des Schönen*, Klostermann, Francfort, 1935）に言及するに留めておく。私の目には芸術作品というものは、芸術的体験を唯一のもの、つまり今日、大層もてはやされている文芸学（Literaturwissenschaft）に還元させることよりも、作品を創造し、洞察する人物の生き方から出発することによってこそ、より身近な存在となりうる。
（三〇）たとえばデンマーク人学者クヌート・トゲビー（Knud Togeby）の「小説『ドン・キホーテ』の構成」『文学界』（*Orbis Litterarum*, Copenhague, 1957）を参照せよ。
（三一）『セルバンテスの思想』*El pensamiento de Cervantes* 一九二五、第二版は一九七二、バルセローナ、ノゲール社刊。
（三二）筆者がこの問題に到って気づいたことは、ホアキン・カサルドゥエロが、『セルバンテス年報』（*Anales Cervantinos*, Madrid, 1953, III, pp.336-337）において、セルバンテスとマテオ・アレマンの関係に関する重要な論考を二つ行っている点である。『名高き下女』においてカリアーソは「かの名高い悪党アルファラーチェにさえ講義することができるほど、やくざな放浪生活の万般に通じるようになった」と述べられている。カサルドゥエロはいみじくも、セルバンテスはこの模範小説で彼のことをさらっと触れた他には「直接・間接を問わず、アレマンについてはかかずらうことはなかった」と述べている。また意義深くも次のように付言する。「セルバンテスがアレマンと距離をおいたのは、二人の小説家の世界観の違いによるものと思われる。（……）ピカレスク小説は、われわれに人生についての偏った見方を提供する。（……）その見方はありのままの姿と、ありうべき姿のギャップを拡大してしまう。そうした人生観の下で生きる人間たちは、さらに卑小なものに見えてくる。（……）しかしセルバンテスは、そうしたピカレスク小説に固有の、吐き気を催させるものと恩寵とのバロック的対照をよしとはしていなかった。（……）セルバンテスは肉体性の与える幻滅感を描いてはいるが、それのみに限定しているわけではない。肉体性の魅力や魔力といったものもテーマである。それと同時に諦念や純粋さのかもし出す美感といったものもテーマとなっている。

（……）マリトルネスとアルグエーリョもあの慈悲深き方の目には美しい存在に見える……」。カサルドゥエロはさらに後の論文（ワシントン・D・Cのアメリカ・カトリック大学編『カトリック事典』所収「セルバンテス」の項）で、セルバンテスとアレマンの対立について言及している。次のような論点は筆者の目的にもっともよく合致している。「セルバンテスは小説を生み出す原理において決して孤立してはいなかった。すでにマテオ・アレマンという作家がいたからである。両者とも小説のルネサンス的形態に不足を感じ、さらに完成された形式が必要だという点で一致していた。（……）ピカレスク小説の創始者たるマテオ・アレマンは、社会と人間から成る世界を、総体として把握しようとした。そしてスペイン・バロックの作家たちの誰もがやったように、中世のキリスト教的伝統の内部にどっぷり身を浸しながら、それを試みたのである。人間と罪人とは同義語であって、人間を信頼することはできなかった。おそらくセルバンテス以上に『グスマン』を注意深く読んだ読者はいなかったであろう。彼はピカレスク的世界から完全に〈身を遠ざけ〉たが、それはルネサンス的世界と同様、それが偏った見方を提示するものだとの思いがあったからである。（……）希望こそがセルバンテスにおける主だった情感である。（……）その種の希望こそ、セルバンテス作品すべてを照らし出す光となっている」。

一六〇〇年頃に生きた二人の大作家の間の相違を、しっかり考慮に入れる必要性を認識している点で、かくも著名なセルバンテス研究者と筆者との間に一致があったことは喜ばしい。われわれの間に横たわる観点の違いは、この極めて難解な問題点の解決にとって、役立つことはあっても、決して損なうものではないだろう。

（三三）『ドン・キホーテ』前篇は、後篇に登場する人物のうちの何人かに影響を与えている。彼らはすでに前篇を読んでいる。それは宿の亭主とその家族に騎士道本が影響を与えていたことと符合する。こうした構造的にして構造化的な作品上の特徴によって、前篇と後篇の間の互いに深く密接な統一性といったものを窺うことができる。

（三四）コプラ七〇連、一六二九連、キアリーニ（G. Chiarini）版、一九六四、二一頁、三一七頁。

（三五）主席司祭における愛の思想の東洋的起源に関しては、F・マルケス・ビリャヌエバ「良き愛とは」（F. Márquez Villanueva, "El buen amor"『西洋評論』*Revista de Occidente* 一九六五、六月号）を参照のこと。

（三六）マテオ・アレマンは以下の文にはっきり見て取れるように、今日であれば心理的相対主義とでも呼ぶべき見方をしていた。「人間というものは、見たり聞いたりしたことを述べてみろと言われれば、あるいはものごとの本質や真実を語ってみろと言われれば、醜女が自分の容貌にそうするのと同様、粉飾したり隠しだてしたりすることは一般的な習いであったし、今でもそうである。誰でも感情の赴くままに、自分なりのニュアンスや意味合いを加え、誇張したり、唆したり、帳消しにしたり、気をそらしたりするものである」(『グスマン』前、第一部、第一章)。相対主義はここでは、文学作品ではとうてい達成し得ないような、実用目的に資するための概念、として提示されている。マテオ・アレマンが心に期する目的とは、新キリスト教徒たちが引き起こす(旧キリスト教徒側の)解釈や注釈に対する、ひとつの異議申し立てであった。彼は人間がその本質的価値のみをもってして評価されることがないのを嘆いている。そこで〈馬を描く画家たちを例に挙げて説明し〉、〈馬具をつけない裸馬〉のままに描かなかった画家を退けたのである。しかしこの異議申し立ては同時に、信仰告白でもあった。というのも、若干の新キリスト教徒たちが、民衆的〈世論〉の攻撃から身を避けるべく、どういう行動をとったかも叙述しているからである。「私の父はハシバミの実よりも大きなお数珠の、十五個の大珠のついたロザリオをもっていました。そして一度としてそれを、手から外したこともありませんでした。毎朝、ミサに与るときは膝づいて、胸下高く手を合わせ、その上に帽子を置いていました。ところが口さがない連中は、そうした格好で祈るのはミサを聴きたくないからだし、また帽子を被せているのは、お祈りする手を見たくないからだと噂したのです。冷静沈着なお方なら、このことを正しく判断できるでしょう。そしてそれが良心のない心無い人たちの、向こう見ずで邪悪な見方だったと、言ってもらいたいものです」。こうした枠組みを描き出すのに同じように役立っているのは、皮相主義、冷笑主義、それに怨念といったものである。異端審問の過程で語られたのは、コンベルソたち(たとえばフェルナンド・デ・ロハスの義父アルバロ・デ・モンタルバンの例)が、ミサに与る際に、いかにこっそりと見張られていたかである。それはファン・デル・エンシーナによっても言及されている。マテオ・アレマンは引用文の少し前にこう述べていた。「もしわれわれにとって好ましいものを選ぶことができたなら、アダムの塊(人類)から最良部分を選んだであろうことは、信じてもらって間違いありません」(ヒリ・ガヤ版、第一巻、上記引用文中、五二—五六頁)。こうした部分から『ドン・キホーテ』が構想された環境がいかなるものであり、またそれが芸術的に見て『グスマン』とどれほどの懸隔があったかが計られよう。

(三七) 一八九二年、エミール・アンリという名のフランスの知的青年が、パリのサン・ラザール駅の、喫茶店テルミヌスにおいて爆弾を破裂させた。彼は「無政府主義万歳!」と叫んで死んだが、人生最後の日々を部屋にこもって、

『ドン・キホーテ』を読んで過ごしたという（ロジャー・シャタック『宴の年』一九六一、二一二頁）。

（三八）　ステファン・ギルマン『《ラ・セレスティーナ》の芸術』（一九五六）を参照せよ。これは真に文学を考察しようとせずに、文学を論ずる者たちからしばしば誤解を受けた本である。

（三九）　大分前からわれわれの中では、それがいかなる程度にせよ、セルバンテスは〈あの連中の一人〉ではないかと疑われてきた。彼は父親が外科医であったこと、頻繁に居場所を替えていること、ほとんど公的恩典を得られなかったこと、旧キリスト教徒について揶揄したり、暗示したりした点などから、当時の偉大なキリスト教徒たち、つまりサンタ・テレサ、フライ・ルイス・デ・レオン、『ラサリーリョ』の匿名作者、ホルヘ・デ・モンテマヨールなどと同列に置かれることとなった。とはいえ、筆者はセルバンテス作品から引き出されるきわめて説得力ある証拠に、さらに資料的証拠を加えて、それを裏付けられたらと期待していた。しかしサルバドール・デ・マダリアガの論文（*Cuadernos*, París, 1960, pp.44-46）を見て、セルバンテスがコンベルソの血統に属していたという、自分の見解の根拠を明らかにせねばならないと感じた。セルバンテスの例もまた、スペイン的あり方だったのである。とはいえ、筆者は「研究を『ドン・キホーテ』の作者のセファルディ的起源に方向づけていく」（同、p.46）必要はないと思う。セファルディたちは亡命ユダヤ人たちの子孫であったし、今もそうである。セルバンテスはネブリーハやフランシスコ・デ・ビトリア、バルトロメ・デ・ラス・カサス、ディエゴ・ライーネス神父、ホセ・デ・アコスタ神父などと同様、自らのルーツをカスティーリャ的伝統に根づかせていたのである。本書一三八頁以降を参照のこと。

（四〇）　拙著『文学論争としての《ラ・セレスティーナ》』（西洋評論、マドリード、一九六五）セルバンテスにとって〈血の純潔〉は何の意味ももたなかった。彼は常に「美徳の純粋さと、善き名声が内に秘めている美しさ」について語っているからである（前、三三章）。ところが旧キリスト教徒たちは、そのようには考えなかった。彼らにとって脂身こそ高貴な食べものであり、〈神の恵み〉だったからである。

（四一）　スペインの歴史は、その実態に即して見なければ理解しえないということは、日々明らかになっていくであろう。歴史家たちはすでに今でも膨大な量の、自らの隠蔽をさらに等比級数的に増加させていくに違いない。真実を是認し、〈硬化を妨げる〉か、さもなくば、ガス室を用意し、寄る辺なき歴史的真実が、知性の世界から姿を消すに任すしかない。それはかなり陰鬱で荒涼とした光景である。

（四二）　マルセル・バタイヨンはマドリードの国立図書館にて、改革派に転向した修道士セバスティアン・ミュンスターの手になる『世界誌』*Cosmografia*（バーゼル、一五四〇）を一冊見つけた。そこには異端審問官によってかなりの部分が削除された、エラスムスの肖像画が掲載されている。その左側には十七世紀の人物の手になる「そして、その友人ドン・キホーテ」という書き込みが、また右側には「サンチョ・パンサ」という書き込みがなされている。バタイヨンが述べているように、そうした連想によって何かを是認しようとしているのか、あるいは非難しているのかは判然としない。しかし何かを連想させていることだけは間違いない（『エラスムスとスペイン』メキシコ、一九五〇、II、四一六頁、四二四―四二五頁）。

（四三）　『フェリペ二世の肝煎りで作られた、スペインの村々についての報告書』トレード王国（第三部）、マドリード、一九六三、五八一頁、カルメロ・ビーニャス・イ・ラモン・パスによる版。

（四四）　〈アラローサ〉とはアラビア語で「花嫁」を意味する。J・オリベール・アシン（BRAE, XXX, 1950, pp.389-421）を参照せよ。

（四五）　コンセプション・アルバレス・テラン女史がシマンカス古文書館にて発見し、後にL・アストラーナ・マリンが『セルバンテスの英雄的人生』（第六巻、一九五六、五一〇頁）において再録したもの。

（四六）　拙著『セルバンテスへ向けて』（第三版、一九六六）所収の『嫉妬深いエストレマドゥーラ男』に関する論文を参照せよ。

（四七）　A・モレル・ファティオは（『スペイン研究』*Etudes sur l'Espagne*　一九二五、第四巻、三九八頁）在フランス大使ドン・ベルナルディーノ・デ・メンドーサの、ドン・ファン・デ・イディアケス宛ての公文書を引用している。それによると、教皇シクストゥス五世がフェリペ王のことを「決断力に欠け、いつも遅く到着するふがいない男」と呼んでいた事実について述べられていた。大使はさらにある印刷物の中で、イギリス王妃の糸巻きの方がスペイン王の刀よりも価値がある、と付言している。

（四八）　ありふれた列挙の仕方ではあるが、次のような表現もある。「同じ村の生まれであること、血筋もけがれていないわけではなし、花の年頃でもあり、非常に豊かな財産もあって、申し分ないほど利発であることなど……」（『ドン・キホーテ』前、五一章）。

（四九）『人生の書』（三七章、『全集』アントニオ・コーマスによる版、バルセローナ、一九六一、四七八頁）より。心理的閉塞感と無分別の支配する現代において、コーマス教授の研究は沈着冷静な精確さという点で際だっている。研究書の第一節のタイトルは「ユダヤ主義と人文主義」となっている。彼はそこから出発して、サンタ・テレサにおけるキリスト教を浮き彫りにし、さらにその神秘主義の特徴、つまり彼女のスペイン的特質を説明している。一九六五年においてすら、真実に反して「サンタ・テレサのユダヤ的出自は、事実から遠い」（『年報』パリ、一九六五、一〇二七頁）などと、臆面もなく記す者がいる。
（五〇）註（九）で引用したフライ・ルイス・デ・レオンの文章を想起せよ。
（五一）「セルバンテス時代におけるエラスムス」"Erasmo en tiempo de Cervantes"『セルバンテスへ向けて』（第三版、マドリード、タウルス、一九六六）所収、をみよ。
（五二）メキシコで出版されたスペイン語版（一九五〇）を参照のこと。
（五三）『使徒信経』（*Símbolo de la fe*, BAE 第六巻、三〇二頁）。（バタイヨン、前掲書、第二巻、三七四頁）。
（五四）『文学論争としての《ラ・セレスティーナ》』（二八頁）をみよ。
（五五）サンチョの言葉（およびクラビレーニョの話自体）と、十六世紀末にグラナダのモリスコたちによって（鉛板に）書かれた偽書『鉛板文書』の題名が一致しているのは、注目すべきことである。その題名は「天使ガブリエルは神の命を受けて、牝馬に乗ったマリアを連れ去り、地球を芥子粒のごとくに見た」（J・ゴドイ・アルカンタラ『偽略年代記の批判史』六八頁）となっている。セルバンテスはグラナダで、かつてキリスト教とイスラム教を折衷しようとする、かかる企てのあったことを知ったと思われる。拙著『スペインの歴史的現実』（一九六六、二百頁）および『セルバンテスへ向けて』（一九六六、三四九頁）を参照せよ。
（五六）本書の後の論文「フライ・バルトロメ・デ・ラス・カサスまたはカサウス」をみよ。
（五七）これはたとえ売れなくても、自分の商品に高値をふっかけて問題を起すことも意に介しない（後先を考えない）無思慮な者たちのことを指した表現（原文「売れなくてもデタラメを言ってしまえ」）。
（五八）聖アウグスティヌスは両者をきわめてはっきり区別していた。「〈天の天〉は、どこに存在するのであろうか。私たちの目に見えない天よ、汝はどこに存在するのか」（『告白』第一二巻、第二章〔渡辺義雄訳〕）。

（五九）　そう言えるのは、一五四五年にすでにエラスムスの指示のもと、ヴェネチア（ヴィンチェンツォ・ヴァウグリス刊）で『プラトアルボイノ出身のバルトロミオとピエトロ・ロスティニによって、ギリシア語からイタリアの共通語に翻訳された、滑稽なアリストファネスの喜劇』（*Le comedie del facetissimo Aristofane, Tradutte di Greco in lingua commune d' Italia, per Bartolomio e Pietro Rostini, de Prat' Alboino.* In Vinegia, Apresso Vincenzo Vaugris, al'l segno d'Erasmo, M. D. XLV.）という本が出版されているからである。『雲』（fol.38v）の中でソークラテースとストレプシアデースが対話している。

ストレプシアデース　それじゃ、ええと、大地にかけて、オリュムポスのゼウスは神様じゃないのかね。

ソークラテース　ゼウスだと、馬鹿なことを言うな。ゼウスなんかいないよ。

ストレプシアデース　だつて？　それでは誰が雨を降らす。こいつは何よりも先に説明せずばなるまい。

ソークラテース　一体雲なしに今までに雨の降るのを見たことがあるかね。

ストレプシアデース　これまでわしはゼウスが本当に篩《ふるい》を通してじゃあじゃあやらかしていると思っていた。

ソークラテースはこの対話以前に、ふざけた奉献を捧げて雨乞いをしている。ストレプシアデースは濡れないように身を覆うから、少しまってくれと頼んでいる。「まった、まった、濡れ鼠にならないようにこいつをひっ被ぶるまで、まった」（fol.35r〔高津春繁訳〕）。

（六〇）　このことだけで、セルバンテスが異端審問をどのように見ていたか十分に推測することができる。なにしろ道端に落ちている紙切れ一つでも、拾い上げて読むほど熱心な読者だったからである。モリスカ女のセノティアはこう述べている。「四年ほど前までいた故郷のグラナダにいたけど、カトリック羊の番犬どもがうるさくて飛び出したのさ」（『ペルシーレス』巻二、第八章）。〈番犬〉（mastines）は〈告げ口屋〉（malsines）の言い換えとして用いられている。これは前にも触れたが、モリスコ追放を当てこするもう一つの例である。セルバンテスのごとく、こうしたことを記すような人間が、どうして異端審問を賛美しえたであろうか。

（六一）　異端審問官は異端の嫌疑で告発された者たちの取調べを始めるに当たって、相手が聖職者であろうと、博識な聖書学者であろうと、最初に四つのお祈りを暗誦させたと言われる。因みに「フライ・アロンソ・グディエルは主の祈り、アベ・マリーア、使徒信経、聖母の祈りの四つをきちんと暗誦することができた」という記述（『聖書学者アロンソ・グディエルに対する罪状』M・デ・ラ・ピンタ・リョレンテによる版、OSA 一九四二、一二三頁）がある。

（六二）〈お前さんたち〉（vosotros）という語を使えば言い過ぎになったため、避けられて〈わしども〉となった。ラーナは自分にはいまだに村長としての法的権限がないと思っていたので、あたかも聖器僧と同じように鐘をついたり、同じお勤めをするかのごとく語っている。

（六三）「改宗ユダヤ人のこと」（Dicc. Acad.）とされる。したがって〈改宗者〉confeso とはユダヤ教を捨て去り、キリスト教に改宗した者のことである。しかし confeso という言葉はヘブライ語からの転用であり、そのことはコバルービアスも一六一一年に「ユダヤ人のこと」だと指摘している。というのも、ヘブライ語の yadah とその派生形 hayodaha は、本来「イスラエルの律法に帰依する、告白する」を意味するからである。yadah から地名を表わす yehudí が、そして後にラテン語化された形 Judaeus が派生した。つまり confeso という語は元来、「ユダヤ人」を意味しているのであり、「改宗ユダヤ人」ではない。セルバンテスは皮肉まじりに一般的用法に合わせるべく、「ユダヤ人」の意味で用いている。

（六四）『葛藤の時代について』一九六三、一九七頁。

（六五）フランシスコ・マルケスは、十五世紀の市議会に見られたコンベルソたちの存在と行動についての研究を行った。その結論は当時のみならず、後の時代にも有効であるように思われる。どうやら市議会にとって「ブルゴス市のコンベルソたちによる干渉は、最悪の影響をもたらしたようである」。とはいえ、他の事実によれば次のように考える余地もある。つまり「旧キリスト教徒たちは改宗したばかりの者たちに、公的・私的な道徳律を教え込む能力にきわめて恵まれていた」わけではなかった。「何はともあれ、コンベルソたちは市議会の代議員として、宗教文化や精神性の面で相当な影響を及ぼしたということは間違いない」（「十五世紀におけるコンベルソと議員職」*Revista de Archivos*、マドリード、六三号、その二、一九五七、五三〇―五三二頁）。かくして歴史的な視点で『ダガンソの村長選挙』や、キニョネス・デ・ベナベンテの『出会った二人の村長』*Dos alcaldes encontrados*（『セルバンテスへ向けて』第三版、一九六六）などの作品が理解しうるようになったのである。

（六六）『ドン・キホーテ』においては、活気づけられた生がさまざまな方向に運動していたのだが、それがファン・マルティ（マテオ・ルハン・デ・サヤベードラ）の偽作『グスマン・デ・アルファラーチェ』においては、それが一方的な言説になってしまった。この意味ではマテオ・アレマンの真作と同類である。「スペイン人たるもの（……）他の国民と比べて、騎士なることがスペイン人たることの十分条件である。彼らはスペイン人たる資質だけで、大いなる尊敬に値すると思っている」（BAE 第三巻、三七〇頁ａ）。

（六七）　チリーノはコンベルソ特有の名前である。アロンソ・チリーノ（Alonso Chirino）はファン二世の侍医であり、モセン・ディエゴ・デ・バレーラの父にして、著名な医学書を著している。

（六八）　今にして思うと、コメディアに対する批判と同様に、（エラスムス主義者、つまり新キリスト教徒にとって好ましからざる）騎士道物語に対する敵対的態度のよってきたるところは、単純にそれらが旧キリスト教徒の多数派的血統の感性と価値観に合致した文学ジャンルだったという点によると思われる。この問題に関しては『セルバンテスへ向けて』（一九六六）第三版の序文をみよ。多数派の視点から構想された文学といったもの（ロマンセーロ、騎士道物語、コメディア）が存在する一方、『ラ・セレスティーナ』から『ドン・キホーテ』に到る少数派的価値基準をモチーフとした別の文学もある。

（六九）『セルバンテスへ向けて』（第三版、マドリード、タウルス、一九六六）の序論を参照せよ。

（七〇）　スペイン的過去について扱うときと同様、セルバンテスについて語る際には、あらゆるものが肩すかしや韜晦になるか、あるいは常軌を逸したエピソードと化してしまう。セルバンテスは彼をとりまく社会に背を向け、一種の文学的放浪に身を投じた。というのも、〈世論〉が評価に値しないものを評価し、〈至聖化〉したからである。というのも宗教裁判所の身内や司祭になって（マドリードの中心部で、誰もが知ることながら）人妻と情交関係を結んで娘を生ませ、セッサ公の馬車に乗せて教会の洗礼式に赴くような生活を送っていた人物（ロペのこと）もいたからである。ところがセルバンテスはその前に、『ドン・キホーテ』後篇の序において、はっきりとロペ・デ・ベーガに攻撃を加えていた。とはいうものの、この事実はセルバンテス芸術の意味や構造と、しっかりと結び付けられてはいない。彼の芸術はまさに、道徳的・宗教的価値の堕落した社会に対して照準が当てられていたのである。セルバンテスは（偽作『ドン・キホーテ』の作者によって投げつけられた）自分がロペ・デ・ベーガの栄光に嫉妬して、悲しい思いをしているという非難に対して、こう答えている。「私の知っているのは、ただ聖らかな、高貴で、しかも善意の羨望にすぎない。これがそうだとしたら、いやそうなのだから、私はいかなる聖職者も追求する必要はない。ましてその人が宗教裁判所の客員（セルバンテスはこのことを一度ならず皮肉を込めて言及している）を兼ねているとしたらなおさらのことだ。もしもあの作者が述べているらしい人物について、述べたのだとしたら、彼は何から何まで間違っている。それというのも、私はその人の才を実にたっとんでいるし、その人の作品にも、その不断の、立派な精進にも敬服しているのだから」。

この部分のアイロニーについてはしばしば触れられてきたが、それはあたかもその場限りのものとしてである。ところがこのことと、セルバンテス作品の全体的構造との関連性については、何ら注意が払われることはなかった。寡婦の話（前篇、二五章）やその他の修道院生活に対する辛辣な当てつけは、中世的後味の残る〈ファブリヨ〉的ことがらである。見落とされていたのは、セルバンテスが思いつきで書いたものなどひとつとしてなく、すべてが彼の生の状況、彼を取り巻く文学的・社会的な世界と向かい合うときの姿勢を、如実に写しだしているという点である。そうした核心的形態を考慮に入れなければ、彼の作品の構造（それが当時の多数派文学との関わりでいえば周縁的であったという点は、特筆大書せねばならない）は、理解しがたいものとなるだろう。註釈者たちは見過ごしているが、『名高き下女』の中でコンスタンサの耀くような美しさを述べている若者は、こんなことを言っているのである。「おいらなんぞにとっちゃ（妻にするのには）高嶺の花であることたあ、十分過ぎるほど承知しているがね。あの娘は、それこそ大司教様か、どこぞの伯爵の宝玉よ」。セルバンテスは大司教の方を先行させて述べている。ロドリーゲス・マリンはこの〈模範〉小説を註釈する際でも、恋する若者のこうした〈世論〉あるいは〈見方〉の模範性については何の言及もしていない。

（七一）　アバリェ・アルセによる版（Clá. Cast. 154）「第二の書」一四二頁。

（七二）　セルバンテスが可能な形で執拗に、王（かつてのフェリペ二世、現在のフェリペ三世）に対して皮肉的・不敬的態度をとった理由は、多くの臣下がフェリペ二世に対して、少なくとも一五八〇年以降、あまり共感を抱かなかったということだけで、説明しきれるものではない。イエズス会士ペドロ・デ・リヴァデネイラ神父は、当時トレード大司教で異端審問所長官であったドン・ガスパール・デ・キローガに宛てた親書において、そのことをこう述べている。「自分たちの王の名誉と栄光を愛し、好み、希うことを常としていた者たちの気持ちが、この頃ひどく変わってきたように思う」。そしてこの変化が起きたのは「あらゆる身分の者たちの間である。というのも民衆にとっては売上税のせいであり、貴族にとっては、自分たちがもはや貴族でなくなったような、そして軽視されているような印象をもったためである。騎士たち（……）聖職者たち（……）それに修道士たちですら国王陛下に対して苦々しい思い、怒りと不満を抱いている」（BAE, LX, p.589）。この手紙については拙著『歴史の中のスペイン』（一九四八、六四八―六五〇頁）の中で取り上げ、解説している。

（七三）　混乱を避ける意味でここで強調しておきたいことは、このような新しいタイプの自由闊達な人物たちに与えられた能力の根拠となっているのは、前にも述べたとおり、セルバンテスが、人間の霊的内面性は物質的外面性にまさるものだと信じているところからくる（これはエラスムスからの影響）。そこから自分や他者やその他諸々のことについて、自分なりの意見を述べることができるという意識が生まれる。セルバンテス芸術のうちには東洋と西洋が合流している。『ドン・キホーテ』前篇の構造のなかに騎士道物語が滑り込み、今度は前篇が後篇の枠組みのなかに流れ込み、浸透しているというのは東洋的要素の現れである。つまりそこでは存在は永続的な流れとなっている。というのも存在と実体はアラーの中にのみ共存しうるからである。したがってひとつの存在は他の存在の中に滑り込み、自らを注ぎ込むこととなる（郷士アロンソ・キハーノは遍歴の騎士に転身する）。ところで、たとえこのことがイスラム的思考法の反映であったとしても、そのプロセスを認識し、個人レベルの確固たる自由な視点でそれを表現するというのは、もはやイスラム的ではない（イスラム文学には物語はあっても、また人物たちが外部に流れ出すとしても、それが自己の内部で自由に感じ取ったことに由来するような、そうした人物を描く小説といったものは存在しない）。

（七四）　『アルジェール生活』の第四幕で、サヤベードラは信仰を捨てようとするあるキリスト教徒に向ってこう語る。「それは大きな悪行で恐ろしい罪だし、そなた自身の本質にもとることとなる」。するとそれに対してペドロは、自分なりのやり方でイスラムへの見せ掛けの改宗をするだけだと答える。これら二人の人物は固有の人格としての意識から語っている。このコメディアで論じられているのは、こうしたケースで偽善的態度をとることの是非である。

（七五）　ドン・キホーテは市から遠くに住んでいた公爵夫妻の家での滞在によって、一再ならず自らの個性を精力的に発揮させる機会を得た。

ついでに次のことを指摘しておこう。ブロセンセは異端審問所から父方の祖父母の名前を言うように求められた際、「会ったこともないし、名前も知らないと言った」。母方の祖父母についても「会ったこともなければ、どういう名前かも知らないと答えた」。ブロセンセのごとき知性と見識のある人物が自分の四人の祖父母の名前を知らない、とせねばならなかったのはまさに驚きである。十六世紀スペインのことを知る者にしてみれば、ブロセンセの子供たちの職業はかなり暗示的である。息子のうち一人は修道士で、二人は医者であり、一人の娘は医者に嫁いでいる。彼の父親はつづれ織り職人であった。どこにも農民の姿は見出せない（アントニオ・トバール、マリア・デ・ラ・ピンタ・リョレンテ編『フランシスコ・サンチェス・デ・ブロサスに対する訴訟』マドリード、一九四一、三九―四一頁）。修道士で聖書学者であったアロンソ・グディエル（Alonso Gudiel）は、ユダヤかぶれの汚名を着せられ、異端審問所の獄中で亡くなった。彼の父親は薬剤師であり、彼は父方の祖父がどんな職についていたか、祖母がどういう名前であったかも知らなかった。母方の祖父母についても、知っていることは何もなかったが、医者に嫁いだ叔母がひとりいた。二人の叔父は修道士であった。妹はアルガバ（Algaba）侯爵の会計官と結婚していた（『アロンソ・グディエルに対する……犯罪事由』マリア・デ・ラ・ピンタ・リョレンテ編、マドリード、一九四二、一二二頁）。人文主義者であること、祖父母が誰であったか亡失していること、親戚に医者がいること、薬剤師や貴顕の執事、税金の徴収人であること（マテオ・アレマンやセルバンテスのケース）などはすべて、新キリスト教徒の家系に属す人物であることを暗示している。

（七六）　拙著『葛藤の時代について』（タウルス、マドリード、一九六三、一八四頁）をみよ。

（七七）　こうした考え方をしているセルバンテス学者の中にポール・アザールがいる（Paul Hazard, *Don Quichotte. Étude et analyse*, Mellotée, París, 1931, pp.57-89）。

（七八）　『アルジェール生活』（本書一三九頁参照）の中において、あるトルコ人はスペイン人が敵たるわれわれを利することとなるから、せいぜい体面という馬鹿げた考え方にこり固まっているがいい、と述べている。しかしこれはトルコ人の言葉であって、セルバンテスの言葉ではない。

（七九）　前述の内容は「『ドン・キホーテ』の構造」（『セルバンテスへ向けて』一九六六、第三版）において、別の角度から扱われ考察されている。

（八〇）　筆者には『ドン・キホーテ』における人物の名前というのは、何者かの生命領域の一部をなしていると思われる。それは同時に価値観の反映でもある（サンチョは自分の妻の名前を茶化している）。ドン・キホーテは自らを〈ライオンの騎士〉と呼ぶことで一段と耀いているし、逆にヒネス・デ・パサモンテは〈ヒネシーリョ・デ・パラピーリヤ〉と呼ばれることで貶められている。一方では、名前の不確定性によって、異端審問所の命令で教会内で恥辱にさらされることを回避したいという欲求を、皮肉っぽく暗示した可能性もある。忘れてならないのは、フライ・バルトロメ・デ・ラス・カサスは自著のいくつかに〈ラス・カサスまたはカサウス〉と署名したが、それは最初の名前がコンベルソのそれであったためである。「キハーダ、ケサーダ、ケハーナ」というのもおそらく、そうした状況に対する皮肉まじりの論及だったのであろう。それと異なる解釈についてはライリーの論文「『ドン・キホーテ』人名録」(E. C. Riley, "Who's Who in *Don Quijote?*" en *Modern Language Notes*, 81, 1966, pp.113-130) をみよ。管見によれば、個人名の同定という問題が、論理の上で提起される際、個人名がどのように出てきて、どう表現されているかに特段の関心は払われない。『ドン・キホーテ』においては、名前によって作品の形態が複雑化するのは、その〈意図性〉ゆえである。

(八一) 文書的裏付けのためにF・ロドリーゲス・マリンの『ドン・キホーテ』の新版、第七巻、一九二八、四〇五―四二二頁を参照せよ。

(八二) フェルナンド・デ・ロハス(『ラ・セレスティーナ』の著者)の長男は、従妹のカタリーナ・アルバレスと結婚している。二人の間の息子ガルシ・ポンセは、エスキビアスのサラサール家のマリーア・デ・サラサールと結婚している。ロハス家の人間がセルバンテスの妻の実家と遠戚関係にあることは、トレードの司教座聖堂参事会員ドン・ナルシソ・デ・エステナガによって、かなり以前に指摘されている。また今日では、ステファン・ギルマン教授が他のデータによってそのことを証明している(Stephen Gilman, "The Family of Fernando de Rojas" *Romanische Forschungen*, 1966)。

(八三) F・ロドリーゲス・マリン「セルバンテスとコルドバ市」、『セルバンテス文書』*Documentos cervantinos* 所収、マドリード、一九四七、一七〇頁。セルバンテスの伝記ははっきりした点はごく少なく、分かりにくい部分に満ち満ちている。彼の伝記作家たちはこうした状況に加えて、〈ミゲル〉という人物を欠点のない著名人に祭り上げようとする余り、不朽の名作を理解しようとする努力を妨げてしまった。セルバンテスはセビーリャ滞在中の一五九三年六月四日と十日に、二度にわたって事実と違えたことを言っている。というのはその二度の機会に、自分は「コルドバ市の生まれ」であってアルカラ・デ・エナーレスの生まれではない、と述べているからである。これほど大きな間違いをなぜ犯したかというと、友人のトマース・グティエレスが自分の両親が旧キリスト教徒で、コルドバ出身だということを証明せねばならなかったからである。そのために彼の側に立つべき証人（セルバンテス）が、コルドバ生まれである必要があったのである。ここにセルバンテスに関する調書がある。「（セルバンテスの証言によると）トマース・グティエレスおよびその両親はきわめて古い旧キリスト教徒であったし、今もそうであるということである。また実際コルドバ市において、そうした身分であるとみなされてきたとのこと。また証人によれば、彼らがモーロ人、ユダヤ人の血統に属さず、われらが聖なるカトリック信仰に、新たに改宗した者たちの血をひいていることもなければ、異端審問に断罪されたこともないという点を確認した。もし事実に反することがあれば、この証人は当然そのことを知っていたはずである。というのも、証人はコルドバ異端審問所の審問官であった人物たちの息子や孫にあたるからである」（ロドリーゲス・マリン、前掲書、一七〇頁）。セルバンテスはこれ以外のケースで自分の生地を述べねばならなかった場合では必ず、アルカラ・デ・エナーレス生まれだと述べている。一五九三年に事実を偽ったのは、友人トマース・グティエレスがセビーリャ大聖堂の「聖体礼拝会」信徒団との係争に際して、旧キリスト教徒であることを証明するために、便宜を図ってやったためである。ロドリーゲス・マリンによれば、その信徒団はセルバンテスの友人に対して、「現在の宿の主人としての職や、かつての喜劇役者の職が不名誉で下賤」（一六九頁）であったゆえに、信徒団員として認めようとはしなかったらしい。もしそれが唯一の動機であったとしたならば、（ごくごく昔からの習慣であったにせよ）セルバンテスが偽りの証言をしてまで、旧キリスト教徒ならざる者に、そうである証明をせねばならなかった必然性が見えてこない。またもう一つはっきりしないのは、セルバンテスが宗教裁判所の一審問官の〈息子〉だとするところだが、本当のところは〈孫〉であった。父ロドリーゴ・デ・セルバンテスについては、外科医で聾者だったということくらいしか知られていない。あらゆるこうしたもめごとからして、セルバンテスが旧キリスト教徒ではなかったこと、そして親友トマース・グティエレスもそうではなかったという疑念を裏付けるものとなっている。セルバンテスはこれに類した他のケースでも、自らの〈魂〉の求めに応ずるよりも、いわゆる〈人間的配慮〉に気を遣わねばならなかったのである。これを一概に悪と捉えることはできない。

（八四）　このテーマおよびそこから派生する問題については、拙著『セルバンテスへ向けて』（第三版、一九六六）に詳しい。

（八五）『葛藤の時代について』一九六三、二一三頁。

（八六）よく知られたM・バタイヨンの『エラスムスとスペイン』（メキシコ、一九五〇）の他に、卓越した論文として見るべきものは、A・シクロフ「グアダルーペにおける隠れユダヤ主義」A. Sicroff, "Clandestine judaism in... Guadalupe" en *Studies in Honor of M. J. Benardete*, Nueva York, 1965）がある。ユダヤ系の修道士の中には、慣習によって祭り上げられた宗教に対立する、いわゆる〈霊の宗教〉に励む者たちもいた（一〇六頁）。彼らはお祈りを捧げることをせず（一〇一頁）、もちろん豚の脂身など口にしようとはしなかった。それでも口にした者は「すぐに便所に駆け込んで吐き出した」（九八頁）云々。コンベルソたちの中には十五、十六世紀の精神主義（サヴォナローラやエラスムスなど）に惹きつけられる者たちがいたことと、あるケースで符合するのは、人々がそれと同一の内面的キリスト教によって、ユダヤ教化し、教会の仲介的機能を不用とする考えに傾いていったことである。筆者は『スペインの歴史的現実』（四四一頁と二八二頁、一九六二年版または一九六六年版）において、一五九六年にメキシコの異端審問所によって焼き殺されたルイス・デ・カルバハルが供述したところによると、（どうやらコンベルソと思われる）マヌエル・デ・ルセーナがファン・デル・カッサルに対して、彼の「信仰に疑いをかける」ように仕向けたらしい。それはカルバハルがルセーナのためにフライ・ルイス・デ・グラナダの『使徒信経』を買ってやったことがきっかけであった。時代は下り、一六五八年にロレンソ・エスクデーロ某というモリスコ出のコンベルソが、アムステルダムにおいて言明したことによると、「自分はフライ・ルイス・デ・グラナダの著作を読んだせいで、ユダヤ人になってしまった」という。こうしたケースだけに留まるものではないであろう。引用した拙著の言葉につけ加えるべきことだが、宗教的見せ場を重視した抑圧的な雰囲気の中において、自らの信仰に不安を抱く者たちにとって、フライ・ルイス・デ・グラナダの以下の文章はすばらしいものに響くはずである。「宗教的魂は、何ものをもってしても神を称えることも、神が何者なのか説明することもできないということに気づくと、聖なる沈黙と大いなる驚愕の中に留まるものである。（……）最も完璧なる神への称賛とは、われわれが言うような、こうした聖なる沈黙と驚愕である。つまり宗教的魂はそれらを通して、かくも不可知なる偉大さを激賞しつつ、没入と感激の状態に身をひたすのである」（『使徒信経』*Símbolo de la fe*, BAE, VI, 283a）。「キリスト教信仰の根拠となるべき聖書の尊厳」（299a）、「私はキリスト教的慈愛と人々の魂を救いたいという熱望に動かされればこそ、信仰について偽りの熱心さを抱く多くの者たち

（彼らはモーロ人であれ、ユダヤ人であれ、あるいは異端者、異教徒であれ、キリスト教信仰の外にある者たちに、悪をなし害を及ぼすことを、罪を犯すことだとは思っていないが）に対して、忠告すべきだと考えている。（……）われらが主はたしかに不信心者の罪を罰することを望み、聖職者を己が怒りの執行者と見なしたとはいえ、神の義を執り行う者たちといえども、そうでない者と等し並みに罪を犯していることになる」（521a）。ここを見れば異端審問官たちもさぞ居心地が悪かろう。

（八七）『祈りの書』（*Libro de la oración*）、バタイヨンによる引用、前掲書、第二巻、一九五頁。

（八八）筆者は人間一般について言っているわけではない。というのも真の意味で『ドン・キホーテ』の象徴的な重要性が、小説的で効果的になりえたのは、唯一ヨーロッパにおいてのみであったからである。中国人やインド人、イスラム教徒が『ドン・キホーテ』を読むことを通して、大きな成果を引き出したとは思えない。私がそう言うのは、決して彼らに不足があるからというのではなく、このことによって〈人間的なるもの〉という抽象概念は、（エレクトロニクスや経済、統計学などの）共通分母はあるものの、彼らにはあまり作用していないことが改めて裏付けられていると思うからである。すべての人類は、最終的には共通分母的なものに縛り付けられてしまうかもしれないが。

II　スペイン人の過去についての更なる考察*

＊　本稿は『スペインの歴史的現実』（一九六六、メキシコ、ポルーア社刊）の序文をなすもので、本書に含まれる他の研究と内容的な整合性をもつ。

本書〔『スペインの歴史的現実』〕の初版は一九六二年末に世に出たが、その第一部で明らかにした内容をさらに広げ、補完すべき第二部を完成する以前に、版切れとなったものである。スペインの過去の歴史を扱ってみれば分かるが、そこではあらゆることがユニークで類例をみない。とりわけその理由としては、問題性が眼に見える現象面とその意味付けとの間のコントラストにあるばかりではなく、以前ほど扱いやすくはない一現実が求める、さまざまな要請を前にして、多くの歴史家たちが示すえり好みと、彼らの習慣的行動との対立・葛藤にもあるからである。深く根をおろした世俗的基盤の上に建てられた、その種の魔術的包囲網を突破しようと試みる者にとって、そこには険しい困難が待ち構えている。とはいえ、こうした破壊と再建という仕事を一目見ようと、日ごとに観客は増えてきているし、また寛大にして有能な協力者たちが、刺激を与えてくれるおかげで、この仕事を継続することができる。

私は本序文において自分の他の論文で示していくつもりの、また（余命が許せばのことだが）本書の第二部でさらに発展させたいと思っている考え方を、前もって示すことが有益だろうと判断した。たとえばスペインの〈没落〉といったありふれた概念を、没落したとされるスペイン的生の機能や形態がいったいどういったものだったのか、新たに正しく捉えなおすことが必要である。そのためには（戦争や人口減少などの）外部的説明がなされるのが普通である。しかし、人口過多の土地が実際にはこれといったものを生み出すことがないこともあれば、その逆のケースもあるという事実に思いを致すことはめったにない。戦争は時として問題の終結点でもあるし、また場合によっては出発点でもある。こうした点を考慮に入れて、われわれは十六世紀末以降、国として次第に窮乏し、無知の度合いを深めていったスペイン人の本質と生の実態を、自らに問い直す必要があるのである。いまだにわれわれは、驚くべきインディアス帝国がスペイン人にとって、経済的にみてどうしてあれほど無益なものに帰したか、その原因が分からないままでいる。またスペインという国が地理的に見てヨーロッパにかくも近く、またその一部となっているにもかかわらず、そこから離れてしまったのはなぜなのか、その理由も分からない。こうした際立った無知というものは、スペインが元々ヨーロッパと結びついていたとか、西洋の他の国々と似たようなコースを辿ったとする欺瞞にしがみついている限り、正されることはない。

いつの日か問題の核心に至り、無定見で愚かしいことに時間を無駄にしないためにも、まずこの種のいらだたしい問題にまつわる狭い領域に頭脳をめぐらすことが求められる。なぜ今日においてもなお、われわれは外国の文化的植民地であり続けるのか、その原因を白日の下に曝け出さねばなるまい。これは決して〈魔法使い〉のせいでもなければ、宿命的な運命のせいでもない。そうではなく、今日世界でスペイン語とポルトガル語を話す人々すべてが、自ら描いてきた自分たちの生命プロセスによるのである。いまではイタリア人はスペイン文学の探求に大いなる貢献をしているのに、スペイン人の方は〈ラテン姉妹〉（sorella latina）に関して同じような貢献をしているとはとうてい言いがたい。

こうした否定的側面の裏返しとして出てくるのが、スペイン帝国の偉大さであり、また十七世紀のかなりの時期までに、なし遂げられた偉業のかずかずである。ところがこうしたことはどれも、血統の対立とは不可分なのだが、この問題を前にすると人々は目を閉じ、筆を止めてしまうのである。とはいえ、現実はそうしたものであったし、それ以外の何ものでもなかった。旧キリスト教徒の血統と、もう一つ、ユダヤ人とモーロ人の血を引いた新キリスト教徒という別の血統が存在したのである。そこにはスペイン的生から引き裂かれたセファルディ（スペイン系ユダヤ人）たちが生きていた。一六〇九年に追放刑を受けたモリスコたち（二）は十八世紀にいたるまで、自分たちの習俗（よく混同されてアンダルシーア的とされるが、そうではなくイスラム的なという意味）を保持し続けた。こうした一四九二年と一六〇九年の間に起きた、三つの血統の三つ巴や、生粋主義、彼ら同士の緊張感と決裂といった要素を抜きにしては、『ラ・セレスティーナ』も『ドン・キホーテ』も存在し得なかったはずである。またスペイン帝国はあのような形で形成されることもなかったし、あれほど経済的に見て非生産的なものともならなかったであろう。またスペイン人は現に十六世紀末期まで示したような、自らの宗教・哲学・科学文化を花開かすこともなかったはずである。また、いまだ今日でも完全には克服されたわけではない、十七世紀の無知と知的衰退という困難に陥ることもなかったであろう。年月の経過とともに、こうした基本的な真実によって、今日なお有力である、真実の歪曲と伝説が占めている地位が、いつの日か奪い返されるであろうことを信じている。

読者の中には私がなぜスペインに関する自分の考え方を、一冊の本にまとめないのかと不審に思われている方もあろう。偉大な文献学者アントニオ・トバールの言葉を借りるなら、私の研究は「われわれの民族としての存在に突き刺さった棘の本質を突きつめる」(二)ためのものである。またある者たちは、スペイン的な地方主義とか国家主義の分析こそが必要だと考えている(この問題については第二部で扱うつもりである〔第二部は未完に終わった〕)。また中には、私の歴史的〈現実〉の領域に、スペイン人の将来に対する予測とか組織などが含まれていないとして、不完全だと評する者もある。私にとってこうしたさまざまな要求や期待は大いに名誉なこととはいえ、私の課題は、いまだにぼんやりした靄の中に漂っている〈スペイン人〉と〈スペイン〉という言葉同士の、有効かつ納得のいく相関性を、提起することに限定していくつもりである。いまだに存在したと認知されていないものを新たに見出すためには、想像力を働かせた長年の努力が求められる。そして歴史家は新たな考え方が「何としても動かしがたい」ものだということがわかっても、そのすべてを「文書的陳述の無味乾燥な文字に附そうとはしないからと言って激怒する」(三)のである。

スペイン人のあり方に関する私の見方に対する攻撃は、もはや個人的かつ直接的になされることはない。かつて私に対してなされた大量の無邪気な批判に根拠がないことは、時が証明してくれた。とはいうものの、レコンキスタ以前のイベリア半島に暮らしていた者たちを、スペイン人と呼ぶことが不正確だという現実を踏まえた、新しいタイプの歴史を書こうとする者は一人としていなかった(四)。将来の修史においては、イスラム的・ユダヤ的血統(決して民族ではない)の決定的かつ積極的な関与を含めるために、今まで以上の幅広い方向転換が必要となろう。というのも未だにスペインの問題が民族ではなく血統の問題だという事実を、頑として受け入れようとしない態度が顕著にあるからである。今日民族問題として提起し得る対象は、唯一、アカデミアの辞書が言うような「肌の色その他の特徴」ゆえに自らを他と区別しようとする者たちだけである。筆者が拙著三一、三二頁で引用したテクスト（これを含めて、今後のページ数は『スペインの歴史的現実』一九六六、のそれを指す）は、有無をいわせぬ論拠であり、次のロマンセと同様、宗教的血統あるいは血筋のことに言及している。

私はモーロ人の犬のもとにあるが、奴の血統など呪われるがいい、
なぜならキリスト教信仰をすっかり捨て去れというのだから（五）。

血統間の社会的・心理的対立は伝統的なロマンセの中に如実に反映している。また近代に入ると、スペインの歴史ではなく、年代記の因襲主義の下に潜むものを天才的に予言したガルドスが、一八七七年に『グロリア』の中でこう書いている。

「わが主よ、あなたにこんなことができるなんて、どうしてなのですか」とグロリアは問い質した。「神はそんなことはなさるまい」とダニエルは憂鬱そうに答えた。「ぼくたちが目の当たりにしている御業というのは、絶対的真理をわがものとして、ペリシテ人の時代のように、血統にもとづく律法を遵守している、完成されたこうした社会なのさ」（『全集』アギラール版、第一巻、五六一頁）。

十九世紀における血統システムは、十六世紀のような生き生きしたものではなかった。あの時代にはカトリック両王の例の碑銘（『スペインの歴史的現実』一九六六、一六九頁）が書かれたのだが、血統システムといったところで、唯一の非寛容的な信仰が、他の二つの信仰に対峙するというのが実態であった。

『グロリア』の中で触れられた血統というのは、もちろん歴史・社会学的機能ではなく、小説的機能を担っているにすぎない。ガルドス小説のセルバンテスとのつながりがはっきりするのは、人物が一見可能と思われる人生の道筋（恋する相手のものとなるという幻想を抱く）を辿ることが、なかなか叶わない状況に置かれていることである。ここで騎士道物語の代わりをしているのは愛である。異なる血統に属する者同士を両立しえなくさせているものは、グロリアとダニエルの両者が立ち向かおうとしている、乗り越えられない現実という名の壁である。

こうしたスペイン的生の内部の骨組みをあからさまにすることは、そうする人間のみならず、はっきり見せ付けられる者たちにとっても不快なことである。かつてあり、今でもなお（何らかのかたちで）そこにある何ものか、かつてなかったように見えた何ものかが、日のもとにさらけ出される。価値基準やものの見方が混乱をきたし、人はあたかも衣服をはぎとられたかのように感じ、手元にある服を手当たり次第身にまとおうとする。われわれは、過剰な好奇心によって今ある〈現状〉をかき乱すような無思慮な人間を忌み嫌う。人は反動としてスペインという国を「他と同じヨーロッパの一国」(六)とみなそうとする。十九世紀におけるスペインと西欧との、この上なく法外で不幸な対照性といったものすら、ともに共有する要素とされてしまうのが落ちである。つまりアンシャン・レジームの崩壊とか、産業の機械化、ロマン主義といった要素である。両者をつなぐ状況として持ち出されるのが、〈スペイン民族の特殊な国民性〉といったものだが、これを内部から分析した者とてなく、理解しうる構造として外部的に提示したという話も聞かない。かくしてスペインという国はまったく歪曲されたままである。

私が提示するスペインの歴史的プロセス（その一部はヨーロッパ的であり、他の部分はそうではない）の〈骨組み〉は、伝統主義者や「すでに手に入れている幸せ者たち」(beati possidentes) と同様に、既存のものすべてを変化させたいと願っている者たちをも周章狼狽させるものであろう。ところが未だにしっかり考慮に入れられていないのは、変化というものは、すでにそこに存在しているものから、そして既存のものを変化させたいと願っている者たちが手に入れられる手段から、始めねばならないということである。言い換えると、それが何であれ、変化というのはスペイン人に対する見方の変化でなければならない。二種類のスペイン人といったものが想像しうる。一つは受身的な従順さを身につけた者たち、もう一つは自分の思い通りに行動する、バラバラでまとまりのない者たちである。最初のケースで、集団的生の骨組みや基礎を明らかにするのは、さほど重要なことではない。というのも彼らに求められるのは、従順さだけだからである。しかし集団的生に対する出口が広く開かれるとすれば、そして彼らが歩むべく誘うとすれば、すべてが変わるかもしれない。

スペイン社会が苦しんできた失態や分裂に関して、何世紀も昔から汗牛充棟の書が書かれてきた。一方で、その社会の実態がどのようなものなのか、それをはっきりさせ、理解させるべき書というのはずっと少なかった。あたかも性向とか性質といったものが、性格付けされ特徴づけられた人間に、道理と意味を与えることができるかのように、スペイン的〈国民性〉とかスペイン精神といったものについて語られている。ならば〈スペイン人〉という言葉を発したとき、いったい誰のことを話しているのだろうか。カスティーリャ人、ポルトガル人、カタルーニャ人というのは、自らをそうだと認めている者たちのことであり、つねに移動し動き回っている特定の人間的現実を指している。彼らは自分たちの道筋の広がりと、方向性を与える指針のおかげで、己の独特な生活の〈存続性〉(estar siendo)をかいま見ることができる。諸々の民族が自分たちが存在し続けているという意識に満足するとき、あるいは〈実現可能な〉というのではなく、ただ〈変わりばえのしない〉といった要求や嘆きに満足するとき、歴史は彼らに背を向けてしまうのである。そのとき諸民族は、私が〈実存的〉と呼ぶような病に罹っているのである。そして歴史にとっての課題であることを止めてしまう。

われわれは誰でも間違いを犯す。なればこそ、正確にその間違いの在り処を指し示すことが役に立つ。何をさし措いても私の問題というのは、スペイン的なるものの根源性であって、その密度ではない。本書および他の著作のテーマは、政治でも宗教でも経済でもなく、またカタルーニャ主義でも抑圧的な中央集権主義でもなく、技術などでもない。親切にも筆者に、よく練って体系化したものを書くようにと言ってくれる（決して少なくはない）人々は、もちろん自分のせいだが、私の興味の中心が、例えば経済のスペイン的あり方であって、スペイン人の経済ではないということに気づいていない。そうしたやり方をしないかぎり、われわれは問題が何なのか示すこともなく、問題のまわりをずっとぐるぐる廻りつづけるだけだろう。気の短い人たちは、このスペイン人にとって大問題の、最も決定的な側面を回避してしまう。したがって筆者はイスラム教徒やユダヤ人や生粋主義的対立について、言い換えると、自らの存在の内部から血統において引き裂かれつつ、（抑圧的状況の狭い道を、肘で押し分け進みつつ）互いに苦しめ合ったスペイン人の行動を、緊張（あるいは麻痺）させた力について、語るのをやめるわけにはいかないのである。あらゆる将来の計画や想像力にとって、こうした枠組み、避けがたい核心をさらに広いものにしていく必要があろう。

基本的な考え方はすでにとっくに昔から知られていたなどとすることはできない。なぜならばその真実は数学的に論証できるものではなかったからである。そこで〈こうした根拠〉の重要性に鑑み、〈ア・プリオリな敵対的判断〉を通して、ことを論じる者たちを考慮に入れねばならなかった。本書において扱う事実と原則の諸問題（その目的は庶民的な博識のためでも、あるいは高踏的な哲学のためでもなく、ごくごく実用的なものである）は、補完的な仕事に助けられつつ、自らの道を切り拓いていかねばならなかった。最初の仕事としては『スペイン人の起源と実体と存在』（*Origen, ser y existir de los españoles*）があるが、今日では『スペイン人はいかにしてスペイン人となったか』（*Los españoles. cómo llegaron a serlo* タウルス、一九六六）と題名を変えて、それよりもずっと明確なかたちとなっている。筆者は誠実にして賢明なる読者諸氏には、スペイン人のいわゆる原初的民族としてのイベロ人やケルト・イベリア人を歴史から排除することに大きな抵抗があるということに気づいたので、前述書においては、何とも厄介で、七百年もの間に積もり積もった障害を取り除こうと思っている。集団としての生は、単に生物学的な生命の継承の結果というわけではない。そうした生はそれぞれの自治独立の意識（たとえばローマ人、西ゴート人、カタルーニャ人などといったもの）によって制約を受けた形態を通して、形づくられたものである。集団意識はこうした特定化された統一体の各々の内部において、各個人がその内部に青春時代や幼年時代を感じているのと同様に、現在に至るまでの過去の時間や状況をしっかりと見据えている。また同様に自らの両親について弁えているし、さらに高祖父母が著名人であったかどうかといったことすら知っているかもしれない。とはいうものの、こうしたことはすべて、自らの生命として生きる人間にとっては、差し当たって何の影響も与えない。というのも常に、自らの生命が、たとえそれが心地よいものであれ不快なものであれ、その内部で生きた固有の何ものかに対する記憶として、脈打っているからである。さてどの程度であったかはさておき、ケルト・イベリア人がスペイン人の先祖ではあったかもしれないが、だからといってスペイン人の幼年期や青春時代であったということにはならない。ある対象に〈ついて〉知るということと、ある対象を〈その中に〉含めて考える、ということは別である。スペイン人はカスティーリャ人、カタルーニャ人、アラゴン人、アンダルシーア人といった対象を、スペイン人として見据えるべく研究する必要は毛頭ない。ケルト・イベリア人は歴史的意味を欠いた書物の中でのみ、スペイン人として存在しうる。スペイン人に関する修史における過ちというのは、ある個人の伝記を著そうとする人間が、対象となる人物の伝記とその両親や先祖たちのそれとを混同する、という過ちに比すことができる。フランスやイタリアの歴史家であれば、そうした愚かしい過ちに陥ることなどありえない。

筆者は同様に、将来、スペイン人の歴史を構築しようと考えている者に、前もって土地をならしておきたいという思いから、今日流布しているものよりもさらに正確な歴史を『葛藤の時代について』と題して書いた。この著において示したのは、血統をまたがる対立というものが、今日までの総体としてのスペイン文化の道筋に影響を与えたということである。そして実際、旧キリスト教徒か新キリスト教徒かによって、特定の知的活動をするか物質的活動をするか、といった区別を生んだのである。スペインではユダヤ人の血統をひいた作家や学者の数は、年を重ねるごとに増加していった。十七世紀の文化的活動の停滞・麻痺、および（他のヨーロッパ諸国との比較における）十八、十九世紀の低調ぶりは、旧キリスト教徒的血統によって加えられた常習的・無意識的圧力なくしては理解しがたい。というのも十六世紀以来、文化的活動は（後にソル・フアナ・イネス・デ・ラ・クルスが記したことによると）〈異端審問にかかわること〉であったし、生粋の旧キリスト教徒の身分を汚すことだったからである。そのことはガリシアでもカタルーニャでも、あるいはマドリードでもアンダルシーアでも、痕跡を残していたが、ハプスブルク家もブルボン家も、そのことに対しては、いかなる干渉もしなかったのである。

十六世紀への理解を妨げる別の障害としては、『ラ・セレスティーナ』以降の文学を型にはまったやり方で捉えようとする傾向である。そうしたやり方に従う者たちは、スペインを他のヨーロッパの国々と同じく、固有の人文主義やルネサンス、バロックなどをもったヨーロッパの一国とみなそうとしている。拙著『文学論争としての《ラ・セレスティーナ》』（一九六五）において、明らかにしたことは、この天才的作品が一四九二年以降のきわめてスペイン・ユダヤ的状況に対応したものだ、という点である。こうした状況を踏まえずして、十五世紀末から十七世紀にいたる新たな文学形式を説明することはとうていできない。それはつまりファン・デル・エンシーナの演劇からピカレスク小説、さらにセルバンテスの小説へとつながっていく道である。大きな敵意に満ちた状況を起点とするわれわれの文化現象を直視できず、厭うあまり、怒りで身震いする者たちは、事実を捏造歪曲して好き勝手な枠組みにはめ込むことを正しいことだと思っている。

筆者は「水に流して新規巻きなおし」の傾向、歴史から何世紀かを奪ってしまう傾向に抗して、その隠された時代のヴェールを剥ぎ取ろうとしてきた。実際にあったことをないことにしたり、それを単に既知のこととすましているわけにはいかない。歴史的次元で〈知る〉というのは、現在の時点で固有の過去との〈つながり〉を感受することである。スペイン人の場合、現在というものはカスティーリャ的、レオン的、アラゴン的、ナバーラ的状況と融合している。私が指しているのはブルボン家とかハプスブルク家などではない。後者が君臨統治した相手はトラスタマラ朝やアラゴン家と同様、血統という面ですでに何らかのかたちで、他のヨーロッパ諸国のように垂直的であるばかりか、水平面的でもありうるような血統システムを、自分たちの上につくり上げていた人々であった。確固とした点から始めるためには十世紀に遡るが、当時からキリスト教徒たちは、割合はさまざまながら、つねにはっきりした結果を伴いながら、モーロ人やユダヤ人たちと混在していた。王国同士の統合があったとはいえ、王国のすべては三形式の生粋主義ゆえの内部分裂をひきずっていたのである。アラゴンの状況は一六〇九年においてもなお、まさしくモリスコたちが原因となって、カスティーリャとは一線を画していた。一方のユダヤ人は文化的にみると、すでに一四九二年以前に王国を追放されていたカタルーニャやアンダルシーアと比べて、カスティーリャやレオンにおいてより深く根を下ろしていたのである。

カスティーリャとアラゴンにおけるスペイン系ユダヤ人、後のコンベルソたちの経済・文化的役割についてより詳しく知れば、両王国の間の乖離や格差がよりくっきりと見えてくるはずである。血統システムとそれがもたらす結果は、十世紀から今日にいたるまでのスペインに、恒常的に見られた〈統一と離反の同時的プロセス〉に深い影響を及ぼした。重要な事実はカスティーリャとアラゴンがカトリック両王の統治下、盤石な土台に統合されたかのように見えたが、実際はグラナダ王国、カナリアス諸島、新大陸領土の領有を共有してはいなかったということである。管見ではこのことと関係するのは、十三世紀の中葉以降、レコンキスタの主導権を握ってきたカスティーリャのキリスト教徒たちである。このこととの関連で、きちんと見据えなければならないのは、フアン・デ・メーナからネブリーハに到る、十五世紀のカスティーリャ宮廷をめぐるコンベルソたちの動向である。

コンベルソのドン・アロンソ・デ・カルタヘーナはすでにこう述べていた。イギリス王と違ってカスティーリャ王は〈キリスト教世界を拡大せんとして〉戦争を行っていると。（すでに確認したことだが）かつて別のコンベルソ、フライ・ディエゴ・デ・バレンシアはこう述べていた。もしカスティーリャ人がその気になれば

全グラナダとともに、征服せずにしておく
場所など世界のどこにもあるまい。

トレード市会議員ゴメス・マンリーケはコンベルソだったとは考えられないが、コンベルソ的な視点からものを見ていて、〈血統神話〉に信を置かなかっただけでなく、コンベルソのファン・アルバレス・ガート（七）と親密な関係にあった。代議員マンリーケはドン・アルフォンソ王子が〈海の彼方此方をとわず野蛮人を〉征服することを期待していた。こうした点や後で述べることから、コンベルソの地位といったものの輪郭が浮かび上がってくる。つまり（自らの血統内部における）階級としての、上昇志向や自己救済への欲求が、殊のほかつよいというものである。彼らはカスティーリャの帝国的栄光を促進し、帝国が存在する以前から帝国を予言していた。（十三世紀にレコンキスタの事業から切り離されていた）アラゴンでは、まさにカスティーリャ人を世界制覇に駆り立てたような、詩による扇動や散文による言説（ファン・デ・ルセーナやネブリーハ）を謳いあげる合唱隊など存在しなかった。またアラゴンやカタルーニャは、カスティーリャに対してなされたやり方で、社会的に叙述・評価されることはなかった（『スペインの歴史的現実』一九六六、八五―九二頁）。そのことはカスティーリャとレオンにおけるコンベルソの文学的・文化的活動とあいまって、アラゴンやカタルーニャ、バレンシアにおいては、（コンベルソを通じた）ユダヤ的血統に属す者たちの活動が、両カスティーリャやレオンと同じような結果を生みはしなかった、ということを物語っている。ここではあえてそうした者たちの名前や作品を挙げることはしない。

（今やコンベルソとなった）ユダヤ的血統に連なる者たちの、扇動的な予言とあいまった、カスティーリャにおけるキリスト教徒の好戦主義を見てみれば、アレクサンドル六世によるカスティーリャとレオン（カスティーリャ、レオン、アラゴンではない）に対する海外領土の領有権を認める決定もさほど驚くべきことではない。教皇の贈与大勅書（一四九四年五月四日）によると、大洋を南北に分かつ想定線の西側のすべての土地を「カトリック両王およびカスティーリャ・レオン王国を継承し相続する者」の所有とするべく定めている。カスティーリャのイサベル女王は一五〇四年の遺言書において、グラナダ、カナリアス諸島、および「今後、発見され獲得されるものを含め、すでに発見され獲得されたあらゆる土地が、わがカスティーリャ・レオン王国に帰属すべき」ことを明確にしたうえで、「大洋の島嶼部と陸地部がもたらす利益の半分」を（主君の名にふさわしい待遇と大いなる称賛をもって）アラゴンのフェルナンド王に対し渡されるべき旨を命じている（八）。これは王にとってすばらしい生涯年金となるものであった。両王が結婚することで二つの王国は一体化したとはいえ、臣民同士が結びついたわけではなかった。後になってスペイン中の人々がインディアスに赴くということはままあったが、それによって当初の深い意味合いが消されたわけではない。

カスティーリャのみが将来的に海外領土の征服に乗り出す権利をもっていると思わせたのは、それがきわめて昔から有していた動機によるものであった。十三世紀の半ば以降、アラゴンはレコンキスタの事業に参画することはできなかった。十四世紀中葉にカスティーリャ・レオン王国のアルフォンソ十一世は、サラードの戦いに勝利を収めたものの、アルヘシーラスの城壁を前にして命を落としてしまった。ポルトガル人がすでに一二四九年にアルガルベにまで到来していたが、その地域においてはグアディアーナ川の流れが長年の国境を画していた。アラゴン人はアリカンテを越えて行くことはなかった。十三世紀にアラゴン人によって二度にわたって占領されたムルシアは、やむなくカスティーリャに返還されることとなった。アラゴンとポルトガルの両王国はこのようなかたちで押さえ込まれ、モーロ人との何世紀もの戦いの過程で生まれ、蓄えられたエネルギーを、海外に向けて発散させねばならなかった。これこそがスペイン史全体を理解するための鍵である。アラゴン・カタルーニャは地中海帝国を築き始め、ナポリとシシリアを確保したが、まもなくビザンティン帝国の中に取り込まれ消滅した。ポルトガル王たちは（ユダヤ人臣下による天文・海洋学技術によって助けられ）、十五世紀の半ば以降、航海と征服に乗り出した。それは規模の大きさからいって、今日では現実ばなれした伝説と思われるほどであった。カスティーリャ人は一四九二年に邪魔なモーロ人を追い出して自由になったとき、抑えていたメシア的帝国主義に対して、このときとばかりはけ口を作ろうとしたのである。ハイメ征服王の後、モーロ人との戦争にかかわってこなかったアラゴン人は、カスティーリャのコンベルソたちが執拗に予言してきた世界征服の野望に、もはやはせ参じることはなかった。対モーロ戦争で分裂をきたしていたスペイン人は、帝国拡張の試みにおいても同じような分裂状態にあったのである。こうした点からはっきりするのは、スペイン人の真の歴史が課題として有しているのは、三つの帝国主義の壮大なる上昇と対立だということである。それらは根底において対立と分裂を包含し、発展と結果において異質なものとなっている。イサベル女王のもとにいたカスティーリャ人たちは、一四九四年の強力なお墨付き〔スペインとポルトガルの間で地球分割を協定したトルデシーリャス条約のこと〕をもって、遠い彼方を視野に入れた未来の栄光は、他でもない彼らにのみ約束されているのだと考えていた。自分たちの好機は到来した。それは期待以上のものがあるはずと思っていた者たちが予期していた好機であった。

擬似国家主義や分離独立主義によるスペインの苦悩は、誹謗中傷や侮辱的言動の代わりに、実際に起きた出来事がどういう理由で、いかにして起きたかを厳密に検証しないかぎり、軽減されることはないだろう。西欧における個人レベルや集団レベルでの共存は、倫理的・学問的・実践的文化という緩衝材のうちに基盤をすえている。というのも、そうでもしなければ、共存どころか抑圧が出来してしまうからである。個人や集団が自己の姿を深くじっと見つめ、（きわめて固有で独特な、そしてまたきわめて伝統的で親密さと感動にみちた）ある特定の存在様式のもたらす喜びに浸り続けているとしたら、せいぜいよくても、花開くのは哀愁と郷愁の入り混じった詩ぐらいであろう。個人と集団は、塀をめぐらせた自らの領域の中にずっと閉じ込められたままとなろう。詩人にはそれでいいかもしれないが、彼の周りを取り囲む集団には浮かぶ瀬もない。

カスティーリャはフランスがプロヴァンスや、その後にブルゴーニュに対してやったように、カタルーニャに対して、自分たちの考え方や物事を浸透させることはしなかった。今日、フランスのこれらの地域はパリの中央政権に抑圧されているなどとは感じていない。なぜならば、パリの幾何学的精神が、一見したところ円環的・中心円的な構造を見せてはいない行動や事業を通して、そうした地域に吹き込まれているからである。パリが中心としての役割を果すことができるという権利は、徐々に明白になっていったのである。

カスティーリャは中心であるがゆえに自らを押し付けたわけではない。フェリペ二世以前の国王たちは、宮廷をあちらこちらに移動したため、固定的な中心を欠くこととなった。カスティーリャ人たちは、個々の人間の〈かくあるべし〉とする内なる声に従って占領支配してきたが、このことはまた別の事柄である。すでに十三世紀においてアラゴン・カタルーニャ地方のレコンキスタは、カスティーリャ人の手に移ってきていた。

インディアスにおけるスペイン支配が続いていた間、金銀をはじめとする様々な富が半島に流入した。副王領やそれに隣接して設置された王室の下部帝国に職を見つけた者も数多くいた。十八世紀末には、カルロス四世の宮廷と、不変の信仰や習慣にしっかり根を下ろした、無感覚な都市や村々が後に残されていた。しかし広大な帝国は突如と言ってもいいくらい急速に姿を消し、スペイン人は国内領土に押し込められてしまった。アンティーリャス諸島とフィリピンだけが、かつての栄光のみすぼらしい残滓として残された。それと符合して起きたのがフランスの侵略であった。これは他のヨーロッパ諸国とともに経験した共通の不幸であった。ところがその後に起きた凄惨な内乱は、スペイン固有の災いとして国の脆弱さを露呈するものであった。というのはスペインが自らの姿を認識することもなければ、そうしたことの本質や原因について知りたいという気すら持ち合わせていなかったからである。スペイン人の栄光に満ちた廃墟に勇んで飛び込んでいったのは、貪欲に国民精神の神秘（ロマン主義）に光を当てようとしていたドイツ人哲学者たちの思想に刺激を受けた、外国の知識人であった。アメリカ人ティクナー（Ticknor）は一八四九年にスペイン文学史を出版したが、それはスペイン語、フランス語、ドイツ語に翻訳された。別のアメリカ人プレスコット（Prescott）は一八三七年に、カトリック両王の伝記を著し、一八四三年にはメキシコ征服史を、また一八四七年にはペルー征服史を、そして一八五五年にはフェリペ二世の伝記を著している。二十世紀にはヘンリー・Ch・リー（Henry Ch. Lea）の記念碑的な『スペイン異端審問史』（*A History of the Inquisition of Spain*）が出版されたが、スペインではまだ翻訳されておらず〔一九八三年にA・アルカラの翻訳による三巻本が出版されている〕、これにとって代わるものも存在しない。スペイン文明をめぐる外国人の活躍はやむどころか、さらに増加の一途をたどっている。それに対してスペイン人の方は、自らのうちに居座ったままで、外国の文化や遠い時代の文化に関して、ほとんど何の調査をすることもなかったのである。

私は自分の書いていることに対して後悔もなければ憂いもない。私の目的は戦術的かつ建設的である。麻痺した人間を歩かせるためには、まず麻痺を取り除かねばならない。われわれスペイン人は、かつてそうあったこともないのにそうあった振りをしたり、また単に真実を受け入れるのが恐いといった、無邪気な態度からまやかしに陥ったりして、自分自身について目を塞ぎ、耳を覆っているかぎり、進んで他者のことを知ろうとはしないし、進んで外部の者たちの文化的庇護から自己を解き放つこともない。十九世紀の実態は次に言われるようなものではなかった。つまり「一八一五年から六八年にかけてのスペイン人の生き方は、他のヨーロッパ諸国と同様に、基本としての政治的事実（アンシャン・レジームの崩壊と自由思想の勃興）、一般的な経済的好機（機械化組織や近代産業組織）および精神の反逆（ロマン主義）などによる影響を蒙った」というものである。こうしたことは全く正しくない。逃げ口上にすぎない。

これはビセンス・ビーベス氏の判断だが(九)、彼はスペインと西ヨーロッパが文化的・社会的に、並行して同一方向を辿ったという虚構から出発している。ひとつはっきりしているのは、十五世紀以前の段階でキリスト教王国のキリスト教徒たちが、とりわけフランスを通して、ヨーロッパ的芸術様式や教養詩の形式や主題を採用したということである。このヨーロッパ主義は西ゴートのように、早い段階のローマ・ゲルマン的伝統の中から芽を出したわけではない。というのもそのほとんどが、クリュニー派やシトー派の修道院の存在や、サンティアゴ巡礼の絶え間ない流入と結びついた、外国からの輸入物だったからである。その時期が過ぎると、キリスト教徒たちが他のキリスト教世界の文化に類するような文化を、自らの主体性で生み出すことはなかった。何にもまして欠けていたのは、イギリスやフランス、イタリア、ドイツの文学に匹敵する、中世ラテン語による文学であった。スペイン・キリスト教徒たちは、モーロ人や他のキリスト教王国を見据えて、絶えず自らの王国を、確固たるものにしようという努力に没頭していたのである。一方、彼らは〈知る〉ことに関わる知的文化は、モーロ人、ユダヤ人、外国人にふさわしい仕事であるという信念を抱いて、歴史的生のスタートを切っていた。

イスラム的知の威信は〈一時的なもの〉などではなかったし、コルドバのカリフ王国の消滅とともに消え去ることもなかった。アルフォンソ十世（賢王）は十三世紀に聖書のアラビア語註釈書を用いた。「アラビアの賢人が書き記したもの」の中には、アダムとイヴの楽園追放についての詳細な記述があった。さらにその先では「アラビア人の説く、アブラム誕生の土地と時代について」が語られていた。というのも「アラビア人はわれわれと同様、ヘブライ語から翻訳された自分たちの聖書をもっていた」からであった。彼らは「イエス・キリストの信仰をもっていない」がゆえに「信仰という点では過ちを犯しているとはいえ」、「聖書の事実において、理にかなった多くの正しい言葉を語ったし、それ以外の知識においても、かつて偉大な賢者であったし、今でもなお賢者である」。こうした註釈書を利用したとしても、それは悪いことではなかった。なぜならば〈われわれの聖人たち〉もまた、イエス・キリストの受肉を証明するために、「キリスト教徒から」引き出したものと同様に「異教徒たるアラビア人やユダヤ人から引き出した」証拠を引用したからである(一〇)。

イエス・キリストの受肉のような基本的問題のために、アラビア人やユダヤ人による書き物が用いられたとしたら、学問上のことで同じようなことが起きたとしてもおかしくはない。そのことを象徴しているのが、十三世紀におけるスペイン文化のユニークな形態である。ヨーロッパでラテン語が学問上の言語として使用されていた時代（因みに天文学はアラビア語のものであって、翻訳者はラテン語を忌み嫌ったユダヤ人たちであった）、スペインでは天文学に関して、カスティーリャ語で書くということが起こりえたのである。

ドン・フアン・マヌエルのような傑出した作家が記すところによると、アラビア人は十四世紀にも依然として高い尊敬を勝ち得ていた。彼は文化的に言うと（アルフォンソ十世の甥として）当時においては、未だに同じスペイン人同士として存在していたキリスト教徒、イスラム教徒、ユダヤ教徒たちの学知の、三つ巴の中に身を置いていた。ドン・フアン・マヌエルによると、モーロ人は「武芸に秀で、戦術に長け、もし偽りの宗派に属することで神に逆らうことなくば(一二)、世に彼らほど戦において卓越し、こよなく武事に通じ、かくもの征服に適した者なしと申すべきであろう」(『身分の書』*Libro de los Estados* 七六章、BAE, LI, p.323)。ドン・フアン・マヌエルは対モーロ戦争が、ヨーロッパのキリスト教世界と接触のない場所で生起していたことを知っていた。かの親王の顧問は、前に引用した作品の中で「モーロ人は皇帝たちの地域に足を踏み入れたりはせず、彼らと干戈を交えることもないので(……)、キリスト教徒とモーロ人の間の」戦争について触れることはしなかったと弁明している(前掲書、七五章、三二二頁)。好戦的なスペイン人キリスト教徒たちの戦争や、また一部には彼らの文化も、ヨーロッパの周縁地域に留まっていたのである。

ヨーロッパのキリスト教徒たちは、イスラムの著作の中に隠されたギリシアの学問を発掘することに熱中していた、ユダヤ賢人の存在について無視することはできなかった(一方、カスティーリャのキリスト教徒は、そうした著作からほとんど利益を引き出さなかった)。問題は新たな三つ巴を呈していたというのも、キリスト教徒はアラビア人が著したものを理解するために、ユダヤ人の手助けを必要としたからである。イスラムの著作はトレードやセビーリャの(これらの都市だけではないとは思うが)文化的環境の中にいたユダヤ人にとって、身近に手の届く存在だったのである。

十三世紀に孤立的に出現したライムンドゥス・ルルスという人物自身、ヨーロッパにおいては類をみないほど東洋と深く結びついていた。そのことを裏付けるのは、彼が当初アラビア語で著した『異教徒と三賢者の書』(*Libro del gentil y de los tres sabios*)である。その中では一三〇〇年の時点で、すでにスペイン、、、のものとなった三つの宗教は平和的・人間的に共存していた。それはそれとして、ここでルルスの神秘主義とスフィズム（イスラム神秘主義）との関連性について語るいわれはないかもしれないが、ルルスが三文明の影響を受けた環境で、思考を凝らし、ものごとを感じたということだけは確かである。

キリスト教徒のカスティーリャ人は、ほとんど熟考型・瞑想型の生き方に関心を寄せることはなかった。彼らが最初に創立した修道会であるドミニコ会は、霊魂の獲得に情熱を燃やしていた者たちに促されて生まれた。しかしそこからロジャー・ベーコンやウィリアム・オッカムといった思想家が出現することはなかった。この修道会は十五世紀にはコンベルソが多くを占めることになった結果、異端審問官にとってお気に入りの本庁となった。唯一の瞑想修道会である十四世紀のヒエロニムス会は、当初の段階では、フランシスコ会的発想〈兄弟〉を意味するフラティチェリ）から派生したものを、霊感の源としていた。スペイン思想は十五、十六世紀にわたって、ほぼ全体としてコンベルソたちの活動と関係をもっていた。とはいうものの、宗教的・哲学的・文学的主題と、コンベルソの心理的・文化的・社会的状況との間接的関係が明確にならないかぎり、問題についての完全な把握はできないであろう。われわれの問題において、互いに錯綜しぶつかり合っているのは、否定的か肯定的か、破壊的か創造的か、遺恨的か親密的か、世俗的で理性的なものか、神秘的で曰く言いがたいものかといった両側面である。トルケマーダ、ルイス・デ・レオン、フェルナンド・デ・ロハス、ルイス・ビーベス、フアン・デ・バルデス、マテオ・アレマン、ゴンゴラ、そしてセルバンテスといった者たちを、同一の枠にはめ込もうとしたら、論理を超えた〈ピカソ〉流の視点が必要となるだろう。

そうしたものはもはやユダヤ文化ではなく、特有なニュアンスを帯びたキリスト教スペイン文化といったものである。それを厳密に定義づけるためには前段階の慎重な考察が求められる。そうした研究が存在しないことが災いして、時として、これら漂泊者たちの作品が未熟で、決して完全なかたちで達成されたことのない、何ものかの先取りであるかのような印象を与えた〔ビーベスやゴメス・ペレイラの思想がその好例である〕。もしも実際にはありえなかったことについて語ることが許されるとしたら、ビーベスやフランシスコ・サンチェスやベニート〔バルーフ〕・スピノザ〔偉大な三人の亡命者〕などの作品は、本来スペインで生まれてしかるべきものであった。

コンベルソたちのいわゆる漂泊の文化が拡大してゆく可能性が消え去ったのは、対抗宗教改革というよりはむしろ生粋主義によるものである〔ブリュージュのビーベス、フランス・トゥルーズのフランシスコ・サンチェス、インドのガルシーア・デ・オルタなど。アンドレス・ラグーナは死ぬ少し前にスペインに戻ったが、彼の『ディオスコリデス』(*Dioscórides*〔ローマ時代の医者〕)はアントワープで出版された〕。ヨーロッパとの隔たりは、十六世紀末から十七世紀全般にかけて際立ってきている。一七〇〇年以降の王家の交替がきっかけとなり、ピレネーの向こう側の思想状況を知った者たちは、いかに半島側が遅れていたかを思い知らされることとなった。科学や技術〔フェイホー〕、あるいは知的〈好奇心〉〔ホベリャーノス〕を輸入すべく、称賛に値する努力が払われた。それにもかかわらず、スペイン人の生活においては、それだけで価値のある独創的な学問的活動は、何ひとつ生まれることはなかった。インディアス帝国が姿を消すことは、かくも大きな災厄ではあったが、そこから生じた反応はごくわずかなものであった。フェルナンド七世が死〔一八三三〕を迎えた時期、スペインは文化的にみてほとんど死んだも同然であった。とはいえ一八三九年まで続くことになる内乱に突入するだけのエネルギーは持ち合わせていた。カルリスタ側の目的は国を麻痺させることによって、神権政治の下に置くことであった。

修史を通じて、新たな世代が先行する世代の不正確なイメージを受け継いでいくことは、きわめて有害である。なぜならば、過去において他と異なるとはいえ、可能性と希望を抱かせるスペイン像を打ち建てる礎となりえたことが、そうすることによって無効にされてしまうからである。何度となく風車に戦いを挑むような企てが繰り返されることとなる。というのも、とってつけたようなものの本によると、スペインは十九世紀になって初めてヨーロッパと歩調を合わせたということだが、スペインがもしそれ以前に、一度としてそうした経験がなかったとしたら、そうした言い草もおかしなものであろう。

移住して後、一八三三年以降にスペインに帰国した者たちは、いままでになかった出来事のきっかけをつくった。彼ら以前にヨーロッパを訪れたのはほとんどが個人であって、社会のさまざまなセクターを代表する集団ではなかった(一二)。リョレンス教授の指摘によれば、その十年間にわたる移住というものは、結果として、スペインにおけると同様、イギリスにおいても文学に影響を与えたという。私見では、ロマン主義は十八世紀の新古典主義と同様に、永続的な影響としては、唯一、文学表現の諸形式を残したのであって、労働と共存の新たな様式を残したわけではない。というのも実のところ、戻ってきた移住者たちは、祖国の人々と土地に対して、なすすべを知らなかったからである。途方にくれた者たちは、あたかもスペイン中世の民主主義的伝統が、民主政体に関するイギリスやフランスの思想と何らかの関係があるかのように、そうした過去の伝統の中に探りを入れようとした(一三)。因みに、かかる西欧の思想は、〈内的人間〉のある種の知的・道徳的な適性の上に基礎を置いていたのであり、それをもっていても何らなすすべのない者たちに適用されるような政治的プログラムをもって、礎としていたわけではない(十九世紀のスペイン人やイベロアメリカ人が、外国の原則や模範をヒントにして作った制度を運用する方法を見てみれば、そのことは十分すぎるほど明らかである)。

一八二三年から一八三四年の間にイギリスに移住したスペイン人のほとんどは、彼らの不幸の原因が自分たちの生活様式にあるとして、それを打ち捨ててきたとはいうものの、それとは異なる新たな生活様式のモデルを、自分たちの生活に組み入れるべく、〈閑暇〉の時間を活用することはなかった。彼らは互いにバラバラな生活をし、暇さえあれば故国を懐かしみ、故郷にあこがれるだけであった。リョレンスが言うように、「他国の言葉に慣れ親しもうとすらしなかった」（前掲書、三六頁）のである。イストゥーリス（Istúriz　後にイサベル二世直属の諮問会議の議長となった人物）は、英語のできないスペイン人のことを、次のように解説している。

「私が［イギリスに］十年間暮らしたなどというのは間違いである。一週間しか滞在しなかったというのが本当のところであろう。というのは毎週のようにマドリードでの革命を期待し、スペインにいつ帰ってもいいように旅装を整えていたからである」。

十九世紀ヨーロッパ人の行動様式というのは、外面的かつ表面的なものであった。したがって、ひとつは反動的で他は進歩的などという〈二つのスペイン〉といった見方は不適切である。後者の場合は、最終的にはいつも押しつぶされてきたからである。反動的というのは、陋習を維持せんとする者たちのことであった。それに対して進歩的というのは、外国から輸入された文化的な形態やものの見方のことである。〈輸入〉importación の事実をしっかり見据えれば、二つのスペインなどといったイメージは雲散霧消するはずである。なぜといって、もし〈輸入〉importar という語が〈重ねる・重視する〉superponer を意味し、〈豊かにする〉fecundar を意味しないとすれば（後者に当てはまることが実際に起きたのはスペインではなく、科学・技術の分野における日本である）、一国民の形態・方向・活動といったものは、基本的かつ本質的な面で、かつてあったままの状態であり続ける。個人レベルの焦点の定まらない活動にとどまるかぎり、たどるべき道筋を正すこともできなければ、新たな、永続的で一貫性のある、生の様式を造り出すこともできない。〈二つのスペイン〉という造語は、単なる言葉遊びにすぎない。この地スペインにおいて唯一、意味のある際立ったことは、あまりの空虚さが勝利をおさめたがゆえに、その空虚さを信じ、それを受け入れてきた者たちが、もはやそれを克服する努力を放棄してしまったことである。スペインは文化や宗教、言語のレベルで、イギリス、フランス、スイスなど（思いつくままに挙げただけだが）と、かなり水をあけられてしまっている。だからといって、今挙げた国々の中で国民が、互いに和解しえない二つの党派に分かれているということはない。

〈二つのスペイン〉という見方の誤りがどこにあるかといえば、真正のスペイン的生の実態といったものが、今日まで、私が〈不安定さの意識〉と呼ぶもの、本当はかくあれかしと願っているものとは相容れぬ人やものとの不可避的共存、かくある事実に対する反逆などにあったという現実に慣れ親しまないかぎり、そうした見方が、つらく厭わしい疑問に対する安易な答えを提供してしまうからである。スペインにおいては（年代記作家がでっちあげたものではない、真正のスペインにおいてということ）、人が自らの血統に属した、〈私〉たる意識にしがみついて、自己の内に自己をしっかり保持することが、いつ何時でも、いかなることにもまして重要なこととされてきた。もし旧キリスト教徒が学問に人生を捧げるなどということがあったとするならば、彼の人格は指の間からこぼれ落ち、疑わしいものになってしまったことであろう。コンベルソは学問を涵養したからといって、コンベルソたることを止めることはなかった。したがってより人格的であったのはどちらであったかという点を、どうしても明確にきっちりと判定する必要がある。最終的結論を出してくれたのはカトリック両王および、われわれが白日の下にさらした例の墓碑銘を書き記した者（たち）であった。ところが歴史家たちは目を塞いでそれを見ようとしないのである。両王をして言わしめれば、われわれはモーロ人とユダヤ人を打ちのめしたがゆえに、〈カトリック両王〉と自らを呼ぶのであり、またあらゆるわれらの臣下も同様であると。ところで（西洋における）教会国家のもつ怪物性は、たとえ教会を焼き払い、聖職者を殺したとしても消え去るわけではない。

そうした点を踏まえないものはすべて、単なる箍《たが》のゆるんだ締まりのない〈エピソード〉にすぎない。キリスト教徒たちが学問を蔑ろにしたのは十一世紀、十六世紀、十八世紀、および十九世紀である。そそれは単に彼らの好戦主義の伝統によるだけではなく、何にもまして〈汚れた〉血統の者たちを前にして、戦時のみならず、平時においても、最高レベルの生粋主義たる郷士意識という卓越性、気骨の高さを自慢することでしか、自己の存在理由を確認することができなかったという、かなり昔からの習慣のせいでもあった（一四）。しかし深刻な問題としては、あまりに常軌を逸した人格や価値によって、あらゆる段階で自らの貧弱な状況を露呈したことである。彼らはお金のみならず、いろいろなことも他人に肩代わりさせていたのである。つまりキリスト教王国において、モーロ人やユダヤ人の活動を利用したり、外国人によって作られたものに頼ったりしたからである。筆者は『スペインの歴史的現実』（一九六六、八六、八八頁）において、十五世紀のカスティーリャ人が身近なところですら原料を生産しなかった、ということは周知のことであった点を指摘した。イスラムの〈影響〉が〈一時的〉現象だとする、根拠のない議論がなされようと、前に引用したアルフォンソ賢王とドン・フアン・マヌエルの言葉を見てみれば、それがまったく逆だということが分かろう。イスラム文化というのは、モーロ人による半島支配の五百年後の十三世紀においてすら、カスティーリャのキリスト教徒にとってみれば、文化の香りそのものだったのである。芸術上の証によって賢王の言葉は裏付けられるし、イスラム的な学問や叡智への視野がさらに広がっていくはずである。練達の士マヌエル・ゴメス・モレーノ（Manuel Gómez-Moreno）（一五）によるブルゴスのウエルガス修道院（monasterio de las Huelgas）の墳墓の研究によって、カスティーリャが東洋とヨーロッパにどれだけ依存していたかがはっきりする。

カスティーリャは当時［十三世紀］まで二つの極の間を行き来していた。つまり一つの極であるブルゴスは、イギリス王女レオノールの輿入れや、王が支持した民衆の利益のための、領主支配を終わらせることによって、そしてまた、十三世紀の社会を変革すべき、新修道会の兆としてのシトー派改革などによって、ヨーロッパ志向を代表していた［私の表現に従えば、王や大公たちのもとにあったキリスト教徒たちが、モーロ人やユダヤ人に敵対するような態度をとるようになった、ということである。彼らは後に、墓碑銘が示すように、カトリック両王によって徹底的に壊滅させられることとなる］。他の極であるトレードはアンダルシーア植民地であり［これはのちにアンダルシーアと呼ばれる地域ではなく、アル・アンダルスのこと］、ユダヤ人とモーロ人に依存したかたちで東洋文化の受け皿となっていた［ユダヤ人をモーロ人に前置して引用したのは、見上げた感覚である。カスティーリャのユダヤ人は文化的にみて、イスラム文化にきわめて深い影響を受けていた。ユダヤ人は王侯貴族の取り巻きとして、モーロ人には手の届かない親しい交わりを享受していたからである］。トレードは独自の芸術や産業でヨーロッパ的なものを凌駕していたし、またすでに見たように、こうしたウエルガスの王墓は南方型の素晴らしい装飾で彩られている。さらにラテン語翻訳者の業績等により、この市はキリスト教的遺産のうちに自らの科学、哲学、文学を実現したのである。北方は思想・精神をもたらし、南方は洗練・文化・技術をもたらした……（前掲書、九九―一〇〇頁）。

この王墓で見つかったアラビア語碑文つきの見事な織物と祭服は、まさにアルフォンソ賢王の書き記した内容を裏書している。それはつまりキリスト教徒の生活が営まれていた一重要地域〔トレード〕において、東洋への傾斜が顕著に見られたにもかかわらず、カスティーリャのキリスト教徒たちは、独自にアラビア科学やアラビア哲学を切り拓こうとはしなかったということである。管見によればゴメス・モレーノが「キリスト教的遺産」と記したとき、彼の念頭にあったのはカスティーリャのキリスト教世界ではなく、ヨーロッパのそれであったはずである。というのも、カスティーリャのキリスト教徒とモーロ人の関係は、近接と疎遠の相反する側面を同時にそなえていたからである。当時、人々はモーロ人を活用し、状況からしていやが上にも言語に入り込んできたものを受け入れざるをえなかった。それは文学的表現や、集団的行動を指す言葉（宗教的寛容さ、聖戦など）においても、あるいは非イスラム王国を〈キリスト教王国〉と呼ぶ呼び方自体にも現れている（『スペインの歴史的現実』一九六六、二九頁）。人格意識、つまり政治的共同体において一個人として存在することと、自らが信奉する宗教とを同一視するというのは、イスラムを起源としている。ドン・フアン・マヌエル（十四世紀のカスティーリャ人の生き方を象徴する最も卓越した人物）は、そのことをきわめて明瞭にこう述べている。

「モーロ人を打ち負かし、彼らのあらゆる叡智と熟練に害されないようにするために一番重要なことは、連中に対抗しようとする者たちが、よく言われるごとく（……）、あらゆる希望を神に託し、すべてが神の御心ひとつだということを堅く信じることである」（『身分の書』*Libro de los Estados*, BAE, LI, p.324, p.323）。

「叡智と熟練」は敵を支配することには役立たなかった。それを達成するための第一要件は、ドン・ファン二世の『年代記』が記すように、敵を打ち破る信仰のもとに一致団結し、十五世紀のモーロ人がグラナダ平原で戦ったカスティーリャ人を称して言ったような「鉄の人間」(hombre de fierro) となることであった。

こうしたことによって、「叡智と熟練」を導入することに熱心なカスティーリャ人と、自らの信仰に凝り固まる必要のあったカスティーリャ人の二つの流れが、カスティーリャ人として見れば同一の存在だという大きな流れ・現実に合流することとなる。底流（そこにこそ問題の核心があったのだが）において起きていたのは、進歩的スペイン人は常にすべてが変化してほしいと思いながら、同時にかつてあったままで欲しいと願っていたことである。あるいは外部からの働きかけによる変革を期待したりもしたが、それとて変革が依拠すべき、新たな本来的基礎を前もって築くことがなかったために失敗した。十八世紀に導入されたもので、スペインを本質的に変化させたものなどひとつとしてない。というのもすべてが外部からとってつけたようなもので、内部から接木されたものではなかったからである。そうした点を考慮に入れずに、いわゆる十八世紀啓蒙主義と称される分野を研究する者の多くは、まやかしの基礎の上に建物を建てようとしているのである。すべてが元の木阿弥に帰したが、それとてカルロス四世やフェルナンド七世のせいではない。むしろ自らの集団的生を、有効に組み立てる方法を他に見出しえなかった者たちの罪である。イギリス人は自らの伝統的宗教を変革し、チャールズ一世を断頭台に送った（十八世紀におけるその王朝は以前のあり方を変えた）。フランス人はプロテスタントとの共存の道を探り、後に革命的な方法で（とはいえ、かなり以前からそのことを考えていたが）、国のあり方をすっかり変えてしまった。スペインでは騒乱、叛乱、罵声、血腥い内乱を引き起こすことで、何がしか大きなことが達成しうると信じられてきたが、根源的問題は何ら手付かずのままであった。「叡智と熟練」が導入されたのは、それが思想・信条・行動の伝統的様式に急激な変化をもたらさない分野（鉄道の軌道、温度計測法、麻酔法等）に限ってのことであった。スペイン人の生き方自体や内部から、現世的かつ世俗的な信条・思想を基にする生活様式における変化が生まれたことは、絶えてなかった。十九世紀の西洋諸国できわめて特徴的な思想信条の自由といった、最低限のことですら、スペイン人にあっては常に法律上のスキャンダルの印象を与えるものであった。ハイメ・バルメス（Jaime Balmes）は一八四四年にこう記している。

「他の諸国民であれば、自分たちの疑い深さのせいで失われた力を取戻させる、何らかの生命的原理が今なお存続しているとすれば、大いに喜んだところだろうが、未だに強力で唯一のカトリシズムを保守しているスペインにあっては、宿痾からの回復を不可能にする死の萌芽を、自らの内部に宿すことなど誰が認めようか？　そんなことでもすれば、間違いなく、完全な破局に行き着くということになるからである」（二六）。

ところで、もしもバルメスが発想の拠り所としていたものが、カトリシズムが「未だに唯一の」存在となっている国々だけに限定されていたとしたならば、はたして彼がこんな発想をなしえたかどうかは疑問である。しかし一八四〇年の〈悪しき〉ヨーロッパの中の生成過程にあり、表面的にしか思想内容を摑んでいなかったいかなる読者にとっても、この場合のバルメスの判断は大胆であると同時に、いかにも幼稚である。ヨーロッパの物質的・社会的生活における改善が、言論界における進歩と歩調を合わせていなかったのは確かである。諸都市はきわめて不潔であったし、人々はテムズ川のほとりで虫けらのように死んでいった。それが目に見える形で改善されるには、ディズレリーの時代を待たねばならなかった。コールリッジは一八二八年に有名なケルンについての詩を書いている。彼によればこの市は七二の汚臭とさまざまな疫病に満ち満ちていた（一七）。地方労働者や企業家の生活条件は痛ましいほどであった、云々。しかしヨーロッパは、知性と道徳と利益がうまい具合に合致した行動をとったために、自らの様相を変えていった。ところがスペインは、後にウナムーノが指摘するように、平然としていて、そうした行動を〈生み出す〉ことには関心を寄せなかったのである。

ドン・ドミンゴ・サルミエント（don Domingo Sarmiento〔アルゼンチンの作家・政治家・大統領。『ファクンド』の著者〕）は一八四六年にマドリードにやってきた。サルミエントは、ウナムーノをはじめ、彼を読んだことのある者ならよく知っていたように、スペイン世界で最も際立った人物のひとりである。彼は現実に対する熱意にあふれ、現実を装うことに熱をあげる者たちの発する言葉や身ぶりの下から、人生の中の現実を読みとろうとしたのである。民衆的服装の多様性は〈絵筆〉で描くにふさわしい、こよなく絵画的な題材に見えたとはいうものの、「スペインが受けた最も深い傷のひとつ、つまり民衆が一国家へ融合することのできない状況を象徴している」。スペインの諸地方は異なる小国家であり、一国家を構成する部分ではない。

「バルセローナ人はスペイン人かどうか訊かれると《私はカタルーニャ人だ》と答える。バスク人がカスティーリャ人と呼ぶときは、自分たちの民族と規範に敵対する者たちを指すときである」。

サルミエントはスペイン人が好きであった。彼は闘牛にも出かけては「その崇高な見世物のすべて」を感じとった。さらに加えて、人生最後の時、ブエノス・アイレスで語ったことだが、まさに「(ピレネーのこちら側の) 身内のスペイン人」のごとくスペインの痛みを感じとったのである。また今日では読まれもしなければコメントもされないが、一八四六年のスペインにおける文化的空白に関する文章を残している。彼の言葉に従うと、イスパノアメリカとスペインが異なる正字法をもっていることなど、大して重要なことではなかった。「あなた方は今日、著者も、作家も、賢人も、経済学者も、政治家も、歴史家も、そして価値あるいかなるものももっていない。あなた方はこの地で翻訳し、われわれはかの地で翻訳する。だとしたら互いに正字法が異なってもどうということはない」。さらに彼は「本とは言いがたいが、これ以上にスペイン的な本を見たことはなかった。それはラーラの新聞記事である。あるいはあなた方は、マルティーネス・デ・ラ・ローサが書いた物もまた本だとおっしゃるのだろうか?」(一八)。サルミエントの見方は根底においては正しいが、それでも訂正や言い回しに工夫が必要であろう。しかしそのためには、一八四〇年から五〇年ごろのスペイン人が、いかなる存在であったかについて、詳しい分析が求められるだろう。筆者は今ここでそれをしようとは思っていない。まず第一に指摘されねばならなかったことは、ラーラ以外にもスペインのあり方について、十分な意識をもっていたスペイン人がいたということである。たとえばフアン・ドノーソ・コルテス (Juan Donoso Cortés) がそうである。彼はこう述べている。

「英雄的民族というものが存在する。スペイン人は叙事詩的民族である。われわれが涙で濡れた目を、現在の悲惨さ [一八四三年] から逸らして、偉大であった過去の時代に向けてみれば、神々しい畏敬の念がわれわれの心をとらえるはずである」。

これはフェルミン・ゴンサーレス・モロン（Fermín González Morón）のお粗末な著作『スペイン文明史概説』（*Curso de historia de la civilización de España*）に対する書評の中で述べていることである。ドノーソ・コルテスの作品には光輝を放つ部分も多くあれば、素朴な過ちもまた多い。

「フランス人将軍とアフリカ人酋長との間には両者をつなぐべき種族がある。つまりスペイン人戦士である。（……）運命論的なアフリカ人イスラム教徒と哲学的なフランス人カトリック教徒の間には、運命論的な傾向と東洋的背景をもつスペイン人カトリック教徒がいる」。

こうした言葉は一八四七年三月の議会で述べられたものだが、「そのとおり、よくぞ言ったり」という歓声が響き渡った。とはいえドノーソ・コルテスは西洋と東洋の入り混じったスペイン的性格を見抜くと同時に、こうも言っている。「[アラブ人の]偽りの文明は野蛮以外の何ものでもなかった」。アラブ人と戦ったキリスト教徒は貧しく、無知であったが、「こうした貧しさと無知が実り豊かであったのは、アラブ帝国の栄耀栄華と洗練された文化が、あらゆる点で不毛であったことと軌を一にしている」。ドノーソ・コルテスにとって重要なことは、「神を正しく認識することと、福音書の教え」であった。アラブ人の躓きとなったのは、「神を間違って認識したことと、運命論という愚かしい教え」であった。何はともあれ、前述の議会スピーチにおけるドノーソ・コルテスは、サルミエントと一致している。

「諸君、われわれのスペインはかつての耀きも失せ、西洋の最果てに追いやられ、大洋を行き交う艦隊もなく、陸地を駆け巡る軍隊もなく、諸国民を興奮させるかの大旋風からも無縁で、世界から取り残されているのであります」(『全集』マドリード、一九四六、第一巻、九四五—九四六頁、第二巻、六二、六六頁)。

スペインは没落こそすれ、死に絶えたわけではなかった。まだ意識はあった。バルメスの著作もまた思い起こす必要がある。というわけで、サルミエントはきっぱりと否定したものの、若干の本は存在していた。とはいえ当時のドイツ、フランス、イギリスにおいて書かれたものに思いを致せば(ヘーゲル、コント、スタンダール、ジョン・スチュアート・ミル等)、そうしたものはどれもこれも、児戯に類するものだったかもしれない。ところでここでいったん哲学、科学、文学の分野から離れてみよう。実はわれわれは一八四五—五〇年の間に、細字の二段組による十六巻からなる、パスクアル・マドス(Pascual Madoz)の『スペインおよび海外領土の地理・統計・歴史事典』(*Diccionario geográfico-estadístico-histórico de España y sus posesiones de Ultramar*)という一風変わった本に出会うのである。そんなものに注目するのは、たわいもないことだと言われるかもしれない。しかしながら一世紀以上経った今でもなお、この書を越えるものはないのである(一九)。どうしてかくも短い期間に、悪路と通信手段の乏しいスペインで、これほど巨大な著作をものすることが可能だったのだろうか。ドン・パスクアル・マドスはスペインとその植民地のすべての範囲で、聖職者や町村役場の事務長たちに厳しい規律を課したのである。彼らはすべからく情報を彼のもとに送ってきたが、それらのほとんどが今でもなお貴重な価値を有している。市町村にしてみれば、活字として印刷に付されるという魅力がそうさせたとしても、それでもなお驚くべきは、ドン・パスクアルがあえて自己を究明しようという意識を、国中で駆り立てたという点である。有名なフェリペ二世の『地名報告書』(*Relaciones topográficas*)もこの時代に出版されたが、遅遅として進まず、不足も多かった。この『事典』の編者・立案者にとっては、〈個人主義〉、怠慢、スペイン人同士の連帯感の欠如など、あるいはさらにそれを越えて多くのことが、〈神の休戦〉のごとくに棚上げされたのである。このときスペイン人は、あたかもアングロサクソン人やゲルマン人のように、〈協力〉し合ったのである。いまだマドリードのみならずイベロアメリカのどこの首都にも、アメリカやスウェーデン、スイスなどにあるような、立派な書物とカタログをそなえた国立図書館はない。ドン・パスクアル・マドスに栄誉と感謝が捧げられてしかるべきであろう。彼は街角のいたるところに巣食ういじましいエゴイズムを越えて、実効的な共存のあり方を生み出した、謙虚な天才であった。ここに見られるのは、寡黙にして英雄的な〈個人主義〉のケースであって、生命を非知性的な情念や盲目的な対象に捧げる者たちの激情よりも、さらに困難なものである(二〇)。

十九世紀の惰眠状態の後に覚醒がおとずれたときこそ、スペイン的生に関する、主として風俗写生主義的で地方主義的な性格をもった問題を、われわれ自身の問題にするということが期待されてもよかった。日本人は工業技術の多くの面でアメリカ人を凌駕し始めたときにも、なお自分たちの服装や習慣を維持しつづけた。彼らの科学的進歩は西洋と歩調を合わせているのである。ところがそれとは反対に、スペイン人の生活におけるリズムや雰囲気は個人性、つまり「我ゆえに我あり」といった意識だけを突出させている。彼らを嬉々として駆り立てる力になりえないのは、精神的な懸念、手を使ってこつこつと行う実りある仕事などである。ドン・キホーテのごとく、わざわいは〈魔法使〉や気候、あれこれの人物など、いかなるものにせよ他に帰される。個人の行動は個人主義的でもなければ、社会性のあるものでもない。それは言ってみれば〈内向主義的〉である。というのも〈内部〉の外にあるものはすべて、悪意に満ちた、いかがわしいものだからで、いきおいそうしたものに対して無関心となる。自分たちの村や地方、地域の彼方にある存在などは無視されるか、潜在的な敵と見なされる。それは閉鎖的で疑い深い生活様式である。今まで「家を誰かに覗かれている」といった台詞を、聞かなかった者などあっただろうか？　嫉妬は決してスペイン人特有の感情ではないと再三言われてはいるが、それとてよく調べた上でのことではなく、単にそう言い張っているだけである。それはしばしば〈楽しみの庭園〉というより〈手付かずの庭園〉であることの多い、自分たちの庭園の生垣の向こうにある他人の庭園をそっと覗き込むような、囲いこまれた生活に必然的に伴う感情である。

われわれはこうした歴史の暗い密林の間を、切り拓いて行かねばならない。それは今日起きているあらゆることに対する見方や場所を、しっかり確保するためである。たとえばスペイン国民という名の織物の、各部の縫い合わせがかくも不完全なのはどうしてだったのか。彼らすべての目の前に、共通利害の大帝国を作り出そうという気運が生まれたときですら（そのためには知性のみならず団結心や精勤も求められた）、カスティーリャのイサベル女王は遺言書の中で、帝国すべてはカスティーリャとレオンにのみ属すべしと記したのである。それ以前にも、コロンブスの新大陸発見が隣国ポルトガルとの紛争を招かないようにとの配慮から、そこと結ばれた協約において、言及されたのは常に「カスティーリャ王とポルトガル王」であって、「アラゴン王」ではなかった(二二)。そのことと相俟って、インディアスの事業は宗教や個人同士の事柄にこそなれ、〈立案企画された仕事〉とはならなかったのである。そうなったのはスペイン社会の生粋主義的構造の厳しい要求があったからである。客観的・組織的な仕事はユダヤ人（または後のコンベルソ）の専管事項であった。それに対して、個人の〈名誉〉をいや増し、かつてそうあったがゆえに今もそうだし、またそうありたいという意識や期待（後によく言われる《我ゆえに我あり》）をいつまでも抱かせるような、英雄的で戦闘的な行動といったものは、唯一、旧キリスト教徒たちにしか近づけないような分野であった。これこそがスペイン人を二つに分断していた深い溝の原因だったのである（ここに到って、読者諸氏に是非思い出してもらいたいのは、本書および他の著作でも多く引用したが、フライ・ルイス・デ・レオンが一五八〇年に同国人の社会的・個人的状況に関して述べた言葉である）。そうしたことすべては（繰り返し言うが、他の西洋諸国ではありえないような、国家的事柄に歯止めなく宗教が介入するといったスペインの特殊な）日常生活の、超自然的・超現世的な環境の中で生起したことである。客観的に制定された世俗的法律には、効力を発揮すべき実効的な人間的空間といったものが欠けていた。人間生活はさまざまな形で、個人性の聖なる高みと、無政府的カオスやあこぎな利潤追求の深淵との間で二極化していた。そうした構造ゆえに、インディアス帝国には、イギリス人によって合理的・散文的に殖民開拓された、他のアメリカには存在しないような、素晴らしい芸術上の驚異がもたらされたのである。とはいうものの、同時にそれが原因となって、イスパノアメリカ非合州国（Estados Desunidos de Hispano-América）ともいうべき愚かしい国家的分断が起きたし、今なおその状態は続いている。そしてスペインにおいても、レコンキスタによって築かれた障壁を越えて、スペイン人を一体化させることを妨げたのである。

あらゆる人間集団は自らを〈差別化させる〉特有の習慣をつくり上げ、それを維持することから出発する。しかしそうした習慣を越えて、一集団が他の集団と一体化するために、さらに何ものかが必要となってくる。両輪はそれが車輪だという理由で回転するのではなく、ともに二つの車輪が噛み合うということで回転する。アメリカ合衆国は政治的に合体する以前から、ともに合体しようという意志を有していた。それと同じことが、真正なるものであれば、今昔を問わぬいかなる連合体についても言えることである。いかなる連合体といえども、個人同士の実効性ある内部的な連合として存在していた。そうした個人はただ一緒になっているとか、〈生粋的〉であると感じる以上の理由で、つまり地方主義的センチメンタリズムとは無縁の何ものかをもって、結びついていたのである。

住んでいる所は異なれどスペイン人は共通してひとつの信念、つまり血の純潔といった生粋主義的信条を共有していた（二二）。彼らはスペイン帝国がヨーロッパにおける強国であった間は、王の威光をかさに身を守ることができた。そこで一八〇八年のフランス侵略の際もスペインを防衛することができた。しかしいったん魔術的空気や潜在的脅威が消え去るや、地方同士の自治的ですらあった共同体の概念は、ほとんどその価値を喪失してしまった（二三）。

東洋的諦観主義でもって、〈イベロ的〉または〈心理的〉特徴の中に、スペイン的分離主義の根源を見出そうとしてもむだである。またその原因をハプスブルグ家やブルボン家の政策に帰すこともできない。統一というものが存在しえたとしたら、それは王権と宗教の両側面をもった性質のものである。イベリア半島の隅から隅まで個人という存在は、自らの宗教的・生粋的な人格性のうちに閉じ込められていた。魔術的空気が上から支配することを止めたとき、人々は共同で行うべきものを失って寄る辺ない思いを経験した（二四）。国内のさまざまな部分が、その紐帯部において痛みを感じ始め、十七世紀中葉には各々が勝手な方向に歩き出そうとしていた。それはスペインが衰退期にあったからではなく、スペイン的生き方の当然の帰結であった。人格外的価値の乏しい社会において、生粋主義的で人格内的なイデオロギーと結びついた、かの全体主義的で専制的で特別な宗教が、スペインの国家構造を骨抜きにしてしまっていたのである。私は一九四八年の時点で、一六四五年に発せられたケベードの言葉を想い起していた。つまり「確固たる存在を有していると思われても、実際にはひとつの言葉や表象にすぎないといったものが多多ある」(二五)。オリバーレス伯公爵がどれほど優秀な政治家であったとしても、フェリペ四世が統治した社会の郷士万能的機能を変えさせることはできなかったであろう。この王は目的意識も実行力もなく、自己中心的で、〈来るべき時代〉の生活に依存していたのである。こうした人間的状況の現実をしっかり見据えない限り、歴史は外面的なものに留まり、真正なる問題点も歴史の外で孤立したままとなろう。

ポルトガルはスペイン人に支配されたことを除けば、彼らと何ら共通点がなかったためにスペインから分離した。ポルトガル人も南ガリシア人も、弱い隣国たるレオン王国に対して立ち上がったが、彼らはすでに十二世紀に独立政体としての名乗りをあげていて、統治するべき領地を有していた。カタルーニャもまたスペインに対して反旗を翻した。カタルーニャ人は明らかに他と異なる、際立った特徴を示していた。たとえば言語、法制度、習慣などである。とはいうものの、彼らの王は常にアラゴンの王であり、カタルーニャの王ではなかったということもあって、政治的な面ではさほどの特徴はなかった。十七世紀中葉におけるカタルーニャは、アラゴン、アンダルシーアと同様に、スペイン王家との結びつきはきわめて弱かった。スペイン・ガレー船団の司令官であったドン・ガルシア・デ・トレード(ビリャフランカ侯爵)は、カタルーニャの反乱は他の反乱を誘発するだろうという悪い予言をしていた。よく知られたことだが、イハル公爵はアラゴンをスペイン王室から分離させようとしたし、同じことをアンダルシーアで企てたのがメディナ・シドニア公爵であった(二六)。

事実ならずとも、道徳的な意味でいえば、スペインという国はかつてのタイファの族長たちの国に戻ろうとしていたのである。タイファがその時点まで現れなかったとしたら、それは不満分子がいかなる企ても起そうとしなかったからであり、またタイファの住民を巻き込んで、忌まわしい仕事をさせるべく、彼らを組織化する能力にも欠けていたからであろう。歴史書がこうした事実から目を逸らしているせいで、集められた事実というものは実体のない幽霊のごとくに彷徨っているのである。スペインは東洋型にして農村風俗描写型の、一種の宗教的無気力症に罹っていた。十八世紀初頭、ハプスブルグ家とブルボン家という二つのライバル同士の王家が、当時まで共通になすべき仕事をもたない一国民を統治しようという目論見のもと、都市や田舎で血を流し合ったのである。歴史家はそうしたものすべてに、不適切きわまる〈没落〉というレッテルをはることで満足している。彼らはまた〈習慣炎〉(costumbritis)にも罹っており、十三世紀初頭のドン・ロドリーゴ・ヒメーネス・デ・ラーダ(don Rodrigo Jiménez de Rada)の歴史学的見方、つまりケルト・イベロ族がスペイン人だなどという見方に、ずっとこだわり続けてきたのである。こうしたスペイン史全体に対する実体とかけ離れた曖昧な解釈をさらに複雑化させたのは、自分たちの不幸の原因を〈愛国的〉理由によって、何世紀も昔に自分たちを占領支配した者たちや、異なる別の状況のせいだと言い張る、地方レベルの無思慮な郷土史家たちである。カスティーリャがアストゥーリアスと縁を切れば、それと同じようにカタルーニャやガリシア、バスクはスティーリャといがみ合う。人々はそうした緞帳やその華やかでおどろおどろしい絵柄に安堵し、緞帳を上げるべきかどうか、その後ろで何が演じられているのか、といったことに思いを致そうとはしない。これこそ(読者にはくどいと言われるかもしれないが)今日に到るまで、スペイン人同士の間で実りある対話がなされてこなかった、主たる原因のひとつである。スペイン人役者が舞台に登場するや、誰もが『早く幕にしろ』と叫ぶ。各々が役者のうちに描かれていたものに、新たな陰影、新たな横顔を付け加えようとするからである。各々が自らのカスティーリャ、自らのカタルーニャ、自らのガリシアといった具合に、それがどこであれ自分のものとして想い描く。それは自分自身のみならず読んだり聞いたりする者たちを安堵させる必要性に、最も合致する姿として想い描くからである。ありうべき共存という仕事に汗を流すことなどに関心はない。

宗教はタブーである。またモーロ人やユダヤ人はおろか、カスティーリャ人、カタルーニャ人、バスク人などといった存在もタブーである。人はスペイン・カトリックの教条主義からマルクス主義や無政府主義に乗り換える。そこで唯一なしうることは、メシアをより身近に待望し続けることである。それはある者にとってはロシアであり、別の者にとっては中国である。あるいはそれは経済共同体に向う欧州再統合であり、無政府主義の黎明であり、言論を封じる鉄の規律であったりもする。筆者は政治的意図を一切含ませずに、ごくごく単純な私見を披瀝するに留めておこう。それはこうである。スペイン人がありのままの姿をあえて受け入れず、現在において過去の生きざまを感じとることもなく、自らの過去にまつわる害悪を正そうとしない限り、彼らの未来に関わる議論は、単なる言葉や叫び声に終わるだけであろう。過去に関するまやかしの俗っぽいイメージは、あたかも古風な武具が、今日の機械化された近代武器を前にすれば役立たずであるのと一緒である。

スペインはヨーロッパと並行関係にはなかったという事実、その文化的・経済的孤立が文化的・経済的理由によるのではなく、個人的な生粋主義によるという事実を受け入れねばならない。王の顧問を選ぶ基準として、文盲の農民の子孫であるかどうかが決め手となった国など、ヨーロッパでスペイン以外にあったためしはない(二七)。オリバーレス伯公爵の記述によると、そうした農民や村人(十七世紀には農民はよく村人と呼ばれた)は、兵士として王に仕えていたとき、「颯爽と自由闊達」な態度で「いかなる貴族や領主」とも堂々と渡り合ったという。無教養はユダヤ的血統ではないことを保証していたし、郷士としての血筋を明かすものとして、また王に仕えるべき者の忠誠心のしるしとして役立ったのである。他方で、両親が無教養の場合、そのことで郷士への道が用意されたとすれば、貴族が無教養だというのも、ユダヤ人社会との親しい接触がなかったことを裏書していた。「しまいには、自分の名前すら書けないことが、高貴な血統のしるしだとするような極端な状況にまで到ってしまった」(二八)。

筆者が『葛藤の時代について』その他の著作で指摘したように、無知をつよく推し進める傾向は、セルバンテスやフェリペ二世付き説教師のカブレラ神父、ソル・フアナ・イネス・デ・ラ・クルスの書き記したものの中に如実に示されている。エル・エスコリアル図書館は東洋やスペインの古典的教養の宝庫だが、外国人が十八世紀末にそこで仕事にとりかかるまで、学問的環境としては機能していなかった。サラマンカ大学のギリシア古文書は十七世紀に異端審問官によってずたずたにされてしまい、一九六三年になってやっとアントニオ・トバール(Antonio Tovar)によってカタログ化されるに到った(二九)。こうした状況はスペイン中に及んだが、商業や産業、そしてお金を扱うあらゆる業務に対する蔑視も同様の影響を与えた。というのもそうした分野にはユダヤ主義の疑いがかけられたからである。インディアスからもたらされる富が王室や教会を利することはあっても、社会を裨益することがなかった理由もここにある。今日でもイスパノアメリカで一旗あげて故郷に錦を飾った者たちのことを指して〈インディアス帰り〉(indiano)という言葉が使われるとき、そこには蔑視的ニュアンスが含まれている(三〇)。新スペイン(インディアス)と旧スペインの間には、確固たる経済的結びつきが生み出されることはなかった。なぜならばインディアスで富を得た者たちは、名誉において汚れてしまったからである。実際には、彼らが金儲けの目的で乗船した段階で、すでに名誉は失われていたといってもいい。

かくていささなりとも暗部に光があてられたとすればそれは、〈違いを示すべき事実〉を誇示していた各地方が、互いに融合し得ないということの主たる理由に関してである。各地方はカタルーニャとカスティーリャの間に存在する差異と同じか、へたをすればそれ以上の差異があったとしても、互い同士の融合よりも、フランスやイタリアやスイスとの確たる内部的融合の方を選んだのである。

十八世紀に関する若干の明察

スペイン的生活様式は、啓蒙時代と呼ばれる時代を通じて、歴史的な難題の山として一貫して流れていった。あのように反動的で遅れをとった状況に光を当てた著名人もいないわけではなかったが、彼らの思想は独創的というよりも他からの影響を受けたものであった。フェイホー、アサーラ、ホベリャーノスといった名高い人物たちは、惑星ではあったが、自ら輝く恒星ではなかった。この輝かしいテーマについて明確に考えたり書いたりしなかったせいで、〈啓蒙時代〉のスペイン人について扱うときには、曖昧な言辞や詭弁がまかり通ってきた。無邪気な通説として言われてきたのは、十七世紀にスペインはヨーロッパと格差があったが、十八世紀（とりわけカルロス三世の時代）になって肩を並べた、しかし後にふたたび遅れをとり、ヨーロッパの田舎になってしまった、というものである。もし人が屋根ばかり見て、それを形作る全体の建物について問うことなく屋根の話をしようとする限り、そうしたことが起きるのもやむをえまい。あるいは、ヨーロッパ的啓蒙主義の影響をこうむった国民がどういった存在で、知的・道徳的にどういった状態にあったか、またどういう行動をとったかを、読者に正直に語らない限り、こうしたことが起きても不思議はない。

前に述べた理由で分離独立してしまった各地方の間で、物質的・知的・精神的な文化の結びつきを生み出すという点で、ブルボン家とその顧問たちの掲げる、統一的絶対主義体制は実り少ないものであった。ここで待ち望まれた全体的合意は、本来、軍事・警察的暴力によってではなく、副次的・間接的結果として生み出されるべきであった。じきにその問題を扱うことになるが、カスティーリャとアラゴンの両王国は、きわめて敏感に反応する、ぎすぎすした境界によって、互いに分け隔てられてきたのである。

〈没落〉などという空虚な概念は、とうの昔に隅に追いやって、それに取って代わるものとして、スペインが内外的に徐々に弱体化していった理由や、あらゆる知的・技術的分野の執拗な蔑視の理由などに関する、じっくり地についた分析をすることが必要であろう。

というのもわれわれは何世紀にもわたって、病人のような居心地の悪さを感じてきたからである。そしてこれほどの慢性病に対しても、その診断をしようという気もなかったのである。しかし筆者は治療の方法はあると考えている。

われわれがもしずっと自分たちの目を閉じ、耳を塞ぐことをしなければ、知的・経済的文化を育もうとする〈意志〉と、血統間の争いに関係があるというのは、疑問の余地のないことである。私と考え方をいつも同じくするわけではないが、ある傑出した著者が自発的にそのことを裏付ける、大がかりな事実を引用している。

「[十三世紀に]医学に関わる職業は大学における副次的分野として隅に追いやられ、社会階級としてもそれにふさわしい配慮をされてこなかった。その理由としてはいくつか考えられる。ひとつは、中世においてユダヤ人が医者のほとんどを占めたという記憶がつよく作用し、近代に入ってもその連想が働いていたということがある。フェイホーによると、神学や法学を勉強する能力に欠ける者たちが、身を寄せる分野が医学であったという」(『批判的演劇』*Teatro crítico*, VIII, tercero)(三二)。

モンターニャ地方の最も高貴な血統に属する人々は、インディアスに商品を輸出することで富を築いた。「条件を満たした騎士のみならず、カスティーリャの貴族たちもまたインディアスに向けて船積みするといったふうで……」。しかしながら、私の見るところ、海外領土の富を開拓したり、物品を産業に育てるといったことをする人間はひとりも見当たらなかった。ジャガイモ栽培といったつましいものですら、農学者で経済学者アントワーヌ・オーギュスタン・パルマンティエ（Antoine-Augustin Parmentier, 1737-1813）の名前と結びついていた。名家の紋章にしっかり守られていた者たちは、安易に金を儲けたとしても、それによって名誉に傷がつくことを、恐れはしなかった。しかし何はともあれ、「幸運に恵まれた商人たちすべての目標は依然として、商売を止めて不動産を購入し、長子相続権を設定し、郷士家族と縁組し、収入源の課税を免除してもらうことであった。ブルゴス商業裁判所（Consulado）の破綻のいきさつもまたそれと無縁ではなかった（……）。フェリペ五世は商業活動に従事して貴族の地位を失うことはないと言明した（……）。しかし法律よりも強かな世論は何ら動ずる気配はなかった。商業はかつてユダヤ人の手にあったように、そのほとんどが外国人の手に握られていた」（ドミンゲス・オルティス、前掲書、一八五―一八六頁）。

スペイン人はユダヤ化の危機にさらされていると感じ続けていたのである。「［フェリペ五世時代の一記録者が記したことによると］スペインにはきわめて多くのユダヤ主義がはびこっている。ふつうのユダヤ人的生活とは儲けや高利である。彼らの職業は医者、賃貸人、商人、菓子職人などといった職種で、すべからく怠惰な職業である。彼らはきわめて手先が器用で狡猾である。権力を握るようになった賃貸人は専制君主のごとくふるまい、キリスト教徒に復讐する。商人の場合は、暴利にものいわせて……」。これはまるでカトリック両王の年代記作家アンドレス・ベルナルデス（Andrés Bernáldez）の文章を読んでいるような印象を与える(三二)。

読み書きの基礎教育の教師ですら、その資格を得るためには「一七七一年に発布された法律に則り、血の純潔を証明せねばならなかった」(『最新集成』*Novísima Recopilación* 第八巻、八、二)。[昔からユダヤ的職種とされてきた]仕立屋はセビーリャで、自らが旧キリスト教徒であること、そして「純潔にして名誉ある公職に必要とされる資質」を有していることを証明せねばならなかった。また「一八二九年においてもなお、建築家たちは[自らの職業が]自由学芸とみなされることを求めていた」(三九五頁)。

いかにも実質をともなった情報を与えてくれるにもかかわらず、ドミンゲス・オルティスは次のような見解を支持している。「純然たる知的階層が存在しなかった理由のひとつは、最も高度な教育職においてすら、純粋な学問では食べていけなかったからである。そのことは大学の教授職を見てみればよく納得しうることである……」(同上、一六八頁)。たしかにわれわれは食べていくための商業活動が、これよなく悪い評判を与えていたことを前に見てきたが、十八世紀スペインの学問的衰退を経済的原因に帰すことは、あまり理にかなってはいないように思える。というのもビーベス、ガリレオ、ニュートン、ラヴォワジエといった人物は、利潤を追求する目的で思考したり、論述したわけではないからである。生きるための手段にすぎなかった医学に対する蔑視というのは、新キリスト教徒と見なされることへの恐怖心と結びついていた。『葛藤の時代について』(一九六三)で明らかにしたように、人々があらゆる学問的活動から遠ざかったのは、十六世紀以来、社会的に活発化した諸状況のもたらした結果である。十八世紀のスペインという悲しむべき実体を〈認知〉する上で、それこそ最も核心的で痛ましい要点である。

洞察力に優れた十八世紀の人物、ペニャフロリーダ伯爵ハビエル・デ・ムニーベ(Xavier de

Munibe）は、一七五九年に著した『手厳しい村人たち』（*Los aldeanos críticos*）の中で、あの時代の学問的遅滞について皮肉っぽく分析している。彼はくだらない空想に耽って時間を無駄にすごす〈哲学者先生〉や「六、七時間も真面目くさって蟻の脚を顕微鏡でながめている」連中を俎上に上げる。また一方で〈旧キリスト教徒アリストテレス〉を問題にするとすれば、他方では「恐るべき異端者ニュートンとか、名前からしてどこかのユダヤの親玉に間違いないガリレオ・ガリレイなど、異端者の犬ども、無神論者やユダヤ人ども」をあげつらう（三三）。十八世紀半ばの時代にアリストテレスの自然学が旧キリスト教的大義と、また近代的学問がユダヤ的学問と結びついていたということは、ずっと筆者が扱ってきた問題の核心を照らし出して余すところがない。したがってこうしてムニーベに再び登場願った次第である。

　個々のバラバラな事実も、スペイン社会の時間空間の全体構造の中に、自らの場所を見出すべきであろう。カトリック両王の墓碑銘は、今日のわれわれを滅入らせる、かつての不愉快な状況を公平に扱おうとする際には、どうしても触れねばならない点である。ホアキン・コスタ（Joaquín Costa）は生のスペイン的様式を正そうとする際に常に避けるべきことを、ある墓に関連づけて象徴的に述べた。唯一異を唱えるとしたら、障害物は叙事詩的英雄シッドの墓ではなく、カトリック両王の墓の方である。それは十八世紀の社会内部においてなお生き続けていた、憎悪の集約的表現だったからである。

　暴力的であると同時に内省的分析を受け付けない、きわめて根深い価値観を一朝一夕に変えようと期待することは、あまりに無邪気な試みだろう。しかしひとつはっきりしていることがある。今日、雄牛の皮を広げた形のスペイン国土を行き来する人々の未来は、神学的全体主義と破壊的熱狂の中間的状況、あるいは外圧によって維持された国民的統一と地方主義的な〈全員退避〉の姿勢との間の中間的状況を、努力して見出せるかどうかにかかっている。あらゆる点で過去の不幸としてよく言われること（凋落、未解決の諸問題、ハプスブルク家、ブルボン家）は、現実には次の一点に還元されている。つまり知的・経済的分野の文化が花開く可能性は、十六世紀の前半で意図的に粉砕された、というものである。同時に言えることは、二度と返ることのない過去について、抗議の声を発したり、歎いてみせても無駄である。スペインはかつて固有の文化的伝統をもったことはなかった（ネブリーハ、ビーベス、ペドロ・ヌーニェス、ブロセンセ等）。したがってこれからは当初の段階でそれがどれほど微弱なものであれ、外国〈特許〉ではない、社会全般に浸透しうるよう十分な広がりをもった、固有の文化的伝統を生み出さねばなるまい。それはとりあえず将来的に、スペイン人がスペイン人を自殺的に確実に殺すということを不可能ならしめるためである。

スペインが西欧諸国と同じような国だというのは虚構であることに加えて、感覚を麻痺させる虚偽でもある。次に挙げるのは慧眼の誉れ高いドミンゲス・オルティス氏の一文である。

「今日よく使われる常套句［フランス型のブルジョアジー等］は（……）スペインについてはごく小さな範囲でしか適用できない。長年にわたる機械的職業に対する蔑視の痕跡は、きわめて深いものがあった（……）。お仕着せを要求したカディスの荷担ぎ人や、同業組合に入れるために血の純潔を要求したマドリードの商人たちを見てみれば、いかにそれがブルジョア的精神とかけ離れていたかが分かろう。また象徴的なのは、支持者たちからブルジョア階級の代表のごとく見られていたフロリダブランカが、郷士の血筋を引いていることを立証しようと躍起になったことである。（……）西洋の旅行者がピレネー山脈を越えてみて感じるのは、もろもろの習慣や人生の理想、生活水準の何から何までもが異なった世界に足を踏み入れた、という感覚である。ブルジョアジーが己の理想を実現しようとしていた西欧社会から、物質面において、わがスペイン人同胞たちを区別するものは、信仰によって、当時流行をみていた宗教的懐疑主義が排除されている点を別にしたら、他の国々ですでに基本的要素となっていた利便さを欠いているという点である」（ドミンゲス・オルティス、前掲書、一九七―一九八頁）。

したがってある同時代の思想家が行ったように、「十八世紀、とりわけカルロス三世の治世に、スペインが常にそこに属してきたヨーロッパに統合すべく、新たに自らを開き、そうすることで自らの道を歩むべく払ってきた甚大な努力」について語る、などということはいかにも空しい。こうした、歴史を構想するに際して万人にとって楽しく心地よい方法、といったものに対して、私はもし選択をする必要に迫られたとしたら、ピエール・ベール（Pierre Bayle）の定式を選ぶであろう。つまりそれは「ひとつの歴史の完成は、あらゆる党派にとって不快なものである」という命題である。もし「スペインは常にヨーロッパに属してきた」という大前提が真実であったとしたら、『葛藤の時代について』（一九六三）や『スペインの歴史的現実』（一九六六）が拠って立つ基盤は崩れ去ってしまっただろう。しかしそうしたことは絶対にありえない。

オルテガ・イ・ガセーはスペインをありふれたやり方で裁断する方法に対しそれとなく異を唱え、はっきりと次のような指摘をしている。つまり、対抗宗教改革が「有害であったとするなら、それはそれ自体のせいではなく、何らかの別の国民的悪徳とたまたま合致したからである。それが決定的害悪をもたらしたところは、まさしくそれを企て指導した国、つまりスペインにおいてであった。ところが（……）フランスでは差障りがなかったどころか、国家の偉大な時代をもたらすきっかけとなりさえしたのである」。対抗宗教改革とたまたま同じ時期に「わが国はある恐ろしい病気に罹ったが、それは驚くべきことに、対抗宗教改革の機関ともいうべきトリエント宗教会議の［時期］と一致していた。この病気とはスペイン以外の国に対するわが国民の内閉化であった。この現象はこと宗教や神学、思想に関してのみならず、生活全般にわたるものであった。したがって教会の問題とはまったく無縁な起源を有していると同時に、われわれがスペイン帝国を失った真の原因でもあったのである。私はそれをスペインの〈チベット化〉と呼ぶことにするが……それはスペインそのものの周縁、つまり植民地や帝国領土を含めた、あらゆる外部に対する根本的な内閉化であった」(『ライプニッツ原理の思想』*La idea de principio en Leibnitz* 付記、『全集』第八巻、一九六二、三五五—三五六頁)。

オルテガが、スペイン帝国が崩壊したのは、スペインとインディアスの間の平準化ゆえであったと感知したのは注目すべき点である。それと同時にオルテガについて注目すべきことは、彼が自らの言う外部に対する閉鎖化が、スペイン国内で知的活動をなしうる人々の上にのしかかった、あらゆる知的活動停止の単なる反映にすぎなかったことに気付かなかったことである。しかしオルテガが自らの作品(一九四七)を著したとき、スペイン的生の構造が一体どういったものだったのか、少しでも感じとっていた者がいたであろうか。われわれは当時、それを明らかにするべく緒についたばかりだったが、全体像が明確になったのは一九六〇年頃である。しかし豊かなひらめきを具えた知性たるオルテガは、対抗宗教改革によっては、スペインとヨーロッパの文化的断絶の原因を説明しきれないことに気付いていた。とはいえそうした断絶に関連して、ひとつの歴史的主体、ひとりの〈何者か〉に言及する必要があったのかもしれない。言い換えるとそうした歴史的主体を欠いていたばかりに、恐るべき〈チベット化〉の事実が、グラシアンが〈虚無の洞穴〉と呼ぶ、苦悩にみちた空虚の中に浮遊していたのである。

十八世紀の問題に戻ると、理性的教育への努力はフランス文化によって喚起されたものだが、スペインではいかなる所にも深い根を張ることはなかった。しかしバスク地方やアストゥリアス地方では、影響を受けた場所がいくつかあった（アスコイティアの小騎士たち、ヒホンのホベリャーノス学院等）（三四）。カルロス三世の命じた大学改革計画は当初スペイン社会を揺り動かしたとはいえ、最終的には不毛な結果に終わった。その際、王室の代理人となったのは、司教座聖堂参事会員で親王御用係ドン・フランシスコ・ペレス・バイエール（don Francisco Pérez Bayer）であった。改革は何よりもまず十五世紀末に創立された、サラマンカ、アルカラ、バリャドリードの各大学の学寮に影響を与えた。寮生たち（colegiales）は閉鎖的な団体を形成し、学問には乏しいくせに自らの大学を鼻にかける教授たちの温床となった。ルイス・サラ・バルスト（Luis Sala Balust）は、大量の文書を用いて、彼が《カルロス三世治世下の長マント族と寮生の果し合いの一例》（三五）と題した件についての研究を行った。〈長マント族〉（Manteístas）というのは、学寮において奨学金を得られなかった学生達の呼び名である。大臣ドン・マヌエル・デ・ローダ（don Manuel de Roda）は学寮のひとつに検査に入り、そこで新たに次のような事実を見出した。「教会収入を得ている者たち［寮生たち］は、聖職者としての記章をつけることもなく、真珠色のカーパをまとい、羽飾りのついた帽子を被って俗人のごとくふるまっている。また祭式に則り叙階を受けた者たちもまた、剃冠もせず、馬を飼って暮らしている」（サラ・バルスト、三一二頁）。こうした世俗生活で一番悪い点は、文化的に何も生み出さないということである。そして大学の教授職を聖職禄として受け取っていて、それが何にもまして寮生たちを利していたことである。こうした寮生たちは、学寮が衰退しているのは自分たちのせいだと非難される時のために、学寮出身の作家たちの一覧を盾に身を守った。ペレス・バイエールはそれに対してこう答えている。つまり一六四〇年から一七六九年にかけて、そうした作家たちの著作の半分程度は、「自分たちの学寮の書店や資料室で、印刷されないままで置かれている（……）。他の著作は（……）よく死ぬための教説や、聖人伝などの禁欲主義的な小品ばかりである」。「国外でも知られる価値のある、見事な出来栄えのものはめったにない」。因みにこの百三十年の間に、すでに二千人以上の寮生が学寮を巣立っていた（前掲書、三一七頁）。

学寮においては旧キリスト教徒の血統をもった者たちが羽振りをきかせていた。寮生とその一族たちはみな純潔な血統に属していて、「卑しい手工業的な仕事」に手を染めたことはなかった。彼らは自分たちのことを「生まれの良い誉れある忠臣であり、王国で最も名高い一流の名家に属す」と考えていた。〈長マント族〉に支持された改革は、もし彼らが学寮に入ることを認めてしまえば、「学寮そのものを下品なものにしてしまう」ことを意味していた。さらにこうした寮生と〈長マント族〉の間の諍いから見えてくる、もう一つの特に興味深い側面としては、人格的価値が（知性や実効性ある仕事に対する蔑視をともなって）血統や郷士意識に集約されることで、結果的にみてスペイン人の分離が促進されたということである。大臣ドン・マヌエル・デ・ローダと司教座聖堂参事会員ドン・フランシスコ・ペレス・バイエールは、アラゴン王国の人間であった（前者はアラゴン、後者はバレンシア出身）。ところで、前にわれわれが見たように、カトリック女王イサベルがカスティーリャ王国とレオン王国のためにインディアスを取り置いたのと軌を一にして、学寮の奨学生たちは一七七〇年の時点でもなお、アラゴン人をスペインにとって余所者、悪しきスペイン人とみなし続けていた。

「奴ら〔アラゴン人〕の祖国はいまだ背信行為に対する後悔の涙を、すっかり乾かしてはいなかったはずである［つまりカタルーニャの反逆、アラゴンにおける分離運動、スペイン継承戦争におけるオーストリア大公側での参戦］。（……）つまり奴らはカスティーリャ貴族に対する陰謀を企て、六学寮を抹殺することによって、彼らに対してまんまと裁判所への道を閉ざすことに成功し、裁判所の不名誉と庶民の損害をもたらしたのである」。

〈長マント族〉の勝利によって、「疑わしい教義をふりまわす異端的な書き手」がつるし上げを食らう恐れがでてきた」（前掲書、三三九―三四〇頁）(三六)。

カスティーリャ主義、血の純潔、揺るぎなき正統性、こうした問題は二世紀以前と同様に、隠然とした活力を保っていた。学寮は一七九八年についに消滅するに至った。大学改革は個人的争いごとに堕した結果、最終的には不毛なものに終わった。王国間（後には地方間の問題となるが）の〈道徳的〉境界というのは、とりわけ知的・経済的文化を欠いたことによる、そしてまた、相互の便益に資する分野を欠くことによって生まれた、反感という名の掘割であった。そうした地域では、生粋主義も異端への恐怖も、ポンテベードラ出身だ、バリャドリード出身だ、はたまたヘローナ出身だといったことがどうでもよくなるはずであった。それに反して、西洋ではカトリックにとっても、またそうでない者にとっても、理性の行使こそが、きわめて有用にして重要な存在となってくるのである。スペインにとっては不幸なことに、勝利者の血統に属す者たちはそのことを理解しなかった。一六八七年にフアン・デ・リケルメ（パスカル、ニュートン、ライプニッツの同時代人）というひとりの神父が、マドリードで出版した『人間はなぜ理性をもっているのか』という題名の本の中で、その根拠について述べている。本書に対する勅許状の中でフライ・マヌエル・デ・ビリェーガスはこう記している。「本書および本著者について述べられたあらゆる賛辞の内容に鑑み、また信仰の守護者が無神論者の不敬や異端者の不信仰、ユダヤ人の背信、イスラム教徒の野蛮な頑迷さといったものを打ち破るべく用いた、有効で説得力ある論拠を見てみれば、この作品はさまざまな方面で大いに役立つきわめて重要な本であるとみなし、印刷に付すにふさわしきものと判断する」(三七)。

結論として言えば、こうした根源的現実のあらゆる諸相は、お互いに結びついている。インディアスの事業がカスティーリャ・レオンの手に委ねられ、アラゴン・カタルーニャは蚊帳の外に置かれたのも偶然ではない。広大きわまる帝国が、半島内のまとまりを欠いた王国や地方同士の関係をより安定化させるべき、社会・経済的な接着剤となりえなかったのは大きな不幸であった。さらに後には、感傷的な独白《モノローグ》や感情的くすぶりといったものが、こっち側の仕事とあっち側の仕事との対話《ディアローグ》に、とって代わってしまったのである。地方同士の間では、遺恨の念と空疎な言葉が飛び交っていた。その結果として潜在的に下位にある地方の歴史は、スペイン全体の歴史と同様に、不正確かつ防御的で曖昧模糊としたものになってしまった。実存的意識を具えたそうした歴史のどれもこれもが、その真正の内容については恩知らずで痛ましいという理由で口封じされ、こそぎ取られてしまった。こうしたことが言えるのは、必ずしもいつも確たる実体をもつとは限らない文学にとっての器官たる言語でもって創造され、表現されるものが、その中で生き残っていくべき、スペイン的伝統を背負ったすべての者に対してである。多くの者たちはただ単に自らの存在に耳を傾け、自分自身であり続けることを実感しようとして、書き記し、詩作するのである。それはいわば〈実在性〉(Existencialitis) そのものである。

スペイン世界において和解をはかるためには、まずもって意識上の危機を経験せねばならないだろう(筆者はこれをモンテーニュ的な意味で〈意識のエセー〉(ensayos de conciencia) と呼んだことがある。いわば日常化した内面性に対して、緊迫した戦いを挑むことである)。不和や不一致の奥深い根源を白日のもとにさらし、根こぎにすることが必要である。そうでもしなければ言葉は勝手気ままに浮遊しつづけるだろう。私に関心があるのは中世カスティーリャだけで、他にはないなどと考える者もあるだろう。しかしまず最初にはっきりさせておかねばならないのは、私にはカスティーリャがイベリア半島全体を呑み込まんとしていたことに対する責任などないということである。もしカスティーリャにそれが叶わなかったとしたら、その原因は彼らの抽象的な威圧的権力（〈人格そのものが命令を下す性質のもの〉）が、東洋化され神学化された自らの生粋主義や、機能不全に陥らせた血の純潔とあいまって、極端なところまで突っ走った結果である。何はともあれカスティーリャ語と、三つの血統に属する人々がそれでもって書き記したものがそこに存在する。もし半島内の他の言語がイベリア半島を呑み込むことにならなかったのも、カスティーリャ人たちのせいではなく、他の言語を話す者たちの責任である。ローマ人に押しつぶされたとはいえ、ギリシア人は無理強いすることなく、ローマの知識人たちに自らのギリシア語を話させることに成功した。政治的に外国に従属させられたイタリアもまた、他のさまざまな有力方言を抑えて、トスカナ方言を前面に押し出すことができた。言語というのはそれを用いる者たちによって、書き記されたものの価値と独創性をとおして、高い評価を勝ち得ることができるのである。

　苦悩にみちたわれわれの歴史に対する筆者の視点は、意味のない非難をすることでもなければ、国家主義的・愛国主義的なかたちで慰撫することでもなく、気落ちした者たちの元気を取戻すことである。その種の戯れをやっている時期はとっくに過ぎ去ってしまった。まさにスペインは悲哀にみちて嘆かわしい、というだけに止まらず、自らの存在にそなわった劇的性格をとおして救済を待ち望んでいる。三つの血統のどれもが敗退し、自らのスペイン性に英雄的といっていいほど強くこだわってきた絶対権力を喪失してしまった。モリスコという名の没落した者たちは、自らの使っていたスペイン語を十八世紀までチュニスにおいて、維持し守ってきた（本書二七七頁、註一をみよ）。コンベルソたちは真正なキリスト教徒として振る舞おうと努めつつ、文化的営みを継続していったが、そうした仕事なくしては、スペイン文化に重大な欠陥がもたらされたかもしれない（三八）。支配的立場にあった者（キリスト教徒）

たちは、十八世紀においてなおインディアスにおいて、営々として驚異的なことをなし遂げており、苦悶するスペイン帝国を衰退から救い出すために大きな努力を払っていた。十九世紀に入ってからのスペインは、ヨーロッパの例外的存在であることに甘んじてはいなかった。この世紀はスペインにとって停滞の時代であり、変革を嫌い、変化に甘んじることのないように血みどろの戦いを行った。そうした過去と未来との戦場においてこそ、いつの日か抑圧的ではない平和で実りある現在が生み出される可能性が残されているのである。しかしそれは天の賜物などではなく、厳しくつらい道のりであり、まずもってそのためには他者を含めて自分自身を欺くことをやめる必要がある。カスティーリャ人はカタルーニャ人に対して懺悔するべきだし、その逆も必要である。前者にとっては〈労働〉の感覚が希薄であったのに対して、後者には外に向って支配するという政治的感覚が不足していた。カタルーニャは叙事詩や小説、演劇などを持ち合わせぬ、抒情的で勤勉なあり方を象徴していた。しかしカタルーニャ的なるものによって加味されるような、独特の柔軟性を欠いた、強固なよろいであるアラゴン的外皮を、突き抜けることができなかったのである。〈真実の時〉が到ったとき、戦の鬨の声は「いざ進め、アラゴン」であり、潜在的な政治力たるカタルーニャの変革者アラゴンだったのである。カタルーニャにおける外部勢力への従属は、イタリアと同様、八世紀にまでさかのぼる。それにもかかわらず、イタリアもカタルーニャもともにかくある存在としてある。それは一民族の固有のあり方のみならず、他民族との共存の仕方にも、多様なものがあるからである。ヴェネチアは国際的次元の自律性という点ではカタルーニャよりも優っていた。そして今日、ヴェネチアはイタリアの一部だからといって、外国支配下にあるとは見なされてはいない。ところがカタルーニャの将来はそれとは別で、どうなるかはまったく誰にもわからない。というのもそれは、カタルーニャ人と他のスペイン人次第だからである。

占い師的仕事をやろうというのは、あまりにも無邪気で不毛なことである。唯一たしかなものは、われわれがいわゆるスペイン史だとされてきたものの、偽りの地表の下で発掘してきた、動かざる基底である。失望感や郷愁心から痛ましい叫び声をあげるだけで満足することのない者たちは、まさにそうした基盤の上に立って、スペイン人としての自らの未来を打ち建てていかねばならない。欠点ははっきりかつ正直に公にされねばならないが、それは欠点を生む運命を変え、欠点を越えるような十全の兆しが現れることを目指すからである。筆者は一九六五年の時点でこのように考えている。とはいえ一九六二年で説いた内容〔『スペインの歴史的現実』の初版〕がこうした見方と矛盾するわけではなく、このことの延長線上にあったものである。同じ人間に関する問題といえども、さまざまな視点から切り込むことができるからである。

ここで本序文の締めくくりとして、スペインに関する若干の歴史研究が目指した方向について簡潔に触れておきたい。マルクスの唯物論的経済思想はソビエト連邦（現実はソビエト帝国であり、また異端審問所および異端者をかかえる正統的ソビエト教会）の達成した成功によって急速に進展している。トマス哲学もまた隆盛を見、何世紀にもわたってカトリック教会の思想的後ろ盾として、人々の精神に根付いてきた。スペインについて言えば、歴史的マルキシズムはスペイン研究者の多くが、過去の生の現象をありのままに見るという適切な史観を欠いていたせいで、おおいに助けられてきた。一方、通常の非マルクス的な歴史観といったものは、人間的なるものに基づく理論などではなく、つねにヨーロッパと歩調を合わせて進んでいる、スペインの永遠的価値に対する信仰に基づいているのである。双方の閉鎖的教条主義の間隙をぬって新たな道を切り拓くのは困難である(三九)。その理由として、人問的なるものという要素はあまり関心を呼ばないところから、〈軌道〉に乗せられてしまったからである。そして今日の名高い有力大学の間では、もっぱら大気圏外に追いやられてしまったかのようである。マルクス史観と並行するかたちで、モスクワと同様、西欧諸国でも体系的に広く普及したのが、構造主義言語学である。案の定、アメリカ合衆国でも大成功を収めたが、それは言語における芸術的要素を排除したからである。その抽象的定式である、言語現象を計測可能な要素に還元するという方法によって、言語の表現機能、つまり美的・感覚的ことばとしての価値は闇に葬られてしまった。この種の言語学からは、トスカナ方言がいかにイタリア語となったかとか、いかにしてイタリアにおいては美に対する感覚が統一をもたらす要素として作用したか、などという問いに対する答えはとうてい期待できない。またマルクス史観によっても、パレルモにおいてピサ人たちが獲得した莫大な富が、いかにして壮麗なるピサの大聖堂に姿を変えたかを説明することはできない。

ピエール・ヴィラールは経済構造に関する、こよなく有益で驚くほど浩瀚な書『近代スペインにおけるカタルーニャ』（*La Catalogne dans l'Espagne moderne* パリ、一九六二、三巻からなり総計一八七三頁に及ぶ）を著した。そこではこう述べられている。「市場はブルジョアジーがナショナリズムを学ぶ最初の学びやである」（四〇）。とはいうものの、市場といったものによって、レコンキスタを始めた集団が〈キリスト教徒〉と呼ばれるようになった動機が、説明され得るかどうかは疑問である。根本の所で経済的なものに基礎をおく歴史には、〈自治〉の問題など関心の対象とはならない。しかし昔も今も、人々が生活し、殺し合い、集団をつくり、反目し合い、集団的名称で自らを規定しているのは、単に農業や商業、人口の増減ということだけが要因ではない。今日のインド人は伝染病の媒体となっている大量のネズミを野放しにするくらいなら、飢えて死ぬほうがましだと考えている。またスペイン人は自らの信仰や体面がもとで争いあい、貧困化したが、だからといって広大な帝国をフルに活用して、商業や工業を発展させることで国を豊かにしようなどとは思わなかった。こうした事実は、価格統計や輸出入貿易高といった要素も大いに有益ではあろうが、それらと同様にきわめて信憑性のある事柄である(四一)。

経済的要因を越えて、あるいはその下や周辺において、人間存在は常に未来に〈向って〉、未来を〈めざして〉方向づけられているという、この上なく現実的な事実が立ち現れてくる。マルクス史観にとっての関心は代替可能物の研究であって、アントニオ・デ・ネブリーハのいう〈滅ぶことなき糧〉(**manjar que no perece**)についての研究ではない。それはネブリーハ以前も以後も、自らの作品や人格をとおして、とうてい代替できぬ幸せと不幸の記憶や歴史の中で、時の力をもってしても完全には破壊し得ないような何ものかを残したと、心底から感じていたすべての者たちが語っていた糧のことである。また何百万もの人々の思考を左右する手綱をしっかりと握っている必要に迫られている、緊張感のなかで生きている人々が、生き残りと攻防のための武器とかかわりのない事柄については、熟考し知解する余裕などないこともまた十分に理解し得る。しかしそのことと、すぐにでも手を打たねば大変なことになると分っていることを〈学問〉として提示することとの間には、救いようのないほど大きな溝がある。西欧の人間がもし過去の歴史をふり返り、そこに下部構造に上部構造、社会階級に商業貿易、価格の変動に人口動向、などといったものしか見出さないとしたら、それこそ困ったことであろう。生のドラマ、記憶に留めておくべき表現、過去のページにおいてなお現れ見えるもの、色彩、音響、形態、そしてそうしたものの背景に横たわるもの、それらすべてによって世代的継承が歴史となっていくのである。とりもなおさず世代こそが、唯一〈そこに在る〉実体であって、それ以外のものは、たとえどれほど大きな帝国であろうと、あるいはモスクワやワシントン、北京であれ、その国の核爆弾がいかに恐ろしいものであろうとも問題ではない。

原　註

(一)　ジョン・D・ラーサム「チュニジア史におけるアンダルシーア人の移住とその地位に関する研究序説」(John D. Latham, "Toward a Study of Andalusian［本来は Andalusí とすべきところ］Immigration and its Place in Tunisian History"『チュニジア評論』*Les Cahiers de Tunisie*　創刊五年目、一九五七、二〇三―二四九頁) を参照せよ。チュニジア風トルコ帽産業において生き残っているスペイン語については、「マルセル・バタイヨン記念論文集」の中のP・タイシエ (『スペイン学』P. Teyssier en "Mélanges offerts à M. Bataillon" en *Bulletin Hispanique* 六四号その二、一九六二、七三二―七四〇頁) をみよ。

(二)　「スペイン――内臓と皮膚」『挿絵つき新報』("España: entraña y piel" en *Gaceta Ilustrada*　マドリード、一九六五年二月、三三頁)

(三)　マヌエル・セレサーレス (Manuel Cerezales) が拙著『文学論争としての《ラ・セレスティーナ》』(マドリード、一九六五) に関して、『アルカサル』紙 (一九六五年二月二三日付、マドリード) に載せた文章。

(四)　「スペイン文化という名称は、唯一コバドンガの戦い以後に生まれ、成立した文化についてのみ、与えることとしよう」(P・ライン・エントラルゴ「スペイン文化への誘い」P. Laín Entralgo, "Introducción a la cultura española"『アテナ』(Atenea) 所収。コンセプシオン (チリ)、一九六四、三三頁) とあえて書くことができる人間が、科学のみならず人文主義者に必須の〈自由な〉知見にも関心を抱く、ひとりの医者であったというのも意義深い。しかし未だに〈歴史〉と〈民族学〉を混同する人がいるのである。

(五)　J・M・デ・コシーオとT・マーサ・ソラーノによる『モンターニャ地方の民衆ロマンセ集』(J. M. de Cossío y T. Maza Solano, *Romancero popular de la Montaña*　サンタンデール、一九三三、二一一番)。

(六)　『スペインの実像』*España es así* スペイン情報サービス (Servicio Informativo Español) 刊、一九六四。

(七)　フランシスコ・マルケス『フアン・アルバレス・ガートに関する調書』(Francisco Márquez, Investigaciones sobre Juan Álvarez Gato　マドリード、一九六〇、一六四―一六五頁) をみよ。

（八）アロンソ・デ・サンタ・クルス『カトリック両王の年代記』Alonso de Santa Cruz, *Crónica de los Reyes Católicos* J・デ・M・カリアーソ（J. de M. Carriazo）による版、セビーリャ、一九五一、第一巻、九五頁、三五五頁。カリアーソはサンタ・クルスがコンベルソであった可能性を、しっかりした根拠でもって示している（第一巻、序文六二頁）。それは年代記作家や宇宙形状誌学者という職業柄からも推測できるし、自分の家族について語りたがらないという点、またしつこく不満たらたらで、落ち着きのない知識人の姿からいっても、コンベルソの特徴がよく表われている（第一巻、序文五三―五四頁）。

（九）『スペインとアメリカの歴史』*Historia de España y América* 一九六一、第五巻、三三七頁。

（一〇）『大世界史』*General Estoria* ソラリンデ（Solalinde）版、第一巻、一九三〇、六、八五―八六頁。

（一一）中世においてイスラム教はまったく独立した宗教としてではなく、キリスト教の一分派として出てきたことはよく知られている。

（一二）イギリスへの移住（一八二三―三四）については、ビセンテ・リョレンス（Vicente Llorens）の『自由主義者とロマン主義者』（*Liberales y románticos*, Méjico, 1954）がある。

（一三）今日、中世（また一般的にいってスペインの伝統）のうちに、二十世紀の民主主義的・議会制的形態の先例を見出そうとしている者たちがしていることも同断である。リチャード・ハー（Richard Herr）は、スペイン史から「自由主義的伝統の誕生」の根拠を引き出そうとしている（『十八世紀スペインにおける革命』*The Eighteenth-Century Revolution in Spain*, 1958, p.337）。ハーがスペイン史に分け入るための手引きとして用いたのは、〈平和公〉マヌエル・ゴドイの『回想録』（Manuel Godoy, Príncipe de la Paz, *Memorias*）であった。ゴドイによると、彼を打倒した革命を説明するためのモデルとして「あの忌まわしいフランス革命」を引き合いに出す必要はなかった。そうではなく「西ゴート時代から始まるわれわれの年代記」に求めるべきだという。それは「危うい事例に満ちてはいるが、われわれとさほど隔たった時代のことではない。たとえばエンリケ四世の廃位、カスティーリャのコムネーロスの乱、バレンシアのヘルマニアスの乱、（……）フェリペ二世時代のアラゴン王家の混乱、特権蹂躙による嘆かわしい記憶、等々。そうした記憶が人々の頭に蘇って、自らもやってみようという気になったのである」（BAE, LXXXVIII, p.117）。

依然としてかくのごとく、スペイン人がいかなる存在で、いかにしてスペイン人たりえたか、という問題をあらかじめ問うこともせずに、スペイン内外で、スペイン史に関して曖昧なことを書き続けている者たちがいる。空想的歴史のこうした事柄に対しては、倒錯した空想的利害がからんでいるので、歴史を哀れな囚われの身から解放するには、ヘラクレスの力でも借りねばならないくらいである。なぜならば《年代記》にスペイン自由主義の起源を探ろうという不明に加えて、十八世紀に生起したことを社会学的抽象化に帰すという誤りを上塗りすることになるからである。つまり急激な人口増加、取り残された大衆、台頭する労働者階級、生活水準の向上、商業的中産階級の勃興などなど、こうしたことはすべて、啓蒙専制主義がどうして成功しなかったのかという本質的問題にとって、外部的・付随的な事柄である。当世流社会学の外部性や抽象性をもってしては、今日、昨日、一昨日のスペイン人のありのままの現実を、不明の暗闇から明るみに出すことなど叶うまい。多くの人が考えているのは、そうした現実について、それを回避し黙過することで、現実そのものが消滅すれば、それで何の不都合もないということである。スペイン人は人口が増えようが減ろうが、何よりもまずスペイン人であったし、十八世紀、十九世紀と、しかるべく行ったように行ったということを、人は考えようともしない。筆者の考えでは、〈無政府主義者しか話題にしないだろう〉本書〔『スペインの歴史的現実』〕の第八章〔「よりよい社会秩序を求めて――熱望と現実」〕は、恐る恐る読まれたはずであるし、そこではっきりと主張したことは、あってはならないことだと思われたはずである。同じことがスペインとイスパノアメリカで広く読まれた『葛藤の時代について』についても起きている。とはいうものの、最近になってようやく歴史家たちもこの書に一目置くようになってきた。何はともあれ、一九六五年二月にどなたか偉い方が次のように書いたことは腑に落ちない。「セファルディたちのこよなく深く永続的なスペイン化」。というのもスペイン性とセファルディ性とは、切り離すことができない点を認識していないからである。この表現は「スペイン人のカスティーリャ化」というのと同じくらい非論理的である。

（一四）　このことと密接なつながりをもっているのが、いわゆるスペイン的〈個人主義〉の問題である。これは言ってみれば、スペイン人自身とスペイン人について触れる外国人の両者の思いの中に、化石と化した概念である。スペイン語圏以外において〈個人主義〉といえば、個人が集団や国家の干渉を受けずに、何かをなし遂げることを指している〈アメリカ的体系でいうと自由企業であり、それ以前であればレセフェール〔自由放任主義〕ということ〉。ところがスペイン的意味合いで〈個人主義〉と言ったとき、それは個人が自らの内に沸き立つように感じる、意志的な潜在能力のことを指している。そうした潜在能力の投影とか客観的結果といったものは、その種の内的緊張が存在しているという意識と比べたら、どうでもいいことである。人格としてのスペイン人にとって関心があるのは、何かをなす能力があると感じ、信じることである。自らに属すと考えていることを彼自身がなすことであり、なされたことの現実や価値ではない。スペイン的〈個人主義〉においては、なされたことと、それをなす主体の存在、つまりなしたことに彼が参画している意識との間のへその緒が未だに切れてはいない。そこからスペイン芸術の大きさとは裏腹な、不釣合いなほど貧弱なスペイン人の科学、哲学、技術のコントラストが出てくる。スペイン人の心理的内在主義の結果が、〈自分はあるがままの自分である〉とか〈拙者は自分が何者かを存じておる〉といった表現である。このことは生きる上での信念として役立っている。なぜならば生粋主義とは何かをなすということではなく、人格がすべてであるという観点に基づいているからである。結論的にいうと、生粋主義や郷士意識、人格絶対主義、遵法精神の欠如、自給自足的精神、諸活動の客観的結果への無関心、スペイン的無政府主義などといったものすべて（『スペインの歴史的現実』一九六六、第八章）が、同一の本質的現実の諸相なのである。この問題に関しては、本書の別の箇所においても扱うつもりである。すでに読者諸氏の目に明らかとなった理由により、本書の中で反復表現や強調表現が見られるとしたら、それは不可欠であると同時に、きわめて意識的なものである（同、一〇三頁）。そうした〈個人主義〉と、私がスペイン・ポルトガル世界における〈実在性〉(existencialitis) と呼ぶものの間には、ほんの一歩の隔たりしかない。

（一五）『ブルゴスのウエルガス王墓』(*El panteón real de las Huergas,* Madrid, 1946)

（一六）『カトリシズムと比較したプロテスタンティズム』(*El protestantismo comparado con el catolicismo,* Barcelona, 1935, I, p.186)

（一七）ライン川はそなたたちの市を洗うと人は言う「しかし言ってくれ、ニンフたちよ、これからは一体どんな神的力が、ライン川を洗ってくれるというのか」(『詞華集』シュタウファー版 *Selected Poetry,* ed. D. A. Stauffer, 1961, p.106)。

（一八）『旅――スペインとイタリア』(*Viajes. España e Italia,* Buenos Aires, 1922, pp.25, 35, 9)

（一九）新装『スペインの地理学事典』(*Diccionario geográfico de España,* Ediciones del Movimiento, Madrid, 1961, 17tomos) は知られることの少ない作品である。これは各章の末尾にあるように、「一九四〇年以降の訂正箇所」に光を当てる目的で、スペイン政府によって企画立案されたものである。尋常ならざる模範的なマドスの本からヒントを得て、新たに世に出た新『事典』といえども、前者の意義について述べたことを無効にするものではない。

（二〇）ドン・パスクアル・マドスによる統計地理学の膨大な著作を想起するとき、それに劣らず壮大な著作をものしたドン・フランシスコ・コエーリョ（don Francisco Coello）のことが思い出される。彼は〈陸軍中佐〉にして〈技術者たちの指揮官〉で、六五枚の折り込み地図と、扱いやすいように厚紙表紙をつけた『スペインおよび海外領土地図帳』（*Atlas de España y sus posesiones de Ultramar*）の著者である。一八四八年九月三日付の勅令によって、市町村役場はそれを具備するように勧奨された。「地方地図のほかに、各頁には主要な市町村の個別的な市街地図が記載されてあった。それとドン・パスクアル・マドスの手になる広汎な統計的情報も盛られていた」。このようなかたちで、マドスの『事典』は、当時のスペインでは生半可なものではないコエーリョの地図作成の仕事と、うまく歩調を合わせたのである。軽蔑の眼で見られることもあったスペイン文化に対して、とりわけその影がきわめて薄く、国民生活に混乱がきたしていた時期に、これ以上大きな貢献をした研究もおいそれとあるものではない。筆者も一九一二年の段階で、旧レオン王国の土地を渉猟して地理言語学のフィールドワークに勤しんでいたとき、いまだにコエーリョの地図帳を携えていたものである。われわれがよく共同で始めたような仕事を、マドスとコエーリョがマドリードで一八四五年から五〇年にかけて、互いの基盤を越えることをせずに、共同でうまくやり遂げたのだなどと想像するのは楽観的にすぎよう。そんなことをすれば、あるいは低レベルのやっつけ仕事になっていたかもしれない。マドスやコエーリョの業績と肩を並べ得るのは、フローレス（Flórez）神父の『神聖なるスペイン』（*España Sagrada*）や、一七二六年に初版の出た『出典辞典』（*Diccionario de Autoridades*）などである。またそれ以前ではドン・ニコラス・アントニオ（don Nicolás Antonio）の『新旧蔵書録』（*Biblioteca Vetus et Nova*）がある。しかし力説したいのは、マドスの場合で最も驚くべきことは、彼の努力の国民的広がりである。つまり一時なりといえども、多数のスペイン人たちが彼の仕事で、自らの〈個人主義〉や内部的・地方間的な係争、不平、抗議などを忘れ去って働いたということである。今日、歴史の〈決定論〉というのは、知性の怠慢か、知性の不全に対して付けられる呼び名である。因みに決定論というのは一五〇〇年当時から、神がすべての人間に授けた頭脳や才知や手をもって働くのは、神殺しの邪悪なユダヤ人の仕事であるという信念に、凝り固まっていたからである。たしかに私たちにとっては、そうしたものであった。

（二一）　アロンソ・デ・サンタ・クルス、前掲書、一〇九頁。

（二二）　カタルーニャ人もまた他のスペイン人と同様、生粋的な面で敏感に反応した。ドミンゲス・オルティス（A. Domínguez Ortiz）の『コンベルソの社会階層』（*La clase social de los conversos*　二〇三頁）を参照せよ。彼は次のような原文を引用している。「たとえどれほど貧しくとも、ユダヤ人の血を引いた汚れた人間とあえて結婚したカタルーニャ人など、男女をとわずいたためしはない」。

（二三）　十七世紀のマドリードについては、『スペインの歴史的現実』（一九六六、メキシコ、ポルーア、三二五頁）を見よ。ティルソ・デ・モリーナがコメディア『己に嫉妬する女』（*La celosa de sí misma*）の中で言うように、当時のマドリードでは壁ひとつ隔てて暮らしていた隣人同士が、ヘント〔ベルギー西部の都市〕からバリャドリードの距離よりも隔たりを感じていた。私は二七四頁でガニベー（Ganivet）の次の言葉を引用している。「われわれは協会といったものを受けつけない。実際のところ、われわれが設立する団体はどれもこれも、ほどなくして難破漂流してしまう。とはいえわれわれは宗教共同体を抱えた国である……」。今日のカタルーニャ人はヘローナ地方の膨大なコルク生産事業に自ら莫大な資本を共同投下しようという代わりに、開拓をアメリカ人に委託してしまった（「アームストロング社はスペイン・コルクの三分の一を所有してしまった。またあるカナダの会社はカタルーニャの電力を統制下においた」H・トーマス『スペイン市民戦争』H. Thomas, *The Spanish Civil War*　一九六五、二七八頁）。経済から政治に問題を移しても結果は同様である。「亡命中といえどもわれわれカタルーニャ人は集団主義や政治的分断という面で、いかなる者にも引けをとらない」。これはカタルーニャ人のフィデル・ミロ（Fidel Miró）が『そこでスペインだが、それはいつのこと？』（*¿Y España, cuándo?*, Méjico, 1959, p.101）で述べた言葉である。一九五八年にカタルーニャ人を統合させる企てがあったが、それは失敗に終わった。「そういうわけでカタルーニャ統一運動の意図は事実上、死産に終わった。（……）とはいえわれわれは今日まで、そのことを告白する勇気に欠けていた」（同上、一〇七頁）。これをいつまでも〈イベリア主義〉と呼ぶことにこだわるなら、問題は決して解決を見ないだろう。

（二四）　すでにシモン・ボリーバルによってスペイン王室との繋がりは断ち切られていた一八一二年に、カラカスで起きた地震のことを思い出してもらいたい。「人々は最大の苦難に際して、神にするのと同じように王に対しても慈悲と許しを乞うた。（……）代議員のドン・ニコラス・アンソーラはフェルナンド七世陛下の前に跪き大声をあげて、彼に許しを乞うた」。また人々の中には、神が「スペイン人の手で作られた家々まで破壊することで、自らの意志をお伝えになった」と信じる者もいた。革命的合理主義者ボリーバルはあらゆる者たちに向って立ち上がり、目撃者の証言によると「次のような神をも恐れぬとんでもない言葉を発した。『自然がわれわれに歯向かうならば自然と闘うまでだ、そして自然を屈服させて見せよう』」（サルバドール・デ・マダリアガ『ボリーバル』S. de Madariaga, *Bolívar*, Buenos Aires, 1959, I, pp.336-338）。これは意味深長な素晴らしい対比である。民衆は神や王に対する信仰しか彼らの指針となるべきもの、自らを形成するべき真正なる原形質を有していなかった。ボリーバルやサン・マルティンといった人物たちは、〈解放者〉という抽象概念が、概念そのものの中で空回りしてしまったことで、最終的には不毛な土地で死にゆくさまを目にした。つまるところ、昔ながらの信仰に戻り、〈スペインのくびき〉から解放された者たちに対しては、王として統治することが必要だったのかもしれない。ボリーバルは〈君主〉になろうと考えたが、もちろん、それは叶わなかった（同上、II, p.443）。そして省みられることなく孤独のうちに亡くなった。サン・マルティンは解放されたアルゼンチンを捨て去り、フランスで客死した。アグスティン・デ・イトゥルビデ（Agustín de Iturbide）は一八二一年にメキシコ独立を宣言した際に、その地名にちなんでイグアラ（Iguala）の計画と呼ばれるものの中で、スペイン王室との従来の繋がりを維持する意向を示した。スペイン王を皇帝としてメキシコに招いたり、あるいは（フェルナンド七世は応えなかったが）王家の別の皇族を招いたりもした。結局、イスパノアメリカ独立における解放者たちの言葉からも、スペインのみならず新大陸においても、啓蒙主義というものが、民衆との結びつきを欠いた「素振りや態度」にすぎなかったという筆者の見方の正しさを確認することができる。身ぶり手ぶりを越えて、またはその下に厳然としてある現実として見るべきは、フェルナンド七世の専制に対応して出現したのが、アルゼンチンのロサスの独裁であったという事実である。イサベル二世時代のマドリード蜂起に対応する形で起きたのが、イスパノアメリカのクーデターである。イスパノアメリカの歴史はスペインのそれと同じく、真正で真実の歴史とならねばならない。

（二五）『歴史におけるスペイン』（*España en su historia* 二〇頁）
（二六）J・H・エリオット『カタルーニャ人の反乱』（J. H. Elliott, *The Revolt of the Catalans*, Cambridge 一九六三、五二七、五三一頁）

（二七）『葛藤の時代について』一九六三、一九七頁。

（二八）ファン・デ・マル・ラーラ『世俗哲学』（Juan de Mal Lara, *Filosofía vulgar* 一五六九、第六〈百章〉諺六一番）

（二九）『サラマンカ文書』（*Acta Salmanticensia* 一九六三）所収の『サラマンカ大学ギリシア古文書目録』（*Catalogus codicum Graecorum universitatis Salamantinae*）より。トバール教授は異端審問官たちの蛮行と、十七世紀の文化がユダヤ主義そのものだとする、実際のところあまり芳しくない事実とを、結び付けたりはしていない。こうした事実の結果として、サラマンカ大学にギリシア古文書が存在していたことが忘れ去られ、実際に今日まで研究能力のある人間が出てこなかったのである。〈対抗宗教改革〉に似た、こうした事実に言及する傾向は、スペインではきわめて一般的だが、今のところそれに対するよりよい説明を欠いている。〈対抗宗教改革〉はヨーロッパにおける知的好奇心に歯止めをかけた。しかしすでにわれわれは、無知な農民こそ郷士たりうること、貴族たちが無知で無教養なること、知的好奇心が全体的に麻痺していたことなどの現象が、実は知的であることがユダヤ的血統と混同されたことに原因があったということを立証するべき、圧倒されるほど多くの証拠をもっている。〈対抗宗教改革〉がいたる所で同じように機能し、似たような閉鎖的無知を生み出したなどと信じることには、そろそろ終止符を打たねばならない。もしそんなことがありえたとしたら、ガリレオやデカルトが学んだり、何かを書いたりすることなどできなかったはずである。ギリシア語や数学の研究は、十七世紀のフランスでもイタリアでも消滅することはなかった。トリエント公会議以後のイタリアは、よく信じられているように、ものごとをさほど深刻かつ重大に捉えてなどいなかった。ミシェル・ド・モンテーニュは一五八〇年と八一年にその地に滞在していて、一再ならずバチカンを訪れている。モンテーニュは一五八〇年のクリスマスの日に聖ピエトロ大聖堂でミサにあずかった。モンテーニュはこのミサに関して次のように述べている。「教皇［グレゴリウス十三世］に枢機卿、それに他の高位聖職者たちは、そこに座っていて、ミサの間中ずっと楽しそうにひそひそと言葉を交しあっていた。それは敬虔な儀式というより壮麗な見世物のように見えた」。モンテーニュは翌年の復活祭の聖木曜日、年恒例の大勅書の公布式に参列した。勅書には教会をゆるがせにする異端者たちの破門が宣告されていた。「その事柄に対して、メディチ家やカラファ家の枢機卿たちは、教皇をからかいながら大声で笑っていた」。また別の日、フランシスコ会総長が教皇や枢機卿を前にして説教台に立ったが、「教会聖職者の怠惰と華美を非難した」こと、それに「いささか声を荒げて」話したかどで、また「その目的のために俗っぽい常套句を」使用したことを咎められ、地位を剥奪されたうえに幽閉されてしまった（『イタリア旅日記』*Journal de voyage en Italie*, Paris, Collection *Hier*, 1932, pp.158, 188, 156. スペイン語訳『イタリア旅日記』*Diario del viaje a Italia*, Debate マドリード、一九九四）。トリエント公会議の約二十年後、〈対抗的に宗教改革〉されたローマは依然として、華々しくかつ現世的なままであった。それはフランシスコ会総長の身に起きたことからしても分かるように、フランシスコ派とは相容れないものであった。科学ならざる生を問題にするとき、種別的な抽象化はほとんど役立たない。

（三〇）本書のエッセー「不安定なスペインとインディアスとの関係〔原テクストでは経済関係〕」を見よ。フェリペ・テイシドール（Felipe Teixidor）は私にマテオ・アレマンの意義深い文章を思い出させてくれた。アレマンはセビーリャにはたくさんの「良心をもった」学校の先生がいて、「海を渡るべく船出する者たち」はそれがとても重荷になるので、かの地に良心を置いていくのだと皮肉をこめて述べている。というのも「重い良心を積んでいけば沈没してしまうかもしれないからである。そこで自分の家か、宿を提供してくれた主人のもとに残し、戻ってくる時までとっておいてもらうのである」。「たとえ戻ってきて自分の良心を取戻せないときでも、だからといって良心のことが大して気になることでもないし、もともとそこに残されているかどうかなど、さらにどうでもよいことなのである」（『グスマン・デ・アルファラーチェ』前篇、第三部、第五章）。読者はこれに類したテクストを、前に紹介した拙著の中でも見出すはずである。後で付け加えた部分でさらに興味をそそられるのは、マテオ・アレマンという苦汁を嘗めた極め付きのコンベルソもまた、海を渡ったということである。彼はそうすれば、当然そうなると知りつつも、スペインとインディアスの間に横たわる、旧キリスト教徒型の〈道徳性〉の埋めようのない溝を造り出した人物の数の中に、自らを加えたのである。

（三一）アントニオ・ドミンゲス・オルティス『十八世紀のスペイン社会』（Antonio Domínguez Ortiz, *La sociedad española en el siglo XVIII* 一九五五、第一巻、一八〇頁）

（三二）モーヤ・トーレス『普遍的宣言』（Moya Torres, *Manifesto universal...* 二二一頁）（ドミンゲス・オルティス、前掲書所収、二二八頁）。以下は同じ作者による一七二九年の一著作からの引用。「ユダヤ人は恥知らずで卑しく、腹立たしく、抑圧されてしかるべき、しかもきわめて蔑視すべき身分の者たちである。彼らは卑猥にして臭い人間たちである」（アレドンド・カルモナ『明らかにされたスペイン元老院決議』（Arredondo Carmona, *Senatus consulta Hispaniae illustrata...*, comentario XXIV 同上、二二九頁、註二五）。

（三三）パウリーノ・ガラゴッリ「スペイン哲学におけるハビエル・デ・ムニーベ」『考えるスペイン人』所収（Paulino Garagorri, "Xavier de Munibe en la filosofía española",『西洋評論』（*Revista de Occidenta*）、一九六四、十二月号、抜刷の六頁。

（三四）ジャン・サラユ『十八世紀後半の啓蒙スペイン』（Jean Sarrailh, *L'Espagne éclairée de la seconde moitié du XVIIIe siècle*, 1954, pp.201, 229 y passim.）

（三五）『聖なるヒスパニア』（*Hispania sacra*）第十号、一九五七、三〇一―三八四頁。

（三六）スペインのことを知悉していたセルバンテスは、カスティーリャ人とアラゴン人の気取りや高慢さといった点での比較を行っている。公爵夫人の小姓はサンチョ・パンサの妻と娘に向って「アラゴンの貴婦人方はやんごとない方々でございますが、しかしカスティーリャの方々のようにあれほど気むずかしくお高くとまってはいらっしゃらない、一般庶民とも実に気さくにお付き合いになる」と述べている（『ドン・キホーテ』後篇、五〇章）。

（三七）パウリーノ・ガラゴッリ『過去から未来へ』（Paulino Garagorri, *Del pasado al porvenir*）、バルセローナ、一九六五、一五四頁。

（三八）この点に関しては、後でラス・カサス神父を扱う際に再び触れる予定である。ホベリャーノスとスペイン啓蒙主義に関しては、ジョン・H・R・ポルトの優れた研究「ホベリャーノスとイギリス的源泉」（John H. R. Polt, "Jovellanos and his English Sources"）、『アメリカ哲学学会紀要』（*Transactions of the American Philosophical Society* 一九六四年、十二月号）をみよ。

（三九）リチャード・ハー（Richard Herr）は心底から次のように信じている。つまり筆者の歴史的著作は、ただ単にスペイン的性格の「もっとも綿密な研究」を提供したものにすぎないらしい。しかしそれこそ「ウナムーノやオルテガおよび九八年世代のすべての人間が、時に応じて関わってきた問題」であるとも付言している（『西洋評論』*Revista de Occidente* 一九六五、五月号、二二三頁）。

（四〇）リチャード・ハーをみよ。前掲書、二一〇頁。

(四一) これは火傷しかねない白熱したテーマではあるが、歴史的見方は非人間化してきているという点を、歯に衣着せず指摘しておくべきであろう。私の言葉だといわゆる〈もの万能主義〉(objetocracia)が人間的なるものに優越してきており、ますます人間的なるものが切り捨てられている。きわめて卓越した人物であるフェルナン・ブローデル(Fernand Braudel)という名の、フランス歴史学の創始者は、次のような言葉を用いて、歴史に作用する非生物的力に対する好みを明らかにしている。「もし地中海がそれ自体に基づいて生きてきたとするならば(……)問題を解決するのは地中海であったろう」(『地中海』*Méditerranée...*, 1949, p.357)。しかし地中海という存在は、単独であろうとそうでなかろうと、何も解決する力などもってはいなかったのである。

III

フライ・バルトロメ・デ・ラス・カサスまたはカサウス*

＊ 本稿は『ジャン・サラユ記念論文集』（スペイン学研究所、パリ、一九六五）に発表されたもの。

私はかなり以前からラス・カサス神父の人格という、尽きることのない論争を生んだテーマに関心を寄せてきた。私はそうした論争から一歩離れたところから、いろいろなかたちでこのいとも尋常ならざる改宗勧誘者について書き記してきた。多大な論争を呼んだこの〈司祭〉（彼は自らをそう称した）が、征服者たちのイメージに泥を塗ったいわゆる黒い伝説を促したかどうかという、厄介でおそらくあまり実りゆたかとはいえない問題に深く立ち入ることなく、ラス・カサスに関する自らの考え方を、ここでまとめて提示するのも無駄ではあるまい。私はこの極めて傑出したドミニコ会士（もちろん著名な歴史的記述の可能な人物でもある）をとおして、当時のスペイン人、それも修道士や宮廷人、エンコメンデーロといったかたちではなく、スペイン人一般を考察する一助にしたいと考えている。そうした側面はラス・カサス問題を扱った多くの書において、めったに触れられることのなかった部分である。

数年前であったら社会的にラス・カサスを位置付け、彼が己自身や他の者たちに対してとった態度・

振る舞いから出てくる結果を云々することなど憚られたであろう。しかし今日われわれは、同じスペイン人でも出身が生粋のキリスト教徒だったのか、あるいはユダヤ人やモリスコの出身だったのかという点が、何にもまして重要だということをよく弁えている。最後のモリスコたちは十六世紀になるとキリスト教徒に対して有していた覇権の記憶を失ってしまっていたため、さほど心配の種となることはなかった。しかしユダヤ的血統に属したスペイン人たちは、何世紀も昔から王侯貴族の側で仕えてきた多くの先祖たちの、高い地位や名声のことを記憶にしっかり留めていた。彼らは新キリスト教徒として、人の上に立って支配しうる地位に近づくべく最大限の努力をはらった。個人として傑出しえたとしても、血統としては、かつて経験したような栄光を見ないという覚悟をしなければならなかった。というのも彼らカスティーリャのユダヤ人はかつて（ラビのアラヘル・デ・グアダルファハーラの表現を借りれば）「ヘブライ難民の王冠と宝冠」を自らのものとして、感じとっていたからである。未だにセファルディたち、つまり異端審問が犯したものより、数においてはるかにそれを上回る殺戮・残虐行為を生き延びてきた者たちは、そのように感じつづけていたのである。

ラス・カサスはたしかに自惚れのつよい人物であったし、そのことは多くの人々が気付いていた。とはいえ、彼の性格を自惚れとするだけでは十分ではない。というのもそうした特質は大いに注目されていたからである。アンドレス・ベルナルデス（Andrés Bernáldez）はおそらく誰よりも直裁的に、ユダヤ的血統に属するスペイン人にとっての敵対者たちが、カスティーリャにおいてどのような感情を抱いていたかを指摘した。つまりそうした血統に属す者たちは「つねに王や貴族の庇護のもとにあった」からである。コンベルソたちは自らが他の者よりも上に〈聳え立って〉いると感じていたことで、自らの生粋的な信条に戻っていった。つまり彼らがそう感じたのは「大きな富ゆえの誇りや優越感、それに多

く の賢人や博識家、司祭や役僧、修道士、神父、賢人」および「大公たちの執務官」などが漂わす自惚れゆえであった(二)。ベルナルデスはコンベルソ特有の職種の中に〈異端審問官〉を含めることはしなかったが、それを抜きにしたリストはきわめて不完全なものとならざるをえない。十六世紀初頭には、在俗であれ修道会に属すものであれ、コンベルソが大挙して教会組織に入っていったわけであり、単一の資料に当たるだけで、これほど重要な状況を切り捨ててしまえば、あの当時の歴史はほとんど理解しえなくなる。コンベルソの多くは、彼らをとりまく抑圧によって押し潰されようとしていた。しかしそのかなりの部分が、彼らに敵対する血統の者たちの攻撃に対応するかたちで、防御的・攻撃的なエネルギーを蓄積していったのである。彼らの気概と精神は今日のわれわれを驚かすほどに張り詰めていた。彼らは王侯貴族の側にあって、社会的・宗教的・知的な分野で傑出することを目指していたのである。

そもそもあらゆる目立ちたがりやの人間というものは、もちろんそうでない場合もあるがそれは例外として、他に秀でようという熱意に動かされ、既存の価値体系を批判したり覆そうとするあまり、十六世紀の新キリスト教徒のような存在になる可能性をおおいに共有している。ドン・ファン・ペレス・デ・トゥデーラ(Don Juan Pérez de Tudela)は、自らの手によるラス・カサス神父の『インディアス史』(*Historia de las Indias*, BAE, t.95)の版の冒頭で、著者の血統になどまったく顧慮することなく、多くのページを割いて見解を述べている。ここでわれわれは彼のラス・カサス研究を通して形作られてきた見方のいくつかを、思いつくままに取り上げていくことにしよう。たとえばこうある。「もう一度繰り返すが、司祭(つまりラス・カサス)の使命はかつての企図に対して、明確な政治的状況を提示することであった。しかし今や彼を導いていた運命のなかで、自己評価と信念の感情がすっかりあらわとなった。もはや他のいかなるものにも頼ることはなかった。今や彼自身が主人公となっていたにちがいない」

（九二頁）。「今や彼の全幅の信頼感は、つねに王室の決定権に与ろうとする熱望と入り混じっていた」（二五一頁）。

私はラス・カサスのキリスト教的愛や、アメリカ原住民の魂と肉体を救済しようという気持ちの誠実さを疑うわけではない。しかし同時にこの〈インディアスの使徒〉たる人物が自らの内部に抱えていた、コンベルソゆえに虐げられた人格を、何としても現世的な次元で際立たせようとする思いを、彼から切り離すことはできないものと考える。『インディアス史』は実際のところ、自伝作家によって陳述された伝記であって、その中で著者は自らを記念碑化して描いている。「そこで司祭カサスは民衆のもとにやってくるや、小さい子供たちを呼び集め、（……）村中の子供たちに洗礼を施した」といった具合である。一行がキューバのカムグエイ地方にやってきたとき、「［パンフィロ・デ］ナルバーエス司令官は前述の神父の説得に応じて、この神父［読者もお分かりのように、彼は自分自身から離れることができないが、これこそ大いなる不安の現れである］が村の全住民を避難させた後は、いかなる者もインディオたちが避難して集まっている場所には、あえて足を踏み入れることがないようにとの命令を下した……こうしたことに加え、インディオたちが神父は彼らのために行動し、彼らを喜ばせ、守ろうとしていること、それに子供たちが洗礼を受けるのもそうした目的だということを見て取り、神父は他の者たちよりも権威や力があるとみなされたせいで、全島でインディオから多くの尊敬と信頼を勝ち得たのである」（九六巻、第三の書、二九章、二四三頁）。この司祭にとってはインディオの救済と同様に、他に勝る権威や権力を手に入れることもまた重要であった。彼が伝道者的熱意に燃えてはいても、自らに攻撃を加えたりインディオを侮辱したりする者に対しては、謙虚さや穏健さを発揮することは絶えてなかった。彼が攻撃を受けたとき、それは司祭自身の〈権威や力〉に対する人々の反抗心のせいでもあり、同時に神父が自らのキリスト教徒としての義務を忘れていたからでもある。コンベルソの多くは二正面の戦いを余儀なくされていると感じていた。つまり一方の敵は旧キリスト教徒たちであり、もう一方のそれは別のコンベルソたちである。自らの汚点に対する反応としてありうるかたちは、同じような汚点をもった者たちを非難中傷することであった。多くのコンベルソがドミニコ会に入ったこともそこから説明できる。また彼らの中から異端審問官という最高位にまで昇る者がでてきたのも同様である。

今日、歴史家ゴンサーロ・フェルナンデス・デ・オビエードが〈あの連中〉のひとりだったことが知られている。彼がそうした人物であったことの証拠が十分になかったとしても、ラス・カサスが激越なかたちで彼を攻撃したということが傍証となっている。かの司祭にとって好ましい課題のひとつは、異教徒や偶像崇拝者をイエス・キリストの受難による恩恵をもって救済することであった。インディオたちは真実の神を知ることができなかったという理由で、偶像崇拝者とみなされた。ラス・カサスはこの点でオビエードに対して戦いを挑んでいるが、彼によればオビエードこそ「神の子がこの世に生まれ、暗愚の闇を吹き払う以前に、そうした徴候がどういったものだったかしかと考えてみるべき」(『全集』第一部、第三巻、一四四章、五二三頁)であった。ラス・カサスは曖昧模糊としたずるいやりかたで論敵のいう〈徴候〉について触れているが、それはフェルナンデス・デ・オビエードのユダヤ的血統を想起させるだけで、救世主の問題とは何の関係もなかった。

ならばかの司祭の血統はどうだったのか。つい最近まで知られていたことは、M・ヒメーネス・フェルナンデス(M. Giménez Fernández)の『シスネーロスの代理人バルトロメ・デ・ラス・カサス』(*Bartolomé de las Casas, delegado de Cisneros* セビーリャ、一九五三)およびJ・P・デ・トゥデーラの前掲書、六〇頁に述べられたことだけであった。つまり父親ペドロ・デ・ラス・カサスはセビーリャ出身の地味な商人であり、バルトロメの兄弟は多くのコンベルソの例（たとえばサンタ・テレサ・デ・ヘススの兄弟や、ブラジルの伝道者ファン・デ・アンチエータなど）にならって、インディアスに赴いた(二)。バルトロメは一五〇二年にサント・ドミンゴに到着した。

ところでクラウディオ・ギジェン（Claudio Guillén）は「セビーリャ・コンベルソの典型（一五一〇年）」と題した論文（“Un padrón de conversos sevillanos (1501)”, *Bull. Hispanique*, 1963, LXV）において、ファン・デ・ラス・カサス某とアントニオ・カサス某という名前を挙げている（七九―八〇頁）。またマヌエル・ヒメーネス・フェルナンデスの「バルトロメ・デ・ラス・カサスについて」（『セビーリャ大学紀要』*Anales de la Universidad Hispalense*, Sevilla 一九六四、二〇頁）も同様に参考にしてほしい。そこにはこうある。

「[ラス・カサスが] 没落した中産階級コンベルソの家系に属すことはほとんどまちがいない」。また注釈において「ラス・カサスのコンベルソ的血統の問題は、最近クラウディオ・ギジェンが行った貴重な研究において扱われている」と付言している。これは筆者が今挙げた論文のことである。さらにギジェンの「見解はわれわれのそれと一致している」とも述べている。重要な他のケースと同様に、ここでもスペイン的生粋主義のさまざまな局面の真実が、次第に明らかになっていくことはおおいに勇気付けられる。それを抜きにしては何も理解し得ぬまま、すべてがこんがらがってしまいかねない。その意味でヒメーネス・フェルナンデス氏のこうした見解はきわめて重要なものである。

ギジェンによって引用されたフィデル・フィータ（Fidel Fita）の言葉によると、ディエゴ・デ・ラス・カサスという人物が、宗教裁判所との交渉のためローマに赴いている。そして「その両親と兄弟のうちの何人かは教会との和解を果たし、他の者は彼がローマに到着する前に、長年の異端の罪をかぶって投獄され、今もなおされたままである」という。さらに言葉を継いで（筆者にはごく慎重に言葉を選んでいるように見えるが）こう述べている。「インディアスの伝道者の〈聖なる怒り〉、熱情、腹立ちやすさ、頑迷さ、憑かれたような信念等々は、まさにこうした観点から見ないわけにはいかない。そうしたところから、チアパス司教のありうべきユダヤ的血統について検討する必要がでてくる。加えて、そうすることの必要性は全作品を見ればますますつよく認識されよう」。ギジェンの指摘どおり、他のコンベルソたちもまた年代記や歴史を記述しているとはいうものの、管見によれば、それは彼らを分断させる社会〈全体の一視点〉との疎外感から自らが立ち直るためではあっても、ラス・カサスのように、知力や理解力に訴えるようなかたちで、それを押さえ込む目的で書いたわけではない。ギジェンは主だったコンベルソの歴史家たちを列挙している。エルナンド・デル・プルガール（Hernando del Pulgar）、ペルーの年代記作家グティエレス・デ・サンタ・クララ（Gutiérrez de Santa Clara）、フロリアン・デ・オカンポ（Florián de Ocampo）、ヒル・ゴンサーレス・ダビラ（Gil González Dávila）、ゴンサーロ・フェルナンデス・デ・オビエード等である。このリストに付け加えねばならないとしたら、アロンソ・デ・パレンシア（Alonso de Palencia）、ゴンサーロ・デ・アヨーラ（Gonzalo de Ayora）、それにホセ・デ・アコスタ神父（P. José de Acosta）である。ホセ・デ・アコスタ神父はイエズス会士で、かの著名な『新大陸自然文化史』（*Historia natural de las Indias*）の著者であり、コンベルソの集中していた都市「メディナ・デル・カンポの有力商人」の息子であった。彼と四人の兄弟はイエズス会に入ったが、そこには彼らと同じ血統の者が多くいたのである。彼はラス・カサスがカルロス五世に対してそうしたのと同様に、フエリペ二世に対して影響力を及ぼした。イエズス会総長アックアヴィーヴァ（Aquaviva）はそうした影響力を弱めるべく、アロンソ・サンチェス神父（P. Alonso Sánchez）に対して、アコスタ神父が〈自分たちの血統〉の障害となっている旨を王に伝えるように依頼している。このことが起きたのは一五九三年であった。前年の一五九二年にイエズス会士ヒル・ゴンサーレス神父（P. Gil González）は、アコスタ神父が「自らの出自について何か知られたように思い込み、いささか心配げであった」と記している（イエズス会士レオン・ロペテギ『ホセ・デ・アコスタ神父』León Lopetegui, S. I., *El P. José de Acosta*, Madrid 一九四二、一一頁）。ロペテギはこの著作の最後の部分で、アコスタ神父について、その〈生粋的な〉血統と関連づけることなく、こう述べている。「とりわけ［インディアスからの］帰朝以後、次第に、自惚れた態度をあからさまに示すようになってきた」。アコスタは自らが企画したローマでの会議に際して、重要な役割を果たすことを目論んでいた。このことで「彼は教皇との接触を得ようとして、こそこそと王の恩顧を求めるという危ない橋を渡った」（『全集』五九八頁）。アックアヴィーヴァ神父は一五九三年に、「イエズス会にとってかくも好ましからざる人物が、王とのかかわりをもつべく王に仕えるのは良くないという旨を記している」（六〇三頁）。コンベルソはどれだけ立派な人物であろうとも、どこにいても囲い込まれているふうに感じていた。そしてできるだけうまく包囲の手を逃れようとしたのである。彼らは先祖たちがそうであったように、依然として最高位の地位にひきつけられてはいたが、もはやそれは幻覚や幻想の次元に属することであった。スペイン人を効力なき抽象的一般概念ではなく、本来の歴史の中に定位しようという関心が深まるにつれ、血統が人間的・文化的空間を占めるスペイン人のあり方の輪郭が、次第に明確になっていくはずである(三)。

単なる司祭から司教の地位にまでのしあがったラス・カサスは、自分の両親に関して沈黙を守ろうとしたことの代償として、次に見られるような、かさにかかった言葉を発するにいたる。「宮廷およびインディアス諮問院が一五四七年の時点でアランダ・デ・ドゥエロにあったとき、インディアスよりシウダ・レアル・デ・チアパの司教ドン・フライ・バルトロメ・デ・ラス・カサスまたはカサウスが到着した」(四)われわれが目にしているのは、人生のどん底から険しい岩場を這い上がったあげく、シウダ・レアル（王都）のひとつの精神的支配者として、ドンとフライという称号をつけてもらい、司教の十字架と指輪を着けて栄光の頂点に立っているラス・カサスの姿である。つつましい商人の息子にしてしがないエンコメデーロ、フランシスコ・マロキン（Fransisco Marroquín）司教の言葉では、強欲な性格もあったラス・カサスのことを、フライ・フアン・デ・スマラガ（Fray Juan de Zumárraga）司教は、彼が布教のための資金を受けとっていながら、布教のために使わなかった点を非難している。またフライ・トリビオ・デ・ベナベンテ（別名モトリニーア）は、彼が旅行する際に多くのインディオに荷物を運ばせていたにもかかわらず、彼らに運搬費を払わなかったとして非難している(五)。しかし長い宣教師生活の結果、他にもあったであろうが、その種の罪は帳消しにされ、われわれが目にするラス・カサスは新旧二つの世界の皇帝であるカルロス五世を前にして、神の前で申し開きをするために皇帝は今何をなすべきかを説いている雄姿である。しかしあのラス・カサスはどうなったのだろう？　宗教裁判所によって処刑された者たちは？　そうした問題は知られていたはずであったし、もし誰かが膨大なラス・カサス資料を渉猟してみれば、それに関連する事柄を発見することとなろう。それは筆者が前に指摘したとおり、ラス・カサスがフェルナンデス・デ・オビエードにユダヤ人の祖父母がいることを知っていたのと同断である。今はっきり言えることは、あの名前が彼の心に突き刺さった棘であったという事実である。つまり彼にとっては〈あるいはカサウス〉と但し書きをつけることこそ望ましかったのである。ということは〈ラス・カサス〉という名字をもつことが、苦しみの原因となった大きな動かぬ証拠でも何かあったのであろうか。はたしてラス・カサス以外に、二つの名前を〈あるいは〉という選択辞でもって繋げて名乗るような人物がいたであろうか？　ラス・カサスは自らの真の出自を隠蔽し（母方は全く不明）、一方で偽りの出自を自分のものとしている。ペレス・デ・トゥデーラ曰く「したがってバルトロメ・デ・ラス・カサスはフランス出身で聖フェルナンドの随伴者の子孫で、カナリアス諸島の領主であった、誇り高いカサスまたはカサウス一族の近縁者ではなかった。そのことは後に起きた、彼とドミニコ会総長フライ・アルベルト・デ・カサウスとの間のぎくしゃくした関係からも窺える。またサラマンカで学んだという事実もなかった」（六）。筆者にとってはっきりしているのは、チアパス司教は十六世紀以降、誰もがそうしていたように、血統証明（「ご先祖さまを試着する」が語意）を行っていたのである。それはまさしくルイス・ベレス・デ・ゲバラ（Luis Vélez de Guevara）が『びっこの悪魔』（*El diablo cojuelo* 一六四一）第三〈飛躍〉において描いたとおりである。「誰もが自分のご先祖たちの服が自分にしっくり合っていないからとか、あるいはよれよれになっていて着れない［ユダヤの古い律法と同様に、擦り切れている］という理由でここにやって来ては、金の力でもって自分にとって着心地の良い服を選んでいくのである。ほら、お誂えの婆さんを一着着ようとしている、あそこの下っ端貴族を見てみるがいい」。

ラス・カサスはよく人がやるように貴族証明書を贖ったりはしなかったが、より手ごろと思われる証明書の方を手に入れたのである。われわれはこのインディオ好みの司祭および十六世紀の別のスペイン人に起きたことを、おおらかな皮肉を込めて自らの問題として身に引き受けるためにも、彼らが何としても〈ご先祖さま〉をでっち上げねばならなかった苦しい胸の内を理解することから始めねばならない。〈貴族証明書〉（ejecutoria）という名辞は「人物および家族の貴族的血統を法的に確認する称号」だが、それ自体にはそうした貴族的血統の確固たる証拠は乏しい。〈貴族証明書〉は元来、執行力（fuerza ejecutoria）を伴う裁定といったものを想定している。コバルービアスの『宝典』（*Tesoro* 一六一一）によると、「貴族証明書をもった郷士」とは「自らの郷士の身分を法廷で争い、それを勝ち得た者」ということになる。郷士たる身分（hidalguía）はほとんど常に問題性をはらんでいたために、それを法に訴えるという必然性が生まれた。ごくありふれたこととしてまかり通っていたのは、そうした〈貴族証明書〉を司法官への買収によって獲得するという手である。これは（後の聖女となるべき）テレサ・デ・セペーダの家族や、フェルナンド・デ・ロハスの孫達において起きたことである。ドン・ディエゴ・ウルタード・デ・メンドーサのものとされる書簡において、彼は陛下の下賜されるサンティアゴ騎士団の記章を受けるつもりはない、（……）本当はそうするつもりだったが、「そうした記章は血統に疑いのもたれていないからこそ与えられるのだと、後になって思い直したからである」と言って（あるいは言わされて）いる[七]。ラス・カサスは郷士身分に関する訴えを起してはいない。とはいうものの、貴族の出身であることを装うべく、相当熱心かつ大胆にふるまったのである。このケースでも他の多くの場合と同様、上首尾にことを運ぶ算段をつけていたようである。

知的でやる気のあるコンベルソは、難しい立場に置かれていたがゆえに、必然的に自分自身から逃避し、各々の直面する問題に立ち向かっていくこととなった。それは富を得ること（カルロス五世の銀行家であったロドリーゴ・デ・ドゥエーニャス）もあれば、思想家や学者として世に名をなす（ルイス・ビーベス、アンドレス・ラグーナ、ペドロ・ヌーニェスなど）場合もあり、また作家（マテオ・アレマン、セルバンテス）や宗教家（フアン・デ・アビラ、テレサ・デ・ヘスース）として、また王室付き役人（カトリック王フェルナンドの秘書ミゲル・ペレス・デ・アルマサン）として傑出する場合もあった。こうした職種や人物は、社会からのけ者扱いされてきたコンベルソが、社会的名声を博してのし上がった例としてざっと見ただけである。彼らの虐げられ傷ついた人生は、精神的、芸術的、知的、学問的、社会的、経済的といった側面で、大きな花を開かせたのである。

自らの努力で人生を開花させたこうした称賛すべき人物たちの各々について、分析と評価がなされるべきであろう。とはいえその努力の形態に関しては、いくつかのグループ分けができるかもしれない。筆者の見方によるとJ・ペレス・デ・トゥデーラはこうした出発点に立つことはなかったが、いみじくもラス・カサスについて次のように述べている。「平和主義者の鑑たる司祭は、自らの身の丈に合ったとてつもない大義を見つけ出した」(『全集』序文一一頁)。ラス・カサスは新大陸のインディオ全体を精神的・肉体的に救済するという自らの課題に、普遍的な意義を与えたのである。とはいうもののトゥデーラはすぐにも付言してこう言っている。「司祭が善意の目的の他に、自らのものとした宏遠な大義には、他にも二つの目的が付随していた。そのひとつはラス・カサスが記念碑のように自分自身を高く掲げるための足場とすることであり、もうひとつはあまりに広大で見境のない人類全体に対する攻撃前線とすることであった」。インディオはラス・カサスの企てにとって目的であると同時に手段でもあった。スペイン人といった存在は、彼の精神状態の生み出す、すべてを巻き込むような憤怒のはけ口だったのである。そうした精神状態と比較しうるのはマテオ・アレマンくらいしかなかったであろう(八)。『インディアスの破壊』の中でラス・カサスが言うには、先立つかたちで破壊されていたのはインディオ帝国の現実であって、それはインディオたち自身の皇帝が支配していてしかるべきものであった。彼はあるときコルテスと話していてこう尋ねた。「いったいいかなる正義と良心をもって、かの偉大なるモテンスマ王〔モクテスマ王〕を捕らえてその王国を簒奪しうるのか」。するとかの征服者はこう答えた。「結局すべては自分に譲り渡されたものであり、《悪党や盗賊は堂々と入口からは侵入しない》」。そこでラス・カサスははっきりと型どおりの言葉をなげつけた。「いま自分で言った言葉をしっかり覚えておくがいい」（『インディアス史』第三巻、一一六章）。ラス・カサスはもしアステカ族が自らの習慣や儀式を守り通したとしたら、どのようにインディオに布教しえたかという点については言及していない。つまりウチロボス［ウイツィロポチトゥリ神］の像は「かのヌエバ・エスパーニャ全土で栽培されていたあらゆる種類のトウモロコシの種子を捏ね合わして造られたものであった。（伝えるところによると）粉に引いたこの種子はウイツィロポチトゥリ神への崇敬から、生贄として捧げられた少年少女の生血でもって捏ね合わされたらしい」（『擁護論』*Apologética historia* 一三二章、BAE 第一〇五巻、四五四頁）。司祭はインディオの宗教性に対し、こよなく高い敬意を払っている。「［スペイン人によって］破壊された寺院の数は二百万を下らない。（……）あらゆる地方のあらゆる人々は、自分たちの儀式や迷信的信仰においてきわめて敬虔であった」（『全集』四五〇頁）。とはいえラス・カサスが振る舞う際に見せる如才なさは興味深い。たとえば次のような描写がある。「ある種の石ナイフはきわめて鋭利にできており、伝えるところでは天から落ちてきたということである。こうした石ナイフは生贄に捧げるための生き物を殺すのに使われるため、彼らはきわめて大きな敬意を払い、ほとんど崇めるほどであったし、実際に大いなる崇拝の対象であった」（『擁護論』一二四章、前掲版、四二七頁）。ラス・カサスはうっかりと「生き物を殺す」と記し、特にそのことに意を介さなかったが、それが生きた人間の心臓を抉り取るためのものだという真実を記すことには配慮したのである。

　ラス・カサスにとって原住民的なるものは、すべて称賛に値する尊敬すべきものであり、それに反してスペイン的なるものは、どれもこれもが厭わしく思われた。今日、彼と論を構えたとしても何の益もないと思われる。エンコメンデーロにして司祭、ドミニコ会士の司教たる人物は何も気が狂っていたわけではないし、聖人でもなければ悪人でもなかった。十五世紀のコンベルソがカスティーリャの王たちに、大洋の彼方此方に広がる一大帝国の理想図を描いたように、生粋主義に痛めつけられた犠牲者たるコンベルソ、ラス・カサスは、自らに帝国的広がりを付与するという壮大な冒険にあえて乗り出したのである。彼はスペイン帝国の壮大さの上に安住しつつ、自身の個人的なる帝国を、帝国スペインの政治体制それ自体の上にぶつけようとしたのである。司祭は膨大なる人間集団を手玉にとったが、彼がインディアス全体をもって比較対照しようとしていたのは、ローマやギリシアやテーバイであり、またアレクサンダー大王の帝国であった。ラス・カサスを魅了していたのは高い峰峰や奥深い深淵であった。火山に関する記述にはとても意義深いものがある。彼は実際、深淵を覗こうとしてニカラグアのマサヤ山の麓まで登っている。「その奥底の深さはとてつもないものだったが、われわれは壁面が裂け目から底部まで、同じ高さで切り立っている所まで、裂け目に沿って恐る恐る近づいていった」。登山の目的は奥底で煮えたぎっている溶岩を眺めることであった。「火山の火と見えるものが、まるで鐘や銃砲を造るのに用いられる溶け出した金属さながらに、いつまでもぐつぐつと燃えたぎっていて、その動きや灼熱は上の裂け目の所にいたわれわれの耳もとにも届いた。時々、うねったかと思うと溶岩の一部を跳ね上げたが、それはまるで火花のように飛んで四、五メートル上の壁面にまでへばりつき、その後で消えていった」(『擁護論』一一二章)。またラス・カサスを惹きつけてやまなかったのが、人生や自然の中で目にした卓越した状況だったが、そのひとつが高みから下界を見渡すことであった。この伝道者にとってメキシコのもろもろの寺院といったものは、そこで黒曜石のナイフで心臓を抉り取られ、痛ましい犠牲者の血が流されるような場所ではなかった。「寺院の主神殿の高みからメキシコ市を眺めることは、言葉で言い尽くせぬくらい楽しく素晴らしいことであった」(同上、一三〇章)。

この司祭にして修道士たる司教は、インディオに対して適用した基準とは別の基準をスペイン人に対して適用した。というのも彼はスペイン人の帝国主義的野望をしっかりと認識していたからである。「かのアレクサンダー大王の歴史が物語っていることを、ここに引き合いにだすことができよう。大王とて、今のスペイン人たちが全インディアスにおいて、何の落ち度もないのに他所の王国と人民を荒廃させ、憤慨させ、殺戮し、略取し、捕縛し、従属化し、簒奪することでもたらしてきた、そして現にもたらしつつあるのと同じ悪行を行ったからである」(『インディアス史』第二巻、六三章)。ラス・カサスにとってアレクサンダー大王の帝国もスペイン人のそれも、価値や意味を欠いた不吉なる空虚にすぎなかった。なぜならば彼にとって守るべき価値のある唯一の尊い帝国とは彼自身のそれ、前に引用した彼自身の言葉に象徴されるような、司祭でドミニコ会士で司教たるカサスまたはカサウスの帝国だったからである。つまり「[彼には] 他を圧倒するほどの支配権〔帝国〕と権威があるように見えた」と記していたのである。彼の言葉は、彼の意志に基づいた帝国に服従した人々、つまり〔一般的なインディオたちではなく〕彼のインディオたちを話題にするときのみ、温和で思いやりのあるものとなった。スペイン人はたしかにとてつもない残虐行為を働いたが、それはアステカ族が被支配下のインディオたちに行ったのと同類であり、他民族を打ち負かして支配した者たちすべてに共通している。たとえばローマ人、ゲルマン人侵略者、インドにおけるイギリス人、アフリカにおけるフランス人、ヒトラーのドイツ人などである。ラス・カサスにおいて驚くべきことは、スペイン人とインディオとでは、その対応が全く逆であったことである。これこそ歴史家がインディオとスペイン人のどちら側に立つかという無邪気で無益な選択に陥ることなく、しっかり説明せねばならない点である。

ラス・カサスはメキシコのインディオが、どのようにして自分たちの〈主だった神々〉に対する敬意を払うか、自然主義作家の怜悧な目で観察している。

「それは復活祭のごときものであり、新しい特別な犠牲が捧げられた。この日には誰もが同じように、自らの耳や舌を切り裂いて大量の血を流した。また腕や胸の柔らかい肉の部分に、きわめて鋭い瀉血用のメスである石のナイフを突き刺した。（……）流れ出る血を紙や掌の中に掬い取り、あたかも聖水のように偶像の上に振り撒いたのである。（……）彼らはこうした犠牲や奉献の他にも、人身御供をも行った。（……）まず生贄に捧げるべき人間を仰向けに横たえ、胸をぴんとそらせ、手足を縛りつけた状態においた。すると神官や執行官のうちのひとりが、火打ち石様の斧をもって蝦反りになった胸にすばやい強烈な一撃を加えて、いともたやすく胸を切り開き心臓を抉り出したのである。というのもそうした仕事に精通していたからである。（……）しばしば年配の神官たちが抉り出した心臓を食することもあった。（……）死体はこの生贄儀式を行ったのち、石段から蹴落とされた。生贄が戦争捕虜であった場合、捕縛した者が親戚や友人達とともに生贄を持ち帰り、それを料理の材料に供し、他の食べ物といっしょに大宴会で食したのである」（『擁護論』一七〇章）。

この章の最終部分（子供の生贄および他の儀式について論じられている）は、次のように終わっている。「彼らはこうしたことをすべてやり終えると、午後になってから敬虔な気持ちに満たされ、嬉々として神殿に赴いた。（……）次の日は神々がトウモロコシを大きく育て、しっかり守ってくれるようにとの願いをこめて、一晩中、踊りや舞踏で明け暮れた」。

一見すると意味を欠いたように見えるラス・カサスの作品を、理解可能なものとするべくさまざまな説明がなされるのも、きわめて当然である。インディアスの使徒によって挙げられた、どう見ても信じがたい偽りの数字について、従来、その原因は彼の偏執症や妄想によるのではないかとされてきた。たとえばラモン・メネンデス・ピダルは、よく知られた著書『ラス・カサス神父』(*El padre Las Casas*)の中でそのように考えている。またJ・B・アバリェ・アルセ(J. B. Avalle-Arce)教授(九)は、そうした彼の誇張癖から「道学者的傾向のつよい、ラス・カサス思想の内的形態」が明らかになると述べている(五二頁)。ラス・カサスの見方ではインディオは「罪深いのではなく、過ちを犯している」にすぎない(三七頁)。またアバリェ・アルセによると、このチアパス司教の著作は歴史ではなく、訓話であり、インディオは善を、またスペイン人は悪を体現しているという前提に立っているがゆえに、表現が極端なものとなり、そこから誇張した数字が出てくるということになる。

今日、十五世紀末以降のスペイン文学に関してわれわれが知っていることからすれば、アバリェ・アルセが受け入れたような(四五頁)、レオ・シュピッツァー(Leo Spitzer)の独断的言説に同意するわけにはいかない。彼はこう述べている。「ひょっとして十六世紀の一作家が経験に照らして書いた伝記から、〈コンプレックス〉や〈抑圧〉の実像が浮かび上がるとしても、だからといってそうしたコンプレックスが、直接的に作家の文体に反映しているとか、あるいは従来の文体的類型を自らのコンプレックスに当てはめた、などということを意味するわけではない」。

もしそうだったとするなら、『ラ・セレスティーナ』もピカレスク小説も、はたまたファン・デル・エンシーナの演劇も、十五世紀末以降顕在化した状況、つまりユダヤ的血統に属すスペイン人こそがその種の文学作品をものしてきたという事実に結びついた(フロイトの指摘を待つまでもない)人間的状況の文学的表現たる、あらゆる作品は存在しえなかったであろう。文学は人生を写す鏡であり、さらに何世紀にもわたって展開されてきた背景の、形式的要素を映し出す鏡でもある。作家たちは手近な表現要素や表現形式を自らの人生の描くべき方向に指し向けることもできるのだと忠告せんがために、何もわざわざジョイスやプルーストの到来を待ちわびつつ、自らの内なる感情を棚上げしていたわけではない。前に述べた事実から、ラス・カサスがコンベルソの血統に属する人物だということははっきりしているが、それを別にしても、彼が自らの人格をこれ見よがしに前面に押し出すような表現形態をとったことも、それを裏付けている。ラス・カサスの作品においては、著者の人格が追い求めていた目的と、自らを記念碑化しようとする熱望とが渾然一体化している点こそが、彼の道学者的思想とか精神錯乱などといったもの以上に、より直接的に関わってくる要素となっている(一〇)。

ラス・カサスはコンベルソの血統に属す純粋なスペイン人として、自らの文体を個性化したのと同様に(筆者には彼の〈わたくし主義〉や、個人的〈帝国〉の噴出を考慮に入れない理由が何とも理解しがたい)、作品という形を通して、自らの人格に対する敬意を払ったのである。〈カサウス〉という表現には目を見はらせるものがある。しかしそれとは別に、ラス・カサスがクリストーバル・コロンの言葉の、どういった点に注意を払ったのか見てみるべきだろう。「コロンは自らの言動を始めようとする際にはいつでも《我は聖なる三位一体の名のもとでかく行うべし》とか《こうしたことが起こるべし》とか《かくなることを期待する》などと前置きしていた」(『インディアス史』第二章)とある。

マダリアガを初めとする者たちが、コロン(コロンブス)がこのように話し、ラス・カサスが特に興味深くそのことに言及したという点を根拠として、コロンがコンベルソであったと考えたのももっともなことだと判断できよう。したがって筆者とクラウディオ・ギジェンが、ラス・カサスに関して同様の判断をしているとしてもおかしくはあるまい。ディエゴ・デ・バレーラ師はその〈三位一体的〉文体から、コンベルソであったことが疑われていたが、文献によってもその正しさが立証されている。また十四世紀末の虐殺事件の後に改宗したカタルーニャのユダヤ人が〈公式的に〉最初に行ったことは、王に対して聖なる三位一体の名誉のための、礼拝堂建設の許可を求めることであった（一二）。

メネンデス・ピダル（前掲書、三二五頁）は、ラス・カサスが自らのことをインディアス政策を是正させるべく、神から選ばれた人物だと信じていたという点を裏書する、決定的な文章を引用している。それは一五五二年にフェリペ皇太子に捧げた献辞の中にあり、はっきりこう述べている。「神意により私に委ねられたと思しき使命を行使しつつ……」。また『インディアス史』の序文においてもこうある、つまり「本書に向わしめた」唯一の理由は「長年にわたり全イスパニアにとって、インディアス世界に関する、あらゆる段階の真実、真実のもつ真の知識と光明こそ、何にもまして究極的に必要なものだという」（BAE, XCV, p.1）認識があったからであった。

ラス・カサスは同じ血統に属す他の多くの者たちと同様に（今日、そのほとんどは無名の存在となっている）、スペインにおいてはとうてい見出し難い出口を探し求めて、インディアスに渡ったのである。司祭ラス・カサスは自ら英雄的行動をとることもできず、かといって（フェルナンデス・デ・オビエードのごとく）新大陸であったこと、起きたことを、ただひたすら記述したり物語るという能力も欠き、また（ファン・デ・アンチエータのごとく）黙々と伝道活動に従事する資質をも欠いていたため、彼自身のためにつくり上げた堅固なインディアスにおける地盤の上に立って、スペイン人たちに対して攻撃的な姿勢をとるという選択をしたのである。堅固といったのは、スペイン人の宗教的側面が十六世紀を通じて、次第にその振幅を増していったからである。経済生活といった他の文化的活動は、戦争上の必要性と、旧キリスト教徒の宗教的・郷士的な生粋主義の圧力という両方の圧力を受けて、次第にその活動範囲を狭めていった。もしやラス・カサスなかりせば、スペインの新大陸支配は修道会制度と結びついたエンコミエンダ制（これは副王アントニオ・デ・メンドーサをひどく思い悩ませた）（一二）によって敷かれた道筋を辿りつづけたかもしれない。また鉱山からは資源が生産されつづけたであろうし、またインディオは人的資源によって植民地帝国の片棒をかついでいたかもしれない。今やラス・カサスはフランシスコ・デ・ビトーリアやヒネス・デ・セプルベダ流の客観的な論述形式をとることで、〈自らの人格〉に依拠した記念碑的なインディアス問題を提起し、それをインディアスからスペイン人の精神や感覚に対して投げつけるという、天才的思いつきを得たのである。ラス・カサスは勝利した精神的〈蜂起〉の首領のごとく、皇帝カルロス五世に対して、もう一人の皇帝のごとく対等に交渉することができた。したがってあらゆる事柄が指し示しているのは、この司祭にしてドミニコ会修道士たる司教はインディアス問題を、自らの栄光の頂点から焦点を当てていたということであり、かくて彼が「他の誰にもまして権威と力をもっていた」ことは誰の目にも明らかであった。問題のキリスト教的側面は、彼の血腥い生贄に対する描写方法を見てもわかるように、本質的な次元とは言い難い。インディオたちが神の恵みを得るためには、残虐な方法で大人や子供を生贄にするしかなかったことだけははっきりしている。しかしラス・カサスが嬉々としてそうした儀式を描写するときの調子からは、彼にとってのインディアス問題が一手段にすぎなかったこと、つまり敵に対して優位な立場から攻撃をしかける足場にすぎなかったことが明らかとなる。これこそラス・カサスが自らをカサスではなく、あえてカサウスと呼ぶ、というよりはむしろ叫ぶことを余儀なくさせたものであった。

司祭がひとえにスペインという国に関心をもったのは、そこが神によって彼の手に委ねられた事柄を折衝するべき中心舞台だったからである。そこで起きた何らかのことを想起するとき、彼はまるでグスマン・デ・アルファラーチェになったかのごとく、過去の過ちを悔いた正覚者然として語った。彼は

「何年も昔に」サン・パブロ・デ・セビーリャ修道院において、あるドミニコ会士の行った説教を耳にした。この説教者はそれ以前に、「自らの過ちと盲目」に頑なになっていたセゴビアのユダヤ人たちと議論を戦わせていた。彼が「そなたたちはこうした預言を見ても、まだ自らの過ちを悟らないのか」と問いかけると、ラビたちは「よく分っておりますよ。でもどうしろとおっしゃるのですか？　この方たちがわれわれに食べ物を与えてくれるとでもいうのですか？」（『擁護論』一二四章）と答えたという。ラス・カサスがユダヤ人や彼らの信仰について扱うときと、インディオたちの手になる恐ろしい人身御供を語る際の、奔放で晴れ晴れしい、また楽しそうにすら見える語り口との対比は、あまりにもはっきりしている。

ラス・カサス作品の構造は、それを驚嘆すべき（たしかに驚嘆すべきものであることは疑いない）巨大な不釣り合いとして見るときに、その実体が見えてくる。筆者は『文学論争としての《ラ・セレスティーナ》』（一九六五）の中で、『ラ・セレスティーナ』の主たる意味および、フアン・デル・エンシーナの『でたらめな韻文』（*Disparates trovados*）のそれをもう一度明らかにしようと試みた。司祭にとってエルナン・コルテスは、動物の代わりに人間を手ずから屠殺した屠殺人に他ならなかった。ラス・カサスはチョルーラにおけるコルテスを、あたかも〈エスペルペント〉（馬鹿げたこと、デタラメ、不条理の意）のように解釈している。「聞くところによると、スペイン人たちの司令官は五千から六千の人間を剣で脅しつけながら中庭に押し込めつつ、こう歌っていたらしい。

タルペイアの岩山からネロ帝は
燃えさかるローマを眺め入る。

老いも若きも泣き叫べども
心ひとつも動かさず」(一三)。

これは『ラ・セレスティーナ』第一幕でセンプローニオが歌ったのと同じロマンセである。既成の価値観はくつがえされ、セレスティーナが「ミサで見かけた麗人」(*La Bella en misa*)というロマンセの若き麗人を演じるとすれば、一方のセンプローニオは情婦の愛を得ようとあらゆる騎士道的ふるまいをするのである。今一度はっきりするのは、十六世紀の物語では、恐るべき血統の対立を明確にすることが切に求められていたということである。それは度肝をぬくようなドラマであり、同時にそれ抜きの芸術などとうてい考えられないような、そうした高度な芸術的創造のモチーフとなった。感情と道義の両面からこの問題に向き合うことは、上天に耀く月の「静寂」の海に宇宙船を打ち上げるのと同じくらい有益なことであろう。

コンベルソは自らの苦しい身の上を決して忘れることはなかった。われらのラス・カサスまたはカサウスもまた「私はキリスト教徒だ。そしてこうして六〇年以上も旧キリスト教徒の仲間である」(一四)と叫んでいた。もし本当に旧キリスト教徒であったなら、自らがキリスト教徒であることをこれほど力説する必要もなかったし、聖三位一体に対する関心を強調することもなかっただろう(一五)。

コンベルソはコムネーロスの乱に集団的に関わっただけでなく、異端審問や修道会などの組織においても様々な形で、しかもコンベルソ自身に敵対する目的で集団を組んだ。また暗黙的にしろ明示的にしろ、インディアスにおいても、同じようなグループを形成したのである。しかし何にもましてこうした話で興味を覚えるのは、その中で個人が(知的にしろ芸術的にしろ)攻撃的に社会に立ち向かうこととなる、個人的性格の行動や行いである。そして言うなれば、苦渋を味わいつつ、あるいは希望を抱きつつ、その中で己自身に立ち向かうこととなる、そうした行動や行いである。そうした対話においては己が人間としてどういった存在なのかといった問題の他に、個人的資質をどのように実体化するかという問題が検討されていた。コンベルソは代々、新キリスト教徒として社会的に評価されてきたため（この事実は周知のことだったが、筆者が別のところでも指摘してきたように、旧キリスト教徒にとっては腹立たしかった）、知性に対する信頼や、己が血統に由来する才知の豊さといったものを受け継いできた。彼らは自らの先祖たちがそうしてきたように、匿名の恐るべき〈世論〉という名の妖怪に対抗すべく、大立者の傘の下に入ったのである。ある時は自らを神の選民と称したり、またある時は神意の代弁者だと称したりもした。聖女テレサ・デ・ヘススは絶望感を漂わせてはいるものの、豊穣さをたたえたいかにも独特なやりかたで、こう呼びかけている。「ああ栄光の王よ（……）そなたにとって仲介者など不必要なのですから。そなたのお姿を目にするだけで、そなたお一人が主と呼ばれるにふさわしい方だということがすぐにも分ります。（……）私は主と友人のように接することができます。なぜならば、主はこの地上で主人として戴く者たちとは異なる存在だからです。彼らの権力はしょせん一時的なものにすぎません」（『自叙伝』三七章）。

聖女テレサと修道士バルトロメには見るからに同じような共通点がある。つまり社会から身を遠ざけ、社会に対して攻撃的な姿勢をとり、神の手で守られ、神から霊感を吹き込まれた内なる人格を、栄光化しようとしたからである。聖女のほうは愛する神の懐にしっかりと抱かれ、至福の思いに満たされつつ、計りがたい存在へ着々と歩んでいった体験を、散文のかたちで表現した。後者のほうは神意に照らされ、神意を後ろ盾に、自らを基に形作った像をしっかり維持し、さらに混乱した社会環境の中で、それを傑出させるべく、最後の最後まで戦いを挑んだのである。しかし両者とも究極の高みから、自らの言葉を表明するというよりはむしろ炸裂させたという点で符合している。

やむをえずこのようかたちで両者を対比し、微妙な違いを指摘したからといって、そのことで彼らの独創性を、あるいはこれから述べようとする者たちの独創性が損なわれるということはない。情容赦のない血統間の争いに目をふさいでいては、十六世紀に起きたことすべてが不透明で漠然とした逸話集になってしまうだろう。しかし忘れてはならないのは、こうした状況は生粋主義によって〈生まれた〉作品ではなく、それが〈きっかけとなって〉生まれた作品にとっては、単なる可能性にすぎないということである。修道士バルトロメの自らの生に対する戦い、あるいは自らの名前、自らの天命意識、スペイン人とスペイン宮廷に対する戦いは、しばしば賞賛すべきものがあるとはいえ、ユダヤ的でもなければ、キリスト教的でもなく、〈コンベルソ的〉ですらなく、まさにラス・カサス的ともいえる奇妙な営みとなって結実している。この二人の人物のどちらも、自らの逆境的状況を越えて、それを〈天国への階梯〉としてよりもむしろ、ふさわしき〈人生の階梯〉として利用して、まさに星のごとく天に昇っていくことを喜びとしたのである。

しばしマテオ・アレマンが『グスマン・デ・アルファラーチェ』でいう「人生の望楼」について、思いを巡らしてみよう。〈ピカロ〉は自らが身をおく頂きから、〈自らの〉人間的領域の全体像を把握している。聖女テレサと修道士バルトロメは議論を捲き起こし、自らの人間的環境と熾烈な闘争を繰り広げたとはいうものの、あえて神と直面しようとはしなかった。ところが前に見たとおり、あの〈どこの馬の骨とも知れぬ〉グスマン少年はまさしくそのことを行ったのである。コンベルソ、ラス・カサスにとってスペイン的なるもののすべてが悪であって、自らの大いなるインディオ愛好的企てにとっては役立たずの存在であった。一方のグスマンにしてみると、世界も神の創造もともに本質的には悪であって、造物主の神自身にとっても、正すことのできないしろものであった。こうした見方は葛藤期の文学において類例をみなかった。

ラス・カサスは悪の根源であるスペイン人たちに対して、インディオの完璧さという名の巨塊を投げつけた。マテオ・アレマンは世界を非実体化し、人間とものの両者から存在理由を剥奪し、この根源的欠陥を埋め合わすべく、ふんだんな抽象的道義性を対置した。それはインディオの完璧さと比べると、彩りや滑稽さにおいてははるかに劣るものの、終末論的で空想的な数字などはなく、同じような抽象性を帯びていた(一六)。そうしたものこそ『グスマン・デ・アルファラーチェ』の基本的構造であり、こうした点を、人間総体に対する否定的・絶望的見方(ラス・カサスにとってはスペイン人全体であり、テレサ・デ・ヘススにとってはあらゆる権威であり、マテオ・アレマンにとっては世界そのものであった)を救い出し、埋め合わせすべきはけ口を何としても見出したいとする著者の、〈可能性を孕む〉状況から切り離すことはできない。

フライ・ルイス・デ・レオンもまた旧キリスト教徒に対して憤怒にかられ、権威の頂上から、分別という名の雷を落とした。というのも、ラス・カサスの次のような言葉に見られるとおり、スペイン人がインディオに対してなしたとする、それと同じような忌まわしいことを、彼ら旧キリスト教徒もまた、新キリスト教徒に対してなしたからである。ラス・カサスによるとスペイン人はインディオたちを「卑しく屈辱的な臣下、惨めで卑屈な臣下、決して終わりのない侮辱を受けつづける世代、ぶざまで卑しい社会集団」(一七)という境遇に置いたということになる。バルトロメ・デ・ラス・カサスは、まさしくこうした境遇から逃れるためにインディアスに渡り、そして自らを〈卑しく屈辱的な〉存在だと感じたくなかったがために自らの名前を変え、神の摂理などといったものに鼓吹されたのである。こうしたところから初めてスペインの実像があきらかになってくる。

その実像をさらにはっきりさせるためには、まだ二、三付け加えておくべきだろう。文化的要請にふさわしい能力をもった知的なコンベルソは、賤民としての境遇に落されたり、異端審問の網の手に落ちることを恐れていた。コンベルソが文化面でますます高望みするようになると、旧キリスト教徒たちが自分たちのこよなく広い活動領域において、守りの姿勢を強めていく傾向がでてきたことに、注目しなければならない。そして生粋のキリスト教徒たちは身の安全をはかるために、農民たちに固有の、文盲という性質のうちに逃げ場を求めたのである。そこからコンベルソの中には知的な面において、国外で赫赫たる地位に登りつめるものもでてきた。輝かしい例として二人の人物、ルイス・ビーベスとラグーナ博士がいる。まず最初にラグーナから語ることとしよう。

マルセル・バタイヨンが疑問の余地なくはっきりさせたのは、医者にして著名な植物学者であったアンドレス・ラグーナが、セゴビアのユダヤ人の家系に連なっていた事実である。当時、両親の家はかつてユダヤ人街のあった場所にそのままに残っていた。ラグーナ家はセゴビアのユダヤ系家族の戸籍簿に記載されていた。筆者はこの偉大な植物学者にしてギリシア語学者の作品をいったん脇において、ここではケルン大学でなされた彼のラテン語による荘厳な演説『ヨーロッパ』についてだけ触れておこう。ラグーナはその演説の重要性を力説すべく、作品の扉につぎのような注記をしている(一八)。「この陰気な演説は、ケルンにある名高き芸術の殿堂において、大勢の君公と博学者たちを前に、黒い松明に照らされつつ、他の陰気な典礼と抱き合わせたかたちで行われたものである」。演説の題目は、対立の様相を深めるカルロス五世のヨーロッパの情勢であった。ラグーナは自らのペンからひねりだしたカルロス五世のヨーロッパという概念によって、ブルンスビック公爵夫妻やルクセンブルク公爵夫妻、ヴィトゲンシュタイン伯爵やザイン伯爵などといった著名な貴族の家系に属する、名高きドン・ホルヘ師に自らの懸念を伝えようとしたのである。ラグーナの内面に秘められたヨーロッパは、自らを悲しませる不幸の数々に恥じ入り、それを歎き悲しんでいて、「もし私の方から言い聞かせることがなかったら」決して世に身をさらすことなどしなかったはずである。そこでは彼女（ヨーロッパ）を完全に亡き者にしようと脅迫し、とてつもない憎しみに駆られて殺気立った者たちにこと欠かなかったため、彼女は「ひとり私に対してだけ、というのもまだ私の彼女への愛が冷めていなかったからだったが、誰か後援者か君侯を紹介してくれれば、将来はその庇護のもとであのようなさまざまな攻撃から、自分の身を守れるはずだと述べた」。そこでラグーナは彼女にケルン大司教で神聖ローマ帝国の選挙侯ドン・ヘルマン・デ・ウィートのもとに行くように勧めたのである。

状況はきわめて特徴的である。つまりここでもまた、新キリスト教徒の知識人は、己の立身出世のためにはあらゆる機会を利用するということである。ラグーナはここではあたかも自らの女のごとくヨーロッパを扱っているが、それはラス・カサスがインディアスを利用したやり方と似通っているし、あるいはマテオ・アレマンが世の中に対して〈高みの見物〉をし、世の中について意見を述べ、裁定を下すやり方とも似ている。コンベルソの中には最低の身分から、それが現実的であれ夢想的であれ、最高の頂上にまで昇りつめた者もいる。ラグーナ博士の肖像が、このうめき声をあげるヨーロッパに関する演説の後に出た作品の中の銅版画に見られるが、その周りにはラテン語の碑文があり、スペイン語で次のように読める文が記してあった。「アンドレス・ラグーナ　セゴビア生まれ、サン・ペドロ騎士団員、宮中伯、ローマ教皇ユリウス三世の侍医」（一九）。こうしたことすべてが、ユダヤ人先祖と同じ家に住み続けていた家族の中で生を享けた（一五一一年頃）という事実の、埋め合わせとなったのである。ラグーナは自らの人生の頂点に登りつめた時点でもそのことを片時も忘れることはなかった。彼はヨーロッパに関する演説（前掲版、二三三頁）の最後で、「三位にして一体なる神である、父と子と聖霊と至高の神に」懇願するように誘っている。このことはゆめゆめ失念なきよう。

ところでマルセル・バタイヨンが分析したのは（おそらく今日それができるのは彼しかいないだろう）、そうしたかたちでギリシア・ラテン的なルネサンス的知を誇示するラグーナの態度のうちに、どれだけの真実があり、どれだけのごまかしがあったか、という問題であった。ラグーナは著名人たちを前にして、宗教戦争やトルコの脅威といったヨーロッパにおける対立関係に関する演説をぶつことで、聴衆の関心を呼び起こそうとした(二〇)。筆者はあえてバタイヨンの言説を敷衍しようとは思わないが、彼はラグーナ博士の古典学的引用の出所を、自らの典拠をもって照合したのである。筆者に関心のあるのはバタイヨンの次のような結論である。「ラグーナにとってごまかしや隠蔽に対する好みといったものは、はたして個人的性格の現れ、あるいは彼がたしかに具えていたユーモアのセンスの一形態だったのであろうか、あるいはもしそれがマラーノのみならず、よきカトリックたらんとし、自らの出自を忘れさせようと決意していたコンベルソたちの特徴でもあったのであろうか（……）間違いなくこうした二重の問いは、二重の〈しかり〉という答えを呼び寄せるはずである。ラグーナの場合、その実体をよく知れば知るほど、彼がコンベルソの社会的行動様式をもっともよく指し示すケースだということが明らかになる」（二三四頁）。

私はラグーナとラス・カサスのケースが同じだと言うつもりはない。しかし両者とも同一傾向を表わしていると言いたいのである。つまり最高の力を手に入れようとしているということである。ラグーナはあの厳粛な瞬間において、寄る辺ない無力なヨーロッパの守り手、庇護者たることを自認していた。彼にはもし自分がいなければ、ヨーロッパは密やかな悲しみの沈黙から、あえて逃れ出ようとはしなかったであろうとの思いがあった。修道士バルトロメは『インディアスの破壊』の終わりに近いところでこう記している。「私サント・ドミンゴの修道士フライ・バルトロメ・デ・ラス・カサスまたはカサウスは以下のようになすべく勧告された。つまり私がこのスペイン宮廷において、インディアスの惨状をなくすように努めているのは、まさに神のお慈悲ゆえだが、イエス・キリストの血によって贖われたあの無数の者たちが、救いなくして滅びることのないように、そしてわが祖国カスティーリャへの想いもあらばこそ、この地が神によって滅ぼされることのないようにとの旨である。（……）一五四三年十二月八日［ラグーナがヨーロッパを救い出そうとしたのと同じ年である］、バレンシアにて擱筆。（……）私は大いなる期待を抱いている。というのも五代目のカルロス名を戴く［いかにも大げさな表現ではある］スペイン皇帝にして王であらせられるカルロス王が、次第に悪行や裏切りの数々を理解なさって（……）悪を根こそぎして下さるはずだからである。（……）」(BAE, CX, pp.175-176)。

ラス・カサスは常に自己に対する意識にこだわりつつ記述している。彼が自らのものとした大義には大きな広がりがあったし、そうした大義にまで引き上げられた自己の姿にも計り知れないほどの広がりがあった。今日、彼の思想には同調者もいれば反対者もいるが、依然として彼の人格的な偉大さに人々の注目が集まっている(二二)。そうした点から筆者が適切な提案だと判断したのは、ルイス・ハンケのものである。彼はマドリードにラス・カサスの銅像を、またメキシコにエルナン・コルテスの記念碑を建立することを提案したが、そうすれば、われわれが「日はまた昇った」ことに、確信をもてるという理由からである(二三)。

カサスとカサウスの間で引き裂かれたフライ・バルトロメは、血の〈純潔〉を誇る旧キリスト教徒たちの居座るヨーロッパ的スペインと、海の向こうのスペイン（新キリスト教徒にとっては東洋に位置する）の対立と分断を象徴している。血の純潔が変わることなく指し示しているのは、社会的・血統的に誰もがこぞって郷士になることを切願することを支えとするような国家信仰である。スペイン人がインディアスにおいて怪物か聖人君子か、どちらとして振舞ったのかという出口のない問題(二三)はいったん措いても、ひとつはっきりしていることは、ラス・カサスがスペインとインディアスの間の溝を大きく広げ、まるで深淵のようにしてしまったということである。「スペイン人はインディアスにあるべきか、あらざるべきか」(二四)という論争に対する解決策はなかった。ラス・カサスはインカ人たちの主権を回復させるべきだと考えていた。そしてスペイン人たちはカスティーリャ王室の主権を維持させる目的でそこに留まるべきだったが、イエス・キリストの教えと信仰を堕落させないためには、そこに居留まるべきではなかった。この新たなスフィンクスの謎に対する答えは、論理ではなく心理のうちにあった。カスティーリャと太平洋の海岸地帯に横たわる巨大な問題はフライ・バルトロメにとって、心に突き刺さったトゲであり、なんとも表現し難いものであった。それは単にキリスト教徒にして司祭、ドミニコ会士、司教、世界最大の君主の説教師たることの素晴らしさから来る問題であったかもしれない。と同時にそれは、自らがカサウスかカサスなのか、またカスティーリャの政治を動かす最高位の人間なのか、あるいは宗教裁判所の犠牲者に連なる一介の人間なのか、そうしたことに確信をもつことのできない恐怖心に関わるものでもあった。あらゆるスペイン人のキリスト教に対する彼のとてつもない怒りの、拠って来るところが分らない限り、ラス・カサスは理解し得ないであろう。というのも彼はキリスト教を救わんがために、全スペイン人をインディアスから放逐せねばならないと考えていたからである。

スペイン人と彼らのインディアスとの触れ合いを困難にしたのは、まさにラス・カサスのスペイン人はインディアスに〈あるべき〉であり、同時に〈あらざるべきだ〉という矛盾した言辞である(二五)。人間は行動するに当たって、自らのものとして納得できるような動機を純粋精神などといったものから汲み上げたりはしない。人間は内省的分別の他に感覚的必要性、欲求、情熱といったものを具えているが、こうしたものは庇護者もなければ抑制物ももたない。(大公や修道院長などのような)(二六)揺るぎなき安泰とした地位にはなかった者たちの行動様式は、必然的に取り留めのない、しかも支離滅裂なものにならざるをえない。つまり絶えず〈全員退避!〉の掛け声をかけられているようなものだからである。

インディアスは政治的次元で独立する以前に、名誉 (honra) と生粋主義の次元で独立的な存在となっていた。スペインは自らの領土との間に救いようのない空隙を作ることによって、そこから分離していった。人々はスペイン本国では郷士意識の力学によって動かされ、またインディアスにおいては欲得という力学に動かされて、自らの周りをぐるぐる廻っているだけだった。ラス・カサスは『擁護論』の百十二章で、ある火山の奥底に金が川のように流れていると信じ、それを取り出すために奮励刻苦する修道士のことを描いている。「彼は先に頑丈な鎖を結び付けた長い綱を携えていた。鎖にはその種の貴金属を攫うことができるように、鉄製の小籠がついていた。(……)できるだけ深く火中にそれを差込むと、内容物を即座に切り分けたが、それはあたかも山刀でラディッシュを切り分けるかのようだった」。ここではフライ・バルトロメとの間にインディオがいなかったため、批判的精神あふれたコンベルソのごとく、こう言うに留めている。「彼らは勝手な思い込みをしていた。というのも他でもない、あの火は硫黄石とか、軽石から沁みだした液体や瀝青とか、銅や鉄の色をしたその種の金属とかに触れて、自然に火がついて、ずっと燃えつづけているものにすぎなかったからである」(二七)(また神父ホセ・デ・アコスタも『新大陸自然文化史』の中で、ラス・カサスが「欲の顔が突っ張った司祭」と呼ぶ人物の行状について触れている)。

ラス・カサスも彼の書き記したものも、またインディアスも、そしてそこと切り離されていた遥かなるスペインも、すべてが彼の人間性をあぶり出し、生粋性に基づく仮説の何たるかを物語っている。これこそラス・カサスという名の偉大なるスペクタクルの演出を可能ならしめたものである。

最後の考察

ラス・カサスに精通し、彼に関する著書をもつルイス・ハンケは、前に引用した研究書『さらなる熱と少しの光』（*More Heat and some Light...* 三〇九頁）の中で問題の核心に迫ってこう述べている。「しかし歴史家にとって重要なのは、スペインが当初からアメリカにおける行動を宗教的基盤に則って正当化しようとしたために困難な立場に陥った、という事実を理解することではないだろうか」。ハンケはインディアス古文書館にある多くの資料を検討した結果、次のような結論に達した。「メキシコの修道会のほとんどと、個人レベルの修道士の大多数が『新法』に反対しているのは印象的である……［一五四二年の『新法』ではインディオの奴隷化と強制労働の禁止と、エンコミエンダ制のさらなる改革を謳っている］。従来の教会はエンコミエンダ制のもとで経済的利害関係をもち、征服者のみならず修道士たちにとってもその存続はほとんど死活問題であった……」（三〇五頁）。にもかかわらず、修道士たちは「アメリカに居ついたスペイン人の活動を厳しく監視し、それに法的規制をかける」ことを常に支持しつづけていたのである。とはいえ彼らのすべてが「急進的にエンコミエンダや原住民の奴隷化の廃止を要求した」わけではなかった（ハンケによると、そういう見方をしていたのはフアン・フリエデである。前掲書、三〇七頁）。

ここでは異なった二つの問題が関係している。つまりひとつは、スペインが自らの海外領土に地盤を築いたのは、国家としてであると同時に教会としてでもあった。もうひとつは、ラス・カサスの巨大で圧倒的な言論と執筆の活動がなかったとしたら、インディオをキリスト教化しつつ利用するという企ては、別の方向や様相をとったかもしれないということである。ハンケのような歴史学者は問題の二つの側面をはっきり見据えてはいるものの、どうしてそうなるのかといった問題をたてることまではしない。どうしてスペイン人はインディオを宗教的に同化させねばならなかったのか。ラス・カサスまたはカサウスの戦闘的怒りはどこから発しているのか。こうした卓越した歴史学者たちに対して、問題をスペイン史の内奥から考察しなかったからといって非難するのは正しくなかろう。というのもそもそもスペイン人とは何者だったのか、その存在の個人的・集団的形態はどういったものだったかといった問題を、以前から考察してこなければならなかったのは、われわれスペイン人研究者たちだったからである。筆者に関して言えば、ほんの四半世紀前になるが、この二つの問題に対しては早急に答えを出さねばならないと感じていた。というのもそれまでは誰もこうした問題を提起したことがなかったからである。

スペイン人のユダヤ・イスラム的過去に関係することすべてが引き起こした反感に加えて、スペインとインディアスにおける修道会の歴史を支配していた、頑迷な愛国主義が加わった。称賛と罵りの両極はあっても、中間的立場といったものはありえなかった。スペインもインディアスも広範囲の文化的貢献をそうした修道会に負っていることはたしかである。ところがスペイン文明は、修道士たちの業績と同様に、コンベルソたちのそれとも密接に結びついているのである。修道士なくしては今日あるようなメキシコからチリに到る地域の言語的・文化的結びつきも、スペイン文明最大の遺産のひとつである建築学的な美の広範な分布もありえなかったであろう（こうした貴重な遺産も、もしわれわれが十分にそれを保存し、尊重するすべを身につけていたら、もっと広い範囲に及んでいたかもしれない）。しかし同時に、いくつかの修道院〈国家〉は——実際に経済的にみると、自給自足の君主国家のごとき存在で、彼らを制御するいかなる法の規制からも免れていた――スペインおよびインディアスにおいて、民法や超人格的・超宗教的なヒエラルキーに基礎をおく法秩序を確立する際に、どうしようもない障害となっていた。エンコミエンダ制やインディアスにおける強大で富裕な修道院組織の制度は、大土地所有制度や、イベリア半島の隅々にまで点在している広大な宗教組織の領地と相似的である。筆者が『スペインの歴史的現実』（一九六六）で指摘しているとおり、修道士たち自身が修道院の過剰さに対して大きな懸念を抱いていたが、それは修道士以外のスペイン人を惨めで空しい境遇に追いやったからである。

引用したハンケの見解と同様に、エンコミエンダ制の中で教会の経済的利益が認められるとしたら、それはエンコミエンダ制を維持することが征服者のみならず、修道士にとっても不可欠なことだったからだ、という見解が筆者にとって重要なものに思えるのも、まさにそうしたところからくるのである。そうだとするならば、ラス・カサスは糾弾するべきスペイン人全体の中に、修道士もまた含めるべきであっただろう。というのも、「教会と王室は正義を求める戦いにおいて手を結んでいた」（ハンケ、三〇八頁）という時の〈正義〉とは、いったいどのように理解したらよいのか、という問題があるからである。もしラス・カサスの計画を全体図のなかで捉えたとき、正しい選択とは、インディオたちをスペイン王室に臣従する彼らの首長や皇帝たちの下で、あるがままに暮らさせることとなったはずである。それは今日の英連邦のごときものではなかろうか。ラス・カサス自身そうした解決法は不可能だということに気付いていた。したがってスペイン人はインディアスの地にあるべきだし、同時にあってはならないといった無責任な言辞を弄することとなる。

一方、インディオの善性をつよく主張し、その宗教性を称揚したラス・カサスは、スペイン人の本質的な邪悪性とみなす性質のよってきたるところに、なぜ触れようとはしなかったのであろうか。彼はスペインにユダヤ人が存在したことを、お座なりなかたちで触れただけで、ラビが信者たちをお金を引き出すために欺いた、などという見え透いた子供だましで問題全体を解決してしまった。ラス・カサスはスペインで実際に起きていたことに言及することができなかったのである。もしそんなことをすれば、読者の前に火山の熔岩のように、己の魂の中で煮えたぎるものが、あふれ出てしまっただろうからである。そして彼はスペイン人がインディアスの地にあるべきであり、同時にあるべきでないと言ったのと同様に、スペイン人はインディアスの富でもって貧困から逃れるべきであり、同時にインディアスから経済的利益を引き出してはならない、なぜならばスペイン人が豊かになるためには原住民が、スペイン人のために働くよう強制されるしか手立てがないのだから、と言わざるをえなかったはずである。「というのもスペインはエスパニョーラ島の金や純金で満たされたとはいうものの、そうしたものは大地の奥底から、前にのべたとおり、多くの死者のでた鉱山から、インディオたちとともに掘り出されたものであった」(『インディアスの破壊』BAR, CX, p.143)。インディアスが生み出したものはすべて汚れていて、呪われているといった見方は、スペイン国民に深く浸透した。それは国民の大きな鏡ともいうべきロペ・デ・ベーガのコメディアの中に如実に反映している。

人々は[頭に飾りをつけた]提督ふうに彼女[花嫁]を高だかと
持ち上げて鐘のように鳴らしかねなかった。というのもまるで
高い鐘楼のように見えたからである……
[花嫁は着ていたスカートがだぶだぶだったので
鐘のように見えた。その大きさは]

インディアスにおける良心にも勝るほどだった。

（『採掘場の許婚たち』BAE, XLI, p.394）

インディアスにおいて一財をなすというのは、それだけで良心や道徳性を欠いていることを意味した。したがって『罪なくして下獄』（二八）の中の一人物はこう述べている。

海や山とて何せんと越えゆく
人の猛々し強欲のあらばこそ
インディオたちの金を追い求め
財貨を船に積むがよし。
かくも苦労し手に入れた
［新大陸で手に入れた］ずっしり重い財貨より
故郷で慎ましく
暮らすことこそわが願い。

はっきりしているのは、かのドミニコ会士の人間的断罪とのかかわりで〈正義〉について語る際に、抽象的な思考をめぐらしても何の役にも立たないということである。植民地政策といったものは、道義的視点から見ればいかなるものでも不名誉であったし、今でもそうである。とはいえその非道徳性は、各々のケースで異なった様相を呈している。つまるところ、半島のスペイン人にとってインディオからの搾取がもたらした結果として起きたのは、後の方（最後の拙論）で見るとおり、インディアスの富に潤った者は旧キリスト教徒としての身分を喪失し、その結果、手に入れた富をひた隠しにするはめになったということである。インディアスで得られた利益を前にしたときのラス・カサスの立場というのは、生粋的な旧キリスト教徒のそれであって、単純に正しい大義を擁護しようとするものではなかった。むしろ大義が実行に移されうるかどうかといった点には無関心だったのである。有名な一五四二年のインディアス新法は、もしスペイン人がインディアスの領土を放棄しないならば、聖職者のみならず一般人の間でも適用しえないしろものであった。ラス・カサスの視点は良い悪いといった問題ではなかった。単に、空想的であっただけである。

筆者は、新大陸征服の根底に宗教があったという理由から、スペインの立場は当初からユニークにして困難なものとなった、というルイス・ハンケの指摘に触れた。そうした論点に従い、さらにそれを明確化すべくはっきりさせねばならないのは、スペイン的ラス・カサス的発想は、われわれが西洋と呼んでいるものの歴史的領域を越えてしまっているという点である。もし歴史家がそうした見方に伴う不快で複雑な部分を見て後ずさりしてしまうならば、それはあたかも切開した部分からあふれ出る血を直視することのできない外科医のようなものであろう。ヨーロッパの法秩序を最終的に分析してみれば、それが拠って立つのは、神学的正統性に対する信念を、理性的な法律や道徳でもって置き換えてきたところにある。西洋文明は伝統たる教会的・キリスト教的原則を、自治的・法的潜在能力に転移し変容させることで成り立ってきた。西洋世界は紆余曲折を経て、法の権威は人間の権威に勝るべし、「法の帝国は人間に勝る」(imperio legum potentiora quam hominum)（リウィウス『建国以来の書』T. Livio, *Ab urbe condita*, II, 1）という理念を自らのものとしてきた。法の力や効力というものは、感興を与える有効な言葉と同様、恐怖よりも敬意の対象となるにふさわしいという理由で尊敬される制度を通じて、自由な人間たちの振る舞いの中で実体化するものであった。ローマ帝国やギリシアの諸都市、中世期にはイタリア諸都市、また近代ではヨーロッパの国々は、政治・社会的にそうしたかたちで地歩を固めてきた。かかる結果を達成するために、神は己の高い居場所に留まらねばならなかったし、一方の人間は、精神と意志をもって自らの居場所を作り出さねばならなかった。大雑把な言い方をすると、東洋は西洋とは対照的に、人間と神の領分に明確な境界を引くことをしなかった。

したがって、ものを西洋的視点に立って見るかぎり、ラス・カサス的〈正義〉が意味をもつことはない。われわれのカサス（カサウス）は神の代弁者であり、そうした陳述に答えるには、唯一ソリーリャが『よき判事には、よりよき証人』（*A buen juez, mejor testigo*）の中で示唆したやり方によるしかあるまい。つまりイネス・デ・バルガスは誘惑者に対する証人として、トレードの〈沃野のキリスト〉をもちだすのである。

判事たちは救い主たるイエス・キリストの
名前を耳にするると、やおら立ち上がり
驚いたようすで、かくも卓越した上訴に
耳を傾けていた……

すると判事はきわめて理にかなったことを言う。

「法というのは誰に対しても等しく法だ。
そなたの選んだのは最良の証人だが
かかる証人たちにとっては
神に勝る法廷はありえまい。
われわれはできる範囲のことをするつもりだ。
公証人よ、日が暮れるころには
沃野におられるイエス・キリストの法に基づいて
そなたが判決を下すがよかろう」。

ソリーリャからの引用に皮相的ニュアンスはいささかもない。筆者は自分にとって心底なじみ深い、ラス・カサスのスペインに身を置いて考える、ということ以外に関心はなかった。スペイン人は「インディアスにあるべき」だが本当は「あるべきではない」というのは、神のみが解決しえた矛盾律だったかもしれない。また唯一、福音化と君主の名声の目的のためにのみ、王室の権威を維持するというのもまた、人間的能力を超えた神の領分であった。神の代弁者ラス・カサスの計画は、ユートピア的というよりは幻視的であった。というのも、改めて指摘しておくが、スペイン人はユートピアを想い描いたことなど一度もなかったからである。ラス・カサスの時代に知られていたユートピアは、外国人の作品であり、それらは理性的な仮説や思惑の結果であって、黙示録的な幻視の産物ではなかった。

スペイン的な生のあり方、つまりモーロ人、ユダヤ人との何世紀にもわたる共存の過程で培われた、自らの生を生き抜くための方法によって、ローマ法的な合法性、つまり生から派生して生の中に実体化するような合法性を、実現するべきいかなる企ても不可能となってしまった。スペイン人は国家レベルの法律よりも、むしろ個別的・地方的な慣習に従って生きてきた。インディアスに関する法律はたしかに素晴らしいものだったが、施行できぬものであった。遵守はすれども履行はされぬ体のものであった。法に関するラス・カサスの考え方、あるいは『神の政治とキリストの支配』（*Política de Dios y gobierno de Cristo*）におけるケベードのそれは、無政府主義を助長しただけであった。スペイン人は神の中にどっぷり浸かって生きてきた（宗教的雰囲気はほとんど飽和状態であった）。そうした雰囲気の外で支配的になっていたのは、手におえないほどの感覚的欲求であり、各々が心に抱く熱望や必要性であった。そのことは〈個人主義〉とは何の関係もなかった。これは本ケースには当てはまらない時代錯誤的概念である。意義深いことは、騒乱や対立が手におえないものとなったときに、唯一の実効的権威となるのは、誰もあえて背くことのない聖なる最高理性としての聖職者の手によって執り行われる、聖なる秘蹟である（二九）。

インディアスにおけるインディオたちは虐待を受け、時には絶滅させられたが、その多くは盲目的強欲と宗教的説教と、はっきりとは説明し難い何ものかが合わさったものによって救済されている（いまだに数百万のインディオと、混乱の最中の愛から生まれた数百万のメスティソたちが存在しているのもそのためである）。説明し難い何ものかとは、最も敵対的な環境においてすら愚かしさを引きずり、意気投合し、尊敬を勝ち得るスペイン的なわざのことである。これから筆者はイスパノアメリカにいる幾千万ものスペイン人の現状を、過去に向けて投射するつもりである。冷静に考えてみれば、スペイン人がかの地で、社会的・経済的にかくもうまく適応し、発展することはとうてい期待し得なかったことである。その基底にはスペイン語をアメリカ原住民に調和させる、曰く言い難い何ものかがあったはずだし、いまもあるはずである。ラス・カサスはわれわれが考え得ることを越えて、インディオたちの強烈なる宗教性に対する理解があったのかもしれない。フライ・ベルナルディーノ・デ・サアグン〔スペイン人フランシスコ会士で、全十二部からなる『メキシコ事物総史』の著者〕やアルバル・ヌーニェス・カベーサ・デ・バカ〔スペイン人征服者で、フロリダとメキシコの間を探検し、『難破』に自らの体験を著した〕や、後にはカリフォルニアの宣教師たちは、まさにスペイン人でなければ行いえないことを行ったのである。スペイン人のもつ西洋化した東洋主義、あるいは東洋化した西洋主義といったものが、未だに地平線上に姿を見せないとはいえ、しかるべき方法によって分析されねばならないだろう。しかし何ものかは確として在る。私は決して虚空に言葉を吐いているわけではない。

ラス・カサスが著作の中で記したことは、十七世紀も時が進むにつれ、そしてスペインのカトリック勢力がますます全体的・秘教的になっていくにつれ、スペイン人の考え方とより大きく歩調を合わせるようになった。フェリペ三世の王室審議会は、総師ベルナルド・デ・バルガス・マチューカが、ラス・カサスの著作に対する批判を刊行することを禁じた。それは「司教ドン・フライ・バルトロメ・デ・ラス・カサスに対しては、彼に反論するのではなく、ひとえに彼を論評し、弁護するべきだからである」(三〇)。こうした強い保護を与えた理由というのは、管見によると、スペイン人の論理的能力が、全体化した己の宗教性によって吸収されてしまったからである。スペインは旧キリスト教徒たち、つまり純粋な郷士階級、祈祷を専らとする修道士、大げさな夢物語を思い描く者たちによって支配される国となってしまった。グラシアンや美術のスルバラン、ベラスケスなどをわずかな例外として、十七世紀中葉にむけて宗教が社会生活の主調音となり、それが直接・間接にあらゆる隙間を満たしていた。個人の生活に関しては、ベレス・デ・ゲバラの『びっこの悪魔』のような作品や、ティルソ・デ・モリーナやカルデロンのいくつかのコメディアを通して、その断面をかいま見ることができる。そうした一断面を描くことはここでの目的ではない。そうではなく、まさにここで言わんとすることは、インディアスの事業に関するラス・カサス流の口調を聞いて、常に一家言あるような大立者であろうとも、誰一人仰天する者はなかった、ということである。

　こうしたスペインと極めて対照的なのが厳格主義者のカルヴァン派であった。彼らはインディアス問題を全く対極的なかたちで扱ったからである。というのも彼らは自らの利益を神の目から見て正しいものとするべく、神に依拠していたからである。そこではピューリタン的共同体を維持し、繁栄させるために役立つものこそ、神にとって喜ばしいと考えられていた。問題は簡潔な言葉に還元された。スペイン人にとって彼岸を目指していくのはそこに何らかの目的があるためだが、それがイギリスの清教徒の手にかかれば、神の計画と恩恵が注ぎ込まれるのはどの土地なのか、といった問題にすり変わってしまう。スペイン人にとっての現実は神のための存在の中にあったが、イギリス人植民者にとって人間とは、信仰を同じくする者同士の利益のために、神から与えられた使命を果たすことであった。スペイン人にとって宗教儀式や慣習の実践（かくも多くの教会が神を美しく飾り立てている）がもっている意味は、清教徒的な側面からすれば、建築学上の日常性であり、心身ともに用いて神が定めたもうた、神の目に喜ばしい、こつこつ努力して行う仕事に対応している。清教徒にとっての聖なるものは、自らどういう生活をするか、そして社会にとって有益な仕事をすることである。思い出してもらいたいが、カルヴァンによると祈りというものは、教会にとって有益であることに加えて、「信徒共同体の全体的発展」（三二）にまで手を広げねばならなかった。

　キリスト教徒は神にとって喜ばしい日々の実用的仕事を行うことで、神にとっての善悪の判断を自らのものとしていた。清教徒の都合に合わないものは、〈それ自体が〉神ではなく悪魔の仕業だということになった。ここから筆者は註（二三）で引用した、ピアス（Pearce）論文で示された、インディオに対する清教徒的立場といったものに得心がゆく。そこにはこうある。「いかなる場所でももしインディオが清教徒に敵対するなら、そこには悪魔の神に対する敵対があったのである」（二〇四頁）。清教徒的な生き方を肯定すれば、それ以外で心悩ますものなど何もなくなるはずであった。インディオたちは土地を占有する権利などもってはいなかった。なぜならば文明人のみがそれを占有する正当な資格があったからである。「産めよ殖やせよ、地に満てよ」という神の命令によって、清教徒たちがインディアスの土地に進出し、不在地（vaccum domicilium）を我が物とすることは、正当化されたのである。ピアスの結論によると「清教徒にとっては新世界に新しい社会を打建てるということであり、ならばあえて清教徒でない者の理解など、まったく得る必要もなかったのである」（二一七頁）。

人はたまたま自問するかもしれない。もしイギリス人がモクテスマのインカ帝国と向かい合ったとしたら、何が起こったであろうかと。われわれが即座に考えるのは、もし一六〇〇年当時のイギリス人が征服者となって、他でもないスペイン人によって一四九二年から一五五〇年のおよそ五十年間、踏破され占領されたような、広大な土地を支配しえたかといえば、とうていそうしたイギリス人も清教徒も、想像することはできないということである。また逆にもしスペイン人が、半ばユダヤ的な宗教性をもつことなどない、内省的で打算的な人間であったとしたら、実際に彼らが行ったようなことは何も成し遂げはしなかったであろう。本論の目指すところは、ラス・カサス問題をありふれた方向から逸らすことである。人生を理解し人生を生きるスペイン的方法というものがあったとすると、イギリス人、オランダ人、フランス人の間には、それとはきわめて対極的な別の方法があった。〈未だに〈特別保留地〉という檻のなかに入れられたままである）不幸な北米インディアンに対する悪魔的解釈は、論理的に見れば、インディオの完全な善性、およびキリスト教徒スペイン人の先天的邪悪性に関するラス・カサスのそれと同じく馬鹿げている。もし当時の北米や南米の占領者たちが、今日の基準で正しく良いことだとされる規範に従って行動していたとしたら、バンクーバーからチリ、ハリファックスからブエノス・アイレスに到るまでの土地は存在していなかったであろう。

スペイン人やイギリス人が、新大陸に対して神・人的概念や人・神的概念を適用したことの是非について、もし人が厳しい批判の矢を向けようとするならば、おそらく理性や感情のエネルギーのかなりの部分を、むしろ異なった部分、つまりエレクトロニクス的なるもの（普遍的に崇敬されている今日の神）を通して統合されはしても、バラバラに分断されてしまった、今日の危機的な地球の現状に向けていくべきかもしれない。古代民族は、ときとして自らの息子たちの肉体を、嬉々として捧げるための偶像を生み出した。今日の人間はそのほとんどが、かつての子供たちを火にくべて神々への捧げものとしたモロクの燔祭とか、（スペイン、ローマ、ジュネーヴをはじめとする多くの場所でなされた）異端審問による火刑などの下ではなく、かつての神々と同様、抗い難く得体のしれない、盲目的な力に乗せられて行動している。つまり、ナチス思想とかマルキシズム、核分裂とかオートメーション、幸福への近道、麻薬・アルコール・セックスなどの抑制しがたい感覚的刺激といったものがそれである。今日の人間生活はそうした神々のすべてに捧げられてきたし、また現に捧げられている。これらの神々は、今日の学者たちが〈原始的〉と呼ぶ民族の神々と同様、祈りとか生け贄といった概念とは縁がない。スペイン的な強欲性や帝国への熱望といったものは、冷たく素っ気もない清教徒的な無感覚と同様、多くの破壊や苦痛を与えてきた。現実を直視するならば、そうした多くの悪の埋め合わせとして、南北アメリカ大陸の諸都市の、多くの人々の間に見られる、称賛すべきものの多くの存在がある。しかし一方にぶざまなまでに酷いやりかたで侵略を受けたり、自分で自分を囚われの身としている国々があり、また一方にオートメーション化し、エレクトロニクス化した文明の余慶を与えるといって子供や大人を堕落させつつ、私腹を肥やす者たちの顔の見えない行動によって、解体していく民族がある、といった状況に対して、もし誰かが憤慨し、その責任者を法廷に引っ張り出そうとしたとして、はたして今日そういう人々の声に耳を傾けるような、ラス・カサスや国家元首などがいるだろうか。日夜、何百万という車が気でも狂ったかと思えるように走り回っているが、いったいどこに行こうとしているのか。

筆者は前の頁で、社会的に光り輝く存在となったラス・カサスの人と作品を、時代や環境の中においてみることで、それが可能となった理由について検討してきた。今の時点で必要なのは、(簡潔なことばを駆使して)今日のわれわれをめぐる世界との関係の中で、その人と作品について思いを巡らすことである。ラス・カサスは彼のスペイン人追随者や反対者と同様に、ある種のことはすべて、スペイン教会が唯一の解釈権を有する神の計らいによって、〈制度的に〉支配された人間的環境の中で起きたのだ、という仮説や確固たる信念から出発している。かのスペイン人にとってもそうした神—現世(人間)的環境がなければ、何をなすべきか分らなかったはずである。彼の存在様式というものは、今日、自由な理性に開かれ、神秘的部分が日ごとに縮小していく、進歩した、そして今も進歩しつつあるわれわれの西洋世界にあっては、いかにも息苦しく閉鎖したもののように思える。

ところで数多くの変化がもたらされてきたが(たとえば合衆国やスイス、オランダなどに暮らす大多数の白人にとっての福祉とか、一六〇〇年当時に知られていたものと比べようもないほどの知識や学問の発展など）、だからといって、西洋世界が神々に拝跪することをやめたわけではない。それらは抽象的で無名なものになったとはいえ、人々の行動様式を制約し、狭めていることに変わりはない。というのも時として、〈文明〉から遠い人々が恐怖の神々に対して捧げたものよりも、もっと巨大な生け贄が奉献されねばならないからである。一九六五年の時点で最も強大な二大国（アメリカとソ連）は、各々の〈生活様式〉を対立させてきた。そしてそれらを超越的な神々に祭り上げ、その計らいによって多種多様な組織が日の目をみることとなった。こうした組織は、ドグマに則って設立された〈教会〉として振る舞っているが、その使命というのは、理性を本源とする新たなオリンポスの神々の住む、抗い難い帝国の実体を、確固たる属性と機能をもって、しっかりと認識させることである。

アメリカ的生活というのは、人生の目的は憲法に保証された〈幸せの追求〉、幸せの達成だとする信念に基づいている。それを達成する手段のひとつは民主制であり、肌の色、人種、信仰の違いにこだわらぬ全市民の平等である。またとりわけ〈自由な企業活動〉、つまり現行法の範囲の中で何の拘束もなく商売をする自由も重要な手段である。アメリカ人はいかなるかたちのものであれ、専制支配といったものに対する恐怖心がつよくあり、そのせいか非中央集権的でゆるい法制度をつくり上げた。その結果、規律はゆるみ、悪徳と腐敗が危険な段階にまで達している。（映画やテレビなどの）広報手段に厳しい制限を課すことは不可能である。またそれらを通して誘発される道徳的混乱は子供にまで及んでいる。というのも厳しい制限は〈自由な企業活動〉という名の女神に影響を与え、アメリカ的生活の基盤を覆すことになるからである。確かにこのアメリカ的生活は西洋世界でもっとも高度で、もっとも期待されている生活様式のひとつではあるが（三二）。ここに一例がある。一九六五年一月に十五歳になるある少年が、自分の養父母と妹を殺すという事件があった。すぐにバルチモアの警察署に自首し（筆者はちょうどその日、当地に居合わせた)、自分の用いたピストルは「先週、あるカリフォルニア通信販売店から届いたものだ」(『ロサンジェルス・タイムス』一九六五年一月三一日付け、第六面)と告白した。ケネディ大統領の暗殺事件後、郵送にしろ店頭にしろ、武器の売買を厳しく禁止する法案の制定が期待されたが、指導者を欠いた国家たる合衆国においては、誰ひとりその種の決定を下す権限をもつものはいない。というのも、そういうことになれば武器製造者の商業的自由を妨げることになるからである。私の言葉で言い直すと、〈自由な企業活動〉という女神がさらなる生け贄を要求しても、誰ひとりそれに反対することができないのである。

どれほど愛と尊敬にふさわしい擬人化された神々といえども、今日この地アメリカにおいて制御されているように、〈幸福〉とか〈自由な企業活動〉などが人間の手で制御されるべき時がやってきた。一六一一年十二月一日、(異端審問官)ロペ・デ・ベーガはセッサ公に宛ててこう記している。「今日はマドリード市民にとって最高の見世物が堪能できた日です。彼の目の前を三人の若者が火炙り場まで連れて行かれ、そこで焼き場に引き出されたからであります。と申しますのも、聖人を騙った混血修道士が鞭打ちを受けました。また火の中で炙られた少年もひとりおりました。しかしこのくらいにしておきましょう。筆にするのも汚らわしいですから」(ロペ・デ・ベーガの書簡、アメスーアによる版、第三巻、八四頁)。

何と死んだウズラでもあるかのように子供を引っ張り出して火に炙ったのである。しかしモロクの神に対する生け贄ならまだしも、こうした犠牲などイエス・キリストとは何の関係もなかった。異端審問官は「イエス・キリストの名をもって命じられた」(Christi nomine invocato)判決文を宣告していたし、あらゆる人々の生活は、愚かさをはるかに越えた、その種のキリスト教解釈の上に成り立っていたのである。

とはいうものの、私の目的はある特定民族を俎上に乗せることではなく、究極的弁証法とでもいうべきものを提示することである。そうした弁証法のせいで、高尚な信念や目的そのものが、善を生み出す源泉を果てしない悪行の奔流に変えてしまう。ところが、悪行は大いなる美徳として実践されるのである。いかにももっともらしい希望を追い求め、進歩の旗を掲げてはいるものの、地下には歯止めのきかぬ野蛮さがとうとうと脈打っている。しかし歴史学はその地下水脈を考慮に入れようともしないし、人々は依然として、西洋の文明世界の高度な倫理観を規範として、ラス・カサスが聖人だったか怪物だったかといった不毛な議論にかまけたままでいる。スペイン人はたしかにインディオを大規模なかたちで傷つけはしたが、今日のアメリカ合衆国は（この国の最初の〈主人〉たるインディアンの子孫を、保留地に囲い込んでいることは別にしても）、何百万もの同情すべき無防備な人々を、恐るべき体制下で生きることを強制する者たちの手に引渡したのである。合衆国はリトアニアからブルガリアに到る東欧諸国の人々に、ロシアの侵略者から強制された政治体制に同意しているかどうか、尋ねるべきだったであろう。アメリカ人に言わせると、第二次世界大戦の目的は、国家のあり方を民族が自由に決定できるように、被抑圧民族を解放するというものであった。一方の共産主義もまた民主主義を語り、大声で帝国主義に反対するものの、他方では、壁によって阻止されなければ、ほとんど全員が逃げ出すであろう無数の人々を、体制内に囲い込んでいるのである。

筆者は、共産主義が（原始キリスト教や清教徒的民主主義、フランス革命、その他多くの類似した現象と等し並みに）、至高善を見据えて考え出されたものである事実を、自分の論点の中にしっかり踏まえている。しかしひどいと思われるのは、歴史学が極めてないがしろにしてきた点、つまり何にもましてありがたい神が、過去に一飛びしたかのように先祖返りし、その信仰のために、愚かで怖気をふるうような犠牲を求める時がやってきたという事実である。

観念的な信仰心や組織というものは、それ自体の有益な力を弱めてしまうし、そうしたものを運営管理する者たちは、それ自体の啓蒙的力を蔑ろにして、外面的有効性を保つことにのみ汲汲としている。リトアニア、チェコスロバキア、ハンガリーといった国々が、自らの政治的将来について、いかなる決定を下すか見極めるまで、わがアメリカ軍が一九四五年の数ヶ月間、ヨーロッパにおける駐屯を延長するなどとは、とうてい許容できないと考えた合衆国の人間（とりわけ女性たち）は、〈幸福〉にふさわしい存在となるよりも、自分たちの幸せのことを優先して考えていた。もちろんナチスの専制から逃れて、それに負けず劣らずひどい別の専制（一九五六年のハンガリー動乱がよい証拠である）に身をさらすこととなった、数百万の人々の運命など、そうした者たちにとってはどうでもよかった。専制に対する堅固な要塞たる合衆国といえども、（その生き方の構造そのものが原因となって）別の民族が、不正で恣意的な抑圧の犠牲となることを防ぐことはできなかった。とほうもない劇的なる歴史的弁証法とはかくのごとしである。

素晴らしきドイツ文化といえども、一九三二年から四五年にかけて、個人崇拝に奉仕するものとなった。そしてその犠牲となった無辜の人間の数は数百万を下らない。前に私が語った歴史の下での弁証法が、尋常ならざる理知的能力やまれに見る集団的徳性といった地下に隠れてはいても、やおら汚れたヘドロのように湧き上がってきたのである。

管見によればラス・カサス問題は、前に分析したインディアス問題とあわせて、キリスト教徒の血統に流れるスペイン帝国偉大説と、本来のキリスト教徒たることで求められるものとの葛藤対立の一ケースである。ラス・カサスはそうした葛藤の中で、休むことなく戦い続けた。それは換言すれば、自らのキリスト教的熱望と、〈旧キリスト教徒〉として重きをおかれたいという熱望との戦いでもあった。しかし〈旧キリスト教徒〉的なあり方というのは、セルバンテスや他の偉大なスペイン人たちが考えたように、キリスト教とはほど遠いあり方であった。スペイン的な神々の下でも欲望や衝動が作動することはあったが、つまるところ、神々をさんざん痛めつけるだけに終わった。生き残る価値のあるものだけが生き残ったのである。まさにその通りである。

原　註

（一）『葛藤の時代について』一九六三、一六四―一六五頁。

（二）A・ミリャーレス・カルロ「ブラジルの伝道者についての更なる資料」『メネンデス・ピダル記念論集』マドリード、一九五〇、第一巻（A. Millares Carlo, "Más datos sobre el apóstol del Brasil", en *Estudio dedicados a Menéndez Pidal*）。他の資料については私の『ドン・キホーテ』の版の「序文」（メキシコ、ポルーア社刊、一九六二、三七頁）を参照せよ。

（三）〈頭ごなしの否定的判断〉に頼ろうとする者たちの示す抵抗も、文書的資料に意味を与え、それを組織化せんとする観点の中に据えてみれば、資料そのものによって論破されるにちがいない。生粋主義的観点から見れば、ラス・カサスの人と作品は、筆者がかつて示唆したことのある、コムネーロスの乱と似たところがある。つまりともにコンベルソたちの抑圧された怒りの爆発であり、その表現である。そのとき言及するのを忘れていたのがE・ティエルノ・ガルバン著『見世物から軽視へ』（「コムネーロスについて」の章、マドリード、一九六一）（E. Tierno Galván, *Desde el espectáculo a la trivialización*, capítulo titulado "De las Comunidades"）である。

（四）ペレス・デ・トゥデーラ、前掲書、序文、一六四頁。

（五）ラモン・メネンデス・ピダル『ラス・カサス神父』（R. Mnéndez Pidal, *El padre Las Casas*）一九六三、三四二頁。

（六）同上、序文、四〇頁。R・メネンデス・ピダルは前掲書（三二頁）においてインディアスの伝道者の〈血統的虚栄心〉について指摘している。M・ピダルに言わせると、M・バタイヨンはカサウスと名を重複したカサスが「どれほど具体的な目的でそれを用いたのか分っていない」。

（七）ディエゴ・ヌーニェス・アルバの『兵士の生活についての対話』（《古典叢書》Libros de Antaño 第一三巻、三三一頁）に付けられた補遺（Diego Núñez Alba, *Diálogos de la vida del soldado*）。

（八）ペレス・デ・トゥデーラの指摘によると「もし当初［征服の宗教的］問題が、インディオの教育を受ける能力に集約されていたとするなら、ラス・カサスは棒秤の支点をスペイン人の方に移動させたわけである。それというのもエンコミエンダ制を役立たずのものにした張本人は、スペイン人の抑えきれぬ欲深さと無慈悲であった、と言いたかったのである。ラス・カサスの批判は（……）受益者たちの性格が明らかな上は、己の結論から必然的にでてくるものに向かうことになろう」（傍点引用者、前掲書、序文、四六頁）。かくのごとき全般的な呪詛を、ひとつの血統全体に投げつけることが可能だったのは、唯一スペインだけであった。最初、そうした破門の標的となったのはスペインのユダヤ人であったが、ラス・カサスがこれから雷を落して根絶やしにしようとした相手は、スペイン人キリスト教徒であった。十七世紀にそうした憤激（そこに根拠があろうとなろうと、それは問題ではない）が向けられた相手は、スペインのモリスコであった。

（九）「ラス・カサス神父の誇張癖」"Las hipérboles del P. Las Casas"（『サン・ルイス・ポトシ自治大学人文学部紀要』*Rev. de la Facultad de Humanidades, de la Universidad Autónoma de San Luis Potosí* 一九六〇、第二巻、三三―五五頁）

（一〇）そのこととラス・カサスが道学者ふうに説教を垂れたり、数字を挙げてデタラメを言うこととは両立しうる。

（一一）モンテーニュは彼の『イタリア旅日記』（*Journal de voyage en Italie*）の中でローマの「優れた説教修道会士」のことについて触れている。彼らの中の「その改宗したラビ［コンベルソ］は土曜日の夕食後、三位一体教会においてユダヤ人たちに説教していた」というものだが、この教会はトゥリニタ・デイ・モンティ（Trinità dei Monti）教会のことである（Hier 叢書版、パリ、一九三二、一八六頁）。

（一二）メネンデス・ピダル、前掲書、三二〇頁をみよ。

（一三）『一五五二年、サント・ドミンゴ修道会の司祭ドン・フライ・バルトロメ・デ・ラス・カサスまたはカサウス［注目］によって集められた、インディアスの破壊に関する簡潔なる陳述』（*Brevísima relación de la destruición de las*

Indias, colegida por el obispo don Fray Bartolomé de Las Casas o *Casaus, de la orden de Santo Domingo*, 1552, BAE, CV, p.148.）

（一四）『インディアス史』（筆者は今のところ該当部分の頁が見つからない）より。ラス・カサスはこの著書の第一巻、第二章で、コロンは当初〈コロンボス〉（Colombos）という名前であったが、後に「コロンと称することを望んだ」と述べている。このことは〈神の意志〉であった。というのも「神の摂理によると、神が果たすように決定づけた仕事に合わせて、彼に仕えるべく指示した人間が、名前や名字を変えるのはよくあること」だったからである。ラス・カサスが自らを〈カサウス〉と称することも、神の計らいだと考えていただろうことは、想像にかたくない。

（一五）未だ十六世紀においては血統間の差をはっきり限定する方法は、はっきり明確化してはいなかった。誰かが新キリスト教徒だと非難する人間は、かえって非難する自分自身がそうである証拠を示していることが多かった（それはラス・カサスが意地悪くフェルナンデス・デ・オビエードの〈祖父母〉について言及した際に、彼についても言えることである）。コンベルソは集団をつくり、集団内のネットワークを形成した。それは婚姻関係や経済的・政治的利害の結びつきによる場合もあった。フランシスコ・マルケスの指摘によると、テレサ・デ・ヘススは自らの血統に属する人々に対してより大きな愛着を感じていた。というのも彼らは、改革カルメル会の事業に大きな貢献をしたからである（拙著『文学論争としての《ラ・セレスティーナ》』、一六七頁をみよ）。カトリック王フェルナンド付き秘書でコンベルソであったロペ・デ・コンチーリョス（ペレス・デ・トゥデーラ、BAE, XCV, p.XLVIII1 をみよ）は、「手ずからエスパニョーラ島の財務長官にミゲル・デ・パサモンテという男を任命した」ことを咎められ、ラス・カサスによって告発された。パサモンテは王の国務長官ミゲル・ペレス・デ・アルマサンの家で書記をしていた人物である（BAE, CX, p.28）。アルマサンはコンベルソだったので、パサモンテはここで王家の他の役人たち二人とともに、三角形を構成しているように見える。アントニオ・デ・ネブリーハは自ら『教育書について（*de liberis educandis*）』と題する書物を著したが、それはアルマサンの子供たちのためのものであった。アルマサンは著名なコンベルソであった年代記作家ゴンサーロ・デ・アヨーラ（BAE, XIII, p.73）に、大きな恩恵を施した人物でもある。

（一六）前にも述べたように、ラス・カサスの信じ難い数字的誇張は、馬鹿げた幻想によるところが大きかった（たとえばコルテスが「五、六千人のインディオを数珠繋ぎにして」も何の不都合もない）。しかし筆者の考えでは、聖職者―司教―カサウスたる人物は、時として自分の感じている、神の摂理という雲の中を漂っている感覚と、こよなく合致する『ヨハネの黙示録』の啓示のことを、夢想していたに違いない。「私は玉座の周りをとり囲むたくさんの天使たち、動物たち、老人たちを眺め、その声に耳を傾けた。彼らはその数、数百万に上った」(第五巻、第一一章)。「私は身体に彩色した者たちの数を耳にした。それはイスラエルの子孫の血を引くあらゆる部族の者たち、総勢十四万四千人であった」(第七巻、第四章)。「騎乗の兵士数は二百万、私はそうした数字を耳にした」(第九巻、第一六章)。(新約聖書に通じていた)ラス・カサスは『ヨハネの黙示録』第九章、第二一節を読んだとき、インディオよりもスペイン人のことを念頭においていたはずである。「彼らは、その犯した殺人や、まじないや、不品行や、盗みを悔い改めようとはしなかった」。

(一七) 前にも引用したこの部分は、彼の基本的性格をよく現わしている。

(一八) この演説は一九六二年、マドリードにおいて、アンドレス・ラグーナ博士を記念した『ヨーロッパに関する演説』(*Discurso sobre Europa*, en homenaje al doctor Andrés Laguna) という題名の本の中で発表された《至宝文献叢書》*Colección de Joyas Bibliográficas*)。その本には、ある「愛書家の弟子」による序文がおかれているが、彼にとってラグーナとは「キリスト教世界を支える右腕たる、われらが主君ハプスブルク家の皇帝カルロス」(一六頁) の支配するヨーロッパに、「自らの叡智と価値と聖性」の痕跡を残した、著名なるセゴビア人のひとりであった。また序文を寄せた者には他に、テオフィロ・エルナンド博士がいるが、彼はラグーナがコンベルソであったことを示唆した唯一の人物である (三二頁)。またドン・J・ロペス・デ・トーロ氏はラテン語原文を翻訳した他、ラグーナの人文主義の分析も行った。スペインではほとんど誰もが避けて通る、こうした問題に対する関心こそもたなかったが、序文寄稿者には他にオーストリアのオットー大公も含まれていた。

(一九) マルセル・バタイヨン『エラスムスとスペイン』(M. Bataillon, *Erasme et l'Espagne* 一九三七、七二〇頁)。ラグーナは一五四五年、サン・ペドロ騎士団員の称号を金を払って手に入れた。また一五五一年には教皇付き侍医に任命されている (バタイヨン『アンドレス・ラグーナ』*Andrés Laguna* パリ、一九五八、七頁)。

(二〇) 「ラグーナ博士の人文主義に関して――一五四三年のラテン語本二冊」("Sur l'humanisme du Docteur Laguna. Duex petits livres latins de 1543"『ロマンス言語学』*Romance Phylology* 一九六三、第一七号、二〇七―二三四頁)。ヨーロッパに関する演説の二つの目的は、「皇帝の大義名分に異なった方法で奉仕すること」と「神聖ローマ皇帝フェルディナントに臣下として伺候すること」（二〇九頁）であった。またカルメル会士のビリック（Billick）やドーラー（Dorler）といったカトリック神学者たちと接触をもつこともその目的であったが（二一六頁）、そうすることで、彼らの前で聖三位一体の信仰を披瀝することになった点も付言しておく。『詩編』からの引用はウルガータ版によるものではなく、ルーヴァンのあるヘブライ語教授によってなされた、ヘブライ語からの翻訳によっている。この教授は辞職を余儀なくされ、その地を去ってニュルンベルクで翻訳を出版せざるをえなかった。それらカトリック神学者のうちどちらかが、彼の『詩編』のテクストはカトリックのものではないと忠告したところ、ラグーナは『演説』（*Declamatio*）の追記というかたちでこう付言している。「心優しき読者よ、われわれが三度にわたって挙げた『詩編』に対するあのような解釈は、あまり確固たる信仰を有していない人物によって出版されたがゆえに、カトリック教会から認められていないし、今後も認められることはないでしょう。とはいえ、われわれは悔いてはいるものの、そのことを残念なことだと思っています。というのもヨーロッパの歎きに、より合致したことのように思えるからです。それはさておき、われわれは旧約聖書のこよなく敬虔にして博学な、熱心なる解説者たる聖ヒエロニムスの解釈は、正確無比なかたちで、ユダヤとギリシアの真理を解き明かしていることを知らぬわけではありません。したがってキリスト教徒たるものは彼の注釈のみを読み、それに従い、他のすべてに優先させねばなりません」（二四三—二四五頁）。卓越性を追い求めるコンベルソにとって、自発的意志を外見と結びつけることは必ずしも容易ではなかった。（このケースの場合のように、バタイヨンの広範な知識と洞察力が幸いして）そうした内なる葛藤を見抜くことが叶ったが、その際、（そのすべてではないが）、十六世紀の新キリスト教徒たちの中には不安感や心理的動揺があることが明らかになったのである。つまるところ、『演説』の聴衆の前でギリシア・ラテンの叡智を誇示したのも、翻ってみればエラスムスの『平和の訴え』（*Querela pacis*）から出てきたものである。あるいは正統性の疑わしさが残るファン・カンペンセの『詩編集』（*Salterio* de Juan Campense）とか、エラスムスの『格言集』（*Adagiorum opus*）や『アエネーイス』などからかもしれない。結局、彼がパリでの大学生活時代に学んだものからである（バタイヨン、二一七頁）。

（二一）　将来このテーマについて考えつづけようとする人たちにとっての仕事は、コンベルソたちの手になる広範囲に及ぶ事業において、外見と現実が本当の意味で結びついたのは（あるいは結びつかなかったのは）いつのことだったか、それをはっきり確定することであろう。疑いの余地なく真の結びつきを示す事例としては、ルイス・ビーベスのそれが挙げられる。彼はイギリス滞在中に、自らの才能を開花させ、栄光を得る多くの機会を得た。彼は祖国へ戻ることができないことの代償として、そうした機会をよろこんで活用したのである。祖国では父が宗教裁判所の火刑に処せられ、母の遺体もまた墓から暴かれて焼かれていたのである（M・デ・ラ・ピンタ・リョレンテとJ・M・デ・パラシオの『フアン・ルイス・ビーベスのユダヤ人家族に対する異端審問訴訟』M. de la Pinta Llorente y J. M. de Palacio, *Procesos inquisitoriales contra la familia judía de Juan Luis Vives* マドリード、一九六四）。それこそビーベスがドン・フェリペ皇太子の教育係りとして、スペインに戻ることを受け入れなかった理由であったはずである。彼はたしかにスペイン宮廷においては高位の身分を得られなかったが、イギリスでは王妃（カトリック両王の娘カタリーナ、ヘンリー八世の后キャサリン）の近くに仕え、またオクスフォード大学の教授としての地位を得て、その目的を達成することができた。ラグーナの『演説』とごく対照的な意味で比較しうるのは、一五二三年の《コルプス・クリスティ大学》における冒頭講演である。

「これら［神学研究者］のうち最初の講師は、スペイン人のルイス・ビーベスであった。彼は創立者［リチャード・フォックス］の招聘した本学三番目のフェローである。創立者および教授陣のほとんどすべてのメンバーのみならず、国王［ヘンリー八世］と王妃と宮廷の面々もまた、大学講堂における彼らの最初の催しを聴講し、講師たちに対して、大きな満足を覚えてさかんな喝采を贈った」（一六六一年から六六年にかけてアンソニー・ウッドによって編纂された『オックスフォード市の概観』*Survey of the City of Oxford* composed in 1661-6, by Anthony Wood. アンドリュー・クラーク（Andrew Clark）による版、第一巻、一八八九、五四一頁）。ヘンリー八世はこうした場合よくあるように、じっと聴いているだけの消極的態度はとらなかった。王は「すぐにもビーベスの書の方に赴いた。王はベルナール・アンドレからラテン語の手ほどきをされていたことは間違いない」。王は他にもフランス語はもちろん、スペイン語も少しできた。「外国語の才能の他にも、数学に対する適性も有していた」（J・D・マキー『初期チューダー王朝一四八五〜一五五八年』J.-D. Mackie, *The Earlier Tudors* オクスフォード、一九五二、二三四頁）。

（二二）「スペインのアメリカ征服における正義の戦いに関する、さらなる熱意と少しの光」"More Heat and Some Light on the Spanish Struggle for Justice in the Conquest of America"（『ヒスパニックアメリカ歴史論集』*The Hispanic American Historical Review* 一九六四、第四四号、三四〇頁）。

（二三）〈インディアス〉という存在が、自分たちの利益と進歩を得る機会ではあっても、不幸の原因となるものではなかった）英語圏の人々にとって「植民地生まれのアメリカ人がいたるところで遭遇した原住民は、とりわけ文明に対する障害物であった……植民地文明は野蛮人という発想をもたらす中で、自らを実現していったが、われわれが植民地文明を具体的・特定的に理解しうるとしたら、そうしたやり方によるしかないだろう」（ロイ・H・ピアス「〈人類の墓場〉――原住民とピューリタン的精神」Roy H. Pearce, "The 'Ruins of Mankind': The Indians and the Puritan Mind"『思想史ジャーナル』*Journal of the History of Ideas* 一九五二、第一三号、二〇〇頁）。この場合を含めて、英語の〈文明〉(civilization) とは、フランス語のシヴィリザション (civilisation) やドイツ語のクルトゥール (Kultur) と同一の意味ではない。それこそ歴史学の躓きでありドラマである。この場合の特殊性から一般性への道すじはきわめて険しい。

（二四）『未刊資料文書』双書（*Col. Doc. Inéd.*）、第七一巻、四一五頁（または『インディアス資料文書』双書 *Col. de docs. del Arch. de Indias* 第七巻、三三〇頁）。M・バタイヨン「カルロス五世、ラス・カサスそしてビトリア」"Charles-Quint, Las Casas et Vitoria"『カルロス五世とその時代』(*Charles-Quint et son temps*) 所収、パリ、国立学術研究所 Centre National de la Recherche Scientifique 一九五九、八四頁。

（二五）本書の最後の論文をみよ。

（二六）つい先ごろ、友人たちからセラノバやサモス、ソブラード、オセーラ等のガリシアの修道院を見てみるように言われたので見てみた。たしかにそれらは大規模のもので、建築学上も壮麗なものであった。すべてそうした修道院は、C・マルティーネス・バルベイトがオセーラについて述べた内容そのままであった。「オセーラのベネディクト修道院は、アルフォンソ七世による建立で、様々な時代の王家や貴人たちのおかげで、人を見くだすほどの豪華さをまとうにいたった。しかし一八三五年の永代所有財産の売却によって破産してしまった」。管見によると、この修道院の破産によって、スペイン国家の不在が証明されてしまった。インディアスにおいてと同様、スペインでも教会が驚くほどの財産を所有することによって、逆に国家は貧窮化し、空洞化していったのである。社会の繁栄を生み出すのは、富とその源泉ではなく、それらを管理運営する人間の能力である、という新たな証拠であろう（引用部分はデスティーノ社版の『ガリシア』、バルセローナ、一九五九、四七四頁より）。真正で実効性あるスペイン史というものは、

（無責任で欺瞞的な書物の作者たちが未だにそうし続けているように）エルチェの貴婦人像から始めるべきではなく、ああしたガリシア修道院や、サンティアゴ大聖堂のケースなど、驚嘆すべき建造物などから始めるべきである。しかし残された姿は、かくなるべくしてなったものである。そもそも歴史というのは、実際に起きたこと、それを行った者たちのことを問題にするものである。

（二七）ラス・カサスの学問的知識に関しては、ペレス・デ・トゥデーラ（BAE, XCV, p.xliv）およびE・アルバレス・ロペス「神父ラス・カサスの自然知」E. Alvarez López, "El saber de la Naturaleza en el P. Las Casas"（『王立歴史アカデミー論集』*Bol. R. Acad. de la Hist.* マドリード、一九五二、第一三二巻、二三一―二六八頁）をみよ。これはまさにラス・カサスが彼と同じコンベルソたち、つまりフェルナンデス・デ・オビエード、ホセ・デ・アコスタ、アロンソ・デ・サンタ・クルス、ガルシーア・デ・オルタ、ラグーナ等と符合している部分である。わが国のインディアス史家について語る際は、今後、誰が新キリスト教徒の血統に属していたかを、ついでに明らかにする必要があろう。というのもそれ以外の方法では、このきわめて込み入った糸玉を、解きほぐすことはできないからである。

（二八）リカルド・デル・アルコ『ロペ・デ・ベーガの劇作におけるスペイン社会』（Ricardo del Arco, *La sociedad española en las obras dramáticas de Lope de Vega*）、七七一頁。

（二九）拙著『ラプラタ川流域地方の言語的特徴』（*La peculiaridad lingüística rioplatense* マドリード、タウルス、一九六一）は、ここで述べたことの背景や補足として役立つ。「ブエノス・アイレスの初代総督ディエゴ・デ・ゴンゴラは、密輸業者として自分の領地で禁じられている商品を持ち込むために、リスボンに所有する商船を利用した」（五八頁）。スペイン領インディアスは、スペイン人の気概と英雄主義に加えて、スペイン王室の反映でもあるメキシコとリマの副王領の王室的威光によって、ひとつに維持されていた。王たちの王権神授説的な威厳によって、スペイン支配の当初から顕在化していた、インディアスにおける混乱にみちた分裂状態がどうにか押し留められていた。スペイン帝国が三百年もの間続いたことはまことに奇跡的である。

イスパノアメリカ独立の首領の中でも、とりわけ知的で責任感の強い者たちは、解放者たちが無邪気にも語る多くの言葉に基いて、新生国家を組織することなど不可能だということをしっかり認識していた。多様な国家像というのは、フランスや合衆国の革命を表面だけなぞった、革命的言辞の下に透けて見える集団的カオスが、はっきり現れたものである。サン・マルティンやボリーバル、メキシコの著名革命家などは、王室の魔術的威光を背景とした確固たる権威のもとで（メキシコの場合はスペイン王家のメンバーが加わることで）、新たな国家建設を行う必要を感じていた。しかし無意識的に行動する者たちのやり方が勝利を収めた。ところがブラジルではさにあらず、偶然にもポルトガル王室がリオ・デ・ジャネイロにあったことが幸いして、ブラジル帝国が可能となったのである。この帝国が存在しなかったら、あの広大な海岸地帯が、どれほど多くの国家もどき共同体によって分断割拠されていたかは計り知れない。実際、ラテンアメリカと呼ばれる地域において存続しえたのは、人は法の支配に従うべしとするローマ体制などではなく、その逆の、法や制度が恣意的にそれらを取り扱う人間たちの、物言わぬ手段となっている体制なのである。神意を体現した完璧そのものの、超人間的正義のラス・カサス―スペイン的体制は、宗主国スペインのみならず旧植民地においても、真正かつ可能で、理性的かつ厳格な原理に基く正義などではなかった。社会は個人という名のミクロコスモスからなるマクロコスモスである。その個人は時として一等星のような耀きを放っている場合があるが、彼らは誰にとっても有益な法的規範に合致したかたちで日常生活を送る、ありふれた生き方をしている者たちにとっては、きわめて危険な存在でもある。

（三〇）R・メネンデス・ピダル『神父ラス・カサス』(*El padre Las Casas*)、三六〇頁。

（三一）『キリスト教綱要』(*Institution de la religion chrétienne*)、第三巻、二〇章、四七節。ジュネーヴ版、一八八八、四二三頁。

（三二）前段で述べたことをごく簡潔に説明しよう。つまりほぼ三、四十年前には、白人社会のほとんどすべては、根底において自らの行動様式を、清教徒のニューイングランドの政治・宗教的伝統に合致させてきた。しかし二つの世界大戦によって多くの人々の道徳観は破綻をきたした。ピューリタン的な禁酒令（一九一九―一九三三）の企てによって、多くの人々は脱法行為に慣れて、〈違法者〉lawbreakers に成り下がった。この言葉はこの地ヨーロッパでは、聞きなれない道義的響きをもっている。そこではギャングがはびこっただけではない。映画やテレビは暴力や刺激的なセックスを見せることで、若者や子供に対して深刻な悪影響を及ぼした。もっともよく読まれる新聞や雑誌でも非難されるような、そうした厭わしい刺激を、技術面でサポートするような心理学者もいる。人は強い権威という〈頂点〉をもたぬ、この国の〈周辺的〉構造のせいで、〈資本主義〉というよりもむしろ至聖なる〈自由企業〉精神に支えられた、かくも忌まわしい体制に対して、法に従って振舞うことができなくなってしまっている。人との日常会話でこうした話題をだすことは、スペイン婦人の間で罵り言葉を口にするのと一緒で、まさに〈ショッキング〉である。つまり、そんなことをすれば、〈ハッピネス〉という名の女神から見離された印象を与えるからであろう。結局、この国は多くの素晴らしい資質を実現させた国家の構造そのものによって、同じ土壌の上で傷つけられているのである。何はともあれ、筆者の社会・形態論的視点は、十六世紀中葉の副王アントニオ・デ・メンドーサのそれと似通っている。つまり征服者たちを富ませたインディアスのエンコミエンダ制は、必然的に新旧のスペインにおいて、彼らを貧窮化させることになった、という見方である。サルバドール・デ・マダリアガによれば、まさしくこれが十七世紀末に起きたことである。彼はバリーナス（Varinas）侯爵の言葉を引いている。「征服者たちの住いはどれもこれもみな廃墟と化している。つまりコロンのそれ、コルテスのそれ、そしてピサロやアルマグロのそれである」。バリーナスは原文ではこう述べている。「インディアスにいる征服者の子孫たちは、そうした王国の中で最も貧しく打ちひしがれ、見下げ果てた連中となっている」（『インディアスの歴史概論』*Cuadro histórico de las Indias* ブエノス・アイレス、一九五〇、六五七頁）。

IV

不安定なスペインとインディアスとの関係*

* 本稿はハビエル・マラゴン『歴史・法律研究』(Javier Malagón, *Estudios de Historia y Derecho* ベラクルス、哲文理学部図書館、一九六六)の序文として書かれた。

本書に含まれる重要な論文を見てみれば、インディアス法に関わる一歴史学者の姿が、はっきり浮かび上がるはずである。もしそのことだけであれば、ハビエル・マラゴンの著作に序文を寄せたらどうかという、共通の友人たちの誘いも断ったかもしれない。しかし私にとって幸運なことに、マラゴンは申し分ない法学者であると同時に、われわれの先祖たちが、およそ三百年もの間、カリフォルニアやフロリダからチリ、アルゼンチンに到るまでの広大な地域に、有無を言わせない形で領土を拡張し、そこに根を張るという大いなる冒険を、過去にさかのぼって共に生きることに関心を抱いたスペイン人でもある。そのことをはっきり示しているのが、「十六世紀におけるトレードと新世界」という題の、彼の優れた論文の冒頭部分である。そこにはこうある。

「興味深いことだが、総じて地方の歴史家には歴史的視点といったものが欠けている……たとえばトレードの歴史の中にあるアメリカ大陸発見に関しての言及は、ほんのさわりだけだし、インディアスに渡ったトレード出身者についてもほんのわずかな言及しかない」。

マラゴンはほんの短い文章の中で、広く一般に言われてきたこと、書かれてきたことを、問題として提起している。これはまさしくスペイン帝国の与える意味を、その創出と喪失のためになされたことや、スペインやイスパノアメリカの古文書館にある古文書のうちではなく、スペイン人の意識のうちに問い質す、ということを意味する。インディアスの政治的、社会的、経済的組織に関する研究には、今も昔も優れたものがある（たとえばファン・ソロルサノ・ペレイラ『インディアスの政治』マドリード、一六四七、サルバドール・デ・マダリアガ『インディアスの歴史概論』ブエノス・アイレス、一九四五、シルビオ・A・サバーラ『インディアスのエンコミエンダ』マドリード、一九三五、同『新世界の歴史における植民地時代メキシコ、一九六二、これらは代表的著作のみである）。しかしかなり以前から筆者の気にかかっていたのは、意識であり、〈認知〉であり、集団的生の流れや生起に対する価値観である。このことが余りに常識とかけ離れていたため、多くの者たちは、これほど重要な歴史的要素が存在することすら〈認知〉していなかった。インディアスで一財をなし、故郷に錦を飾って半島で悠悠自適の生活を送る者たちを、侮蔑的ニュアンスをこめて〈インディアス帰り〉（indianos）と呼んだという事実は、小話程度に受けとられるのが普通であった。ガリシアにもアストゥーリアスにも、またサンタンデールにもインディアス帰りは存在している。またカタルーニャでも、一八九八年のアンティーリャス諸島（キューバ、プエルト・リコ）の喪失時までは存在した。かくも不思議な現象（イギリスやオランダ、フランスなどにそれに類したものはない）は、スペイン人が一八二四年（ボリーバルがアヤクーチョの戦いでスペイン軍に決定的打撃を与え、キューバなどを残し、ほぼすべてのスペイン領アメリカの独立運動が勝利した」に広大な帝国が失われたことを認知しなかったという、負けず劣らず驚くべき事実と、間接的な関連性がある。反応がなかったことの理由を、フェルナンド七世の専制政治に帰することはできない。というのも一八三三年〔フェルナンド七世没年〕以降も、かくも深刻な危機に対する研究も解説も現れなかったからである。

スペインとスペイン領アメリカとの関係は、協調的であると同時に対立的であった。マラゴンはいみじくも次のようなことを指摘している。つまり歴史というものは、軍人や政治家として傑出した者たちの記憶は残すが、「新世界の土地を実際の労働をもって切り拓き、そこに豪邸や旧家、寺院や教会を、出身地の土地や村や町と同じように建設した者たち」のことに注目することはない。「すると土地はあたかもアラジンのランプの光を浴びたかのように、一変してしまったのである……」。イベリア半島からインディアスにやってきた者たちの子孫は、確かに祖先たちの生活様式から抜け出ることはなかったが、たちまち自分たちは別者だ、〈クリオーリョ〉だという意識をもつようになった。スペイン人は他のヨーロッパ植民者と違い、原住民を存続させ、彼らと混血した。これによって不可避的な結果がもたらされ、インディオおよび彼らとの間で生まれた多くの混血《メスティソ》が、スペイン人および現地生まれの白人《クリオーリョ》の利害の下に置かれるという状況が生まれた。後者の手によって生み出された文明と経済は、〔農業、商業、技術などの〕いわば水平的なものではなく、宗教的・貴族的理想ないしは、征服によって劣等身分に落された者たちの搾取に基礎をおく、垂直的なものであった。こうした問題はすでに偉大な初代メキシコ副王ドン・アントニオ・デ・メンドーサ（一四九〇?—一五五二）が懸念するところでもあった。

「彼にとっての大きな懸念はわれわれ自身の子孫のことであった。それは数が増えていく結果、食べていけなくなるかもしれなかったからである。というのも「インディオの」エンコミエンダが枯渇していったにもかかわらず、最初の征服者たるエンコメンデーロには多くの後継者があったはずだったし、エンコミエンダが全員に行き渡るほどなかったからである」(二)。こうした社会構造から派生した部分は、いまだにイベロアメリカのほとんどすべての国々の、栄光と悲惨のコントラストのうちに顕在化している。

トレードの歴史家たちが、インディアスの征服と植民化において活躍した同郷人にほとんど関心を寄せなかったという事実は、私の見るところ、インディアスに行ったきりになったり、あるいは〈インディアス帰り〉となって戻ってきた半島のスペイン人たちに対してとられた、素っ気ない態度と一脈通じるものがある。スペイン帝国の時代、本国において何不自由なく暮らせたのは、大土地所有者と在俗・修道会所属を問わず、聖職者一般であった。ところがインディアスの富によって一財をなした者たちは、両方の階層の間にはさまれつつも、名誉ある地位や心地よい境遇を見出すことはできなかった。

〈インディアス帰り〉の人間に対する根強い蔑視は、いったいどこからきたのだろうか。これは第一次世界大戦時に生まれた環境や、大戦をめぐって生じた空前の好景気によってヨーロッパに広く輩出したニュー・リッチ(新富裕層)とは異なっていたし、現に異なっている。十七世紀におけるスペインの状況はきわめて特異なものだったが、その主たる理由としては、貴族や郷士、聖職者ならざる者の所有する財貨は、尊敬すべき〈古くからの財貨〉とは決してなりえなかった、ということがあったからである。民衆的価値観の指標ともいうべきロペ・デ・ベーガのコメディアでは、お金のやりとりをする者たちの悲惨な末路が描かれている。つまりお金のやりとりは汚いもの、というのが通り相場であった。

片目男の家には

騒ぎが起きていた。なぜかといえば
六八歳の年齢で
ペテンや高利貸し
両替などをして暮らしていたからだ。（『死ぬまで友人』）

ペテン師たるユダヤ人など
わんさといるこうした連中のひとりだ。（『誉める相手を見るがいい』）(二)

R・デル・アルコ（前掲書、七六七頁）によると、「ロペはインディアス帰りの人間に対して、最悪の見方をしていた」。そしてそれは個人的な動機のせいだとしている。筆者の見方によれば、〈インディアス帰り〉を蔑視し、インディアスを軽視する傾向はかなり一般的であったため、ロペ・デ・ベーガはエレナ・オソリオの愛を彼から奪った貴族を、〈インディアス帰り〉の人物（『ドロテーア』のドン・ベーラ）として描いたのである（これに関しては、拙著『葛藤の時代について』、一九六三、二二九頁を参照せよ）。またロペは『クリストーバル・コロンの発見した新世界』の中で、ある原住民にこう言わせている。

お前たちは偽りの宗教と偽りの神々を携えて
われわれから金と女たちを奪いにやってきたのだ。

アソリンは『イスパニア読本』の中でロペのこのコメディア(三)に触れてこう述べている。「ロペが良からぬスペイン人だというのはなぜであろう？　……あらゆる者たちが異口同音にわれわれのアメリカ征服を糾弾してきた。ロペは〔そのひとりとして〕、とりわけヴォルテール、モンテーニュ、ヘルダー、アンドレ・シェニエといった者たちと同列を行く人物だったからである」。『クリストーバル・コロンの発見した新世界』という作品には、アメリカ大陸におけるスペイン人の振る舞いについて、長い間考察されてきたことのすべてが凝縮されている。

本当はインディオたちの金が欲しいのに
聖人づらをして、よきキリスト教徒の振りをする者がいるかと思えば、そうこうするうち
別の者たちが大勢やってきて
あらいざらい宝物をかっさらっていく。

マルコス・A・モリニゴは『ロペ・デ・ベーガの演劇におけるアメリカ』（ブエノス・アイレス、一九四六）にこよなく優れた研究を寄稿している。まさしく彼の見方によると、インディアス帰りの者たちを蔑視する理由のひとつは、インディアスに渡る者たちの多くが落ちぶれた人間たちであったことである。また別の理由としては、「十六世紀スペインにおいて広範に見られた、商業活動が内包する不名誉の観念」（一五五頁）である。モリニゴ（一五五頁）もR・デル・アルコ（七七一頁）も、ともに『伊達男の虜にされた女』に言及している。

ドン・フアン、私はたしかにインディアス帰りの男の娘、
でも父はモンターニャ出身の郷士で、生まれはこよなく立派……

ロペ演劇の他のケースと同様、ここではモンターニャやビスカヤの郷士だとすることで、インディアス帰りという事実が仄めかす中傷的なニュアンスが薄められている。

父はビスカヤで最も高貴な
旧家の出身ですわ。
インディアスに行こうが、そこから来ようが
どんな名誉が損なわれるというのです？　（『よい言葉遣いのご褒美』）

ところでR・デル・アルコもモリニゴも、『伊達男』を引用しているが、その引用を完璧には行っていない。エレーナは父がインディアス帰りでモンターニャ出身の郷士だとは述べているが、次のようにも付言しているのである。

トゥリアーナの父は生きるための
選択をしたのです。原因は姉でした。
または富裕市民とされたくないせいで。　(BAE, XXXII, p.486b)

今日では、十六世紀末にあった〈富裕市民〉(ciudadano)という言葉の意味は失われてしまっている。カスティーリャにおいて〈富裕市民〉とは「かつて農民であったが、富裕になり街に出てきて、羽振りよく振舞うようになった田舎者のこと。しかしアラゴン王国では、〈富裕市民〉であるためには、代々その血筋でなければならなかった」(S・ヒリ・ガヤ『語彙宝典』S. Gili Gaya, *Tesoro lexicográfico*, s. v.)。コバルービアスは『カスティーリャ語宝典』(一六一一)の中でさらに詳しくこう定義している。「自らの土地や資産で食べていく都市生活者のこと。身分は騎士・郷士および職人との間に存する。法律家や自由学芸・文芸を教授する者などもこの身分に属す」。驚くべきことに、エレーナの父親はセビーリャから離れた場末のトゥリアーナで暮らすことを選んだが、それは〈富裕市民〉つまり自らの収入で暮らしたり、文藝に携わったり、自由業的な仕事に就くような、裕福な人物に見られることを嫌ったからである。なぜだろうか? 本件をふくめて人が面と向って社会と接触するどんなケースでも、重要なのはその富や職業ではなく、血筋や血統(casta)であった。一五七一年のナヘラのある文書にはこうある。「コンベルソの富裕市民たちは、生活が豊かであったし、元来この血筋の者たちは野心的だったこともあり、評議会の最良のポストを、どうしても手に入れたいと望んでいた。当時、評議員には富裕市民(商工人)の二人と、郷士階級に属す者、旧キリスト教徒の血統に連なる者がそれぞれ一人ずついた」(四)。つまりここではっきりしているのは、彼ら全員のうち、間違いなく農民や田舎者ということで旧キリスト教徒と見なされた者は、ほんの一人しかいなかったということである。同じ文書の中には「コンベルソと呼ばれている、商工人の富裕市民という身分」という、ユダヤ人の身分について触れている部分が一箇所ある。したがってロペ・デ・ベーガが仄めかしたインディアス帰りの男は、セビーリャの街で身分があからさまになるよりは、辺鄙なトゥリアーナの方でひっそり暮らしたいと思ったのである(五)。

イベリア半島のスペイン人にとっての、インディアスの意味はきわめてはっきりしていた。つまり新大陸において裕福になることは、血統の純潔を危うくし、インディアス帰りだということで、(貴族的身分をひけらかすためとか、宗教的目的のためではなく) 個人的・世俗的な目的で財産の蓄積にはげむユダヤ人と、同一視される可能性があったのである。『海賊船から海賊船へ』の中でインディアス帰りのフアンはこう言っている。

私は一年足らず、サンタ・フェ・デ・ボゴタに
滞在していたが、当時ある美しい乙女が
私に目を留めたのだ……。

私は騎士たる身分で結婚したが
ああ、金よりも貴族であることに
大きな価値を見出す土地こそ
大いに神から嘉されんことを。　(R・デル・アルコの著書より、p.768)

『罪なくして下獄』の中のインディアス帰りのフェリスは、セビーリャに着くと次のように詠嘆している。

インディオたちの金を追い求め

財貨を船に積むがよし。
かくも苦労し手に入れた
〔新大陸で手に入れた〕ずっしり重い財貨より
故郷で慎ましく
暮らすことこそわが願い。（同上、p.771）

〈インディアスでの放縦にまさるほどのやりたい放題〉（R・デル・アルコ、前掲書、pp.228, 767）ということわざ的表現があったが、これはインディアスで金持ちになったのは、情容赦のない悪辣なやり方でそうなったという意味である(六)。インディアスが半島のスペイン人にとって富の源泉として、何世紀にもわたって蔑まれてきたことの証左をこれ以上集める必要もあるまい。いわばインディアス帰りの人間は、国家や教会との関係をもたない、今日言うところのブルジョア的人物と見なされていたのである。（ガリシアやカタルーニャ、アンダルシーアなどの）十七、十八世紀の教会建築や宮殿に見られるバロック芸術の隆盛は、インディアスからの金銀の流入と切り離すことはできない。しかし広大なるスペイン帝国の限りなき経済的可能性と、カトリック両王の家臣たちがそれをどのように商業的・技術的に運用しえたかという問題の間には、ほとんど当初から、生粋主義や郷士主義、血の純潔といった次元の、深く埋め難い溝が横たわっていた。

司令官ベルナルド・バルガス・マチューカは自著『ラス・カサスへの反駁』(七)の中で、征服者たちは時として自分たちが建設した村を放棄し、「それをすべて廃れるままにした。実を言うと、それに拍車をかけたのは、子供のころ走り回った故郷の土地に帰りたいという思いをはじめ、愛する親戚に再会し、晴れて故郷に錦を飾ろうという欲求が作用したのである。（……）羽振りのよさを見せびらかすために故国に帰るべく、インディオの村を放棄することで得られるものは何もなかった。故国で貴族なら、インディアスでも貴族となるはずである。もし祖国でそうなりえないのだとしたら、インディアスでこそ、もっとうまく貴族の振りをすることである。その上、インディアスでは征服ゆえに与えられる特権を盾に、貴族証を得ることもできよう。征服者の皆さん方、どうか私の言うことを信じなされ。そしてどうか気を静めていただきたい。神があなた方に授けてくれたものをしっかり守りぬくことです。（……）インディアスに居住している者は、三つのものから守られている。つまりひとつは飢えや病気で、スペインをはじめ他の世界のいかなる場所にも、これに対して安心という所は［インディアス以外］どこにもない。第二はさまざまな海の厳しさから逃れていること、さらに第三としては、スペイン本国に帰朝した者たちが蒙る、冷たい視線や悪い評判を受けずにすむことである」。というのも、彼らは自分の財産をばらまいたあげく貧乏になってしまうか、あるいはどれほど多く分け与えても、「あいつらはケチな連中だ、インディアス帰りは惨めなものだ、とされかねない」（二九六―二九七頁）からである。

生粋主義は人が自らを尊敬し、また隣人からも尊敬されるというあり方のうちに、解決を見ることができた。スペインは貧窮化しつつあった。そしてスペイン人はその原因について気付いていなかった。否、もし知っていたとしても、口に出さずに自らの内に秘めていた。サルバドール・デ・マダリアガがスペインとインディアスの経済的状況について、はっきりこう述べている。「ついに首都の世論によると、人々は男たちを女性化する元凶だとしてペルーの富について、非難するにまで到った」。もし富裕層の収入が増加したとするならば、それは「貧窮層の困窮もまた増大した」のである。

マダリアガは正当にもこう指摘している。「スペインの土地に大々的に注がれる金銀の川は、もし産業成のためにに使われたとするなら（傍点筆者）、国を豊かにすることに貢献できたであろう。たとえば帰還船を建造したり、インディアスの農業生産を促進し、結果的にスペインにおけるフルーツ需要を生み出すこともできたはずである。周知のごとく国がそうした方向を選択することはなかった。その結果、スペインは自然と歴史によって期待されたような、世界一の産業国家となることはなかった。この分野でスペインが空白にしておいた機能を果たすべく進出してきたのは、フランス、オランダ、イギリスであった。フランドル諸都市は、新大陸にフランドル産の毛織物が流通していたこともあって、「もっとも魯鈍なインディオ」の間ですら、その地名はすぐにもよく知られるようになった。もしスペインが自然と歴史が許容するところまで商業的・産業的な発展を遂げていれば、今日、分散状態にあるスペイン語文化圏の国々といえども、おそらくひとつにまとまっていたことだろう。（……）貧困こそ、スペインが世界史上見たこともないような大帝国を率いるリーダーとして、機能的かつ心理的に、現状を守りぬくことができなかった原因であった。それは独り善がりな貧困であり、それに対する言い訳などどこにもない。（……）貧困の理由を昔からある二つのスペイン人的性格に見出すべきかもしれない。それはつまり無為に向う性向、それに技術に対する無関心である」（『インディアスの歴史概論』ブエノス・アイレス、一九五〇、三八四、三八五、三八七頁）。

いとも的確に表現されたそうした状況、それは言われるような〈性向〉によるのではなく、生粋主義的価値観によるものだが、そうした状況の背景を知るためにも、インディアスに住んでいた者たちが実際に感じ、伝えたものを見てみることにしよう。彼らは金持ちになって故郷に錦を飾ることで、何が自分たちの身に起きるのか、よく感知していた。ドン・クリストーバル・アルバレス・デ・カルバハルは、一六三六年三月三一日、チュクイト（ペルー）から弟の一人に宛てて手紙を書いている。彼は一六三八年にメキシコ経由でスペインに帰国しようと考えていた。

「帰途のついでに叔父さん夫妻に会ってくるつもりです。私としてはそちらに戻ることが極めて重要なことだと考えています。なぜなら、もしうまく吉と出ればのことですが、ここで手にする財産を二倍にして、金持ちになってスペインに帰っても、特段嬉しいとは思わないからです。（……）どうかこのことは友人たちには知らせないでいてほしい。というのも（私にははっきりしていることだが）スペインでは、名誉ある人間は商売人になどなるものではない、とされているからです。ところがこの地では、副王から惨めな役人に到るまで、商売人になることは、あまりにもふつうのことになっていて、聴訴官や聖職者や修道服着用者［騎士修道会の騎士］でも、またそれが大公［司教や大司教］であったとしても例外ではないのです。（……）むしろそれは大いなる名誉であって、自らのできる範囲で商売や契約などをしないと、まともな人間とは見なされません。インディアス中の評議員や判事たちは、職を求める時は必ずそうした目的のためですし、より安全に商売ができるようにとひたすら願っているのです……」（八）。

このカルバハルが、かつてメキシコにいたコンベルソの血統をひくカルバハル一族と、何らかの関連があるかどうかは分らない。当面の問題にとって興味深いのは、ここでもまた、個人レベルで獲得されたインディアスの富が、その人間にとっての不名誉になるという事実である。この私文書から明らかになったのは、内容が前に引用した文学テクストを裏書していることである。ひとつの世論の動向によって、インディアスの大いなる経済的可能性を活用せんとする、いかなる企ても阻まれたということである。一方、インディアスにおける商業取引が、あまり清廉潔白なものではなかったことは、多くの手段を通してわれわれの知るところであった。しかしたとえ正々堂々としたやりかたで得られたものであろうとなかろうと、富は消失してしまったのである。前に見た副王ドン・アントニオ・デ・メンドーサの言葉を、裏書きするのは前掲のカルバハルが叔母のひとりに宛てた手紙である。

「副王から一番良い地位を与えられた者も、それをすべて失ってしまいました。すべてが朝方見た夢みたいなものです。手に入れたその日に資産を失うといったケースは、ここインディアスではあまりに多く、日常茶飯のことです。もっとも長持ちした資産でも、めったに四代目の持ち主の手までは届きません。そのことに多くの人は気付いていますが、こんなに豊かな土地であれば殖えてもよさそうなものなのに、どうして資産が長く手に残らないのか、分らないのです」（前掲書、一二〇頁）。

歴史の現実というものを理解し、把握可能なものとするには、歴史をばらばらな逸話の集合体にしないことである。さもなければ、それは誤った思想に依拠するものとなってしまう。というのも、想像され夢想されたものにすぎない過去の現実といったものは、想像し夢想している歴史上の〈われわれ〉が操作した方法に依拠することになるからである。たとえば十三世紀以来、博学な学者たちの中には、太古の昔からイベリア半島に生まれそこに居住してきた人間すべてがスペイン人だった、とみなす者たちもいる。アルフォンソ賢王の『第一総合年代記』にはこうある。「このトラヤヌスはスペイン人であり……エストレマドゥーラのペドラサという村の出身である。その土地に植民者として入ってきたトロイヤ家の血を引いているところから、トラヤヌスと呼ばれた」（M・ピダルによる版、一四二頁）。さて、そうした伝説的な想像は想像を超えるものではなかったが、そのわけはそこに現実性が欠けていただけではなく、実際的に、スペイン人たる〈われわれ〉の人間的次元、つまりモーロ人と戦っていたことで〈政治的に〉キリスト教徒と呼ばれていた、直接かつ真正なわれわれの先祖たちの次元に、組み込まれることもなければ、その中で機能することもなかったからである。このことと比較しうるのは、キリスト教に改宗したパレスティナ生まれのユダヤ人である聖ヤコブ（サンティアゴ）のケースである。当然、このキリストの使徒はスペイン人ではなかった。他の国々でも同様に、たとえガリシアでの奇跡とは異なるとはいえ、空を飛んだり、馬に乗って奇跡を行った聖人や使徒は存在した。ところが、将来のガリシア人となる人々が住んでいたこのスペインの地では、聖ヤコブに対する夢想や想像力は、戦いの使徒に対する崇敬を捧げた者たちの人間的・歴史的次元の中に実際的に据えられることで、単なる空想であることをやめて歴史と化したのである。彼はきわめて霊験あらたかな、反マホメットの守護神に祭り上げられた。そこから多くの巡礼を集め、サンティアゴ・デ・コンポステーラには、美的・宗教的側面からみて驚くべき建造物が建立されたのである。この使徒はスペインの守護聖人となったが、それは決して年代記の中ではなく、実際の人々の生活と魂の中においてである。

シェイクスピアによると、われわれの人生は夢を素材として作られている。とはいえ、そうなるためには、夢は人生の中で現実化され、単に詩や寓話の中で触れられただけの主題から抜け出ることが必須である。スペイン人の現実的な歴史というのは、何世紀もの間、自らをガリシア人、カスティーリャ人、ナバーラ人、アラゴン人、カタルーニャ人、アンダルシーア人などとみなす意識を、スペイン人たる意識と、つまりそこに住んでいた者たちがスペイン的生と呼ぶような、そうした生活領域に存在しているという意識とを、包含した一民族が創りあげたものである（それが同時的であれ、揺れや推移を伴っても本質には関わらない）。

トラヤヌスとかそれに類する者たちが、スペイン的なるものの範囲において、積極的な役割を果たすことなどは絶えてなかった。この場合、『総合年代記』について言えば、それはアルタミラ洞窟の壁画やそれに類する多くのケースと同様、その〈スペイン性〉なるものは、スペイン的なるものとしては存在しえない過去を捏造しようとする、一部知識人たちの欲求の表現にすぎない。

ヨーロッパにおいてすら類をみない生の形態、つまり三つの血統からなるスペイン人たちが、大帝国の中で顕在化したり潜在化したりした諸々の可能性を、自らの生の道筋のうちに組み入れたりはじき出したりした、そうした形態を可能にしたものは、ある種の具体的状況であった。インディアスという存在は、スペイン人の存在様式、その生の在り処（morada vital）の生活経験（vivencia）や生活実体（vividura）といった脈絡から、決して切り離すことのできない概念である。これは〈詩的な〉概念ではなく、厳密に〈現実的な〉概念である。インディアスにおける富が、帰朝した成金たちの評判に関わるものだったという疑いようのない事実は、他の事実とあいまって、〈生の在り処〉に生きてあった者として捉えなければならない。さもなければ、われわれはそうした事実をいったいどこに据えてどういった意味をもたせたらよいのであろうか。ただ単に、インディアスにおいて獲得した富は、名誉を汚すものであったと言うだけならば、それは歴史的にみて空虚な内容にすぎない。そもそもスペイン以外のヨーロッパの国で、中産階級（ブルジョアジー）を形成することに、かくも抵抗を示した国が他にあったのであろうか？　何とスペインにおいて中産階級は、十九世紀もかなり進んだ時期まで出現しなかったのである。マルクス派であれ非マルクス派であれ、今はやりの社会学をもってして、そうした問題にどういう解答がなされようか？　今日にいたるまでこの問題は等閑に付されてきたか、あるいは巧妙に隠蔽されてきたのである。

筆者はトレード市民がインディアスにおける同市民の業績について、関心を示さなかったという事実に関するハビエル・マラゴンの研究によって、スペイン本国のスペイン人とインディアスのスペイン人との関係といった問題が、新たなかたちで提起されるだろうことを期待している。そのことによって、われわれがしばしば洪水のような〈事実〉の集積こそ、偉大さと不運を負ったスペイン帝国の歴史そのものだとしてきたことに対して、その事実に新たな道筋をつけることを可能にしてくれるはずである。一五七〇年二月七日にリマにおいて異端審問所長官はこう記している。「あの王国〔トレード〕は隅々まで、多くの改宗ユダヤ人や復帰者の孫や子たちで満ち満ちている」(九)。ここで改めてハビエル・マラゴンの註（六二）の全部を再録することが必要かもしれない。インディアス帰りの成金というのは、イベリア半島のスペイン人にとってみると、ユダヤ人と変わるところがなかった。それは『葛藤の時代について』で明らかにしたように、インディアスにおけるあらゆる経済的・文化的活動が、ユダヤ的な性格を帯びることとなったからに他ならない。事実、インディアスに渡ったコンベルソはかなりの数にのぼり、彼らの生粋的・ユダヤ的条件が、スペイン経済に全面的な影響を及ぼしたからである。前に引いた異端審問官の手紙にはつぎのような記述があった。「これらの土地〔ペルー〕にいるわずかなスペイン人に関して言うと、スペイン本国の二倍の数のユダヤ人改宗者がおります」。

われわれはハビエル・マラゴンが提起した問題によって、さらにずっと広い射程をもった問題に向き合うこととなった。というのも、あらゆる歴史的現象は、もしそれが存在するということで当然要求する現実というものを、それに付与しようとするならば、周知のごとく、ひとつの実在（estar）にして同時にひとつの実体（ser）として、集団的生のもつ時間的・空間的構造のうちに定位させねばならない。スペインのインディアス、そこに赴き、そこから帰朝した者たちの振る舞いといったものは、決して真空地帯で生起したことなどではなく、スペイン人の集団的意識、つまり（十三世紀以降スペイン人と呼ばれるようになった）ある種の人々が、ある特定な状況に直面したという、特殊形態ゆえに生み出された、敬意と蔑視の構造のうちに起きたことである。

かくしてカトリック両王以後、スペイン王室は宗教的・生粋的な観点からすると絶対王制となっていた。それはユグノーに対する弾圧にもかかわらず、合理主義的かつご都合主義的であったルイ十四世（すでにルイ十三世の宰相たるリシュリュー枢機卿は、プロテスタントのグスタボ・アドルフォと通じていた）よりも、むしろイスラエルの王朝やイスラム・カリフ王朝などに似通っていた。

小ぢんまりまとまった宗教的・生粋的な体系の中で、人々の内面生活は周囲の刺激や可能性と妥協することとなった。この生粋的に閉鎖された絶対的な国家は、自らの信仰のうちに独自のかたちで存在する（一〇）ということにしか関心を寄せず、個々人を自らの似姿に合わせて造型していったのである。この国家は意識の状態、認知の状態についてのモデルこそ提案しても、決して行動のモデルを提案することはなかった。とはいえ興味や好奇心、欲心といったものを自由に羽ばたかせてしまえば、そうしたモデルを生み出すことなどとうてい叶わなかった。職業としてありえたものはごくわずかであった。つまり《教会か新大陸か、または宮廷》とされていたからである。

十六世紀になってきわめて頻繁に使われた出した文学的表現として、「あるがままの私、私はかくある私自身である」（ser quien soy, yo soy quien soy）という言い方があった（一一）。「私はかくある私自身である」という台詞は〔ロペの〕『セビーリャの星』の中に出てくる。また『ドン・キホーテ』（前、三四章）でもロターリオは「僕であることに対する義務」（lo que debo a ser quien soy）と述べている。この表現は神（エロヒム、ヤハウェ）が『出エジプト記』（第三章一四節）において、モーセにその名を尋ねられたとき「わたしは、有って有る者」と答えたのと似通っている。ウルガータ版の聖書では「わたしは私であるところの存在」（Ego sum qui sum）と表現されている。シュピッツアーはいみじくもこう考えている。「本質としての神は、《私はかくある私自身である》という言葉そのままではないとしても、少なくとも存在（ser）の有している完全な意味を喚起してきた。つまり人間存在は自らの力の及ぶ限り、神の〈存在〉（Ser）の恒常性に倣うことを追求すべきである。（……）《私はかくある私自身である》というわれわれの言葉は、ストア主義に淵源をもつスペイン人の国民的特徴［ウェルナー・クラウスの見方に従えば、国民的意志または国民的性格］の典型的な表現のように思われる」（前掲書、一二七頁）。

しかしスペイン人が生きて在る人間的空間や、生と歴史の有りようをよく知った上で改めて考えてみれば、帝国権力の頂点にあった一民族全体の性格が、ひとつの教義たるキリスト教ストア主義から派生したとは、いったいどういう意味であろうか？《私はかくある私自身である》という言葉から汲み取れる意味は、むしろ身の周りのすべてから締め付けられた人間が、自らをしっかり踏まえるべき最後の人格的砦であるように見える。逆巻く荒波の真っ只中で、自己という岩につかまって、かくある存在として己を感じとった者たちは、思想という次元ではなく、旧キリスト教徒か新キリスト教徒か、良い血統か悪い血統なのかという状況によって厳しく制約を受けた、境遇の中に置かれていたのである。このような表現をしていた者たちは、神に連なることを目的としたのではない。ただ外の世界とのあらゆる関わりを剥奪されていると感じていく過程で、孤立の代償として、唯一ひとりで在るということの幸せを高く評価したのである。人格としての意識は、自らを相対化しえないという状況の中で、絶対化していった。そこから人格を間接的方法や、無意識的なかたちで〈神格化〉するようになる。「もし私が何ものにもなりえなかったとしたら、そしてもし名誉を損なうことなく振舞うことが許されないのなら、私はかけがえのない内なる自己に閉じこもるだけである」。

《私はかくある私自身である》という言葉が表現しようとしたのは、高い人格性・道徳性であり、自己の生について抱いている価値に照らして、ふさわしくないと思う行動は決して行わないという倫理性である。それは何かしらノブレス・オブリージュに近いものだが、特定の社会階層に属していることで要請されるものではなく、まさに自分自身に関して創り上げた見方と結びついた倫理観である。個人といえども、それは個人的性格をもった行動や行為（個性的な思想を抱いたり、客観的価値を有した個人的なるものを打ち立てるといったこと）を投影しうる中心ではなかった。個人はあらゆる攻撃をはねつける砦であり、自己の超越を目指す、自己存在の内在性そのものであった。グスマン・デ・アルファラーチェのように「どこの馬の骨かもわからぬような」素性であったとしても、〈かく在り続けている〉ことで十分であった。したがって《私はかくある私自身である》という言葉が、社会の最下層の人間たちにまで浸透していたとしても、驚くには足らない。ある獄中の与太者は他の罪人のことを知っているか尋ねられたとき、こう答えている。

メリヤード（独白）
天の高みから世を統べておられる
聖なる胴元［神］にかけて言うが
あの方はあの方、わしはあるがままのわしさ。

わしは一度たりとも人をちくった［密告した］ことはねえし、
陰口をたたいたこともねえ。

（ロハス・ソリーリャ『侮辱されても騎士は騎士』*Obligados y Ofendidos*, BAE, LIV, p.78）

この与太者は「神はあの世を統べておられるが、自分は己の意志にもとづいて行動し、そして自分の世界に戻っていく」と考えていたのである。

人は《私はかくある私自身である》という言葉の示唆する孤立性に身を投ずることによって、別の意味で、十六世紀以降、われわれが世俗的で普通のものとしてきた活動は最小限に限定された。それは同時に、肉体的・精神的に資質に富んだ多くの者たちが、社会的しがらみから逃れ、自己に深く沈潜するべく、修道院や僧院の門をたたくきっかけともなった。必ずしもすべてが物質的な特典を求めてのものではなかった。したがって《私はかくある私自身である》という言葉は、心理学的性格付けや思想史的考察をとおして説明されるものではない。心理的条件は、他に対する動機となると同時に、他から動機づけられたものでもある。十六世紀における旧キリスト教徒の生粋主義は、一五四七年のシリセオ枢機卿による〈血の純潔令〉を通じて、スペイン社会に注入された〈旧約聖書のユダヤ人〉との共生のうちに存在していた。〈世俗からの隠遁〉は対抗宗教改革の抽象的テーマではなく、いみじくもフライ・ルイス・デ・レオンによって描かれたような状況からもたらされた当然の帰結であった。人は自然を観照し、周囲を取り巻く恐怖から逃れて神に身を委ねるべく、〈安らぎ〉と〈隠遁生活〉を求めた。とはいうもののスペイン人はモンテーニュのごとく、ストア的・理性的に自己と対話すべく、巷の喧噪から身を遠ざけたりはしなかった。開放的な田舎の、都会を超える生活を自らの供とすることを求めたのである。つまり「繊細なる感性は田舎や孤独の中にこそある」（ルイス・デ・レオン『キリストの御名について』）からである。コンベルソたちの感受性が十全に発揮されたのは、牧人的テーマの詩や散文であった。というのも牧人たちこそ「田園の孤独な生活が提供してくれる安らぎや自由な閑暇を享受している」からである。自然自体について言えば、自然は「天地を構成する四大すべてを、互いに友好的な調和の中にしっかり結びつけている」（一二）。［フライ・ルイスは本当は、さらに続けて《すべてのキリスト教徒がかくあらねばならぬように》と言おうとしていたはずだ、と読者は考える］。フライ・ルイスの作品中のネオプラトン主義やホラティウス風の詩、ストア的道徳性といったものは、ある与えられた条件の下、ある目的をもって用いられた手段や構成要素として表現されている。作者が書くという行為に携わったのは、文学教授たちに研究テーマを与えるためなどではなく、まさしく、遠い祖先にユダヤ人がいたとはいえ、良きキリスト教徒の素晴らしい魂を秘めた人間が、生粋的出自がイエス・キリストの信仰よりも重要だと考えるような人々の間で、抑圧されて生きていかざるをえなかった状況からの、出口を模索するためだったのである。そのおかげで素晴らしい詩と散文が書かれたのだが、それを読んでみれば、不幸な状況から漂ってくる暗く不定形なものが、時の試練にじゅうぶん耐える明澄と調和に姿を変えていることが、分ろうというものである。

思考し、調査したものを表現するよりも、感じたり想像したりしたものを表現する方が、より大きな実現性をもっていた。言語学者、自然学者、哲学者、数学者、宇宙学者たちの中には、自らが創始したとはいえ、それが後世に受け継がれることがないということもまま起こりえた。インディアス帰りの者たちが持ち帰った金銀は、不名誉の元になったとはいえ、何はともあれ、個人的な喜びと安寧をもたらした。天文学や数学、ギリシア古文書の解読などの仕事は、たちまち宗教裁判所からの、こよなく不愉快な訪問者を呼び寄せた（一三）。

スペイン帝国は十五世紀、カスティーリャ王の栄光を願って帝国に夢を託していた者たちの熱望に、十分応えることはできなかった。というのもカスティーリャは、すでに敵対的姿勢を見せていた社会によって、窮地に立たされていたコンベルソたちにとって、唯一の希望だったからである。才能豊かなスペイン人の中には、孤高の人となる道を選んだ者たちもいた。というのは、芸術と宗教において独特な偉大さを実現したスペイン帝国においては、人々は唯一、個性ある人格として、現実的で役立つ思考可能な対象につながっている活動領域と、実際上の接触をもたないような領域において生きていたからである。かくのごとく偉大なるスペイン人たちの〈自我〉は、今日それを眺めてみれば驚異的とも見えるような、予見不可能な方向を辿ったのである。一世紀にわたる時代と、さまざまな血統に属した者たちの実像を余すところなく描いたのが『ドン・キホーテ』であったと思われる。この作品の中で〈自我〉と周囲の世界との距離は、近接と隔たりの交代の中で、活性化されたり微妙な変化を加えられたりした。この中ではすべてが問題化され、アイロニーを加えられ、さらに予見と回顧のごとき希望的観測に対する門戸が開かれた。スペインでは〈血の純潔〉という名の情容赦なきモロク神を満足させるべく、多くのものが犠牲にされたとはいえ、その過去と未来は理念上『ドン・キホーテ』において救済されている。だからといってわれわれは過去を糾弾したり、否認したりするつもりはない。スペイン人の歴史として記述し得る、歴史的な生きざまには、それ自体、身近なものと遠く隔たったものとが同時的に具わっている。それは矛盾したもの同士を調和させるための、そしていかなる運命的企てによっても妥協させられないための、不断の努力である。われわれは《私はかくある私自身である》という言葉によって、十六世紀において最も予期せざるものの実現を見ることができた。すべてが不確定である今日の世界において、たびたび過去において自分自身を生き延びてきた一民族が、未来においてもなお、人間の最も貴重な資質、つまり傲慢さに陥らず、人間的に自らを認識するという資質、自らかくあるようにあるという資質を失うことなく、機械文明と教条的抽象概念との共存をはかる方法を捻出できるかは、誰にもわからない（一五）。

原註

（一）これらの言葉をダマソ・アロンソ（Dámaso Alonso）は『黄金世紀の二人のスペイン人』（*Dos españoles del Siglo de Oro* マドリード、一九六〇、一九五頁）の中で、別の目的で引用している。

（二）リカルド・デル・アルコ『ロペ・デ・ベーガの劇作におけるスペイン社会』マドリード、一九四一、七七四頁。

（三）同上、二二七頁。

（四）『王立歴史アカデミー紀要』（*Bol. de la R. Academia de la Historia*）、マドリード、一八九七、第三一号、一二三、一四九、一八五、一九〇頁。

（五）すでに拙著『葛藤の時代について』（マドリード、一九六三、一七三頁）の中で引用したが、人文主義者アルバル・ゴメス・デ・カストロは一五二二年に、休息をとるべくトレードに隠遁することを選んだ。たしかにそうした選択は「名声や栄光を手に入れることには役立たなかったが、慌ただしさのない静かで落ち着いた生活をし、評判を落すような生活から離れることはできた」。

（六）第二章「スペイン人の過去についての更なる考察」の註（三〇）で述べたことを想起されたい。そこではインディアスに渡るべく乗船した者たちの感じた良心のやましさについて触れた。

（七）引用はJ・ギシェ（J. Guixé）の版（パリのルイ・ミショー出版社）による。これはA・M・ファビエ（A. M. Fabié）による版（一八七九）を再版したものである。

（八）F・ロペス・エストラーダ「十七世紀に書かれたインディアス書簡集」（*F. López Estrada, "Cartas de Indias, escritas en el siglo XVII"*『イベリカ（文献学雑誌）』（*Ibérica, Revista de Filología*）、リオ・デ・ジャネイロ、一九六一年一二月、第

六巻、一二二頁。

（九） インディアスは、多くのケースで、ユダヤ人やモリスコの改宗者たる新キリスト教徒たちにとっての避難場所として役立った。しかしカトリック両王は一四九七年、新天地を死刑犯罪者を追放する場所にして、強制労働力として役立てようと考えた。クリストーバル・コロンがエスパニョーラ島に連れて行った雇われ人たちだけでは、「神とわれわれに奉仕するのに必要な住民となるには充分ではなかったので、もしこの地［インディアス］で自費で暮らそうという者が他にいないようでしたら、（……）われらの王国の男か女で、どこかの島に追放するなり、鉱山労働に従事させるなりすべき犯罪者が現にいるとしたら、あるいは今後出てきたら、どうかインディアスのわれらの提督が指示し、命じる仕事につかせ、鉱山労働に必要な期間滞在させるべく、エスパニョーラ島にそうした者たちをお送りくださるようにお願いいたします。また同様に、死刑には相当しないとはいえ、それなりの犯罪に手を染めてインディアスに追放すべきだとされる者はすべて（……）どうかエスパニョーラ島に追放してそこに留め置くように、お取り計らい願います」（F・ヒル・アユーソ『カスティーリャ王国の法規定および資料文書』F. Gil Ayuso, *Noticia bibliográfica de textos y disposiciones legales de los reinos de Castilla* マドリード、国立図書館賛助会 Patronato de la Biblioteca Nacional 一九三五、三九九頁）。インディアスの住民はたしかに一部（その比率を正確に述べることは不可能である）、自発的にしろ強制にしろ、本国からの追放者たちによって構成されていた。十九世紀のオーストラリアもまた追放者たちの土地であった。とはいえ、両者はそれぞれきわめて異質な社会的状況を背景としていた。筆者がこの引用を行ったのは、それが多くのスペイン人がインディアスについて抱いていた〈価値評価的〉イメージを、補強するのに役立つと思ったからである。

（一〇） 経済のみならず他のすべても、宗教的目的に奉仕するものであった。つまりフランドルの戦争、無敵艦隊、インディアスにおける布教、後先を考えず支配的血統の純潔を保護したことなどである。カルロス三世の治世に、カトリック両王によって引かれた路線を正そうとする試みがなされたが、昔ながらの人生の価値観を変えるには、すでに時遅しであった。カルロス党の戦争や無政府主義、今日起きていることは、スペイン人にとって人が〈かく在るところ〉の次元から、〈かく為すところ〉の次元へ移行することが、いかに困難であるかを示している。

（一一） レオ・シュピッツァー（L. Spitzer）の以下の論文をみよ。『ロマンス文献学』（*Zeitschrift für romanische Philologie*）

第五四号、五六三頁。『新スペイン文献学』（*Nueva Rev. de Filología Hispánica*）メキシコ、一九四七、第一号、一一三—一二七頁。

（一二）F・デ・オニス（F. de Onís）による版（カスティーリャ古典叢書版）、第一巻、一三〇頁。

（一三）拙著『文学論争としての《ラ・セレスティーナ》』（マドリード、西洋評論 *Revista de Occidente* 一九六四、五二頁）をみよ。

（一四）『スペインの歴史的現実』メキシコ、一九六二、八一頁以降。

（一五）一八四三年、『自らが描くスペイン人たち』（*Los españoles pintados por sí mismos*）の第一巻が刊行された。選ばれたものの中のひとつが、アントニオ・フェレール・デル・リーオの執筆（筆者の手元にあるマドリード、ガスパール・イ・ロイグ版、一八五一、一六一—二〇頁）になる「インディアス帰りの男」（*El Indiano*）であった。アメリカに赴いたガリシアやアストゥーリアス、モンターニャ出身の若者たちは、商社の従業員として、また後には貿易商として生計を立てるつもりであった。しかし「百人にひとりでも新大陸に渡る動機となったものを見出して、故郷に錦を飾った者がいれば、御の字である」（二一〇頁）。そうした幸せ者のうち、ある者たちは名誉を追い求め、マドリードの官庁に日参したり「何百枚もの金貨に物言わせて、司令官の位や、侯爵の称号、イサベル・ラ・カトリカ大十字勲章、あるいはそれら合わせて三つを手に入れたのである。すべては彼らの金離れのよさにかかっていた」。また他の者たちは、故郷の村に〈こっそりと〉戻り、両親を養ったり、「三階建ての家を建てたりしたが、それは今までに周辺地域で建てられたものの中で最も豪勢なものであった。なんと三階建ての家とは！　それは建築主の栄光を雄弁に物語るピラミッドであった」（二一〇頁）。「住民をケレタロやカラカス、モンテビデオやアレキパなどの町に次々と送り出さないような村など、スペインではどこにもなかった。ところが故郷に錦を飾れるような成功者はごくごく限られていた。ある程度の大きさの村であればどこでも、〈インディアス帰りの建てた御殿〉という言い方で知られる立派な建物が見られるが、それらを見れば、建築主がかつてどういうふうに財をなしたのかよく分るであろう」（同上）。あのインディアスを経営していた王家の時代と同様に、今の時代でも、あの地で一財をなした者たちの富は、国家レベルの経済とうまく噛み合ってはいない。その富は個人的分野に分化され、その中に閉じ込められ、称賛や嫉妬などの感情によって社会から切り離され、常に皮相的ニュアンスを漂わせてきたのである。こうした〈経済分子〉たちは、国民的レベルの超人格的な組織を発展させることはなかった。スペイン語圏における二十世紀の〈インディアス帰り〉たちの立場は、彼らなりのやり方とはいえ、数世紀前に彼らが占めていた立場そのままだと言えよう。

補遺

最終的なデータと考察

集団としてのスペイン人の内面的価値と形態に関わる、苦渋にみちた不安の一世紀のおかげで、新しい型の文学的人物像が可能となった。そこに屹立するのがセルバンテス作品である。それ以前であれば誇り高くも逆境に苛まれた人生の断面として、類型的に、外部から見たり感じたりされてきたものが、『ドン・キホーテ』においては、いかなる類型となることをも拒絶する、かけがえなき唯一の自己となった人物の、独自の生きざまが表現されているからである。アマディスとその同類たちは他の騎士たちと戦っている。ところがドン・キホーテが戦ったのは、ひとえに自分自身とである。つまり希望と災難のはざまで、大きな努力をはらって守りつづけた、一連のドン・キホーテ的生き方との戦いであった。本来的存在の目的や目標が、現実味をおびると同時に問題化されるとき、個性化された人物の存在に関わるプロセスは動態化されねばならなかった。つまり自我の拡張と縮小を交替させることである。さらなる彼方へと開かれたものを指向する存在（ドン・キホーテ、牧女マルセーラ、農夫の娘ドロテーアなど）に対して、後退的に消滅していく存在（牧人グリソストモ、《無分別な物好き》のアンセルモなど）がいる。血の純潔のもたらした、乗り越えられない深淵を、あえて越えようとすることが可能となったとしたら、それは自らの意志によって、つまり出来事の成り行きによってではなく、セルバンテス時代、〈魂〉と呼ばれた存在の、かかる出来事に対する反応によって、自らを閉じたり開いたりすることによって、〈心をひとつにする〉ことによってであった。後でみるように、アントニオ・デ・ゲバラもまたそれを切望していたが果たせなかった。ところがセルバンテスは、自らの散文詩においてそれを成し遂げたのである。

『ドン・キホーテ』の世俗的断面において、〈魂〉と〈人間的配慮〉とはあけすけな形で対立している。宗教的断面においては、その対立は計算された意図的なアイロニーをおびている。『ドン・キホーテ』は一種の無秩序として受けとられた世界を、思考と意志に基づいて再建しようとして立ち現れたものである（筆者はセルバンテスが自らの作品を、観念的なユートピアとして構想したとは思わない。そうではなく、それ以前の文学では用いられたことのない純粋な可能性、エネルギー、それに論理を込めた意志と、知的・詩的な構造をもった想像力が組み合わされた行動などを、つぎつぎに展開させていこうとしたのだ、と考える）。私にはどうして『ドン・キホーテ』が悲観主義的な作品だとされるのか分からない。ドン・キホーテはたとえ相手が修道士であれ得業士であれ、生身の人間たる巨人たちを打ち倒したり、追い立てたりした。そして彼は武芸と文芸を、公爵家の聖職者を、あるいはドン・ディエゴ・デ・ミランダを、またわれらが国王陛下が履行するように命じられた正義を、知的・道徳的な観点からしかるべき場所に配し、さらに国王陛下の御旗によって守られたライオンたちと充分楽しんだのである。『ドン・キホーテ』は合目的的で機能本位の、楽観主義の無尽蔵の泉である。言い換えると、行動する人物が真の意味で欲求し、愛し、論理づけ、突飛もない行動をするときには、その土壇場において、人物や組織やものごとや書物といったものを、どのように扱うべきかを示してくれるのである。ドン・ディエゴ・デ・ミランダという反駁しえぬ論理性を具えた人物に対しては、彼を戦いの相手とすることはないのに、ライオンたちに対しては攻撃をしかける。また国王陛下の御旗は、かぶった頭の下の方から牛乳豆腐の乳漿が滴ってくる兜の前で、不敬な扱いをされるのである。マテオ・アレマンの血も涙もない世界とは違って、セルバンテスの世界には、血統の詮索に血道をあげる社会の人間的配慮よりも、自らの固有の価値に対する確固たる意識に、より大きな関心を寄せる人間たちの生み出す、秩序や意味が具わっている。

かつて十六世紀には、非知性的方法により自らの実体をさらけ出した、閉鎖的精神の持ち主の手になる文学〔ピカレスク小説〕といったものが存在した。彼らはそうした精神から周囲の世の中と、それを超える世界を眺め、皮相的かつ絶望的にそれを攻撃した。あるいは〈自らのやり方、気概、意志〉が支配するような、固有で自律的かつ問題性をはらんだ世界を、打建てようという天才的思いつきを得た。そのことにより、筆者は本書および『セルバンテスへ向けて』(一九六六)の中で祖述したスペイン的生の枠組みに、新たな描線を加えなければならなくなった。というわけは、十六世紀文学の真実が潜んでいるのは、まさに十六世紀スペインの内部であり、社会的、政治的、宗教的であると同時に文学的性格をもった内部だったからである。自らの周囲や背後にある世界に対するセルバンテスの見方というのは、他の作家たちのそれと照らし合わせるとき、よりいっそう明確になる。そこからはっきり言えるのは、拙著において議論されたこと、つまりヨーロッパでもとくに独得な状況がスペインにはあって、それが当時の文学作品に同じように独得な性格を付与したということ、そしてこうした状況との関わりを問題にする筆者の方法が正しかったということである。

ヨーロッパにおいては誰がカトリックで、誰がプロテスタントか、誰がユダヤ人で誰が理性主義者か（たとえばセルベット、スピノザなど）ということは周知のことであった。ところがスペインではキリスト教徒とユダヤ人、イスラム教徒を区別する目に見える厳密な線引きはなかった。というのもすべてが〈公式的には〉洗礼によってカトリックになっていたからである。ステファン・ギルマンのフライ・アントニオ・デ・ゲバラに関する卓越した論文（二）には、『マルクス・アウレリウスと王子の時計』（セビーリャ、クロンベルガー、一五四三）のテクストが引用されているが、そこでゲバラは注意深い配慮をしつつ、スペイン的状況をひどく歎き、それを容赦なく批判するモラリストとしての横顔を見せている。「嗚呼、何と言う国よ、悪人の間では善人が、善人の間では悪人が知られることがないのだから［つまり誰が教養人であり、誰がそうでないか、ということ］。嗚呼、何と言う国よ、あらゆる単純な人たち［つまり無知な者］の受け皿であり、あらゆる賢人たちの追放者であるとは［つまりユダヤ人は追放処分を受け、教養あるコンベルソは社会の周縁に追いやられたこと］。嗚呼、何と言う国よ、善人が臆病者とされ［唯一価値あるものは旧キリスト教徒的血統の遺産である］、悪人が向こうみず極まりないとは。（……）嗚呼、何と言う国よ、貧しき者が傲慢をかまし［血の純潔を根拠とする無知な農民たちの自惚れ］、富める者が暴君風をふかすとは」（ギルマン、一八四頁）。

ゲバラは《ダニューブ川の農民》（二）において、アメリカ大陸のインディオを暗示したのと同様に、「ユダヤ王国のある大使がローマの元老院にて、かの地を統治する総督たちについての不平を述べた、きわめて注目すべき対話」を創作している。かの地とは《ダニューブ川の農民》の場合と同様、この地スペインのことである。そこで言う大使とは、「ユダヤ人の老人で……ヘブライ語、ギリシア語、ラテン語の文芸にこよなく精通していたが、それはユダヤ人が本来の性格からして、きわめて学問に長けている反面（三）、武事にはまことに臆病なためである」（前掲書、一八三頁）。セルバンテスはそうした役立たずの古めかしい常套句にいらだって、『不思議な見世物』では主計官をして、彼をユダヤ人と思い込んで臆病者扱いする者（「なあに、改宗した野郎や父なし子ってやつは、意気地なしにきまっているんだ」）を、片っぱしから斬りつけるように仕向けている。

ゲバラはスペイン人異端者を〈聖油〉ではなく〈炎で癒す〉（異端審問の火刑）組織立った解決法に対して、断固とした姿勢で対抗した（前掲書、一八二頁）。というのも「もしそなたたちの隊長が流血によって多くの国を手に入れたとするならば、そなたたちの総督は同じような情容赦のない流血ではなく、心を一つにして慈愛でもって国を守っていくべきである」（同上、一八四頁）。これは真面目なかたちであれ、ユーモアを加えるにしろ、セルバンテスが作品全体を通して提起してもよさそうな、共存プログラムそのものであった。ゲバラはそれを『マルクス・アウレリウス』の中で、抜かりなくヴェールをかぶせて、曖昧なかたちで表現している（彼は見かけ上、スペインではなくローマのこととしているが、それはまさしくマテオ・アレマンが天地創造の失敗を神ではなく、ユピテルに帰したのと軌を一にしている）（四）。ゲバラはこう述べている。「私はわれらの総督たちが行っている残虐な裁きに憤慨しています。したがって、われわれが彼らのことを正義を司る監察官というよりも暴力で人を殺す暴君と呼ぶのももっともです。（……）正義というのは当然、神々の正義ですから、神々は侮辱されたわけです。神々は己を慈悲深い神々と呼ぼうとするわけですから、侮辱を受けていないわれわれは正義を委託されたものと考えて、あえて残酷であることを喜びといたしましょう」（同上、一八一頁）。

ゲバラはルイス・デ・レオンやマテオ・アレマン、セルバンテスといった者たちと同様、キリスト教徒と称する者たちがとる法的手段と、イエス・キリストが説いた真の教えとの矛盾を浮き彫りにした。

そうした食い違いは、前に見たように、教会と国家が歩調を合わせて制定し、フライ・ルイス・デ・レオンによって手厳しく糾弾された、血の純潔令にも同様の影響を与えた。すべてそうしたことがきっかけとなって、セルバンテスは自らの作品を創造しえたわけであり、またそれが作品の背景ともなっている。セルバンテス作品はキリストの言葉を支えとして生きる内的人間と、かかる状況に関わる文学的様式に支えられて、キリスト教とは縁もゆかりもない動機によって隣人から身を遠ざけ、遠い田園の孤独にさすらうことを余儀なくされる〔外的〕人間との、間断なき果し合いであった。ゲバラは都を貶し、田園を称えるということに留まったが、他の者たちであれば、自らの精神的欲求の範囲をさらにもっと広げたに違いない。

血統の問題を抜きにしては、後にセルバンテス作品の広い河口に注ぎ込むこととなる、滔滔たる流れを導く河床と方向を奪われてしまうことになるだろう。人口統計とかそれと〈関わり〉のない社会学が、問題の理解に資することはほとんどない。この問題の波及力は間接的とはいえ、今日にまで及んでいる。たとえばモリスコの問題だが、彼らが旧キリスト教徒とより直接的に対立した原因は、信仰上の理由というよりもむしろ、彼らの就いていた職業上の性格からきている。彼らが王国に溶け込めない敵性民族となったのは、もとを正せば、旧キリスト教徒たちが、職務や生存に関する固有の価値の領域から、頑として彼らを排除したからである。したがって彼らにとって、ユダヤ的・モリスコ的な職種が抹殺されることで、不毛の地と化した社会的活動の場を、自らが占めることは不可能になってしまった。こうした職種は十五世紀まで、キリスト教徒たちの戦士的・領主的職業とうまく調和していたのである。スペイン史を説明するためには、ユダヤ人やモリスコの追放よりも、〈血の純潔〉という名の硬直した閉鎖性に、よりいっそう大きな力点をおかねばならない。それこそ十七世紀のスペイン人の〈チベット化〉

（オルテガ・イ・ガセー）の原因であり、スペインが今日でも未だに外国人による文化的な干渉を蒙ったままの国であり続け、さらに宗教的・生粋的伝統をもたぬヨーロッパ諸国（イギリス、オランダ、スカンディナビア諸国等）の平和的で秩序だった社会経済的変革と、（一九〇〇年頃）歩調を合わすことすらできなかった理由である。ある民族が必然的に自らの過去の犠牲となることを強いられているかどうかの決め手は、逃れられぬ過去の何ものかを、どのように扱うかにかかっている。つまりその民族が自らが何者であるか、どのようにして今に到ったかをはっきり認識するかどうかである。本来、歴史家や思想家といった存在は、人々が抗議する諸悪というものが、どのように、そしてなぜ生起するのかを、等閑に附したままでいる者たちの思考と感性を方向づける役割を担った人々であろうが、彼らはこの作業に対して、いとも頑な態度をとっているのである。また教養ある知的な作家たちの中にも、スペインは過去において常にヨーロッパと歩調を合わせてきた、と主張し続けている者もあるが、それは正しくない。過去においても現在においても、合わせてはいないからである。われわれがいつかそれを達成し得るには、何が必要であるかを認識することが重要であろう。

A・ドミンゲス・オルティス(五)がいみじくも指摘していることだが「モリスコと旧キリスト教徒の外見上の違いはわずかで、ほとんどなかったと言ってもよい」。主たる違いとしては、モリスコは旧キリスト教徒よりも、職業上の価値が高かったということである。したがって一五七三年のマドリード議会（コルテス）の要求によると「（モリスコは）左官業や建築業、公務員に就くことはできない。彼らに唯一許されているのは土を扱う仕事のみである。（……）モリスコ集団は代々、最も卑しく、最も払いの悪い職業につかされてきたが、それは無能力だったからではなく、歴史・社会的状況がなさしめたことである」。正しくそのとおりであった。なぜならば「職業上の専門化は、血統や社会階級をより明確に個別化する、もう一つの要素である」（ドミンゲス、前掲書、四七、四九頁）。

旧キリスト教徒は、血の純潔への執着、およびそこから来るつよい郷士意識が邪魔をして、モリスコと競合することはできなかった。言い換えると、手工業的・専門職的な仕事に就くことは名折れの原因となり、〈脱血統化〉をもたらすからであった。そこで笑うに笑えない憐れな存在である、〈飢えた誇り高い郷士〉という典型が、新キリスト教徒の手になる文学の中に現れたのである（『ラサリーリョ』）。これは後に、文学におけるありふれた定型的主題となる。『ラサリーリョ』における従士のような存在は、生粋主義的閉鎖性によってもたらされた必然的結果であった。こうした閉鎖性をセルバンテスはより人間的な次元へと開放したのだが、彼の輝かしいメッセージが、誰にも理解されなかったということはありえたかもしれない。ドン・キホーテは突飛もない言動によって、また一方のサンチョは滑稽で素朴な言動によって読者を楽しませた。セルバンテス以降、血統間の対立の問題は、ちょっとした話題になるだけの、あるいは単に愚かしく、否定的側面をもつ考察材料と化してしまった。〈ユダヤ人〉という言葉は十八世紀においてもなお、人の心を麻痺させる非難の言葉としてあり続けた（そのために医学や自然学、富を生む仕事などが涵養されなかった）。スペインの旧キリスト教徒は、自分たちの存在を他の西洋地域では当たり前で、いかなる汚点ともならない職業と、結びつけることができなかった。これほど大きな損害をもたらした究極の原因は、一四〇〇年から一六〇〇年にかけて、旧キリスト教徒の支配するスペインに、生に関するユダヤ民族の血統的見方が浸透したことである。こうしたケースにおいて人口統計や民族学などはほとんど関係がない。決定的だったのは、十五世紀にコンベルソが、それもかなりの数のコンベルソが、高い社会的地位についていたことである。こうした状況を今現在、強大な武力をもった少数者が、大胆にも野蛮なやりかたで占領支配している多くの国々で、起きていることと比較してみるといい。彼らは警察組織や、戦略的な通信伝達のための公共施設、そして軍の司令部にしっかり腰を据えている。このようなやり方でヨーロッパでもイベロアメリカでも、住民の大多数とはそぐわない、右翼・左翼の手になる全体主義的体制が支配してきた。ところで一四八一年以降の宗教裁判所というのは、ある種の内務省とかゲシュタポ、ロシア内務人民委員部（NKVD）、およびそれに類した政治的異分子に恣意的な抑圧とテロを行う機関のごときものであった。マリアーナ神父は一六〇〇年の時点でもなお、異端審問のことを「死と同格の、こよなく重大な隷従を強いるもの」と評している。この政治・宗教的機関は何と一八二〇年まで存続したのである。

地球上の広大な地域を帝国支配していた、十六世紀スペイン人の理念といったものは、結局、自分たちの信仰のこよなく遠い、純粋な血統につらなること、つまり前に引用したが、セルバンテスが一五九三年に行った、虚偽の宣誓書の中で述べたような〈ごくごく昔からの旧キリスト教徒〉たる価値に落ち着いた。血統・血筋が他のすべてに勝っていた。エラスムス、アリオスト、ラブレーなどの指摘によれば、この考え方はキリスト教以上にユダヤ教的であった。彼らはスペインを〈マラーノ〉つまりコンベルソ、ユダヤ人改宗者の国と呼んでいたが、たしかに血の純潔におけるユダヤ的要素は否定できないが、統計的に言えば不正確な表現ではある。福音書に基くキリスト教教義によれば、キリスト教の洗礼を受けた者は、以前もっていた信仰を問題にされることはない。というのも〈古き人間〉は〈新しき人間〉にとって代わられるからである。とはいうものの、十五世紀のキリスト教スペインにおいては、独得な社会の機能と組織ゆえに、そうとはならなかった。その原因を具体的に言えば、それはある種のコンベルソたちの威信をかけた行動のせいである。つまり彼らは旧約聖書（エズラ記、ネヘミヤ記、民数記など）の教義や典礼主義を、単に符号だけ変えて示したにすぎなかったのである。消極的ユダヤ人であることが、積極的キリスト教徒であることよりも重要であった。そうしたところから、〔キリスト教の規定しないような〕豚の脂身を食べないとか、土曜日にはやるが日曜日には下着を替えないなどといった、恐怖の異端審問的な意味が出てくるのである。

この重要なテーマの理解をひどく妨げる原因となりうるとしたら、それは新キリスト教徒が真にキリスト教徒に改宗したか、しなかったかという個人的な事実と、セルバンテスが言う「血統を根掘り葉掘り詮索すること」、つまり遠いユダヤ人祖先が子孫たちの社会的名誉を汚すという教義とを、混同することによってである。そうした教義こそ一五〇〇年頃から十九世紀半ば近くまで、また孤立したマリョルカ島ではつい最近まで（ときには今日までと考える人もいる）、スペイン社会の中核部分において、ユダヤ的なるものとしてあったのである。スペイン社会はおよそ四百年もの間、血の純潔という偏見によって支配され、鼓吹されてきた。そうした信念が非キリスト教的発想であることを確認したければ、十五世紀にコンベルソ自身が述べたことを想起するだけで充分である。エルナンド・デル・プルガールによると、コンベルソたちは「モーセがその民に異教徒と結婚することを禁じたこととの代償を、今払っている……」（『スペインの歴史的現実』、一九五四、五〇五頁）ということになる。これに付け加えるとしたら、キリスト教教義の分野での優秀さを誰もが認める教皇たちの見方である。レオ十世（一五一三—一五二一）は、ヘロニモ・ソアレスという名の教養ある実直な聖職者が、オウレム（サンタレム地方）の修道院長に推挙されたとき、彼の祖母が百年前にカトリックに改宗していた事実をもって、レイリーア（Leiría）のポルトガル人司教によってその就任が拒否されたことに驚きを隠せなかった。そこでレオ十世はローマでこの件を処理していたブラガンサ公爵の代理人に対して、こう返答した。「ポルトガル人は、祖母たる女性がキリストの教えに改宗したことに対して、孫に聖職禄を拒んだりするそうしたやり方を、正しいとでも考えているのでしょうか。真実を言いましょう、あなた方ポルトガル人は、先祖代々の血筋を根掘り葉掘りかぎまわることで、世の中を侮辱し、カトリック教会を破滅させているのです。そういうことがあるから、キリスト教徒の間には不和が絶えないのです。というのもこの地イタリアでは、いったん洗礼を受けた者はもはや過去のことは問い質されません。ところがスペインではキリスト教世界を破壊し、脅かすこうした議論に、決してピリオドを打とうとはしないのです。ところであなた方は、私自身ユダヤ人の血を引いていることをご存知ですか？」（スペイン語訳は筆者）(六)。教皇はすべてこうした努力にもかかわらず、当時最も豊かな〔カスティーリャ〕王国の政治的圧力に屈せざるをえなかった。そしてユダヤ人を先祖にもった者は、縁戚関係の親疎に関わらず、聖職禄を与えられないという旨の小勅書を出したのである。

教皇庁は一再ならず、スペイン王室の宗教政策に同意しない旨を明らかにした。レオ十世はメディチ家に属し、いわゆる〈ルネサンス〉教皇であったせいか、さほど厳しく血の純潔に対して反対の姿勢を示さなかった。ところが、インノケンティウス十世は一六五二年に極めて厳しい態度をとったのである。教皇庁に近い異端審問所の大使は、フェリペ四世宛の公文書において、教皇のお墨付きを要する純潔令の手続きに関して報告している。「教皇猊下にそのことを申し上げました。しかしこの地においては、そのことは問題にされておりません。というのもイタリアでは、気後れの材料ではないからであります。先ごろのことですが、ゲットーつまりユダヤ人居住区に暮らす近親をもっている人物が、枢機卿にまでなっているのであります。（……）従いまして、こうしたことを見るにつけ、彼我の見方はずいぶん異なるもので、そちらスペインではユダヤ人や異端者の血をひくというだけで怖気をふるいますが、この地では、こうした気後れのみならず、それを気にかけているわれわれまで、嘲笑される始末です」(七)。

ローマの人々は十七世紀末に到るまで、愚かしくも有名なグラナダの〈サクロ・モンテの鉛板〉に関するスペイン人の態度に、驚きを禁じえなかったのである(八)。

歴史として記述し得る人間の生きざま、その形態と価値の関連性といったものは、生のプロセスと結果をデカルト的・ヘーゲル的に扱う限り、明らかになることはない。セルバンテスの中でひとりの人間(魂)の現前、緊張、行動、意味として現れてくる生は(九)、静態的かつ本質的なかたちで捉えることはできない。セルバンテスは正確かつ安定的に制度化されたいかなるものにも、依拠することはない。『ドン・キホーテ』の中には何度も「われらの痛ましい時代」とか「堕落したわれらの時代」といった表現が出てくる。また『犬の対話』には「何と惨めで、落ちぶれたわれらの時代よ」という言い方も見られる。人は(教会組織や王室、司直など)尊敬されるよりも、強制されて存在しているようなものの破綻を前にしたとき、独りのびのびと暮らせる田園に逃避したり、グスマン・デ・アルファラーチェのような、救いようのない善悪二元論に陥らないためにも、イエス・キリストに希望を託して、魂の聖域に身を寄せるしかなかったのである。かくして〔ドン・キホーテの〕生命プロセスは、方向づけと活性化をもたらすあらゆるものへの転化と、書物や美的対象による、そしてまた「遍歴の騎士には常にありがちのとおり、そこいらで巨人にめぐりあう」(『ドン・キホーテ』前、第一章)際に、力を与え、元気づけてくれるようなものすべてによる転化との、織り布と化すのである。それはまさしく「いずれを見ても傲岸不遜な無法者ぞろいの、あの巨人族」(同上)を前にした、人間の孤独である。かくも尋常ならざる企てをなすに当って、彼にはどれほどの狂気と、どれほどの分別が必要であったろうか。というのもそのとき騎士道の実体は、すでに消滅していたからである。代わりにその場所を占めることになったのは、遍歴の騎士になるという意志そのものであった。それは「面頬付き兜の外見」を装うために用いられた「厚紙」のごとく、華奢でもろかったのである。

しかし見せ掛けや虚構ではない真正なるものは、魂という名の生の工房である。そこでは〈食指をそそる〉ことば（verbum）が、ものを形成することばの力によって、次々と姿を現わしている。なんぴとといえども、ドン・キホーテを、そして堅固な生の構造という点で彼に似た者たちを、そうした難攻不落の要塞から追い立てることはできない。アロンソ・キハーダはこのようにして、彼と同様に、毎週土曜日に《塩豚の卵あえ》（〈悲痛と苦悩〉を意味する）を食す、すべての者たちの陥っていた、慣習的・麻痺的な秘教主義から逃れることができたのである。人はそうすることで、耐えがたい状況から、心より願う望ましい状況へと移行していったが、それをたいそう知的に熱意をこめて行ったがゆえに、新たな状況を現実のものとし、かつての状況を死んだ前史として無効にすることができたのである。セルバンテスはひとつの存在、ひとつの真正なる生を創造する過程がどんなものなのか、それを今もって有効で実際的なかたちで指し示してくれた、最初の人物である。人は『ドン・キホーテ』において、ある種の欠乏的状況（中途半端な人物像）から、ある意味で十全な状況へと移行していく。つまりそこには、積極的かつ多次元的に自己の中に存在する、固有の世界が具わっているからである。小説で描かれるピカロがそうしたものを実現することなど絶えてない。彼らは常に自分たちの置かれた状況の母胎（たとえば、さまざまに変わる主人、多種多様な不運、などといったもの）にこだわり続けている。彼らの存在は挫折的態度（憐憫を催すものに対する当てつけ的態度）そのものと化し、己に欠けているものを克服することはできない。ドン・キホーテはキリスト教的な慈愛に欠ける「われらの痛ましい時代」（ラサリーリョ）を単に呪うということに留まるのではなく、あえて「傲岸不遜」で「無法者」たる〈巨人族〉に対して攻撃をしかけるのである。しかし彼が身にまとうのは見せ掛けだけの武器と、自らがでっちあげた効果てきめんの武器であった。つまりそれは、人間が生きるうえで何が強くしっかりしており、何がもろく脆弱にできているかを、直感的に理論化するという武器である。彼はこうした状況に伴う相対性と、かけがえのない魂に具わる絶対性とを調和させたと言うことができる。かけがえのない魂というのは決して静態的本質などではなく、持続的な活力である。そうしたかたちで芸術的に照らし出され、整えられた魂にとっては、それが予期されたものであれ不意に来たものであれ、どのような状況から生まれる行動にも、対処することが可能であった。ドン・キホーテとサンチョは、自分たちに降りかかる出来事から身を引き離すことが可能である。つまり彼らは成功からも失敗からも、何ら影響を受けない。両者は静かで落ち着いた境遇（ひとりはラ・マンチャの郷士で、他方は豚やガチョウの飼い主）から出発し、二人に対して陰謀を企む〈巨人的なるもの〉すべてを超えて、ついには記念碑的存在となりおおせた。そうした境遇あらばこそ、彼らは素直なかたちで称賛されるのである。この称賛はしばしば彼ら自身が希求したものよりも、そしてあらゆる叙事詩の偉大な英雄たちに捧げられた称賛よりも、ずっと勝ったものである。というのもわれわれは、窮しているとはいえ測り知れない部分をもつ、現実的で現代的な、そうした脱神話化した試みとしての生に関して、こうした英雄たちと語り合うことなど、とうていできないからである。かの〈稀なる創意の人〉は、どうあがいても危険で問題性をはらんだ営みとならざるをえないような生をテーマとする文学の様式を、西洋世界の未来に委ねたのである。

原註

（一）「《ダニューブ川の農民》の続編」“The Sequel to 'El villano del Danubio'”『現代スペイン学』*Rev. Hispánica Moderna*

一九六五、第三一号、一七五―一八五頁。

(二) 拙著『セルバンテスへ向けて』(タウルス、一九六六)所収のゲバラに関する論考を参照せよ。

(三) 「ユダヤ人に馬鹿なし、ウサギにのろまなし」というのは昔からよく言い習わされた諺で、こうした見方はスペインでは従来からの通念であった(拙著『葛藤の時代について』、マドリード、タウルス、一九六三、一七二頁を見よ)。十五世紀におけるコンベルソの身分については、基本文献であるフライ・エルナンド・デ・タラベーラの『カトリックの反駁』(Fray Hernando de Talavera, *Católica impugnación* サラマンカ、一四八七、バルセローナ版、ファン・フロールス(Juan Flors)、一九六一、フランシスコ・マルケスの序論付き)を参照せよ。

(四) 多数派が異端審問的な立場をとっていたスペインにおいては、遠回しな、もって廻った表現をしなければ、自分の考えを表明することはできなかった。ゲバラはエラスムスの著作を弾劾するためのバリャドリードの地方評議会(一五二七)で、異端者を世俗の手に委ねてすぐにでも決着をつけさせるのは正しい、とラテン語で述べている(ut igni tradantur, et qui aliter sentit, anathema sit ギルマン、前掲書、一七九頁)。ファン・デ・マリアーナ神父もまた、ある者たちにとって異端審問は「厳然たる死と同じくらい、きわめて厳格に従うべきもの」としているが、その手続きについては非難し、同時にそれは「神から与えられた救済」だとも述べている(『スペインの歴史的現実』一九五四、五〇八頁)。セルバンテスは宗教・社会的テーマに触れるときは、一度ならず、曖昧で皮相的なかたちで考えを表明している。スペイン的生の実態をよく知らない者たちは、よく問題をすりかえたり、捏造したりする。

(五) 「スペイン・モリスコの社会学への注釈」"Notas para una sociología de los moriscos españoles"『アラブ・ヘブライ研究論文集』*Misceláneas de Estudios Arabes y Hebraicos* グラナダ大学、一九六二、第一一号、四六頁。

(六) ヘスス・フェーロ・コウセーロ(Jesús Ferro Couselo)は、この重要な文書をリスボンの国立図書館で発見した。『コンポステラヌム』(*Compostellanum* サンティアゴ・デ・コンポステーラ、第一〇巻、第一号)を見よ。

(七) これに類した重要文書は、優秀な神父ミゲル・デ・ラ・ピンタ・リョレンテ(padre Miguel de la Pinta Llorente)の『スペインにおける宗教感情の歴史的側面』(*Aspectos históricos del sentimiento religioso en España* マドリード、一九六一、三七頁)の中にある。筆者はこの原文を『葛藤の時代について』(一九六三、一六頁)の中で引用した。

(八) 拙著『スペインの歴史的現実』(メキシコ、一九六六、二〇〇頁)を参照せよ。

（九）「恋人同士の間で、おたがいの恋心をつたえる時、おたがいが示す一挙一動は、魂の奥処に去来するいっさいの消息をつたえる、およそ確かな郵便なのじゃ」（『ドン・キホーテ』後篇、一〇章）。ドロテーアが家を出たのはドン・フェルナンドの行ったことに邪魔立てするためではなく、彼に自分自身の口から「どういう気持ちであんなことをしたのか」（『ドン・キホーテ』前篇、二八章）言わせるためであった。「詩句というものにはいつも魂や心情があふれているものです」（『ジプシー娘』）。

訳者あとがき――歴史家アメリコ・カストロとセルバンテス

翻訳版について

本書は、アメリコ・カストロの『セルバンテスとスペイン生粋主義』(Américo Castro, *Cervantes y los casticismos españoles*, 1966, Alfaguara, Madrid-Barcelona) の全訳である。すでに同じ著者によるセルバンテス関連の初期の著作『セルバンテスの思想』(一九二五、第二版一九七二) が、《叢書・ウニベルシタス》の一巻に収められているので、今回の邦訳はその第二作目となる。アメリコ・カストロには他に『セルバンテスへ向けて』(一九六七) と題する、セルバンテス関連の著作があるが、それら三つが合わさって、歴史家カストロによるセルバンテスを中心とした、文学批評の三本の柱が構成されている。

『セルバンテスの思想』の邦訳が、原著者が深く関与した第二版 (一九七二) に依拠したものであったのに対して、今回の『セルバンテスとスペイン生粋主義』の翻訳は初版 (一九六六) に準じて行った。そのわけは、本書の第二版とも言うべきアリアンサ版 (Alianza Editorial, Madrid, 1974, nota preliminar de Paulino Garagorri) は、原著者が目を通すことなく出版されているからである。因みに編者 (ガラゴッリ) によると、それは生前著者が自著二冊に施した訂正箇所を、組み込んだかたちで再版されたものである。このアリアンサ版は実質的に初版との異同がほとんどなく、その意味で厳密な意味での改定版ではない。しかもアリアンサ社が版権を取得して、普及版 (ポケット版) として世に出したものである。

訳者はこうした諸点を考慮に入れ、初版に準じて翻訳することに何の問題もなかろうという判断にいたった。版によって内容の大きな改変がなされるのがカストロの特徴だが、今回に限って事情は異なると考えられる。

因みに本書は、今世紀から刊行が始まった『アメリコ・カストロ選集』(*Américo Castro Obra Reunida*, ed. al cuidado de José Miranda, Editorial Trotta, Madrid, 2002, 6 tomos) の第二巻に『文学論争としての《ラ・セレスティーナ》』とともに再録されている(因みに第一巻は『セルバンテスの思想』と『セルバンテスへ向けて』)。このトロッタ版(第二巻)には序文としてF・マルケス・ビリャヌエバによる、貴重なアメリコ・カストロ論がおかれていて、カストロがスペイン史学に与えたインパクトの大きさと、スペイン文学解釈における現代的な意義が改めて強調されている。ホセ・ミランダによるこの最新版もまた、註の数こそ多くはなっているが、断り書き(三八頁)にあるように、ガラゴッリによるアリアンサ版を含めたかたちの、初版(一九六六)に準拠している。

カストロの人生と作品

アメリコ・カストロの生涯と作品について概略を述べておこう。アメリコ・カストロ(Américo Castro, 1885-1972)は一八八五年、ブラジル、リオ・デ・ジャネイロ州の小さな町カンタガーロにおいて、ともにグラナダ出身の父アントニオ・カストロと母カルメン・ケサーダの子として生まれた。一時的なブラジル滞在は父親の仕事の関係のためのもので、一家は後にグラナダに落ち着くこととなる。アメリコという名前は、アメリカ大陸の命名者アメリゴ・ヴェスプッチに由来すると考えられ、アメリカ生まれということを示唆している。高校終了後はグラナダ大学哲文学部の法文コースに学び、一九〇四年に卒業した後は、フランスのソルボンヌ大学でさらに勉学を積み、一九〇八年までパリに滞在している。帰国後はマドリードに居を定め、〈自由教育学院〉創立者のヒネール・デ・ロス・リオスとその協力者マヌエル・B・コシーオ、言語学者のメネンデス・ピダル、哲学者のオルテガ・イ・ガセーやウナムーノらとの交友をもった。とりわけマドリード大学の哲学教授でもあったヒネール・デ・ロス・リオスとは親しい交わりをもち、恩師として公私にわたって学問的・人間的薫陶を受けた。

カストロは〈自由教育学院〉の二人の師との深い交わりを通じて、スペインの文化的衰退、精神的荒廃に対する処方として、改めて公共教育改革の喫緊の必要性を感じ取った。祖国スペインに対する愛情に基づくカストロの歴史研究や、スペイン文化への新たなアプローチも、こうした交友関係の中から培われたものである。因みに十九世紀を通じて偏狭なスペインのカトリック教会は、ほとんど中世的ともいえる姿勢によって、実質的に中等教育を独占し、自分たちの縄張りを侵すあらゆるものと激しく対立していた。しかし、一八七六年にヒネールをはじめとする反体制教育者によって設立された〈自由教育学院〉の存在によって、ようやくこの特権的地位が脅かされるようになったのである。フランス留学を終え、若き理想に燃えていたアメリコ・カストロは、そうした時代の空気を吸って、改革の一翼を担おうとしていた。

カストロは一八九八年の米西戦争の敗北によって、スペインの再生をはかる精神的な手がかりとなっていた〈自由教育学院〉と、その指導者ヒネールたちと歩調をあわせて、自国の固有の問題、とりわけスペインの過去の問題に目を向けていった。それはスペイン人のアイデンティティ、スペイン人が自らの歴史を自らの手に取り戻すためであり、それを達成するためには、自分たちの本当の歴史をしっかり認識することが必要であった。その意味で、カストロもまたスペインの再生を願った〈九八年の世代〉

に属する、知識人のひとりであった。

グラナダ出身のカストロにとって、ユダヤ人やモーロ人、ジプシーなどの抑圧された少数派は、ごくごく身近に感じられる存在であった。カストロのユダヤ文化やイスラム文化への共感や傾倒が、グラナダ性と関連することは、同じグラナダ出身の詩人ガルシーア・ロルカがそうした心性を共有していたのと符合している（因みに十三歳年下のガルシーア・ロルカはマドリードの〈学生館〉で、カストロの講演を聞く機会があった）。

後にカストロは、公教育相ロマノーネス伯爵が一九一〇年に創立した、「歴史学研究所」（所長メネンデス・ピダル）の語彙部門の責任者となった。カストロは中世文学の再生に尽力し、言語学者としての名声を博していたメネンデス・ピダルに私淑し、またメネンデス・ピダルもまた、カストロをお気に入りの親しい弟子としてかわいがった。しかしメネンデス・ピダルとカストロは次第に袂を分かっていく。その原因のひとつが、メネンデス・ペラーヨとの関係である。メネンデス・ピダルの恩師であった、十九世紀スペイン最大の文芸批評家メネンデス・ペラーヨは、王党派的であると同時に熱心なカトリック信者であり、その伝統的文芸理論に進歩主義的な若きカストロはついていけなかったのである。カストロは当初、メネンデス・ピダルを厳密で科学的な文献学者として、ヨーロッパ的レベルに達した、スペインで最初の一流の学者として高く評価していた。しかし、一九四八年に、カストロが自らの思想の頂点を画す著作『歴史のなかのスペイン』（*España en su historia*）の初版を、ブエノス・アイレスのロサーダ社から世に出したとき、恩師メネンデス・ピダルから期待していた賛辞を、まったく受けることができなかった。受け取った返答は、否定的な沈黙だけであった。これによってカストロは心をひどく傷つけられ、師と決別していくのである。

一方、カストロとオルテガとの関係についても触れておかねばなるまい。オルテガは当初、二歳年下のカストロを〈わが偉大なる友〉であり、〈こよなく頭脳の切れる若きスペイン人〉として一目も二目もおいて賞賛していた。またカストロのほうも、同じヨーロッパ的知性として、オルテガとウナムーノのヨーロッパ化論争においては、オルテガの側についていた。因みに愛国的なウナムーノはわざわざフランス（カストロのケース）やドイツ（オルテガのケース）に、カスティーリャ文献学を研究しに行くような、外国かぶれのヨーロッパ化論者に腹を立てていたのである。ウナムーノは外国に目を向けなくても、スペインにはメネンデス・ピダルのような立派な学者がいるではないか、との思いがあった。進歩的でヨーロッパ的な発想に立っていたカストロは当初、オルテガの言うスペインの〈チベット化〉の理念に共鳴し、スペインの閉鎖性についての見方を共有していたが、『無脊椎のスペイン』（一九二一）のテーゼであるスペイン史を慢性病と捉える見方、歴史的にゲルマン国家であるスペインにおいては、そのゲルマン的要素を再評価せねばならない、と主張するオルテガの視点に対し、深い疑問を呈するにいたる。カストロは後の『スペインの歴史的現実』（一九六六）において、オルテガを名指しで批判し、こう述べている。「オルテガによれば、十七世紀のスペインは、西洋のチベットのごときものであった。彼はトラヤヌスをセビーリャ人と呼び、シッドをゴート人と呼んでいるが、一方、アラブ人はスペインの歴史における〈構成要素〉ではなかったとも言っている。スペインのユダヤ人については一顧だにしていない。かくも明晰な知性におけるこれほど大きな間違いは、単に非難すればすむというものではなく、むしろその真意をよく理解せねばならない体のものである」。同じヨーロッパ的知性として出発した二人の知の巨人は、ここで完全に袂を分かち、別々の道を突き進むこととなる。それはカストロにとって、自らの過去（および『セルバンテスの思想』が依拠した知的前提）との、ある種の決別でもあった。

政治的に共和派に属していたカストロは、スペイン内戦を機にアルゼンチンに亡命する。ブエノス・アイレス大学で一年間、教鞭をとった後、アメリカ合衆国に移り、ウィスコンシン大学に客員教授として二年間、さらに足掛け二年間のテキサス大学における契約（一九三九―四〇）を終えてから、最終的にプリンストン大学に三顧の礼をもって迎えられた。そのときの基調講演は「スペイン文明における意味」という題で行われた。それ以後、プリンストンはアメリカにおけるスペイン学の中心となったのである。一九五三年に六八歳でプリンストン大学を定年退職したカストロには、名誉教授の称号が与えられた。翌年、一九五四年には主著『歴史のなかのスペイン』（一九四八）の改定・改題版である『スペインの歴史的現実』がメキシコ、ポルーア社から出版された。

一九五七年以降、カストロは避暑を目的にたびたびスペインを訪れている。そして六八年以降は、家族的理由（廃疾の妻カルメンの看病）からマドリードに定住するようになったが、その間にもった理解ある古い友人たちや若い研究者との親しい交わりの中で、さらに知的刺激を受け、励まされて、なおいっそうの研鑽を積んでいった。その結果のひとつが本書の『セルバンテスとスペイン生粋主義』（一九六六）であった。カストロは一九七二年七月二五日、避暑先のヘローナにて八七歳で亡くなるが、その旺盛なる知的活動と、死ぬ間際まで推敲を重ねた知的誠実さ、圧力に屈することのない孤高の反骨精神において、他を圧倒するものがあった。これは死ぬ間際まで反骨精神をばねに、創作意欲を燃やし続けたセルバンテスの晩年の姿を彷彿させるものである。カストロが歴史家としての立場から、終生セルバンテスにこだわり続けたのも、同じ性向ゆえであったかもしれない。カストロが復権を遂げた今、彼はあらためてメネンデス・ピダルやオルテガと並ぶ、現代スペインの知の巨人として、長く歴史に記憶されるはずである。

『セルバンテスとスペイン生粋主義』について

カストロは『セルバンテスの思想』において、国民的英雄であったセルバンテスを、ヨーロッパ的な知性として位置づけようとするあまり、エラスムス主義の影響をつよく受けたルネサンス人として描いた。そしてセルバンテスが当時、異端視されるようになったエラスムス主義を作品の中で巧みに隠蔽したことから、カストロは彼をあえて〈巧みな偽善者〉と呼んだのである。これが愛国的カトリック教徒たちの目にはとうてい受け入れられない〈偶像破壊〉と写った。長い間フランコ体制下のスペインで『セルバンテスの思想』が絶版となり、読もうにも読めない状態にあったのは、そうした事情があったからである。

それと似たようなことが『歴史のなかのスペイン』（改定・改題『スペインの歴史的現実』）についても起こった。というのもカストロはスペイン史の実体を、偉大な皇帝を輩出し、セネカやルカーヌスなどの優れた文人を生んだ栄光に満ちたローマ時代や、さらにカトリック・スペインの原型を形作ったキリスト教的なゲルマン（西ゴート）時代からも切り離し、スペイン人が本来の歴史を異民族によって中断されたと感じた、アラブ・イスラム占領期におけるレコンキスタ期まで繰り下げる、ということを行ったからである。つまりスペイン史が真の意味をもつにいたったのは（言い換えると、イベリア半島の住民が、カスティーリャ人、カタルーニャ人、アラゴン人といった地域的名称、あるいはキリスト教徒という宗教的概念をこえて、自らをスペイン人 español と認識した時期は）、他者（南仏プロヴァンス人）によってそのように呼ばれだした十三世紀であって、決して遠い昔のヌマンシアやサグントのローマ時代などではない、というのがカストロの論点であった。

これはアルタミラの洞窟の旧石器時代から今日まで、イベリア半島に住んできた住人は一貫してスペイン人であった、という栄光に彩られたスペイン史の神話に泥を塗るという、歴史に対するもっと深刻なる〈神話破壊〉であり、同時に、他に知られてはならぬ大スキャンダルであった。真実は、キリスト教徒、ユダヤ教徒、イスラム教徒の三つの血統が、共存と対立の力関係の中で、互いに織り成したものこそスペイン的なるものの本体である、というのがカストロの主張であった。民族ではなく血統というのは、公式上、ユダヤ人は一四九二年以降、またイスラム教徒モーロ人は一五〇二年以降、一様にキリスト教に強制的に改宗させられていて、すべてが公式上はキリスト教徒のスペイン人となっていたからである。スペイン〈黄金世紀〉の実体は、ルネサンス、バロック、対抗宗教改革などといったカテゴリーでは捉えきれない、スペイン独自の歴史性から説明されねばならなかった。つまりこの時代は同じキリスト教徒でありながら、宗教的背景の異なる人々が、対立抗争していた〈葛藤の時代〉であって、多数派である旧キリスト教徒たちによって支配された〈世論〉に迫害された一部の知識人たちこそ、〈黄金世紀〉を彩る綺羅星（たとえばセルバンテス、サンタ・テレサ、ルイス・デ・レオンなど）であった。カストロはユダヤ的遺産を引き継いだコンベルソ（新キリスト教徒）たちのスペイン文化への貢献を、何にもまして称揚したのである。

こうした考え方に猛烈に反対した陣営の旗頭が、中世史の権威クラウディオ・サンチェス・アルボルノス（Claudio Sánchez Albornoz）であった。彼は同じ亡命先のアルゼンチンで大著『歴史の謎スペイン』（*España, un enigma histórico*, Buenos Aires, Editorial Sudamericana, 1956）を出版し、その中でカストロはすべて想像でものを言っていて、歴史学の方法にのっとらない恣意的で主観的、文学的な手法で論じていると決め付け、あまつさえ、それを歴史に対する許しがたい犯罪だとまで言い切った。こうした論争は後までもずっと波紋を広げ、いわゆるカストロ＝アルボルノスの〈スペイン史論争〉として知られ、内戦後のスペインの大きな争点として、今なお最終的決着をみてはいない（反カストロ陣営の最右翼はエウヘニオ・アセンシオだが、ビセンス・ビーベスやマルケス・ビリャヌエバ、ファン・ゴイティソロなどはカストロに近い見方をとっており、最近はカストロの正しさが次第に明らかになってきている）。カストロはこのスキャンダルを撒き散らした張本人、異端児として本国の保守派から疎んぜられ、スペインにおいて近年にいたるまで、その著作の多くは再版されることがなかった（六巻からなる選集がトロッタ社から発刊され出したのは、何と今世紀になってからである。現時点での既刊は第一巻から第三巻『歴史のなかのスペイン』まで）。しかしカストロのスタンスは一貫していて揺るぎなく、どんな誹謗中傷にも打ち負けず、常に現在的な意識から、以前発表した自らの著作を細かく見直し、そこに不足があれば補足し、削除や改変を加えつつ版を重ね、自らの思想の普及と啓蒙に邁進したのである。

セルバンテスに関して言うと、歴史観の変遷との関連で、内戦前の初期の段階でものした大作『セルバンテスの思想』は、内戦後に属する後期の二作（『セルバンテスとスペイン生粋主義』と『セルバンテスへ向けて』）と、セルバンテスに対する捉え方に根本的な差異がある。それを一言で言うならば、前者はセルバンテスをヨーロッパ的知性主義の中に定位させて、エラスムス主義的な普遍的知性として捉えようとしたものであるのに対して、後二者は、セルバンテスをきわめて特殊なスペイン的生粋主義の中に定位させて、〈新キリスト教徒〉の血統に属する知性として捉えようとしたものである。

つまりスペイン内戦（一九三六—三九）をはさんで、国家的悲劇を目の当たりにしたカストロは、自らのスペイン史に対する見方を根本的に転換することを余儀なくされたのだが、それと軌を一にして、セルバンテス像もまた一新されてしまったのである。後二作はカストロ自身の言葉によると、ほとんど同時期に出版されて、互いに補完的関係をもっている。つまり、本書（『セルバンテスとスペイン生粋主義』）は原題にもあるように、スペイン文学のみならず世界文学の最高傑作ともいうべき『ドン・キホーテ』を可能ならしめた、スペインの歴史的・文学的な条件（生粋主義と〈血の純潔〉）や環境について、さまざまな側面から考察したものであるのに対して、もう一方の作品（『セルバンテスへ向けて』）は、より文学的な側面に重点を置き、セルバンテスに収斂することになる文学的伝統（『わがシッドの歌』からピカレスク小説、『ラ・セレスティーナ』に代表される）や、セルバンテスの出現を準備した先行する人文主義者たち（アントニオ・デ・ゲバラやフアン・デ・マル・ラーラ）、さらにセルバンテスの影響下に出現した現代作家（イタリアのピランデッロ）についても触れている。もちろん『ドン・キホーテ』について、さらに深い文学的・社会的洞察が加えられていることは言うまでもない。

本書は序文において述べられているように、内容は異なるものの、各々の意味合いにおいて整合性のある研究論文四点からなっている。その中でも主たる論文は後期カストロのセルバンテス論たる第一章である。これは前期カストロの主著たる『セルバンテスの思想』（一九二五）を、後期カストロの主著『スペインの歴史的現実』（改訂版、一九六二）の思想に、修正を施しつつ合致させて、二つのエッセンスを、新たな視点で統合したものと言うことができる。したがって後期カストロのユニークな血統史観に基づいて、新たに練り直されたセルバンテス像が示されている。スペインでもっとも優れた作家セルバンテスを歴史的考察の中で描ききった本章は、まさにカストロのエッセンスといっても過言ではないだろう。因みに『スペインの歴史的現実』（英訳『スペイン人』*The Spaniards*, 1971）は、純然たる歴史書であり、その重厚にして興味深い内容からして、一日も早い翻訳が待たれる。しかし著者自身も言うように、彼の歴史観を手っ取り早く知るための序説としては、とりあえず、セルバンテスへの言及も多くなされた『葛藤の時代について』(一九六一)から入るべきかもしれない。

本書は、このようなかたちで、新しいスペイン史の解釈の中でセルバンテスを捉えなおすことを主目的としているが、整合性があるとされる四つの論文を束ねるキーワードは〈生粋主義〉である。原題に付された〈スペイン生粋主義〉に関していえば、ウナムーノが「生粋主義をめぐって」(一八九五)で言う生粋主義が、カトリック信仰に基づく純粋なカスティーリャ主義であったのに対して、カストロのそれは支配的なカスティーリャを支える多数派的〈世論〉の背景を形作っているユダヤ教的生粋主義である。ともに近代スペインの屋台骨を構成したカスティーリャのもつイデオロギーを問題にしているが、そのベクトルは正反対である。ウナムーノはドン・キホーテを、不滅・不死を希求する永遠の、旧キリスト教的カスティーリャの象徴として再生させることを望んだのに対して、カストロはそうしたカスティーリャの支配的イデオロギーを否定し、個人・人格として懸命に生きようとした(vivir desviviéndose)、新キリスト教徒の象徴としてのセルバンテス(ドン・キホーテ)に光を当てた。ウナムーノ的なドン・キホーテ解釈がスペインの地方主義・愛郷主義の中に制限されているのに対して、カストロのそれは世界主義・普遍主義の広がりをもっている。というのも後者においては、時間と空間を超えて、人類が直面する人間性を問題としているからである。その意味でスペイン史という、ヨーロッパの中でもとりわけユニークな道筋を辿った国民史のコンテクストの中で、しかも相似的かつ対極的なマテオ・アレマンという作家を合わせ鏡、アンチテーゼとしてセルバンテスを論じた本書は、きわめて貴重な著作だとしなければならない。われわれはここで、歴史の重みを背負った苦衷のセルバンテスと、その象徴である憂い顔のドン・キホーテと出会うのである。副題を「スペイン史のなかのドン・キホーテ」とした意味もそこにある。

訳者は本書の翻訳が出版にいたる前に、この作品の意義と位置づけについて、編集長とさまざまなかたちの話し合いをもった。たとえばカストロの前著『セルバンテスの思想』との関連性や整合性、論文集としての本書の性格、および第三章のラス・カサス論のもつ現代的な意義などについてであった。最後の点に関して言うと、カストロはラス・カサスを植民地主義・帝国主義を否定する近代人権思想の先駆者とするような、固定化したイメージを、まったく別の視点、つまり血統的・人格的側面に光を当てることによって、根底から覆してしまうような論点を提起している。これは日本の代表的ラス・カサス研究者たちも、ややもすると看過してきた盲点であった。カストロは同時に、ラス・カサスもまた、ルイス・ビーベスやセルバンテス、マテオ・アレマン、サンタ・テレサなどと同じく、人格に依拠する〈個人の帝国〉を作り上げるべく苦渋の人生を必死に生きた、傑出した新キリスト教徒のひとりだった、という見方を示した。これもいわばカストロによるもうひとつの〈解釈学の脱イデオロギー化〉(マルケス・ビリャヌエバ、前掲版、序文、三四頁)であった。

ところで訳者がはじめて本書と出合ったのは、スペイン留学中(一九七五—七六)に、マドリード大学の博士課程の聴講生として受講した、モラーレス・オリベル教授の『ドン・キホーテ』の授業においてであった。その授業の論文を書くためのヒントを与えてくれたのが、ホセ・ルイス・アベリャン著『スペインのエラスムス主義』(一九七五)という本であった。その書を通じて、カストロとバタイヨンの間で、セルバンテスのエラスムス主義についての見解に違いがあることを初めて知った。『ドン・キホーテ』の論文では、それをテーマにして、主人公と緑色外套の騎士(ドン・ディエゴ・デ・ミランダ)との比較を行ったのだが、そのとき、本書の第一章で扱われた内容をヒントにしたのである(拙著『セルバンテスの芸術』第五章・第四節「ドン・キホーテの狂気について——緑色外套の騎士について」参照)。したがって、訳者にとって本書は『セルバンテスの思想』と並んで、セルバンテス研究の第一歩を踏み出すきっかけを与えてくれた、貴重な研究書である。
『ドン・キホーテ』前篇出版四百周年（二〇〇五）の翌年に、このようなかたちで世に紹介することができるにいたったことは、訳者にとって望外の喜びである。出版に当たっては、前回の『セルバンテスの思想』と並んで本著の翻訳出版を通じて、日本における最初のカストロの本格的な紹介を快く引き受けていただいた、法政大学出版局の編集代表平川俊彦氏には申し上げるべき感謝の言葉もない。誰よりもカストロに対して大きな関心と深い理解を示され、翻訳の意義を認めてくださった氏がおられなければ、カストロが日の目をみなかったことは明らかである。また何度にもわたって丹念に原稿に目を通してくださり、貴重なアドバイスを賜った編集部の秋田公士氏に、ここに深くお礼を申し上げる次第である。

平成十八年　初夏

本田誠二

索　引

ア　行

アウグスティヌス（聖）
Agustín, san　147, 199-200, 206
アウストリア，オットー・デ（オットー大公）
Austria, Otto de　342, 269
アウストリア，フアン・デ
Austria, Juan de　106
アコスタ，ホセ・デ
Acosta, José de　148, 204, 295-6, 320, 346
アサーラ
Azara　260
アザール，ポール
Hazard, Paul　212
アストラーナ・マリン，ルイス
Astrana Marín, Luis　182-4, 205
アダム
Adán　235
アックアヴィーヴァ（枢機卿）
Aquaviva, cardenal　295-6
アバリェ・アルセ，フアン・バウティスタ
Avalle-Arce, Juan Bautista　210, 305
アバルバネル，イサアク
Abarbanel, Isaac　5
アビラ，フアン・デ
Ávila, Juan de　192-3, 299
アベリャン，ホセ・ルイス
Abellán, José Luis　404
アポロン
Apolo　17, 52
アメスーア，A. ゴンサーレス・デ
Amezúa, A. González de　12, 336
アラー
Alá　211
アラゴン，フェルナンド・デ
Aragón, Fernando de　230, 299, 341
アリアス・モンターノ，ベニート
Arias Montano, Benito　6, 198
アリオスト
Ariosto　385
アリストファネス
Aristófanes　18, 81, 207
アリストテレス
Aristóteles　1, 16, 57, 170, 264
アルコ，リカルド・デル
Arco, Ricardo del　346, 353-5, 357-8, 372
アルフォンソ（十一世）
Alfonso XI　230
アルフォンソ（十世）
Alfonso X　235, 242, 362
アルフォンソ（七世）
Alfonso VII　345
アルヘンソーラ，バルトロメ・レオナルド・デ
Argensola, Bartolomé Leonardo de　22
アルガーバ（侯爵）
Algaba, marqués de　212
アルマグロ，ディエゴ・デ
Almagro, Diego de　348
アルバレス，カタリーナ
Álvarez, Catalina　213

アルバレス・デ・カルバハル，クリストーバル
Álvarez de Carvajal, Cristóbal 360-2
アルバレス・ガート，フアン
Álavarez Gato, Juan 229, 277
アルバレス・ロペス，E.
Álvarez López, E. 346
アルバレス・テラン，コンセプシオン
Álvarez Terán, Concepción 205
アレクサンダー（大王）
Alejandro Magno 302-3
アレドンド・カルモーナ
Arredondo Carmona 286
アレマン，マテオ
Alemán, Mateo 4, 9, 30, 51-3, 55-62, 64, 72, 84-6, 89, 94, 96, 105, 108, 115, 147, 177, 190, 194-5, 199-203, 208, 212, 237, 285, 299-300, 312-3, 315, 379, 381, 403
アロンソ，ダマソ
Alonso, Dámaso 124, 372
アヨーラ，ゴンサーロ・デ
Ayora, Gonzalo de 295, 341
アンソーラ，ニコラス
Anzola, Nicolás 282
アンチエータ，フアン・デ
Anchieta, Juan de 294, 307
アントニオ，ニコラス
Antonio, Nicolás 281
アンドレ，ベルナール
André, Bernard 344
アンリ，エミール
Henry, Emile 203
イエイツ，ウィリアム
Yeats, William 95
イヴ
Eva 235
イサベル（カスティーリャの）
Isabel de Castilla 230-1, 252, 269, 374
イストゥーリス
Istúriz 240
イスラ（神父）
Isla, padre 46
イタ（首席司祭）
Hita, arcipreste de 79-80
イディアケス，フアン・デ
Idiáquez, Juan de 205
イトゥルビデ，アグスティン・デ
Iturbide, Agustín de 283
イノケンティウス（十世）
Inocencio X 387
イハル（公爵）
Híjar, duque de 255
ヴァイスバッハ，ウェルナー
Weissbach, Werner 199
ウィート，ヘルマン・デ
Wied, Hermann de 315
ヴィラール，ピエール
Vilar, Pierre 275
ヴィルギリウス
Virgilio 155, 172
ヴァウグリス，ヴィンチェンツォ
Vaugris, Vincenzo 207
ヴォルテール
Voltaire 354
ウッド，アンソニー
Wood, Anthony 344
ウチロボス（ウィツィロポチトリ）
Uchilobos 301
ウナムーノ，ミゲル・デ
Unamuno, Miguel de 247, 286, 395, 397, 403
ウルタード・デ・メンドーサ，ディエゴ
Hurtado de Mendoza, Diego 299
エウヘニオ・アセンシオ
Eugenio Asensio 401
エスクデーロ，ロレンソ
Escudero, Lorenzo 215
エステーリャ，ディエゴ・デ
Estella, Diego de 125, 192

エステナガ，ナルシソ・デ
Esténaga, Narciso de　213
エラスムス（ロッテルダムの）
Erasmo de Rotterdam　8, 13, 43, 123-5, 129, 163, 186, 193, 205, 207, 211, 215, 343, 385, 391, 404
エラーソ，アントニオ・デ
Eraso, Antonio de　109
エリオット，J. H.
Elliott, J. H.　283
エルナンド，テオフィロ
Hernando, Teófilo　342
エロヒム（神，ヤハウェ）
Elohim　367
エンシーナ，フアン・デル
Encina, Juan del　6, 50, 203, 227, 305, 309
オカンポ，フロリアン・デ
Ocampo, Florián de　295
オッカム，ウィリアム
Occam, Guillermo de　237
オリバーレス（伯公爵）
Olivares, conde-duque de　255, 257
オリベール・アシン，J.
Oliver Asín, J.　205
オルテガ・イ・ガセー，ホセ
Ortega y Gasset, José　156, 266-7, 286, 383, 395, 397

カ　行

カサス，アントニオ
Casas, Antonio　294
カサウス，アルベルト・デ
Casaus, Alberto de　298
カサルドゥエロ，ホアキン
Casalduero, Joaquín　201
カストロ，アメリコ
Castro, Américo　2, 11, 13, 35, 40-1, 67, 99, 159, 194, 196-8, 200-1, 204-6, 208-9, 210-1, 214-5, 214-5, 217, 221, 225, 227, 242, 244, 266, 274, 280, 282-4, 323, 339, 341, 353, 372, 374, 379, 391-2, 393-405
カッサル，フアン・デル
Cassal, Juan del　213
ガニベット，アンヘル
Ganivet, Ángel　282
カーノ，メルチョール
Cano, Merchor　192
神（主）
Dios　18, 52, 59, 85, 116, 124, 136-7, 147, 150, 180, 194, 200, 215, 221, 244, 283, 311, 328, 331, 334, 336, 341, 367-9, 371
カブレラ（神父）
Cabrera, padre　258
ガラゴッリ，パウリーノ
Garagorri, Paulino　11, 286, 393-4
カラファ家（枢機卿）
Caraffe, cardenal　284
カランデ，ラモン
Carande, Ramón　7, 198
カリアーソ
Carriazo, J. de M.　278
ガリレオ
Galileo Galilei　1, 263-4, 284
カルバーリョ，ジャアキム・デ
Carvalho, Joaquim de　198
カルヴァン，ジャン
Calvino, Juan　186, 331
ガルシーア・デ・オルタ
García de Orta　238, 346
ガルシーア・ロルカ，フェデリコ
García Lorca, Federico　396
ガスパール・イ・ロイグ
Gaspar y Roig　374
カルタヘーナ，アロンソ・デ
Cartagena, Alonso de　228
カルタヘーナ，テレサ・デ
Cartagena, Teresa de　19, 94

カルバハル，ルイス・デ
Carvajal, Luis de　215
カルロス三世
Carlos III　260, 266, 268, 373
カルロス四世
Carlos IV　232, 245
カルロス五世
Carlos V　41, 142, 198, 295, 297, 299, 308, 314, 317, 342, 345
キケロ
Cicerón　170
ギシェ
Guixé, J.　372
ギジェン，クラウディオ
Guillén, Claudio　56, 198-9, 294-5, 306
キハーダ，アロンソ
Quijada, Alonso　183
キハーダ，ガブリエル
Quijada, Gabriel　183
キハーダ，グティエレ
Quijada, Gutierre　182
キハーダ，フアン
Quijada, Juan　182-3
キリスト（イエスキリスト）
Cristo (Jesucristo)　6-9, 51, 73-4, 115-9, 123, 139, 185, 194, 235, 293, 317-8, 327-8, 336, 363, 370, 381-2, 386, 388
ギルマン，ステファン
Gilman, Stephen　204, 213, 380
キローガ，ガスパール・デ
Quiroga, Gaspar de　210
グアダルファハーラ，アラヘル・デ
Guadalfajara, Arragel de　290
グスタボ・アドルフォ
Gustavo Adolfo　366
グディエル，アロンソ
Gudiel, Alonso　207, 212
グティエレス，ミゲル
Gutiérrez, Miguel　199
グティエレス，トマース
Gutiérrez, Tomás　214
グティエレス・ニエト
Gutiérrez Nieto, J. J.　197
クラウス，ウェルナー
Krauss, Werner　367
クラーク，アンドリュー
Clark, Andrew　344
グラシアン，バルタサール
Gracián, Baltasar　267, 330
グラシアン，ヘロニモ
Gracián, Jerónimo　185
グラナダ，ルイス・デ
Granada, Luis de　9, 123, 180, 187, 194, 215
クルス，フアナ・イネス・デ・ラ
Cruz, Juana Inés de la　226, 258
クルス，フアン・デ・ラ
Cruz, Juan de la　117, 150, 193
グレゴリウス（十三世）
Gregorio XIII　284
クロンベルガー
Cromberger　380
ケネディ，ジョン F.
Kennedy, John F.　336
ゲバラ，アントニオ・デ
Guevara, Antonio de　378, 380-2, 391, 402
ケベード，フランシスコ・デ
Quevedo, Francisco de　4, 20, 27, 41, 184, 198, 254, 329
ケンピス，トマス・デ
Kempis, Tomás de　9
ゴイティソロ，フアン
Goytisolo, Juan　401
コエーリョ，フランシスコ
Coello, Francisco　281
コシーオ
Cossío, J. M. de　277, 395
コスタ，ホアキン
Costa, Joaquín　264

ゴドイ，マヌエル
Godoy, Manuel 278
ゴドイ・アルカンタラ
Godoy Alcántara, J. 206
コーマス，アントニオ
Comas, Antonio 206
ゴメス・デ・カストロ，アルバール
Gómez de Castro, Alvar 372
ゴメス・ペレイラ
Gómez Pereira, P. 238
ゴメス・マンリーケ
Gómez Manrique 229
ゴメス・モレーノ，マヌエル
Gómez Moreno, Manuel 243-4
コバルービアス，セバスティアン・デ
Covarrubias, Sebastián de 28, 199, 208, 299, 356
コルテス，エルナン
Cortés, Hernán 74, 300, 309, 317, 341, 348
コールリッジ，サミュエル・テイラー
Coleridge, Samuel Taylor 247
コロン（コロンブス），クリストーバル
Colón, Cristóbal 252, 306, 341, 348, 353-4, 373
コロンナ，アスカニオ
Colonna, Ascanio 109
ゴンゴラ，ディエゴ・デ
Góngora, Diego de 346
ゴンゴラ，ルイス・デ
Góngora, Luis de 4, 48, 62, 156, 237
ゴンサーレス・ダビラ，ヒル
González Dávila, Gil 295-6
ゴンサーレス・モロン，フェルミン
González Morón, Fermín 249
コント，オーギュスト
Comte, Augusto 250
コンチーリョス，ロペ・デ
Conchillos, Lope de 341

サ 行

サアベドラ，エドゥアルド
Saavedra, Eduardo 34
サアグン，ベルナルディーノ
Sahagún, Bernardino de 330
サヴォナローラ，ジローラモ
Savonarola, Girolamo 186, 193, 215
サモーラ・ビセンテ，アントニオ
Zamora Vicente, Antonio 196-7
サラユ，ジャン
Sarrailh, Jean 286
サラ・バルスト，ルイス
Sala Balust, Luis 268
サラサール，マリーア・デ
Salazar, María de 213
サルミエント，ドミンゴ
Sarmiento, Domingo 247-50
サタン（悪魔）
Satanás 332
サバーラ，シルビオ
Zabala, Silvio 350
サン・マルティン，ホセ・デ
San Martín, José de 283, 347
サン・ペドロ，ディエゴ・デ
San Pedro, Diego de 6
サンチェス，アロンソ
Sánchez, Alonso 295
サンチェス・アルボルノス，クラウディオ
Sánchez Albornoz, Claudio 400-1
サンチェス・デ・バダホス，ディエゴ
Sánchez de Badajoz, Diego 50
サンチェス・デ・ラス・ブロサス（〈ブロセンセ〉），フランシスコ
Sánchez de las Brozas, Francisco ("Brocense") 44-5, 59, 170, 211-2, 238, 265
サンタ・クララ，グティエレス・デ

Santa Clara, Gutiérrez de　295
サンタ・クルス，アロンソ・デ
Santa Cruz, Alonso de　278, 282, 346
サンティアゴ（聖ヤコブ）
Santiago　116, 118, 187, 234, 299, 363, 391
シャタック，ロジャー
Shattuck, Roger　204
シュヴィル，ルドルフ
Schevill, Rudolph　99-100, 102-3, 197
シュタウファー
Stauffer, D. A.　280
シュピッツァー，レオ
Spitzer, Leo　305, 363, 373
シェイクスピア，ウィリアム
Shakespeare, William　64, 66-7, 90, 363
シェニエ，アンドレ
Chénier, Andrés　354
ショー，バーナード
Shaw, Bernard　95
ジョイス，ジェイムス
Joyce, James　95, 306
シリセオ（枢機卿）
Silíceo, cardenal　369
スコトゥス，ドゥンス
Escoto, Duns　43, 198
ストレプシアーデス
Estrepsiades　207
スマラガ，フアン・デ
Zumárraga, Juan de　297
スリータ，ヘロニモ・デ
Zurita, Jerónimo de　170
スルバラン，フランシスコ・デ
Zurbarán, Francisco de　330
セッサ（公爵）
Sessa, duque de　177, 209, 336
セム・トブ
Sem Tob　5
セプルベダ，L. ヒネス・デ
Sepúlveda, L. Ginés de　308
セルバンテス，フアン・デ
Cervantes, Juan de　6, 184
セルバンテス，ミゲル・デ
Cervantes, Miguel de　1, 3, 4, 6, 7, 9-13, 15-8, 20-33, 35-40, 45-7, 50, 53, 55-8, 60-4, 67, 69-74, 78-82, 84, 87-99, 101-10, 112-5, 117-8, 120, 122-4, 126-34, 136-42, 144-54, 156-63, 165-77, 179-84, 188, 190-202, 204-14, 237, 286, 299, 339, 377-9, 381-2, 384, 386, 388-9, 391, 393-4, 398-405
セルバンテス，ロドリーゴ・デ
Cervantes, Rodrigo de　184, 214
セルベット，ミゲル
Servet, Miguel　380
セレサーレス，マヌエル
Cerezales, Manuel　277
ソアレス，ヘロニモ
Soares, Jerónimo　386
ソークラテース
Sócrates　207
ソラリンデ
Solalinde　278
ソリーリャ，ホセ
Zorilla, José　327-8
ソロルサノ，ペレイラ
Solórzano, Pereira　350

タ　行

タイシエ（神父）
Teyssier, P.　277
タラベーラ，エルナンド・デ
Talavera, Hernando de　391
ダンテ，アリギエリ
Dante, Alighieri　64
ダンビーラ，マヌエル
Danvila, Manuel　197

チャールズ（一世）
Carlos I　245
チリーノ，アロンソ
Chirino, Alonso　209
ディアス・デ・トーレブランカ，フアン
Díaz de Torreblanca, Juan　184
ディアス・タンコ・デ・フレヘナル，バスコ
Díaz Tanco de Fregenal, Vasco　50
ディズレリー，ベンジャミン
Disraeli, Benjamín　247
ティクナー
Ticknor　233
ティエルノ・ガルバン
Tierno Galbán, E.　339
テイシドール，フェリペ
Teixidor, Felipe　285
デカルト，ルネ
Descartes, Renato　80, 284
テハドール，マルティン
Tejador, Martín　56
テリカード，フランシスコ
Delicado, Francisco　29, 108
ドゥエーニャス，ロドリーゴ・デ
Dueñas, Rodrigo de　42-3, 299
ドゥラン，マヌエル
Durán, Manuel　198
トーマス・H.
Thomas, H.　282
トゲビー，クヌート
Togeby, Knud　67, 201
ドストエフスキー，フェードル
Dostoyevski, Fedor　15
ドノーソ・コルテス，フアン
Donoso Cortés, Juan　248-9
トバール，アントニオ
Tovar, Antonio　212, 220, 258, 284
トマス（聖）
Tomás, santo　43
ドミンゲス・オルティス
Domínguez Ortíz　262-3, 265-6, 282, 285, 383-4, 401
トラヤヌス
Trayano　362-4, 397
ドーラー Dorler　343
トルケマーダ，フアン・デ
Torquemada, Juan de　237
トレード，ガルシア・デ
Toledo, García de　255
トーレス・ナアロ，バルトロメ・デ
Torres Naharro, Bartolomé de　143, 160

ナ　行

ナルバーエス，パンフィロ・デ
Narváez, Pánfilo de　292
ナルバーエス，ロドリーゴ・デ
Narvárez, Rodrigo de　108
ニュートン，イサアク
Newton, Isaac　263-4, 270
ヌーニェス，ペドロ・フアン
Núñez, Pedro Juan　170, 265, 299
ヌーニェス・アルバ，ディエゴ
Núñez Alba, Diego　340
ヌーニェス・カベーサ・デ・バカ，アルバール
Núñez Cabeza de Vaca, Alvar　330
ネブリーハ，アントニオ・デ
Nebrija, Antonio de　204, 229, 265, 276, 341

ハ　行

ハー，リチャード
Herr, Richard　278, 286
ハウザー，アーノルド
Hauser, Arnold　63, 200-1
パウロ（聖）
Pablo, san　6, 115-6, 118-9, 124,

126, 157, 187, 194
パサモンテ，ミゲル・デ
Pasamonte, Miguel de　341
パスカル，ブラス
Pascal, Blas　270
バタイヨン，マルセル
Bataillon, Marcel　123-6, 205-6, 215-6, 277, 314, 316, 340, 342-3, 345, 404
パチェーコ，フランシスコ
Pacheco, Francisco　109-10
パラシオ，J. M. デ
Palacio, J. M. de　344
パラシオス，フランシスコ・デ
Palacios, Francisco de　182
パラシオス・サラサール，カタリーナ・デ
Palacios Salazar, Catalina de　181
バリーナス（侯爵）
Varinas, marqués de　348
バリェステーロス，フランシスコ
Ballesteros, Francisco　110
バルデス，フアン・デ
Valdés, Juan de　237
バルカ，カルデロン・デ・ラ
Barca, Calderón de la　10, 48, 330
バルガス・マチューカ，ベルナルド・デ
Vargas Machuca, Bernardo de　330, 358
バルディヌッチ，フィリッポ
Baldinucci, Filippo　199
バルマセーダ（秘書）
Valmaseda, secrertario　109
パルマンティエ，アントワーヌ・オーギュスタン
Parmentier, Antoine-Augustin　262
バルメス，ハイメ
Balmes, Jaime　246, 250
バルバ，ペドロ
Barba, Pedro　182
バレーラ，ディエゴ・デ
Valera, Diego de　209, 306
パレンシア，アロンソ・デ
Palencia, Alonso de　295
バレンシア，ディエゴ・デ
Valencia, Diego de　228
ハンケ，ルイス
Hanke, Lewis　317, 321-3, 326
バンデッロ，マテオ
Bandello, Mateo　64
ピアス，ロイ（エルネスト）・H.
Pearce, Roy (Ernesto) H.　332, 345
ヒエロニムス（聖）
Jerónimo, san　343
ピカソ，パブロ
Picasso, Pablo　237
ピサロ，フランシスコ・デ
Pizarro, Francisco de　348
ヒトラー，アドルフ
Hitler, Adolfo　303
ビトーリア，フランシスコ・デ
Vitoria, Francisco de　148, 204, 308, 345
ビーニャス，カルメロ
Viñas, Carmelo　205
ヒネール・デ・ロス・リオス，フランシスコ
Giner de los Ríos, Francisco　395
ビーベス，ビセンス
Vives, Vicens　234, 401
ビーベス，ルイス
Vives, Luis　7, 44, 160, 183, 237-8, 263, 265, 299, 314, 343-4, 404
ヒメーネス・デ・ラーダ，ロドリーゴ
Jiménez de Rada, Rodrigo　256
ヒメーネス・フェルナンデス，マヌエル
Giménez Fernández, Manuel　293-4
ピランデッロ，ルイジ
Pirandello, Luigi　16, 402

ビリェーガス，マヌエル・デ
Villegas, Manuel de 270
ヒリ・ガヤ
Gili Gaya, S. 58, 203, 356
ビリック
Billick 343
ヒル・アユーソ
Gil Ayuso, F. 373
ピンタ・リョレンテ
Pinta Llorente, M. de la 207, 212, 344, 391
ファビエ，A. M.
Fabié, A. M. 372
フアン（親王）
Juan, príncipe 48
フアン（二世）
Juan II 209, 245
フアン・マヌエル
Juan Manuel 235-6, 242, 244
フィータ，フィデル
Fita, Fidel 294
フェイホー，ベニート・ヘロニモ・デ
Feijoo, Benito Jerónimo de 184, 238, 260-1
フェリペ（二世）
Felipe II 43, 63, 109-10, 113, 146, 165, 174, 182, 198, 205, 210, 232-3, 251, 258, 278, 295
フェリペ（皇太子）
Feripe, príncipe 42, 307, 344
フェリペ（三世）
Felipe III 21, 31, 34, 110, 210, 330
フェリペ（四世）
Felipe IV 255, 387
フェリペ（五世）
Felipe V 262
フェルナンデス，ルカス
Fernández, Lucas 50
フェルナンデス・ゴメス・C.
Fernández Gómez, C. 11
フェルナンデス・デ・オビエード，ゴンサーロ
Fernández de Oviedo, Gonzalo 293, 295, 297, 307, 341, 346
フェルナンデス・デ・トーレブランカ，レオノール
Fernández de Torreblanca, Leonor 184
フェルナンド（七世）Fernando VII 238, 245, 283, 351
フェルモ，セラフィーノ・デ
Fermo, Serafino de 186
フェレール・デル・リーオ，アントニオ
Ferrer del Río, Antonio 374
フェーロ・コウセーロ，ヘスス
Ferro Couselo, Jesús 391
フォックス，リチャード
Fox, Richard 344
ブラガンサ（公爵）
Braganza, duque de 386
プラッツ，ルイ
Platz, Louis 43
ブランコ，カルロス
Blanco, Carlos 199
フリエデ，フアン
Friede, Juan 321
プルガール，エルナンド・デル
Pulgar, Hernando del 295, 386
プルースト，マルセル
Proust, Marcel 306
プレスコット
Prescott 233
フロイト，シグムント
Freud, Sigmund 305
ブローデル，フェルナン
Braudel, Fernand 287
フロリダブランカ（侯爵）
Floridablanca, marqués de 265
フロールス，フアン
Flors, Juan 391
フローレス（神父）
Flórez, padre 281

ベーガ，ロペ・デ
Vega, Lope de 10-11, 27-8, 30, 37-9, 47, 53, 62, 75, 92, 153, 177, 193, 209, 324, 336, 346, 352-6
ベーコン，ロジャー
Bacon, Rogelio 237
ヘスス，テレサ・デ
Jesús, Teresa de 3, 18, 114, 117-8, 124, 147-8, 150, 183, 185, 192-3, 197, 204, 206, 294, 299, 311-3, 341, 372, 400, 404
ペトラルカ，フランチェスコ
Petrarca, Francisco 46, 64
ベナベンテ，トリビオ・デ
Benavente, Tribio de 297
ベナベンテ，キニョネス・デ
Benavente, Quiñónes de 208
ベネンヘーリ，シーデ・ハメーテ
Benengeli, Cide Hamete 76, 116
ベラスケス，ディエゴ・デ・シルバ・イ
Velázquez, Diego de Silva y 110, 330
ベラスコ，ベルナルディーノ・デ
Velasco, Bernardino de 33-4
ベール，ピエール
Bayle, Pierre 266
ヘルダー，ヨハン・ゴットフリート
Herder, Juan Godofredo 354
ベルナルデス，アンドレス
Bernáldez, Andrés 262, 290-1
ベルニーニ，フアン・ロレンソ
Bernini, Juan Lorenzo 49
ペレス・ガルドス，ベニート
Pérez Gardós, Benito 15, 193, 221-2
ペレス・デ・アルマサン，ミゲル
Pérez de Almazán, Miguel 299, 341
ベレス・デ・ゲバラ，ルイス
Vélez de Guevara, Luis 298, 330
ペレス・デ・トゥデーラ，フアン
Pérez de Tudela, Juan 291, 293, 298, 300, 339-41, 346
ペレス・バイェール，フランシスコ
Pérez Bayer, Francisco 268-9
ベロー，ニコラス
Bëraud, Nicholas 43
ベローネス・ガート，フアン
Berrones Gato, Juan 56
ヘンリー（八世）
Enrique VIII 344
ボッカッチョ，ジョバンニ
Boccaccio, Giovanni 64
ホメロス
Homero 155, 171-2
ホベリャーノス，ガスパール・メルチョール・デ
Jovellanos, Gaspar Melchor de 238, 260, 286
ボリーバル，シモン
Bolívar, Simón 282-3, 347, 350
ポルト，ジョン H. R.
Polt, John 286
ホルヘ，ドン
Jorge, don 315
ホルヘ（聖）
Jorge, san 116-7, 187
ホルヘ・フアン
Jorge Juan 11
ポンセ，ガルシ
Ponce, Garci 213

マ 行

マイモニデス
Maimónides 5
マキー，J. D.
Mackie, J.-D 344
マーサ・ソラーノ
Maza Solano, T. 277
マダリアガ，サルバドール・デ
Madariaga, Salvador de 204,

283, 306, 348, 350, 359
マドス，パスクアル
Madoz, Pascual 250-1, 281
マラゴン，ハビエル
Malagón, Javier 349-51, 365
マリアーナ，フアン・デ
Mariana, Juan de 152, 193, 385, 391
マル・ラーラ，フアン・デ
Mal Lara, Juan de 284, 402
マルクス，カール
Marx, Carlos 274
マルケス・ビリャヌエバ
Márquez Villanueva F. 202, 208, 277, 341, 391, 394, 401, 404
マルティ，フアン（マテオ・ルハン・デ・サヤベードラ）
Martí, Juan de (Mateo Luján de Sayavedra) 208
マルティン（聖）
Martín, san 116-7, 187
マルティーネス，ディエゴ
Martínez, Diego 184
マルティーネス・バルベイト
Martínez Barbeito, C. 345
マルティーネス・デ・ラ・ロサ，フランシスコ・デ・ラ・パウラ
Martínez de la Rosa, Francisco de Paula 248
マロキン，フランシスコ
Marroquín, Francisco 297
マンリーケ，ホルヘ
Manrique, Jorge 19, 197
マンリーケ，ロドリーゴ
Manrique, Rodrigo 20
ミュンスター，サバスティアン
Münster, Sebastían 205
ミランダ，ロレンソ・デ
Miranda, Lorenzo de 74, 155, 157, 163, 167, 169, 171-3, 176, 189, 192
ミリャーレス・カルロ・A.
Millares Carlo, A. 339
ミロ，フィデル
Miró, Fidel 282
ムニーベ，ハビエル・デ
Munibe, Xavier de 11, 263-4, 286
メシア
Mesías 231, 257
メディチ家（枢機卿）
Médicis, cardenal 284
メディナ・シドニア（公爵）
Medina Sidonia, duque de 113, 146, 255
メーナ，フアン・デ
Mena, Juan de 228
メネセス，フェリペ・デ
Meneses, Felipe de 13
メネンデス・ピダル，R.
Menéndez Pidal, R. 305, 307, 339-40, 347, 363, 395-8
メネンデス・ペラーヨ，M.
Menéndez Pelayo, M 396
メルヴィル，ハーマン
Merville, Herman 16
メンドーサ，アントニオ・デ
Mendoza, Antonio de 308, 348, 351, 363
メンドーサ，ベルナルディーノ・デ
Mendoza, Bernardino de 205
モクテスマ
Moctezuma 300, 332
モーセ
Moisés 6, 367, 386
モモス
Momo 52
モーヤ・トーレス
Moya Torres 285
モリーナ，ティルソ・デ
Molina, Tirso de 10, 282, 330
モリニゴ，マルコス・A.
Morínigo, Marcos A. 354-5

モレル・ファティオ
Morel-Fatio, A. 205
モンタルバン，アルバロ・デ
Montalbán, Álvaro de 203
モンテーニュ，ミシェル・ド
Montaigne, Michel de 59, 200, 271, 284, 340, 354, 369
モンテマヨール，ホルヘ・デ
Montemayor, Jorge de 108, 149, 204
モントリウ，マヌエル・デ
Montoliu, Manuel de 37-8

ヤ 行

ヤハウェ
Yahvé →「神」を見よ
ユピテル
Júpiter 52, 58, 381
ユリウス（三世）
Julio III 315

ラ 行

ライーネス，ディエゴ
Laínez, Diego 148, 204
ライプニッツ，ゴートフリート・ウィルヘルム
Leibnitz, Godofredo Guillermo 270
ライリー，E. C.
Riley, E. C. 213
ライン・エントラルゴ
Laín Entralgo, P. 277
ラヴォワジエ，アントニオ・ロレンソ
Lavoisier, Antonio Lorenzo 263
ラグーナ，アンドレス
Laguna, Andrés 238, 299, 314-7, 342-4, 346
ラーサム，ジョン・D.
Latham, John D. 277
ラス・カサス，ディエゴ・デ
Las Casas, Diego de 294
ラス・カサス，バルトロメ・デ
Las Casas, Bartolomé de 1, 3, 96, 148, 204, 206, 213, 286, 289-313, 315-34, 337-42, 345-7, 358, 404
ラス・カサス，フアン・デ
Las Casas, Juan de 294
ラス・カサス，ペドロ・デ
Las Casas, Pedro de 293
ラブレー，フランソワ
Rabelais, Francisco 385
ラーラ，マリアーノ・ホセ・デ
Larra, Mariano José de 248
リー，ヘンリー・Ch.
Lea, Henry Ch. 233
リヴァデネイラ，ペドロ・デ
Rivadeneyra, Pedro de 210
リケルメ，フアン・デ
Riquelme, Juan de 270
リシュリュー（枢機卿）
Richelieu, cardenal 366
リーツェラー，クルト
Rietzler, Kurt 201
リョレンス，ビセンテ
Llorens, Vicente 239-40, 278
ルイ十三世
Luis XIII 366
ルイ十四世
Luis XIV 49, 366
ルイス・デ・アラルコン，フアン
Ruiz de Alarcón, Juan 198
ルエダ，ロペ・デ
Rueda, Lope de 40, 50
ルカ（聖）
Lucas, san 125
ルセーナ，フアン・デ
Lucena, Juan de 229
ルセーナ，マヌエル・デ
Lucena, Manuel de 215
ルセーロ（異端審問官）

Lucero, inquisidor　184
ルソー，ジャン・ジャック
Rousseau, Jean-Jacques　175
ルター，マルティン
Lutero, Martín　186
ルドヴィチ，セルジオ・S.
Ludovici, Sergio S.　199
ルルス，ライムンドゥス
Lulio, Raimundo　236-7
レイリーア（司教）
Leiría, obispo de　386
レオ（十世）
León X　386-7
レオン，ルイス・デ
León, Luis de　3, 4, 40, 42, 51-2, 60, 96, 114, 118, 123-4, 148, 152, 160, 170, 192-3, 198, 206, 237, 253, 313, 369-70, 381-2, 400
レーモス（侯爵）
Lemos, Conde de　22, 39, 110
ロサス
Rosas　283
ローダ，マヌエル・デ
Roda, Manuel de　268-9
ロドリーゲス・マリン
Rodríguez Marín　27-8, 77, 179, 181-3, 199, 210, 213-4
ロドリーゲス・ルセーロ
Rodríguez Lucero　6
ロハス・ソリーリャ
Rojas Zorilla　369
ロハス，フェルナンド・デ
Rojas, Fernando de　6, 53, 159, 203, 213, 237, 299
ロペス・エストラーダ，F.
López Estrada, F.　372
ロペス・デ・アヤラ，ペロ
López de Ayala, Pero　8
ロペス・デ・オーヨス，フアン
López de Hoyos, Juan　81, 152
ロペス・デ・トーロ，J.
López de Toro, J.　342
ロペス・ナビーオ
López Navío, J.　198
ロペテギ，レオン
Lopetegui, León　296

《叢書・ウニベルシタス　849》
セルバンテスとスペイン生粋主義
スペイン史のなかのドン・キホーテ

2006年 6 月22日　初版第 1 刷発行

アメリコ・カストロ
本田誠二訳
発行所　財団法人　法政大学出版局
〒102-0073 東京都千代田区九段北3-2-7
電話03(5214)5540 振替00160-6-95814
組版：HUP，印刷：平文社，製本：鈴木製本所

Printed in Japan

ISBN4-588-00849-8

著　者

アメリコ・カストロ（Américo Castro, 1885-1972）

ブラジル，リオ・デ・ジャネイロにてグラナダ出身の両親の間に生まれる．グラナダに戻った後，グラナダ大学哲文科に入学し，そこを卒業してからフランス，ソルボンヌ大学に留学（1905-1908）．帰国後，メネンデス・ピダルの指導の下，「歴史学研究所」の語彙部門の統括者となる．マドリード中央大学で言語史の授業を担当．さらにアルゼンチン，ブエノス・アイレスにおいて「スペイン言語研究所」を設立し，そのかたわらラテンアメリカ諸国の多くの大学で積極的に講演活動を行う．ベルリン大学で客員教授として教鞭をとった後，共和国政府から，ベルリン大使に任命される（1931）．スペインに戻ってから，マドリード大学でフランス文学を講じ，かたわらで教育行政にも携わる．「歴史学研究所」の機関誌『ティエラ・フィルメ』を創刊．ポワチエ大学から名誉教授，ソルボンヌ大学から博士号を授与される．内戦勃発を機に，アルゼンチンに亡命（1936）．翌年からほぼ30年間をアメリカ合衆国に移って，諸大学で教鞭をとる．ウィスコンシン大学（1937-1939），テキサス大学（1939-1940），プリンストン大学（1940-1953）を経て退職．1953年にプリンストン大学名誉教授．ヨーロッパ諸国を講演した後，カリフォルニア大学に迎えられる（1964）．晩年（1968 年以降）はスペインに居を定め，1972年 7 月25日，ヘローナにて心臓麻痺にて死去．主要業績：『セルバンテスの思想』（1925, 1972），『歴史の中のスペイン』（1948），『スペインの歴史的現実』（1962），『セルバンテスへ向けて』（1957），『葛藤の時代について』（1961），『セルバンテスとスペイン生粋主義』（1966, 1974＝本書）等，論文・著書多数．

訳　者

本田誠二（ほんだ せいじ）

1951年東京生まれ．東京外国語大学スペイン語学科卒業．同大学院修士課程修了．現在，神田外語大学スペイン語学科教授．スペイン文学専攻．著書に，『セルバンテスの芸術』（水声社）が，訳書に，アメリコ・カストロ『セルバンテスの思想』（法政大学出版局刊），レオーネ・エブレオ『愛の対話』，ガルシラソ・デ・ラ・ベーガ『スペイン宮廷恋愛詩集』，モンテマヨール／ヒル・ポーロ『ディアナ物語』，セルバンテス『ラ・ガラテア／パルナソ山への旅』，イアン・ギブソン『ロルカ』（共訳）等がある．